重庆市脱贫攻坚
优秀文学作品选

周鹏程 / 著

DADI
HUIYIN

大地回音

重庆出版集团 重庆出版社

图书在版编目(CIP)数据

大地回音 / 周鹏程著. —重庆：重庆出版社，2021.3(2022.2重印)

(重庆市脱贫攻坚优秀文学作品选)

ISBN 978-7-229-15524-7

Ⅰ.①大… Ⅱ.①周… Ⅲ.①报告文学—中国—当代 Ⅳ.①I25

中国版本图书馆CIP数据核字(2020)第241962号

大地回音
DADI HUIYIN

周鹏程　著

丛书主编：魏大学
丛书执行主编：孙小丽
丛书副主编：牛文伟　杨　勇
责任编辑：林　郁
责任校对：廖应碧
装帧设计：戴　青
封面插画：珠子酱

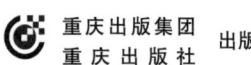
出版

重庆市南岸区南滨路162号1幢　邮政编码：400061　http://www.cqph.com
重庆出版社艺术设计有限公司制版
重庆天旭印务有限责任公司印刷
重庆出版集团图书发行有限公司发行
E-MAIL:fxchu@cqph.com　邮购电话：023-61520646
全国新华书店经销

开本：787mm×1092mm　1/16　印张：27.5　字数：400千
2021年3月第1版　2022年2月第2次印刷
ISBN 978-7-229-15524-7
定价：78.00元

如有印装质量问题，请向本集团图书发行有限公司调换：023-61520678

版权所有　侵权必究

编委会

○ 编委会主任
刘贵忠　辛　华

○ 编委会顾问
刘戈新

○ 编委会副主任
魏大学　陈　川　黄长武　莫　杰　王光荣　田茂慧
李　清　罗代福　冉　冉

○ 编委会成员
孙元忠　周　松　兰江东　刘建元　李永波　卢贤炜
胡剑波　颜　彦　熊　亮　孙小丽　徐威渝　唐　宁
吴大春　李　婷　陈　梅　蒲云政　李耀邦　王金旗
葛洛雅柯　汪　洋　李青松

○ 编　　辑
谭其华　胡力方　孙天容　皮永生　郑岘峰　赵紫东
刘天兰　李　明　郭　黎　王思龙　李　嘉　金　鑫

总序

重庆是一座高山大川交织构筑的城市，山水相依，人文荟萃。这里有鳞次栉比的高楼华厦、流光溢彩的两江夜景、麻辣鲜香的地道火锅、耿直爽朗的重庆崽儿……她的美丽令人倾倒，她的神奇让人向往，她的热情催人奋进。重庆也是一座集大城市、大农村、大山区、大库区和少数民族地区于一体的城市，城乡差距大，协调发展任务繁重。重庆直辖之初，扶贫开发是中央交办的"四件大事"之一。2014年年底，全市有国家扶贫开发工作重点区县14个、市级扶贫开发工作重点区县4个，有扶贫开发工作任务的非重点区县15个，贫困村1919个，贫困发生率7.1%。2016年1月，习近平总书记视察重庆时强调，重庆脱贫攻坚"这个任务不轻"。

让贫困人口和贫困地区同全国一道进入全面小康社会，是我们党的庄严承诺，打赢脱贫攻坚战是时代赋予我们的光荣使命。重庆广大干部群众坚定融入时代洪流，投身强国伟业，拿出"敢教日月换新天"的气概，鼓起"不破楼兰终不还"的劲头，向贫困发起总攻，坚决打赢脱贫攻坚战。在全市上下一心、同心同德的艰苦奋战中，在基层广大扶贫干部和群众的不懈努力下，经过8年精准扶贫、5年脱贫攻坚，重庆市脱贫攻坚取得历史性、根本性、决定性成效。贫困区县悉数脱贫"摘帽"，累计动态识别（含贫困家庭人口增加）的190.6万建档立卡贫困人口全部脱贫，历史性消除了绝对贫困，大幅提高了贫困群众收入水平，极大改善了农村生产生活生态条件,明显加快了贫困地区发展,有效提升了农村基层治理能力,显著提振了干部群众精气神。2019年4月,习近平总书记视察重庆时指出,"党的十九大以来,重庆聚焦深度贫困地区脱贫攻坚,脱贫成效是显著的","重庆的脱贫攻坚工作,我心里是托底的"。

习近平总书记在决战决胜脱贫攻坚座谈会上强调,"脱贫攻坚不仅要做得好,而且要讲得好"。讲好脱贫攻坚的实践故事,讲好各级各部门统筹推进疫情防控和脱贫攻坚工作的攻坚故事,讲好基层扶贫干部的典型事迹和贫困地区人民群众艰苦奋斗的感人故事,是广大作家和文学工作者的时代责任和光荣使命。面对乡村的巨变和社会的进步,面对形象丰满的扶贫工作者群像和感人至深的扶贫励志故事,面对许多不甘贫困的普通百姓,面对人民群众美好生活的新期待,重庆广大文学工作者投身脱贫攻坚主战场,用文学创作的方式反映大时代背景下重庆人民在脱贫攻坚战役中的不平凡经历和取得的伟大业绩,记录伟大时代的火热实践,记录人民日新月异的新生活,创作出一批优秀脱贫攻坚主题文学作品,《重庆市脱贫攻坚优秀文学作品选》应时而生。

《重庆市脱贫攻坚优秀文学作品选》是在中共重庆市委宣传部的支持下,由重庆市扶贫开发办公室、重庆市作家协会联合策划的系列丛书。为了讲好重庆的脱贫攻坚故事,创作出有筋骨、有硬核、有温度、有品位的文学作品,重庆市扶贫办组织专班提供了大量典型素材和采访线索,组织专人陪同作家深入一线采风采访。重庆市作协遴选了一批来自脱贫攻坚工作一线的优秀作家执笔,组织创作优秀作品。项目甫立,这批作者或早已投身于脱贫攻坚火热的现实中,或遍访民情搜集创作的素材,或直面基层和一线的真实,积累了丰富细腻的情感。通过他们各自不一样的脚力、眼力、脑力和笔力,一幕幕感人至深摆脱贫困的场景得以再现,一个个人物典型的人格魅力得以张扬,一份份对农村新貌的赞美得以抒发……

《重庆市脱贫攻坚优秀文学作品选》由13部优秀文学作品组成,

体裁涵盖长篇小说、纪实文学、散文和诗歌等。钟良义创作的长篇小说《我是第一书记》，以三个主动请缨到脱贫攻坚第一线的城市青年干部的扶贫经历为主线，展示了重庆脱贫攻坚工作的艰巨性和复杂性，表现了重庆青年党员群体的责任担当；罗涌创作的长篇小说《连山冲》讲述了位于武陵山集中连片特困地区的连山冲村克服重重困难成功脱贫的故事，塑造了脱贫攻坚工作中的各色人物的鲜明个性，全景式地书写了精准扶贫精准脱贫中的艰难与坚韧、痛苦与希望以及从精准帮扶到产业致富的山村发展路径与规律；陈永胜创作的长篇小说《梅江河在这里拐了个弯》以身患绝症的扶贫干部林仲虎在生命的最后时刻依然坚守在扶贫第一线的感人事迹，折射梅江河，乃至秀山县脱贫攻坚工作的艰辛历程；刘灿创作的长篇小说《蜜源》讲述了留学归国青年踌躇满志来到贫困山区创业的故事，讴歌了新时代知识青年的理想追求，展现了新时代重庆农村的人文风貌；何炬学创作的长篇报告文学《太阳出来喜洋洋》通过讲述一个个"奋斗者"的脱贫故事、赞颂"助力者"的全心投入，全面展示了自2014年全国新一轮脱贫攻坚工作开展以来，重庆全域在此工作中的生动景象，并努力挖掘重庆的文化底蕴，彰显重庆人的精神和气质；周鹏程创作的报告文学《大地回音》是他深入重庆14个国家级贫困县和4个市级贫困县采访、调研的结晶，反映了重庆农村特别是贫困山区在脱贫攻坚战中发生的天翻地覆的变化；谭岷江创作的报告文学《春天向上》通过对石柱县中益乡各村帮扶贫困户产业脱贫致富故事的讲述，勾勒出一幅山区土家族人民在新时代努力奋进，积极乐观地追求幸福的壮美画卷；李能敦创作的散文集《别急，笑起来——巫山县脱贫攻坚人物谱》生动刻画了一批来自巫山县脱贫攻坚一线的人物群像，记录了他们在脱贫攻坚战役中的奋斗与牺牲，泪水与欢笑；龙俊才创作的散文集《我把中坝当故乡——驻村扶贫纪实》还原了中坝村扶贫干部与群众在脱贫攻坚战一线，确保高质量完成任务的方方面面，是全国打赢脱贫攻坚战中一个生动的缩影;徐培鸿创作的长诗《第一书记杨丽红》借由对脱贫攻坚战中的女性群体的观照,展现出广大驻村女干部们的艰辛付出和人性中的大美;袁宏创作的诗集《阳光照亮武陵山》围绕武陵山区的脱贫攻坚展开诗性建构,集中反映了酉阳土家族苗族自治县广大干部群众积极投身脱贫攻坚的国家战略,展现了人们面对困难守望相助的内心世界和追求美好生活的坚毅品质;戚万凯创作的儿歌集《我向马良借支笔》,以琅琅上口的儿歌展现脱贫攻坚的生动场面和新农村的美丽画卷,通过生动活泼、富有童趣的形式,传递党的扶贫声音,讴歌扶贫干部公而忘私的奉献精神和乡村群众自强不息剜穷根的精神风貌。丛书还收录了傅天琳、李元胜、张远伦、冉仲景、杨犁民等70余位重庆诗人创作的诗集《洒满阳光的土地——重庆市脱贫攻坚诗选》。这些作品散发着巴山渝水的浓郁乡土气息,晕染着山城文化的独特魅力,不仅凝练了百折不挠、耿直豁达的重庆性格,而且写出了重庆人感恩奋进、誓剜穷根的精气神,总结了重庆在生态、教育、健康、搬迁、文化、产业等方面的典型经验。作家们的创作不回避矛盾,不矫饰问题,以真情与热诚书写贫困地区的变化,把脱贫攻坚故事写得实实在在、有血有肉、鲜活生动,彰显了重庆文艺工作者在脱贫攻坚中强烈的使命感和责任感。

《重庆市脱贫攻坚优秀文学作品选》是重庆广大文学工作者与时代同行,与人民同心,把人民群众的伟大实践作为创作的不竭源泉而锻造出的精品力作。我们希望通过《重庆市脱贫攻坚优秀文学作品选》所传导的精神与力量,能够让群众的灵魂经受洗礼,让群众的精神为之振奋;能够鼓舞群众在挫折面前不气馁、在困难面前不低头;能够引导群众发现自然之美、人性之美,让群众看到美好、看到希望、看到梦想就在行即能至的前方。

丛书编委会
2021年1月

目 录
Contents

/ 总　序　　　　　　　　　　　　　　　　　1

/ 序　章
王贞六进京前　　　　　　　　　　　　　1

/ 第一章　　　　为了殷殷嘱托　　　15
国色重庆长镜头
下的聚焦　　　　从大三峡到大山区　16

　　　　　　　　　向贫困开战　　　　21

　　　　　　　　　18个"贫中贫"　　　24

　　　　　　　　　冲锋！冲锋！　　　29

　　　　　　　　　扶贫就是落地　　　31

/ 第二章　　　　中益脱贫的中国意义　35
太阳出来喜洋洋
　　　　　　　　　绿春坝的春天　　　43

| | 一万朵玫瑰在燃烧 | 50 |
| | 讲述者 | 57 |

/ 第三章
恶劣自然环境中的生存密码

	平安经验启示录	83
	决战泥溪	108
	巴山月向北	130
	从"炼狱"到"黔江精神"	187

/ 第四章
人民中间走来的扶贫干部

	引从白鹿记当年	217
	金桂溢芬芳	235
	13年的坚守	246
	曲尺"娘子军"	258
	刘昶求"贤"	268
	青杠见闻	275

目 录
Contents

	退休前的"摩托书记"	287
	12位第一书记素描	295

/ 第五章
脱贫致富路上的先进模范

	轮椅上的工艺大师	331
	返乡创业的"辣媳妇"	339
	三个老汉一本经	343
	乡村电商的拓荒者	349
	巴山扶志先锋	352
	"蔬菜书记"林桥	355
	"草莓哥"陈兴奎	358
	养牛大学生	361

/ 第六章
乡村振兴的精神家园

	党旗下的嬗变	367
	钱棍舞舞出幸福生活	382

目 录
Contents

甜蜜的风景	397
内口的华丽转身	402
大地回音	408

/ 代后记
庄严的承诺   423

序章

王贞六进京前

山石相连峰舞动，
谁言汝辈笑不恭。
武陵长夏望星空，
沃野悲秋慕旧容。
君为何由来此处，
我回故里去听蜂。
家徒四壁丹心在，
愿握长缨只缚龙。

——巴人《致王贞六》

也许，这个序章不是某些人认为的什么重头戏，但这却是中国7000万贫困人口追求的蜜一样甜的生活。

平凡的世界，他注定是时代的弄潮儿。

月光从天上泼下来。它并没有预先准备要打开谁的窗户，也没有刻意想去照亮一些人忐忑不安的心情。

可是，今夜王贞六的的确确是失眠了，几十年少有的失眠。嘎吱一声木门开了，他来到水泥坝子里，远处的山峦像魔鬼若隐若现，近旁，数十个蜂桶曲曲折折摆放着，那些白天嗡嗡飞舞精灵似的蜜蜂已经安静下来了，果园里的果子依偎在枝头，等待明天醒来有个好秋光。

这是山村9月的夜色，冷风还没有完全降临。王贞六想到明天自己就要去北京！一个地地道道的农民，在大山里守望了大半辈子，穷了大半辈子，苦了大半辈子，累了大半辈子，突然，北京请他去！中央电视台请他去！人民大会堂请他去！他能不激动?!

王贞六不是激动。他今年70岁了，岁月不饶人，岁月也不允许他还像年少时那么冲动、懵懂。他还能激动什么呢？他只是觉得自己的风雨人生不容易，过去受苦受穷受累，今天终于熬出头了！自己将戴着致富带头人的桂冠走上高高的领奖台。

王贞六并不是在为自己的荣誉高兴。令他难以入睡的是，他内心正在回顾自己的家乡这几年的变化。这里是海拔上千米的大山深处，蜿蜒千里的武陵山区腹地有一个地方叫黔江区，黔江区有一个地方叫黑溪镇，黑溪镇有个小地方名叫担子坪，王贞六就生活在这里。过去这个"糠菜半年粮，海椒当衣裳"的穷恶之地，老百姓没粮食就用糠菜来充饥，没衣服就多吃点辣椒来御寒。短短几年时间，在一声号令之下，全部脱贫了，全村成功摘掉了紧紧扣在头上的贫困帽。

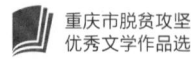

王贞六并不是在为自己的荣誉高兴。他难以入睡的是，他内心正在感恩戴德，所有的贫困中国人就要脱贫了，一个崭新的小康社会快速走来，这是人世间惊天动地的奇迹！

作为一名退伍几十年的老兵，国家在他心里至高无上。

丰衣足食是人民最朴素的愿望。"民亦劳止，汔可小康"是人民对生活的祈盼。古人早就发出了"安得广厦千万间，大庇天下寒士俱欢颜"的呐喊！

王贞六一直关注中国的脱贫攻坚：1978年中国有贫困人口7.7亿人；1985年中国有贫困人口6.6亿人；2012年中国有贫困人口9899万人；2018年末，中国农村贫困人口数量1660万人，较2012年末的9899万人减少了8239万人，贫困发生率由10.2%降至1.7%，较1978年末的7.7亿人，累计减贫7.5亿人。

中国向全世界承诺，2020年全面实现小康，最后一批贫困县全部脱贫摘帽，这场由中国共产党发起和领导的脱贫攻坚战以历史的胜利、人民的胜利、中国共产党的伟大胜利告终。

承诺是庄严的。无可否认，新时代的中国，书写了"最成功的脱贫故事"。全球范围内每100人脱贫，就有70多人来自中国。党的十八大以来，连续7年每年减贫规模都在1000万人以上，相当于欧洲一个中等国家人口规模，脱贫攻坚力度之大、规模之广、成效之显著，前所未有、世所罕见。

这就是中国！骄傲的中国！

这，才是王贞六真正激动的地方！

自己不是什么大人物，也没有做出什么惊天动地的丰功伟绩，凭啥能去北京？自己就是一个普通老百姓，就是一个心地坦荡的脱贫户，凭啥能去中央电视台录制节目？凭啥能去人民大会堂与国家领导人合影？

王贞六把报纸和网上的公告看了又看，上面的确写着这样的内容：2019年全国脱贫攻坚先进个人奋进奖王贞六。会不会是另一个王贞六？但是，文件上明明说的是重庆黔江黑溪的王贞六，这个没错，区里也有干部打电话祝贺过。

电视上经常播放领奖的人都要发表获奖感言，王贞六突然想起自己有什么感言呢？面对全国观众，自己怎样说？月光不会告诉他，它只顾照亮崇山峻岭飞扑的鸟翅，它只顾点燃明晨火红的朝阳。

勤劳苦干带来甜蜜生活！对！就以这个作为交流主题！

难道自己的幸福生活不是靠勤劳、靠苦干挣来的吗？幸福是奋斗出来的。他决定要在全国第六个扶贫日把自己想说的、要说的、能说的、会说的、可以说的，统统说出来。毕竟自己是第一次去北京，毕竟自己是第一次上中央电视台，毕竟自己是代表村里脱贫致富的带头人。

自己是如何致富的？往事不堪回首，一路走过来，酸楚滋味难以言表。

年轻时，王贞六当兵退伍之后，回家种过地、搞过烤烟、干过爆破营生，日子也只能说过得去，算不上富足。十年前，王贞六已经年过花甲，一延再延的爆破资格证，成了一张废纸。干了十年的爆破营生没了，他一下子断了来钱的活路，日子越过越穷，后来被确定为贫困户。

成为贫困户不是自己懒惰造成的，家家有本难念的经。儿子重度残疾，干不了活。自己和老伴照顾儿子，还要喂两头猪。人渐渐老了，未来的路在哪里？将来有一天，种不动地了，怎么办？他甚至不敢寻思未来，一想起来眼睛就开始湿润。

人活一口气，树活一张皮。军人的骨气决定了王贞六要去闯一闯。怎么闯？

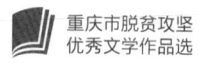

　　武陵山区有个传统，几乎家家户户养蜜蜂。王贞六没本钱，就找人借钱买回8桶蜂，打算从养蜂上寻找一家人的出路。

　　由于沿用传统的养蜂办法，所养的蜜蜂死的死、飞的飞，最后只剩下2桶，这让他对养蜂产生了怀疑，开始犹豫。是继续养蜂还是另寻他路呢？养蜂怎样养？另寻什么出路？

　　2015年4月，重庆市扶贫办在黔江区举办养蜂技术培训班。这真是重庆言子说的"瞌睡来了遇到枕头"。机会难得，王贞六第一时间报了名。

　　培训回来后，他把剩下的2桶蜂由圆桶改为方桶，信心满满再次借钱买回6桶蜂，精心照料，但因为自己不能识别蜜蜂病症，也未根据气温变化及时转场，结果8桶蜂最后只剩1桶。

　　这一次又失败了！必须要找原因，原因在不懂技术！

　　屡次失败后，王贞六依然没有绝望，他决定再搏一搏，破釜沉舟。没有了投资资本，王贞六只好卖掉老伴养的大肥猪，凑足5000元再次购蜂。一把老骨头还经得起几次折腾啊？穷，日子就过紧点吧，老伴并不支持他再次冒风险。

　　在王贞六的努力劝说下，老伴含泪说，最后一次了，不行就放弃吧！

　　2015年秋天，王贞六尝到甜头，花蜜收入近8000元。他算了一笔账，当时养一头猪利润500多元，养蜂赚的钱，顶他养10多头猪。

　　养蜂，让王贞六对幸福生活的到来有了足够信心。

　　回忆起这些，王贞六心里五味杂陈。不过唯一让他欣慰的是，它们都是往事了，明天，迎接他的是金灿灿的奖杯。

　　王贞六来到儿子的房间。儿子大脑重度残疾，30多岁，生活基本不能自理。

他并没有怪罪谁，连一句埋怨的话也没有，甚至常常放纵儿子的一些常人不可理喻的行为。造孽啊，他的罪过让自己来承担吧！

今夜，他要告诉儿子的是，老爹明天去北京了，你能和你老娘帮我看好200桶蜜蜂吗？你肯定不能，那你就好好休息吧！

这只是一个兴奋而短暂的告别。可是王贞六从没有过如此纠结。

自己是如何脱贫不忘众乡亲的？带的什么头？给村里的贫困户送了多少中蜂？

他突然想到欧青平。2016年5月10日，国务院扶贫办副主任欧青平到黔江调研脱贫攻坚，来到村里。作为建卡贫困户脱贫摘帽代表，王贞六以养蜂成功者的身份在座谈会上作了交流发言，用"吃奶"的力把养蜂的好处抛了出去：不需要什么体力、投入不大、不破坏生态、不污染环境、是增收的法宝。

"老王，你有信心把养蜂产业做大，带动更多的贫困户脱贫增收吗？"欧青平问。

领导的话音刚落，王贞六毫不犹豫回答："我有信心！"

欧青平随即起身走到王贞六面前，伸出手与他"拉钩"。这也是一个掷地有声的诺言！

三年过去了，王贞六实现了对领导的承诺，自己心里乐滋滋的。

自己带动了25户贫困户养蜂脱贫。现在村里成了"一窝蜂"，他自然是"蜂王"。

向领导立下"军令状"的当年，王贞六的养蜂规模扩大到50多桶，一下子收入8万元，是前一年收入的10倍。2017年，王贞六的养蜂规模扩大到200多桶，当年收入20多万元。

从2015年的8000元，到2016年的8万元，再到2017年实现收

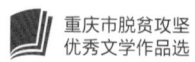

入20多万元,王贞六三年"三级跳",一年比一年跳的步子大。在黔江区相关部门的支持下,王贞六成立了担子坪中蜂养殖合作社,带动贫困户养蜂。2018年,合作社的养蜂规模发展到300多桶,收入近30万元。

在苦瓜水里泡了几十年,现在落到了蜂蜜罐里,一定要知恩图报。王贞六深知自己接下来要做的事情就是把技术带给更多的贫困户。

想起给贫困户现身说法的日子,王贞六长长地叹了口气。人是有面子的,你也是贫困户,不过是先脱贫,现在有吃有喝了,尾巴就翘起来了,是不是在我们面前抖威风?王贞六也曾犹豫过,但是他从小生活在这里,祖辈生活在这里,远近的人都知道他的性格。

王贞六对着村里的贫困户名单,挨个打电话。想尝试养蜂的30多户贫困户,他给每户免费送一群至两群蜜蜂,还留下自己的电话号码,有问题随时联系。他先后为25户建档立卡贫困户无偿送去了35桶蜂。"这是给乡亲们的一点心意,大家放心养,不会技术,我来教。"他的好意自然被大家乐意接受。

王贞六东家教完忙西家,前村走完到后村,几乎是随叫随到,成了村里的大忙人。每到分蜂的季节他更是忙得不可开交,常常一天只吃一顿饭。无怨无悔,他为的是让乡亲们养蜂少走弯路,早日脱贫奔小康。

王贞六给贫困户黄胜友送去两桶蜂。起初她总是说,这是你送的蜜蜂,你要帮我养哟。为了领她上路,王贞六只要接到她的电话就马上前去。开始两年的取糖、分蜂都是王贞六不厌其烦地帮她做、教她做。后来,她终于尝到了养蜂的甜头,学会了养蜂技术,并通过养蜂脱了贫。

贫困户黄宽寿碰到王贞六,亲热地说:"贞六哥,你送给我的那桶蜜蜂，已发展到4桶，收入6000多元了，腊月你要来吃刨猪汤。"村民罗登权养蜂10多年，从没超过5桶，在王贞六的帮助下发展到了25桶。

当合作社的养蜂规模达到270多桶时，参加合作社的25户建档立卡贫困户自然都脱了贫，收入在那里摆起的，你不想脱贫都不行！社员们一声声"贞六哥"，王贞六听到比喝蜂蜜还要甜。

王贞六也成了黔江区远近有名的养蜂能手，一些学校还请他去讲课，过去的贫困户如今站上了大讲台，这是对王贞六辛勤付出的充分肯定。而能够帮助更多的乡亲脱贫致富，更让王贞六体会到了人生的价值。

这几年，自己的理想是什么？自己富不算富，大家富才算富。扪心自问，自己真是这样想的也是这样做的。

王贞六在水泥坝子里坐了良久，思绪万千。这时，他听到长期生病的老伴在屋里喊自己："明天你还要早点起来哟！"

哪一天不是早出晚归？"宁愿苦干，不愿苦熬"，王贞六时刻没有忘记可贵的"黔江精神"。

北京为什么请他去？王贞六似乎明白了些许。

他准备到灯光下去写一篇语言通顺的发言稿。但他又觉得没什么必要，因为所有的故事就发生在自己身边，可以信手拈来。

可是这些事情太小，有些小到可以忽略不计。众多很小的故事堆积起来，就成了一群人脱贫致富的感动泪水。那些泪水诉说的就是自己走过的弯弯曲曲的道路。

如果不写，听说获奖者回来还要到各地巡回作报告，台下一定坐了很多人，自己年龄大，到了现场万一记忆跳了闸，怎么办？北京自然不是请他一个人去。全国脱贫攻坚奖设奋进奖、贡献奖、奉献奖、创新奖、组织创新奖五个奖项，其中，奋进奖、贡献奖、奉

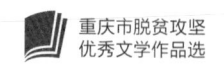

献奖、创新奖每个奖项表彰先进个人35名，组织创新奖表彰先进单位59个。

帮助村里贫困户脱贫的工作一定不含糊，有"敢叫日月换新天"的气魄；上北京领奖也不能含糊啊，黔江人创造了"北有临沂，南有黔江"的脱贫奇迹，在伟大的奇迹中，就谈谈自己所发出的微不足道的光吧！

就讲地球上担子坪一个养蜂人的故事。

烈日当头，漫山遍野的椿花清香四溢。花丛中，蜜蜂嗡嗡嗡地忙个不停；林荫下，身材清瘦、脸庞黑红、头发花白的老人正在巡查蜂箱。这个人就是王贞六。

今天带着蜂群去彭水某镇某村，明天带着蜂群去黔江某乡某村，一年中为"赶花"，至少要带着蜂群赶4次"场"。这一"赶"，不但自己告别了贫困，还帮助担子坪25户贫困户摘了帽。这个人就是王贞六。

2014年3月，镇上干部张孝华走进一个帮扶对象家里，心都凉了：一家三口老的老、病的病、残的残，这家人能脱贫吗？没想到，2016年这家人靠养蜂从贫困户的名单里退出去了。这个人就是王贞六。

"不论平地与山尖，无限风光尽被占。采得百花成蜜后，为谁辛苦为谁甜？"小时候猜这条谜语，让他对蜜蜂有了很深的感悟和感情。为践行和欧青平的"拉钩"，2017年4月19日，他为社区的陈福碧、王元海、付耀安、向德军、黄宽寿等25名建卡贫困户，无偿送去35桶蜂。当天，他将村民领蜜蜂的照片发给欧青平后，欧青平赞扬说："你真了不起，你用实际行动让我服了！"这个人就是王贞六。

自己凭什么致富？自己凭什么从贫困户变成了脱贫致富带头人？贫穷不是宿命。要奋斗，就会有牺牲。在脱贫攻坚这个没有硝烟的战场上，共产党人用鲜血和生命坚守初心、践行使命。因为有党和政府的帮扶，养蜂产业才越做越大，养蜂人的日子才越过越红火。

谁都不能否认，今天的中国，回答了"谁能使中国长治久安"。谁都不能否认，今天的中国，贡献了减贫脱贫的中国智慧。

习近平总书记对扶贫工作倾注了大量精力，考察调研了很多贫困地区。六盘山区、秦巴山区、武陵山区、乌蒙山区、大别山区……习近平总书记的不倦足迹，深深印刻在14个集中连片特困地区的山山水水中。

习近平总书记的殷殷之情，深深温暖着每一名贫困群众的心窝。在脱贫攻坚的每一个阶段，直指难点、把脉开方；在访贫问苦的每一次考察，拿出民生簿、细算脱贫账；在万家团圆的每一个春节，走进贫困群众家中，嘘寒问暖、送上祝福……

"脱贫攻坚是我心里最牵挂的一件大事。""我最牵挂的还是困难群众。"习近平总书记的质朴话语，映照的是人民领袖的赤子之心，展现的是共产党人的责任担当。

现在家里不愁吃、不愁穿，读书、医疗、住房都有保障，老伴看病、儿子残疾也能享受到好政策。奋斗的路宽了，前途光明了，获得感、幸福感更强了，王贞六发自内心地感恩党，真心实意地感谢习近平总书记！

在大国脱贫攻坚的功劳簿里，请不要忘记：

7年多来，280万扶贫干部奔赴战场！

770多名扶贫干部倒在冲锋路上！用生命兑现党旗下的誓言。

在这份沉甸甸的名单中，有大学教授、县委书记、县长，也有乡镇干部、驻村第一书记、大学生村官、乡村医生、退伍老兵……他们用自己的青春、热血乃至生命，铸就了新时代共产党人的精神丰碑。

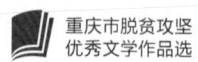

　　而王贞六，难道不是在他们的帮扶下才走出困境的吗？王贞六，就是共产党人帮扶的千万个脱贫对象的缩影。

　　王贞六也许不能代表所有脱贫户，也许也可以代表所有脱贫户，他百感交集的心早已飞向了北京。

　　……

第一章

国色重庆长镜头下的聚焦

都夸千载重庆美,
李杜诗穷三峡行。
秦地路遥车不发,
武陵山险马嘶鸣。
市单难救巴人苦,
直辖才过雨后晴。
忽闻响号征战急,
东南一片脱贫声。

——巴人《贺渝18区县脱贫摘帽》

为了殷殷嘱托

千里为重,广大为庆。重庆是中国最年轻的直辖市,面积8.24万平方公里,人口3200多万。从主城出发向渝东,再向渝东,向渝东北,再向渝东北,向渝东南,再向渝东南,数十公里之外、数百公里之外,那里是武陵山区,或者那里是秦巴山区,那里有大片重庆山水!

截至2014年底,重庆市共有14个国家扶贫开发工作重点区县,4个市级重点区县,贫困村1919个,建卡贫困人口165.9万,脱贫攻坚任务不轻,全面建成小康社会任重道远。

这里,我要讲的就是在脱贫攻坚这场波澜壮阔的历史画卷中的重庆故事。

2020年2月22日,一个云开雾散的日子。

"春雷一声惊天地",大地万物开始醒来。

一场严重影响人类生活的新型冠状病毒肺炎抗疫战后,重庆正慢慢从隔离的2月、封锁的2月解冻。

静静的2月,如水的2月。

我伫立在牛角沱轻轨车站的临江栏杆上,再一次以惊奇的目光近距离地打量这座熟悉而又陌生的城市。

重庆,已经不是原来的重庆了!正像眼前的河流,它不是昨天我看到的河流一样。

轻轻划开手机屏幕,一则消息立即跳入眼帘:城口、巫溪、酉阳、彭水甩掉"贫困帽",至此,重庆18个贫困区县(14个国家级贫困区县、4个市级贫困县)全部完成脱贫摘帽任务。

实际上,早在2015年,国家确定的打赢脱贫攻坚战就是全面建

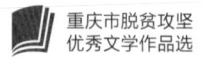

成小康社会的底线目标。这个目标的主要内容是，到2020年，实现"两不愁三保障"（稳定实现扶贫对象不愁吃、不愁穿，保障其义务教育、基本医疗和住房），核心是"两个确保"（确保农村贫困人口全部脱贫，确保贫困县全部脱贫摘帽）。

春天刚来，十里春风吹拂，而此时，位于秦巴山区的城口、巫溪和武陵山区的酉阳、彭水，在国家贫困县的名册里悄然消失。

这，难道不是开门红？

重庆不会忘记，2016年、2019年，习近平总书记两次视察重庆。

重庆不会忘记，2018年全国两会期间习近平总书记参加重庆代表团审议，对重庆的发展寄予的厚望。重庆牢记总书记的殷殷嘱托，全面落实"两点"定位、"两地""两高"目标、发挥"三个作用"和营造良好政治生态重要指示要求，深度融入"一带一路"建设和长江经济带发展，贯彻落实中央推动成渝地区双城经济圈建设的重大战略部署。

2019年重庆脱贫攻坚成效考核综合评价为"好"，财政专项扶贫资金绩效评价为"优秀"。国家脱贫攻坚成效考核组以三个"前所未有"对重庆市脱贫攻坚工作给予高度评价。

从大三峡到大山区

有的重庆人常常以重庆是直辖市自豪，却不知，重庆是集大城市、大农村、大山区和少数民族地区为一体的欠发达地区。

大城市：重庆有26个区，城镇人口超过2000万。

大农村：重庆有8个县，农村面积广大。

大山区：重庆北有大巴山，东有巫山，东南有武陵山，南有大娄山。

少数民族地区：重庆有4个少数民族自治县。

人们会记住这个坐标：东经 105°11′—110°11′、北纬 28°10′—32°13′。

西南重镇，长江桥头堡！

这，就是今天现实中的重庆！

举世瞩目的三峡工程，高峡出平湖的同时，这里浩浩荡荡搬迁人口达百万以上。

2014年10月17日是中国首个扶贫日，也是第22个国际消除贫困日。

正是这一天，经国务院批准，国家扶贫开发领导小组公布了592个国家级贫困县名单。

现在，我们再来翻开这份名单，尽管它们多数已经从这个名单里消失，剩下的区县最终也会被划去，但是姑且让我还原过去的真实吧。

看重庆！14个！

它们是万州区、黔江区、城口县、丰都县、武隆县、开县、云阳县、奉节县、巫山县、巫溪县、石柱县、秀山县、酉阳县、彭水县。

再缩小范围，看三峡库区，9个！从上面名单里数一数：万州区、丰都县、武隆县、开县、云阳县、奉节县、巫山县、巫溪县、石柱县。

这就是我们的三峡！被贫困纠缠的三峡！

重庆除了14个国家级贫困区县，还有4个市级重点贫困区县：涪陵区、潼南县、忠县、南川区。

一共18个贫困区县，重庆脱贫攻坚任务繁重！

也许，有人会说重庆才14个国家级贫困区县，还算少嘛。

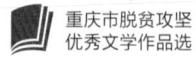

说对了一半。从全国592个贫困县这个总数来看，重庆有贫困区县14个，在西南地区也远低于四川、贵州、云南和西藏。

云南88个！是全国贫困县最多的省份，西藏74个列第二，第三名贵州、四川均为66个。由此看来西南地区属于全国脱贫攻坚战中任务最繁重的地区。

但是重庆与其他直辖市相比呢？

京、津、沪都没有贫困县！在直辖市中，重庆也是一个相当特殊的直辖市，就是前面说过的大城市带大农村，其幅员、人口总数、农村人口和城市人口比重、城市化率等，都与其余三个直辖市存在相当大的差别。

所以，有些人只说对了一半。

此时，非常有必要翻开全国14个集中连片特困区的地图，这是2012年国务院扶贫办发布的。

根据《中国农村扶贫开发纲要（2011—2020年）》精神，按照"集中连片、突出重点、全国统筹、区划完整"的原则，以2007年至2009年3年的人均县域国内生产总值、人均县域财政一般预算收入、县域农民人均纯收入等与贫困程度高度相关的指标为基本依据，考虑对革命老区、民族地区、边疆地区加大扶持力度的要求，国家在全国共划分了11个集中连片特殊困难地区，加上已明确实施特殊扶持政策的西藏、四省藏区、新疆南疆三地州，共14个片区、680个县，作为新阶段扶贫攻坚的主战场。

14个集中连片特困区是：

六盘山区、大兴安岭南麓山区、燕山—太行山区、吕梁山区、秦巴山区、大别山区、武陵山区、乌蒙山区、滇西边境山区、滇桂黔石漠化区、罗霄山区、新疆南疆三地州、西藏、四省藏区。

从地图上一目了然看出，重庆与其中两个集中连片特困区有不可分割的关系。

重庆分布在秦巴山区的贫困县有5个，它们是城口、云阳、奉节、巫山、巫溪。

重庆分布在武陵山区的贫困县有7个，它们是丰都、石柱、秀山、酉阳、彭水、黔江、武隆。

重庆14个国家级贫困区县，除了开州、万州这2个分布在库区外，其余12个贫困县都打上了"大山"的烙印！

这，也符合中国贫困县区的特性——"老、少、边、山、穷"。

> 要愁不过这方愁，
> 这方贫苦无处丢。
> 丢到山中不长草，
> 丢到河中水不流。
> 山高坡陡石旮旯，
> 红苕洋芋包谷粑；
> 要想吃顿大米饭，
> 除非女人生娃娃。

这是流行在渝东南的土家族民歌，这里的人民过去生活十分艰难。直到1986年，农民粮食年人均236斤，年收入不到130元。很多人连栖身的地方都没有。

农村不通电，乡镇靠点油灯，村村羊肠路，户户挑水吃。

那里的自然环境只能用一句话来勾勒："养儿养女不用教，酉秀黔彭走一遭。"

穷山在呼唤！

有位作家说过，幸福的家庭都是相似的，不幸的家庭各有各的不幸。

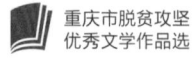

5年前,我到奉节县太和乡参加一次采风活动。在千米以上海拔的一个峡谷里行走,当然有清澈的河水,前面可望峭壁千仞,后面背负叠嶂大山。

突然,有一个院落矗立在河床之上。院前一棵参天古树,房屋都是土墙或者木质结构,岁月让它们改变了当初的华丽面容。

刘氏家族,这条河的命名也许就由此而来吧——刘家河。我感叹这院落的祖先选址如此大胆,与河水几步之远,与低矮的河床并列而坐。我们只顾抚摸清流,只顾绿荫下行走,只顾拍照留影,并没有关心这条河要去哪里?也没有在意这户人家的生活冷暖,甚至连那几声狗叫仿佛也没有听到。只有同行的作家何仙草悄悄走进了这户人家。半个小时后,她出来说了一句:"我们资助一下里面的小女孩吧,帮她买点学习用具和衣物。"

原来,就在这里面的一间土屋里,有个11岁的小女孩叫刘洪云,父母都外出了,和年事已高的奶奶住在一起,每天要走一个小时的山路去上学,墙上贴满了她获得的各种奖状。

最让我揪心的是在我们离开时,小女孩远送我们的眼神!她从土屋里走出来,追随我们的影子到竹林里,到小河边,到公路上,向我们挥手……

那是贫穷的眼神?

那是焦虑的眼神?

那是渴望的眼神?!

小小的爱心活动,给我们的奉节之行增添了意义,刘家河给我留下了永恒的记忆!

向贫困开战

贫困是整个人类的顽疾。

消灭贫困一直都是人类的梦想。"向贫困开战",是整个人类政治的雄心壮志,也是人民对享受美好生活的殷切期望。要摆脱贫困束缚,就要勇敢向贫困开"炮"。

50年前,美国总统林登·约翰逊也曾宣布"向贫困开战"。因为那时候,差不多每5个美国人中,就有1个生活在贫困中。

在中国……

自1978年至2015年,已让7亿多人摆脱了贫困。但是,这还不够理想!

2015年6月18日,中共中央总书记习近平主持召开"贵州座谈会"。这次会上,习近平向全国发出了实现全国贫困人口到2020年如期脱贫的战斗动员令。各有关省市主要负责同志也向党中央立下了"军令状"。

2015年11月27日,一个特殊的会议——中央扶贫开发工作会议,在北京召开。习近平总书记强调,消除贫困、改善民生、逐步实现共同富裕,是社会主义的本质要求,是我们党的重要使命。全面建成小康社会,是我们对全国人民的庄严承诺。脱贫攻坚战的冲锋号已经吹响。我们要立下愚公移山志,咬定目标、苦干实干,坚决打赢脱贫攻坚战,确保到2020年所有贫困地区和贫困人口一道迈入全面小康社会。

从"贵州座谈会"后,中央明确提出将"扶贫攻坚"上升为"脱贫攻坚"。

一字之变,重若千钧。

党中央的号令如一声春雷,震动了神州大地。

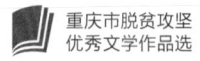

响应中央号召!

重庆第一时间行动起来!

重庆必须第一时间行动起来!

市委迅速召开会议,传达和学习中央刚刚结束的扶贫开发工作会议精神和习近平总书记的重要讲话。

市政府迅速研究新一轮脱贫攻坚方案,点兵点将,对全市脱贫攻坚作出周密的部署、全面的安排。

涉及脱贫攻坚的各区县也望风而动,雷厉风行。

"贫困包含两个方面:一是物质上的匮乏,二是观念上的落后。"市扶贫办也立即召开相关会议。"脱贫,两手都要抓,两手都要硬。"成为与会者的共识。

物质上的匮乏,归根结底是经济问题,这必须依靠发展来解决。那么,发展的资金哪里来?怎么用?

这是决策者们反复思考的问题。

事实证明,重庆市委、市政府"铁了心"扶真贫、真扶贫。

2015年,重庆广泛整合各方资金资源,找准穷根精准施策。全年市级以上财政扶贫资金落地36.7亿元,同比增长43%;同时,广泛动员社会力量,筹集社会帮扶资金21.7亿元,引进协调资金36亿多元。

有了资金,还要确保精准到户。重庆出台相应文件,进一步推动政策、资金、力量向贫困区县、贫困村、贫困户集聚。在基础设施上,将纳入规划的贫困村通村通畅工程建设补助标准提高至55万元/公里;在产业上,重点扶持贫困户发展特色产业,对达到一定规模并脱贫的,给予创业补贴,等等。

2015年,重庆把涪陵、潼南2个市级重点区县、808个贫困村成功推向摘帽销号的队伍,把95.3万贫困人口成功从贫困的"彼岸"拉了过来。

2016年是重庆脱贫攻坚啃"硬骨头"的一年。

年初,重庆就提出全年脱贫攻坚年度任务:7个区县摘帽、885个村销号、60万人脱贫。这绝不是一个简单的工程,是战斗!

有战斗就有攻坚拔寨。

重庆打了一个漂亮的"组合拳"。

全市上下全面落实党中央、国务院和市委、市政府决策部署,深入学习习近平总书记扶贫开发战略思想和视察重庆重要讲话精神,用好系列"组合拳"。

在脱贫攻坚中坚持精准扶贫精准脱贫基本方略,围绕"精准"二字做了一系列工作——

市委、市政府出台《关于集中力量开展扶贫攻坚的意见》《关于精准扶贫精准脱贫的实施意见》以及13个方面的配套政策,形成了"1+1+13"精准扶贫精准脱贫政策体系。

扎实推进搬迁安置、产业带动、医疗救助、教育资助、转移就业、低保兜底"六个一批"到户到人精准帮扶措施。

根据贫困地区实际,按照"解八难、建八有"标准,分类推进交通、水利、文化、金融、科技、电商、乡村旅游、就业培训、环境改善、村企结对等十大行业精准扶贫行动,分类明确脱贫路线图,确保目标到人、任务到人、责任到人。

分户制定贫困户脱贫规划,落实"一对一、点到点"精准帮扶。

按照"双向对接、量身定制、精准扶持、全面覆盖"原则,研究出台了生态扶贫搬迁差异化补助、产业贴息贷款、产业扶贫到户、教育扶贫资助、医疗救助、保险扶贫等22项脱贫政策。

市级各部门和社会各界主动担当,积极参与,全面加大行业扶贫、社会扶贫力度。

进一步健全与经济社会发展和居民收入相适应的农村低保增长

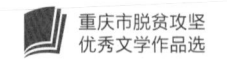

机制，将低保标准提高至每人每年3600元，使20.5万名符合条件的贫困人口被纳入低保保障，实现应保尽保。

2016年，忠县、南川2个市级重点区县退出贫困序列，万州、黔江、武隆、丰都、秀山5个国家重点区县退出贫困序列。

18个"贫中贫"

2017年重庆脱贫任务不轻啊！

这一年，云阳、开州、巫山三个国家级贫困区县明确表态：坚决限时完成整县摘帽任务！这一年，当然是他们的"脱贫攻坚决胜年"。

这一年，最大的一个决定出来。重庆把全市14个国家扶贫工作重点县进行梳理，精准识别，最后确定了18个市级深度贫困乡镇。

"榜上有名"：万州区龙驹镇、黔江区金溪镇、城口县鸡鸣乡、秀山县隘口镇、酉阳县车田乡、酉阳县浪坪乡、巫溪县天元乡、彭水县大垭乡、彭水县三义乡、武隆区后坪乡、丰都县三建乡、石柱县中益乡、奉节县平安乡、巫山县双龙镇、城口县沿河乡、开州区大进镇、巫溪县红池坝镇、云阳县泥溪镇。18个深度贫困乡镇共辖173个行政村，其中贫困村91个。

18个"贫中之贫"乡镇，就有91根"'硬骨头'中的'硬骨头'"，打仗打到这个时候，谁也知道是何等艰难！

打赢脱贫攻坚战，关键在一线，关键在扶贫干部。"扶贫干部要真正沉下去，扑下身子到村里干，同群众一起干，不能蜻蜓点水，不能三天打鱼两天晒网，不能神龙见首不见尾。"习近平总书记2017年6月23日在深度贫困地区脱贫攻坚座谈会上发表重要讲话时强调。

18个深度贫困乡镇如何脱贫？人是关键。于是，就有了"第一书记的故事"，向18个深度贫困乡镇每一个贫困村派去的第一书记、驻村干部都是精兵强将，都有"些小吾曹州县吏，一枝一叶总关情"的为民服务情怀，都能熟知习近平总书记填的词《念奴娇·追思焦裕禄》：

魂飞万里，盼归来，此水此山此地。百姓谁不爱好官？把泪焦桐成雨。生也沙丘，死也沙丘，父老生死系。暮雪朝霜，毋改英雄意气！

依然月明如昔，思君夜夜，肝胆长如洗。路漫漫其修远矣，两袖清风来去。为官一任，造福一方，遂了平生意。绿我涓滴，会它千顷澄碧。

情怀加实干，铸就脱贫攻坚丰碑。关于扶贫干部奋战一线的故事，本书后面的章节自会呈现。这里我们还是说说18个深度贫困乡镇脱贫的勇气和动力。

重庆市扶贫办主任刘贵忠在2019年报告深度贫困乡镇脱贫攻坚工作情况时是这样说的，重庆围绕"四个深度发力"，全力解决深度贫困乡镇"两不愁三保障"突出问题，到位资金69.5亿元，开工项目1735个。一大批项目的建成投用，大大改变了这些深度贫困乡镇的落后面貌，改善了当地群众的生产生活条件。

"两不愁三保障"方面，18个深度贫困乡镇2018年人均可支配收入达到9952元，同比增长12.3%，安全饮水保障率和贫困人口基本医疗保险参保率均达到100%，贫困人口住院自付比例控制在10%以内，没有因缺资金失学辍学现象，除91户住房正在进行C级、D级危房改造，其余均实现住房安全有保障。截至2019年7月，18个深

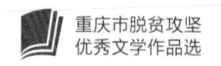

度贫困乡镇累计减少贫困人口22810人，实现85个贫困村整村销号，贫困发生率从2015年的18.24%下降到2.13%。乡村道路的目标是在2020年形成外联内通、畅村通组、班车到村、安全便捷的美丽交通走廊。

再硬的"骨头"，还得一口一口地啃。

2017年，开州、云阳、巫山3个国家重点区县退出贫困序列。

2018年8月17日，国家扶贫办宣布全国又有40个贫困区县实现脱贫摘帽。令人可喜的是，开州、云阳、巫山名列其中。

这不得不引起人们的注意：开州区大进镇、云阳县泥溪镇、巫山县双龙镇去年还是深度贫困乡镇，一年就"脱"了？

实际上就是"脱"了！其实早在2017年底，开州、云阳、巫山3个国家重点区县已经退出贫困序列，只是还没正式宣布。

18个深度贫困乡镇都制作了脱贫表，包括优势、脱贫目标、脱贫妙招。

在第十七届中国西部（重庆）国际农产品交易会上，全市18个深度贫困乡镇组团亮相，还特别设立了"深度贫困乡镇脱贫攻坚展厅"。展板上白纸黑字写着：18个乡镇将在2019年完成相应脱贫任务，2020年与全国人民一道奔小康。这也是重庆公布18个深度贫困乡镇后，首次公布他们的脱贫时间和脱贫办法。

这是18个深度贫困乡镇2018年向社会"晒"出信心，"晒"出奔小康的勇气。

一共只有18段文字，不妨耐心看一下：

万州区龙驹镇：万利高速咽喉要道，矿产、旅游资源丰富。建10000亩优质花椒基地，建10000亩优质伏淡季水果基地等。

黔江区金溪镇：有奇峰异石、蜿蜒曲折的情人谷峡谷风景。重点发展桑树4000亩，水果及茶叶5000亩，蔬菜5000亩，天抗生猪、香猪等特色养殖50000头，发展中蜂养殖2400桶。

城口县鸡鸣乡：森林覆盖率达70.6%，盛产鸡鸣贡茶、野生天麻、党参、核桃等。有仙女池等自然风光。高山中药材种植达到10000亩，山地鸡年出栏量50000只，茶叶种植达到5000亩。

秀山县隘口镇：有市级自然保护区太阳山林区，面积5206公顷，生态资源丰富。发展茶叶10000亩，发展以金银花、黄精为主的中药材产业10000亩，发展核桃10000亩，养殖土鸡20000只。

酉阳县车田乡："凉都"。以旅游统揽全乡产业发展，发展中药材6000亩，土鸡50000只，山羊年出栏6000只等。

酉阳县浪坪乡：有小山坡土家苗寨，"五洞连珠"、石林等景点，气候冬暖夏凉。发展高山蔬菜10000亩，油茶3000亩等。

巫溪县天元乡：农家乐100家。打通天红路旅游大道，完善乡村旅游服务站2个。发展板角山羊10000只，商品毛猪6000头，定单种植10000亩蔬菜。

彭水县大垭乡：境内自然资源丰富，珍稀古木品种繁多，芙蓉江水质好，鱼类资源丰富。花椒规划5000亩，辣椒规划3000亩，农家乐及乡村旅馆100家。

彭水县三义乡：乡内林业资源丰富，原生植被完好，森林覆盖率达65%。发展优质烤烟5000亩，珍珠鸡饲养30000只。

武隆区后坪乡：平均气温15.3摄氏度，有天坑群、石林等旅游资源，也有茶叶、竹笋等土特产。建成区级乡村旅游示范点4个，全乡乡村旅游床位数达5000张以上，直接从业人员1000人，带动200户贫困人口脱贫。

丰都县三建乡：新建竹笋基地8000亩，新发展青脆李3000亩，打造优质水稻示范基地2500亩。

石柱县中益乡：夏季常年温度22摄氏度至25摄氏度，有保存完好的土家风貌传统民居。民宿旅游为重点，建成集中连片民宿接待点5个以上，建成观光亭4座等。

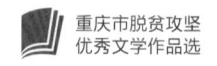

奉节县平安乡：森林覆盖率达63%，境内旅游资源丰富，有气势宏伟的关门山等。规划养殖山羊10000只，年接待乡村旅游达50万人次。

巫山县双龙镇：位于国家5A级景区小三峡腹心地带，雨量充沛，平均气温17.6摄氏度。发展豌豆、胡豆10000亩，每年出栏山羊20000只，发展脆李18000亩，发展板栗5000亩等。

城口县沿河乡：森林覆盖率达81.6%，大气负氧离子浓度达到一级，全乡近60000亩野生竹林资源，其中40000亩已经纳入改造升级规划。规划建设"大巴山竹林人家"旅游片区。

开州区大进镇：旅游资源得天独厚，境内植物多达1800余种。培育精品民俗100家，发展有机茶基地10000亩，养殖土鸡20000只。

巫溪县红池坝镇：有49.1平方公里位于红池坝国家森林公园保护区。开发旅游人家20户，精品民俗20家。发展茶园10000亩，山羊30000只。

云阳县泥溪镇：境内有潭獐峡自然风光。养殖黑山羊5000只，种植黑米、黑花生3000亩。

2018年1月23日，重庆作出决定，逐年支持18个深度贫困乡镇每个5000万元用于道路建设。

"好雨知时节，当春乃发生。"

当时的确面临深度贫困乡镇通组公路通达深度不足、通畅水平不高、"最后一公里"不畅等共性问题，以及进城干道不畅等个性问题。

啃了一些"硬骨头"，剩下的还得继续啃。

直到啃到2020年，啃出这个结果：每个深度贫困乡镇至少有1条对外快速通道，旅游、产业公路标准四级及以上，行政村通畅率达100%，有条件的30户以上或100人以上集中居住社（组）通达率通畅率达100%，有条件的行政村通客车率达100%。

2018年10月16日，重庆市召开深度贫困乡镇脱贫攻坚规划专家咨询评估会。18个深度贫困乡镇无一缺席，深度贫困乡镇所属区县分管副（区）县长、18个深度贫困乡镇乡（镇）长、各驻乡镇工作队队长全体到位，都分别就如何脱贫攻坚作了规划汇报。

市发改委、市规划局、市交委、市国土房管局、市住房和城乡建委、市农委、市扶贫办等14个市级部门的专家把脉：交通不便、无支柱产业、公共服务配套不足……蜂蜜、茶叶、药材、核桃、马铃薯……18个深度贫困乡镇的许多绿色土特产一直"养在深闺人未识"！

然而，各个乡镇的脱贫攻坚规划却各有特色：有的重点发展特色旅游，有的规划重点打造特色产业……"八仙过海，各显神通"。

最后专家开出了治贫"药方"：一切从实际出发，注重"输血式"向"造血式"转变，形成良性循环，降低返贫率。

但是，摆在面前的是这18个最穷的"孩子"急需营养，急需"奶"吃！

怎么办？

冲锋！冲锋！

2018年，重庆脱贫攻坚开始全面冲刺！

聚焦18个深度贫困乡镇，将其作为脱贫攻坚"重中之重"，采取市领导定点包干方式，组建扶贫集团对口帮扶。

各个扶贫集团集聚资源，主动作为，在扶贫攻坚最前沿地带扎

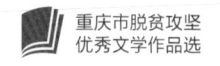

下根来,"一级做给一级看,一级带着一级干",成为冲锋陷阵的勇士。

每个深度贫困乡镇由一名市领导担任脱贫攻坚指挥长,对脱贫攻坚负总责。同时,由重庆市级机关事业单位、国有企业组建18个扶贫集团,先后选派450名领导干部驻乡驻村,直接帮扶深度贫困地区。

脱贫攻坚号令一下,帮扶集团的干部走出机关,背上行囊,同区县、乡镇干部一道,访民情,解难题,做规划,推项目。

工作实践中,不代替乡镇党委、政府决策,更不搞大包大揽。18个扶贫集团派出的干部驻乡后第一时间,就同乡村干部一道,分批深入农户家中,重点了解群众所思、所盼,为下一步扶贫工作打好基础。关于这些干部代表的可歌可泣的感人事迹,本书后面的章节会精彩呈现。

2018年,石柱、奉节2个国家重点县退出贫困序列。

就在18个深度贫困乡镇冥思苦想、紧抓"菩萨"之手时,一场更大的嬗变在巴山渝水之间演绎着。

2019年7月21日,从市扶贫办传来一组最新数据显示,重庆的贫困县还剩下4个,贫困村减少至33个,贫困人口减少到13.9万人,贫困发生率降至0.7%——这4个令人振奋的数据,显示出重庆脱贫攻坚战已取得阶段性进展。

距离夺取全面建成小康社会的时限越来越近,意味着全市的脱贫攻坚战已进入决战决胜的关键时刻。

重庆将打通"最后一公里"。

时间继续推进。

到2019年7月,重庆还有13.9万贫困人口,看似绝对数量不多,但都是"'硬骨头'中的'硬骨头'",脱贫难度非常大。

"重点聚焦尚未脱贫摘帽的4个贫困县和33个未销号的贫困村，集中火力打好歼灭战。""由4名党组成员定点联系，加强指导，加大倾斜支持力度，攻克区域贫困坚中之坚。"

　　针对全市18个深度贫困乡镇，市扶贫办扎实推进规划项目落地，3年规划项目在2019年底完工了90%以上，项目资金到位90%以上。

　　而在脱贫攻坚的一线，所有的扶贫工作队伍马不停蹄，真有"明月清风共长天""千军万马战犹酣"的场面。

　　冲刺！冲刺！

　　2019年12月29日，一个更大的好消息传来：重庆最后4个贫困区县有望摘帽，正在国家扶贫办走相关退出程序。

　　2020年2月22日，重庆最后4个贫困县实现脱贫摘帽。

扶贫就是落地

　　一项一项政策，一条一条办法，一批一批人员，一分一分资金，换来了胜利，送走了贫穷！

　　永别了，贫困！

　　向贫困告别，重庆底气十足！

　　脸上幸福的微笑，重庆不是装的！

　　脱贫摘帽了！这背后的付出、背后的汗水、背后的泪水，你了解吗？

　　脱贫摘帽了！这背后的人物、背后的故事、背后的酸楚，你知道吗？

　　脱贫摘帽了！摘帽不摘责任，摘帽不摘政策，摘帽不摘帮扶，摘帽不摘监管。

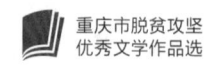

脱贫了，但生活的道路还很漫长……

人类将永远记住中国创造的奇迹，那些在大地上回荡的声音，一定是人民的欢呼！

正因为如此，我才想用手中的笔把重庆脱贫攻坚这段波澜壮阔的历史记录下来。闪光的、痛苦的、无可告知的……让今天的你、明天的他，珍惜生活！

这是我唯一的心愿！

第二章

太阳出来喜洋洋

绿遍山原白满川，
子规声里雨如烟。
乡村四月闲人少，
才了蚕桑又插田。

——（宋）翁卷《乡村四月》

中益脱贫的中国意义

1

石柱县中益乡是重庆市18个深度贫困乡镇之一,但是中益乡又是幸运的,在脱贫攻坚道路上一路沐浴阳光雨露,受到"最高级别"的关切。

2019年4月15日,习近平总书记来到重庆考察,亲临石柱县中益乡,深入乡村小学、农户家中和田间地头,实地了解脱贫攻坚工作情况。总书记饱含深情地说,脱贫攻坚是我心里最牵挂的一件大事。这次我专程来看望乡亲们,就是想实地了解"两不愁三保障"是不是真落地,还有哪些问题。小康不小康,关键看老乡,关键看脱贫攻坚工作做得怎么样。全面小康路上一个也不能少。

一年时间过去了,总书记的殷殷嘱托,激励着乡亲们在脱贫攻坚战场上感恩奋进、顽强作战,以"敢吃黄连苦,不怕辣椒辣,换来蜂蜜甜"的精神,奋力向前奔跑。

2020年,是中国脱贫攻坚决战决胜年,是全面建成小康社会的收官之年。沿着总书记走过的足迹,我们再访中益乡,深切感受到一年来山村发生的巨变。

这些巨变,是勤劳绽放的花朵,是石柱人民奋斗的结晶,是中益乡脱贫致富的笑脸,是重庆市委办公厅帮扶集团全力帮扶的累累硕果。

"太阳出来啰喂,喜洋洋啰,啷啰……"

走在乡间平整的路上,民歌《太阳出来喜洋洋》的旋律不时在耳边飘荡,一副"总书记来到咱家乡,我更要努力奔小康"的标语分外醒目,一栋栋吊脚楼掩映在桃红梨白中,蜜蜂飞舞、草木葱

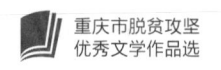

茏,一派生机勃勃。沿路,一幢幢民居小楼修葺一新,展现出一幅美丽的乡村画卷。

其实,这些画面早已被媒体记者、画家、诗人在反复传递。

"……只要我们多勤快,不愁吃来不愁穿",表达了土家儿女对好日子的无限期盼。党的十八大以来,以习近平同志为核心的党中央带领全党全国各族人民向贫困发起总攻,石柱县中益乡一举摘掉贫困帽子。

在脱贫工作中,中益乡聚焦"四个深度发力",攻克深度贫困堡垒。2017年8月以来,按照市委、市政府统一部署,中益乡围绕深度改善生产生活生态条件、深度调整产业结构、深度推进农村集体产权制度改革、深度落实各项扶贫惠民政策持续发力,基础设施、村容村貌、群众精神面貌等发生显著变化。2019年4月15日,习近平总书记亲临中益乡视察,对中益乡脱贫攻坚工作给予充分肯定。

2

2019年,总书记在华溪村主持召开了院坝会议。那么,华溪村脱贫攻坚工作是怎样开展的呢?一年后的华溪村有怎样的变化呢?

华溪村位于中益乡中部,是中益乡乡政府所在地,海拔800米至1400米。人均耕地面积仅0.75亩,加之山高坡陡、土地贫瘠零碎、基础设施条件较差,导致贫困发生率高,2014年达19.48%。全村辖4个村民小组,户籍人口542户1466人,其中少数民族人口占比80%。

自脱贫攻坚以来,华溪村围绕实现贫困对象"两不愁三保障"目标,扎实开展脱贫攻坚工作,全村基础设施和人居环境、产业结构、干部群众精神面貌发生了深刻变化。"两不愁"方面,通过调整产业结构,增加了群众收入,确保群众吃穿不愁。饮水方面,新建及改造人饮工程4处、水厂1座，饮水安全率达100%。住房方面，实施易地扶贫搬迁12户44人，完成C改75户，D改9户，脱贫户住房安稳率达100%。医疗方面，健康扶贫政策对贫困人口覆盖率达100%，看病就医报销比例达90%，无一因贫弃医。教育方面，教育资助政策对贫困学生全覆盖，无一因贫辍学。

华溪村村民谭登周最为自豪，他清楚地记得2019年4月15日总书记来看望他时，沿着那条蜿蜒的石板路拾级而上，他和老伴就站在台阶的尽头，迎接总书记。"总书记一来就拉着我们的手，和我们聊天，像老熟人一样随和得很，挨到挨到看，看我们铺盖厚不厚实，看粮仓里有好多粮食，连泡菜坛子、冰箱、煮饭的锅都仔细看了。"

总书记坐在堂屋，同谭登周、焦光润一笔一笔细算收入账和医疗账，了解"两不愁三保障"落实情况。低保补助有多少？土地流转一年收入多少？医药费花了多少？报销了多少？子女一年给的赡养费有多少？总书记问得十分仔细。

谭登周一笔一笔汇报："去年土地流转入股分红2476元、股金分红960元。另外享受了森林直补1945元、种粮直补1082元。我们一家每月能领取农村低保金740元、养老金240元，村里还给我安排了公益性岗位，每月有500元收入。摔伤住院花费15万元，自己只出了1万元。自家的C级危房，也由政府出资修缮加固了。"

总书记听了老谭的介绍，高兴地说，你们家不愁吃、不愁穿，这"两不愁"我们直接看到了，医疗保障、住房安全做得也挺好。党的政策对老百姓好，才是真正的好。

2019年，谭登周一家靠着低保、社保、土地入股、效益分红、种粮直补、森林直补、村集体经济组织成员分红以及公益岗位的收入，加上卖点儿土特产，一年收入2.3万多元。

"这一年，硬是变化大哟！我现在身体好些了，就要尽力多创收。

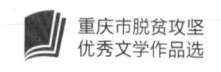

党的政策好,自己更要努力才对。我最想对总书记说,没有辜负您的期望,我家脱贫了!"谭登周见到记者或采访他的人都会这样说。

现在,谭登周家的门框上贴着一副对联:上联"九死一生靠政策",下联"三病两苦有医保",横批"共产党好"。

谭登周的变化也折射出华溪村的变化。

华溪村党支部书记王祥生介绍,以前,村民收入来源主要依靠种植玉米、水稻等传统低效农作物,村民即使早出晚归、朝耕暮耘,也仅能解决温饱问题,无力支撑脱贫攻坚。村支"两委"坚持扶产业就是扶根本、扶长远,引入市场主体,因地制宜、循序渐进地将传统"温饱型"粮食作物调整为"小康型"经济作物。大力发展脆桃、黄精、皱皮木瓜等特色产业,还养殖中蜂,成功将粮经比从9∶1调整为1∶9。

有了产业,村集体也就有了收入,老百姓自然腰包就鼓起来了。

3

人们称她"老革命",但是她的革命精神不老!

人们称她"老先进",但是她的先进精神不老!

第一次见到老党员马培清,我与她合影,她很庄重地戴上党徽,老人虽然87岁,但是精神抖擞,红光满面。

马培清家就在华溪村先锋组产业园的旁边,公路下面一点,通过不到200米的一段小路,过一道有农家乐味道篱笆门,从田埂上过去就到了。土黄色三层小楼干净清爽,大门前挂着一排排干海椒,二楼露台悬挂着4个红灯笼,显得格外喜庆,三楼栏杆外挂着几个竹编的筲箕,上面贴的红纸写着"幸福中国,甜蜜华溪"8个大字。

马培清的父亲马发兹,是一名中共地下党员,借助手艺人的身份开展革命工作，解放后担任过石柱县委组织委员、桥头区工委书记、中益乡供销社经理、中益乡党委书记等职务。1974年的7月，已是三个儿女母亲的马培清，光荣地加入了中国共产党，成为家里的第二代共产党员！

脱贫攻坚战打响后，她家却因为自己年高体弱、儿子大病久病等原因加入了贫困户的行列，成为村里的建卡贫困户。

自从习总书记看望马培清之后，这个默默无闻40年的老党员，成了华溪村的"大名人"，全国各地的报刊广播电视网络都有她的名字和身影。她家的院坝，甚至习总书记走过的石梯和小路，都一度成为"热点"，时常有人来观看、摄影。她的手机，曾经时常被热心的人打爆；前来她家游览的、考察的、慰问的、采访的、采风的人络绎不绝……

老人家诚实厚道，对来访者几乎都是来者不拒，而且总是热情接待，还自己出钱买杯子和茶叶并煮好茶，免费供客人们喝。

除了接待来访，老人家更是积极主动地做一些力所能及的工作，助推村里的新农村建设。

"总书记去年那么远赶来我屋，院坝会议就是在我家开的。走的时候我忙慌慌的，都没把总书记送上车，好过意不去哟，怄得我两天没睡好。"马培清至今心怀歉意。

谈起这一年的变化，马培清开心得很。她随单身的大儿子陈福明居住，土地入股合作社按年分红，加上陈福明在村里务工，2019年家庭纯收入达到3万余元。

"现在，党的政策硬是好！周作家，你要好好宣传一下哈。"马培清2018年9月不小心摔成股骨骨折，在县医院住了一个多月。"住院花了4000多元，我个人只付了400多元。"出院后，乡里的医生还三天两头上门扎针灸、做理疗。现在，马培清老人身体已恢复了。"没想到我这晚年的日子，过得比蜜还甜哦，我要争取活到

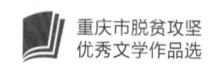

100岁!"

马培清的小儿子叫陈朋,他的变化也是她最高兴的事情。

村里发展起了黄精产业,陈朋通过土地入股分红、返包药材基地管护等方式挣钱脱了贫,还戒了酒。乡里培育本土工匠,陈朋又学到了泥瓦、木工等技术,现在就近做工,每月至少可收入两三千元,2019年10月成为预备党员。

堂屋的小方桌上,摆着手工做的夏布老虎、手提袋和挎包链等小物件,这是小儿媳妇谭明兰参加乡里组织的学习夏布非遗作坊手艺后,自己做的。做一天有几十元工资,卖一个还有提成,加上在村里担任保洁员每年还有4800元收入,她一年能挣两三万元。两个小孩,一个读初中,一个读小学,都在住校,平时也没什么牵挂。

"去年总书记进屋问我如今生活好不好,看家里的粮仓,问是哪一年种的?够吃一年不?"小儿子家里添置了洗衣机、热水器、液晶大彩电等电器,还为老人每天订了牛奶。马培清老人笑得合不拢嘴:"真想让总书记知道咱家的变化啊,让他放心,莫要牵挂。我们村的'两不愁三保障'问题已经彻底解决了!"

4

石柱中益乡时刻牢记总书记的殷殷嘱托,在脱贫攻坚的道路上扶真贫、真扶贫,不断让老百姓稳定增收。

站在马培清老人屋前宽敞而平整的院坝里,举目望去,对面的山岩上刻着"中华蜜蜂谷"几个鲜红的大字。山脚下,小溪流水潺潺,一片山地梯田,阡陌纵横,绿油油的黄精长势喜人,皱皮木瓜正在春风中生长。

2019年4月,在马培清的院坝里,一张小方桌、几根长条凳,总书记同村民代表、基层干部、扶贫干部、乡村医生等围坐在一起，摆政策、聊变化、谋发展，共话脱贫攻坚。

华溪村坚持"智志双扶"，开展以新时代文明实践站、"微访谈"为主要载体的"甜生活·新中益"精神扶贫专项活动，注重培育自我发展能力，群众内生动力明显增强，纷纷从牌桌酒桌走到了田间地头，连70多岁的老人都还在上坡干产业。贫困群众自发组织开展"我脱贫、我光荣"感恩宴活动，与扶贫干部一起畅谈脱贫感想。

中蜂和中药材，是华溪村深度调整产业结构选定的脱贫产业。总书记2019年4月看到村里的土地套种了几种中药材，边走边详细询问华溪村党支部书记王祥生村里特色产业发展及贫困村民增收的情况。"总书记对我们的中药材黄精很感兴趣，询问起了用途、价格和销路，叮嘱我们一定要把中药材产业真正做成脱贫致富产业。"

黄精，多年生草本食药两用植物，又名老虎姜，具有补气养阴、健脾、润肺、益肾功效。华溪村种植面积520亩，涉及农户150户480人，其中贫困户48户159人。

中益乡适宜黄精生长，山林里多有野生，农户房前屋后有小规模种植。黄精属于高效作物，平均亩产6000斤，现市场价7元/斤，根据近几年市场价格来看，稳中有升。中益乡组织外出考察和邀请专家科学论证，最终确定种植黄精。

那么黄精怎么种？中益乡组建三级技术服务体系，购买产业保险，与太极集团签订保底收购协议，降低种植风险；公司将产业基地按每单元3亩至5亩的适度规模返包给45户农户，其中贫困户23户，进行生产管护，返包农户管护期工资2000元/亩/3年和管护地块20%产值的收入，亩均收入达8000元/3年以上。

通过发展黄精产业，华溪村激活了资源要素、壮大了集体经济、增强了支部凝聚力、增加了群众收入。

除了种黄精，华溪村还养蜜蜂1200多群，主导产业覆盖了所有贫困户。2019年，村民人均因产业增收3450元。华溪村还发展了

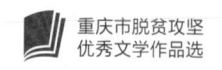

2700平方米扶贫加工车间，在依山傍水的偏岩坝，扶持村民办起了9家农家乐，实现了所有贫困户摘帽。

5

习总书记2019年看望的中益乡小学现在大变样了，不比城里的小学差。

那么，中益乡卫生院现在怎样呢？

中益乡卫生院院长蒋凤2019年在院坝会上向总书记介绍了乡卫生院在让群众少花钱、少跑路、少生病方面所做的工作。总书记听了很高兴，嘱咐她一定要做好医疗保障工作。2019年，中益乡贫困患者住院1475人次，发生费用总额453.96万元，患者报销比例达90%，对在县内定点医疗机构住院就诊的贫困患者，实行"先诊疗后付费"，还有兜底救助，极大减轻了农民看病负担。

蒋凤说："我想向总书记汇报，中益乡卫生院要搬新家了，老百姓实现了小病不出村、大病能报销！"

变化是大了，可是中益乡的干部却差点累坏了身子。全乡上下，大家都铆足干劲，向着脱贫致富目标努力拼搏。

这一年，中益乡党委书记谭雪峰的工作可以用"马不停蹄"来形容。毕业于清华大学精密仪器专业的谭雪峰，牢记总书记的嘱托，带领全乡干部群众奋力奔跑、精准施策、攻坚克难，交出了一份满意的答卷。

这一年，中益乡贫困发生率下降到0.43%。2020年，中国要全面建成小康社会，实现第一个百年奋斗目标。2020年是中国脱贫攻坚战最后一年，中国必胜，中益乡必胜！

中益乡是中国若干个贫困乡中的一个，但它却倾注了一个大国领袖的特别心血，中益乡有责任、有信心、有能力打好打胜这场脱贫攻坚战。

注定，中益乡脱贫攻坚的故事会深深烙上中国意义！

绿春坝的春天

1

"人间四月芳菲尽，山寺桃花始盛开。"正值仲春时节，我们迎着春风，沐浴着春光来到重庆市丰都县三建乡绿春坝村。

三建乡是全市18个深度贫困乡镇之一，整个场镇正在实施整体搬迁，乡党委专职副书记何虹桦向我们介绍了三建乡基本情况。

丰都县三建乡离丰都县城只有28公里，区位优势较突出，但由于山高坡陡、土地贫瘠，一直以来都是全县最贫穷的乡镇。

三建乡为啥贫穷？

何虹桦说，这里自然条件恶劣，地处长江一级支流龙河岸边，呈"三山夹两河"（三山，即冒火山、莲花山、栗子寨山；两河，即龙河、双鹰河）地形特征，龙河在乡境内纵贯20多公里。

龙河发源于鄂渝交界处的重庆市石柱土家族自治县冷水乡李家湾七曜山南麓，在重峦叠翠的峡谷间穿行164公里，天然落差1263.3米，在丰都县城王家渡注入浩浩荡荡的长江。龙河是丰都境内最长的河流，境内长度60公里。

龙河两岸奇峰高耸，河槽深切的特点，在三建乡发挥到极致。两岸悬崖峭壁，如刀砍斧削一般，海拔从230多米爬升到1200米，许多地方坡度在八九十度，从山下无法攀爬到山顶。境内80%的土地为山地陡坡，全乡可耕作土地仅占总面积的25%，村民主要居住在河道、坡谷地带及三面大山高远区域，一方水土不能完全养活一方人。加之当地的喀斯特地貌特征，造成蓄水、保水能力弱，村民靠天吃饭现象比较严重。2016年，三建乡常住居民人均可支配收入

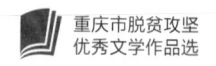

8479元，居全县末位。

三建乡河道狭窄，场镇容易受到洪水袭击。2016年7月19日，三建乡遭受百年一遇特大暴雨洪灾，老场镇平地涨水4米，80%住户进水，直接经济损失1.2亿元。乡境内滑坡、危岩、泥石流等地质灾害对居民的生产生活安全有较大影响，特别是乡政府驻地处于滑坡、危岩地带，是市政府确定的全市场镇整体搬迁避险的四个重点乡镇之一。

"现在，乡政府办公都是在板房屋里，驻乡干部吃住都在板房里面。"何虹桦副书记带我们去参观了他们的"临时乡政府"。我去采访的那一天，正好丰都县作家协会组织作家到三建乡采风，我也在被邀请人员之列。

我们的第一印象是，项目部！以前，我采访过类似高速路、高铁、轨道等建设工地，每个标段都有一个项目部，基本上都是板房。板房与一般的混凝土钢结构房子住起来是有区别的，冬天冷、夏天热。

我们一了解，才知道，三建乡政府在板房里办公已经两年多了，按照场镇建设速度，他们还要在那里工作两年，才有可能搬家。

这也许是中国目前唯一的"板房政府"，但就是在这样艰苦的办公条件下，他们不辱使命，高质量完成了脱贫攻坚任务。

同行的作家都感叹不已。

2
我们参观完产业基地已是中午，按照活动日程，午饭安排在绿春坝村吃农家饭。

汽车跨过一条河流，就到了一个正在打造的农家大院，这里就是绿春坝村。

各种花卉、绿竹在春天里格外妖娆，纷纷争抢眼球。

村口的一棵古树，格外引人注目。这棵大约有300年历史的黄桷树，成为村里的金字招牌，大家都围绕着"神树"议论、欢笑、合影。

这时候，保家楼农庄已经人满为患，有自己动手烧烤的，有坐在桌子上吃饭的，有四处参观的……游客十分拥挤。

我们站在"神树"下，听何虹桦副书记讲绿春坝村的村情和保家楼的传奇来历。

绿春坝村有4个小组，6平方公里面积，海拔230米至550米，地跨龙河和双鹰河。龙河呈南北走向，双鹰河为东西走向，双鹰河在绿春坝村汇入龙河。坐落在龙河东西岸的是1组，坐落在双鹰河边的是2组、3组、4组。

正讲着，一列渝利铁路的动车从公路东边的高架桥上呼啸而过，消失在前边的隧洞里。

在公路和铁路之间，有一个占地400亩、投资3000万元的生态花卉产业示范园，由三角梅产业园、湿地生态公园、婚庆园、绣球园和花间民宿组成。

绿春坝生态花卉产业示范园由重庆丰都农业科技发展集团有限公司与贵州合生花境园艺公司共同投资打造。依靠示范园农户年户均可增收1万元以上。

"我们是县城的一个坝坝舞团队，经常到这里来玩耍，这里给我们印象最深的是环境优美、整洁干净，是心灵深处的小桥、流水、人家。"一位大妈告诉我。

绿春坝村是龙河国家级湿地公园的核心景区，更是丰都县城周边必到的休闲打卡地，将规划打造成民宿旅游区，吸引更多的游人到此游玩，以增加村民收入。

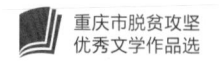

3

我们在一处楼阁坐下，听同行的作家孙江月讲绿春坝村的脱贫攻坚故事。

绿春坝村的过去是个什么样子？

绿春坝村是三建乡6个市级贫困村之一，其贫困原因与三建乡整个情况大同小异，只是离三建场镇近一些。

绿春坝村479户1583人，群众主要以传统种植业、养殖业和务工为主。2014年纳入贫困村，村民家庭人均可支配收入不足5000元。

贫困的原因主要有村内80%的土地为山地陡坡，全村可耕种土地仅占总面积的22.3%。交通条件落后、义务教育、住房安全和人饮保障均存在困难。村民初中及以下学历占60%、文盲半文盲占20%以上，多数青壮年劳动力外出务工，因缺文化和技术，务工收入不稳定。

2017年8月，重庆市委、市政府对全市18个深度贫困乡镇进行重点帮扶，组建18个帮扶集团，重点攻坚。

三建乡由重庆市人大常委会办公厅帮扶集团对口帮扶，成员单位由市水利局、市市场监管局、市港航管理局、西南大学、市烟草专卖局、华森制药公司、农工党重庆市委、中国联通重庆分公司、市商务委等部门和长寿区、大足区等近郊区共18个单位组成。

成立的三建乡脱贫攻坚指挥部，由市人大常委会主任张轩亲任指挥长，市级帮扶部门主要负责人任常务副指挥长。1个市级部门加丰都县2个县级部门帮扶1个贫困村。

市人大常委会办公厅帮扶集团组建三建乡脱贫攻坚工作队，由市人大常委会办公厅副主任孙泽均任队长。6个贫困村由市里派任第一书记，县里配备队员，共同组建驻村工作队。丰都县对三建乡脱贫攻坚工作高度重视，县委选强配好三建乡党政领导班子。

县委选派20世纪90年代末曾担任过三建乡党委书记的县人大常委会副主任黄友志兼任三建乡党委书记，将曾在县人大办公室工作过的江池镇镇长任正义调任三建乡乡长，乡镇副职领导从全县各部门、各乡镇选调精干人员，组成一个精干高效的扶贫领导集体。

张轩主任每季度带领扶贫集团各部门主要负责人到三建乡现场办公一次，解决各种难题。丰都县委书记徐世国每月到三建乡调研指导，对资金等重大问题进行现场调度。县人大常委会主任敖翔每半月到三建乡进行现场办公，及时解决脱贫攻坚中的具体问题。

有了这样的有力度的推动，三建乡马不停蹄向前奔跑。

4

到绿春坝村之前，我与三建乡副乡长向承忠通了个电话，说明了采访意图，他说他是绿春坝村脱贫攻坚指挥部联络员，中午在保家楼等我。

电话是三建乡人大刘主任提供给我的，本来我想联系他，结果因为这一天时间正好是周六，刘主任不在单位。

绿春坝村脱贫攻坚指挥部由副县长陈金富任指挥长，县市场监管局局长等相关部门负责人任副指挥长，三建乡副乡长向承忠任联络员。驻村工作队由重庆市港航管理局、丰都县市场监管局、重庆银行丰都支行等部门抽调熟悉农村工作的干部组成。市港航管理局先后派出3名中层干部担任驻村工作队第一书记。

刘晗，绿春坝村驻村工作队第一任第一书记兼队长，之前是市港航管理局水上交通管理监控中心副主任。2017年9月受命于此，驻村期间，他父母身患重病，但是忠孝难两全，他含泪坚守岗位，先后完成入户走访、村脱贫攻坚规划编制、贫困户动态调整等工作，落实村文化广场、竹海休闲园、危房改造等项目，让绿春坝村在基础设施建设、产业发展、人居环境改善等方面有了长足发展。

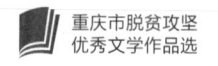

2018年10月，刘晗被评为2018年度重庆市扶贫开发工作先进个人，受到市委书记陈敏尔、市长唐良智的亲切会见。

杨明，绿春坝村驻村工作队第二任第一书记兼队长，之前是市港航管理局海事处副处长。驻村期间，他倾力打造了保家楼竹乡水苑、人居环境整治市级示范项目。

禹华伦，绿春坝村驻村工作队第三任第一书记兼队长，之前是市港航管理局铜梁船闸管理处副处长，2019年9月到任，到任后一头扎进村脱贫攻坚各项工作中，与村支"两委"协助乡政府领导成功解决绿春坝村1组花卉基地用地问题，为项目成功建设立下了汗马功劳。

这些人物、事件，就是绿春坝村发展的"活字典"。

5

吃过午饭，我们闲逛绿春坝保家楼院子。

这里很有历史底蕴，原来的土石结构房子还保留着，一些木架房很有沧桑感。

在一户关闭着的人家门前，1975年元月刻在石头柱子上的字还清晰可见：上联"幸福常思苦与甜"，下联"丰收不忘勤和俭"，横批"自力更生"。

大家都拿起手机拍照，都说要搞乡村旅游这些"文物"都要保留，原汁原味！

有一家看上去很"豪华"的农家乐，正在装修，适合休闲、喝茶、聊天。老板是一位美丽的女士，见我们去参观，就很热情地招呼我们，安排我们在装饰一新的露台坐下。

"妹妹不会做鞋，嫂嫂有个样。"这是当地农村人爱说的一句土话，意思是照着样子做，就能做出好的鞋子来。

"以前我们村也在发展，但一直没有长远规划，其他地方怎搞，我们就跟着干，所以一直没有自己的特色，脱贫攻坚以来，我们把规划摆在了第一位。"53岁，当了三年村主任、六年村党支部书记的廖志伟谈起了自己的心路历程，给我们介绍全村脱贫攻坚的具体做法。

驻村工作队到村后，他用一个月时间和村支"两委"干部集中走访全村每一个山头，每一家农户，哪里种什么，哪里需修路，全面听取村民的意见。

村里请了专业规划公司，编制了《丰都县三建乡绿春坝村脱贫攻坚规划（2017—2020年）》。村里的规划根据三建乡的脱贫攻坚规划，按照绿春坝地处雪玉洞、九重天与南天湖景区三个4A级景区之间，毗邻龙河国家湿地公园和龙河谷水利风景区的优势，可为旅游景区提供后勤保障，吃旅游饭，围绕基础设施、产业发展、人居环境、乡村旅游、公共服务、人口素质提升等方面，规划了4大类12小类32个项目，总投资3978.1万元，实现全村农户受益全覆盖。

"按照规划，逐一落实，目前，规划的脱贫攻坚项目已完成95%，现在绿春坝村的发展变化已经让人看得见、摸得着。"廖志伟说。

谈到产业，何虹桦副书记说，之前，绿春坝村人一直以传统的粮猪产业为生存之本，缺水缺路的现实又让这些产业无法做大做强。

2014年，村里决定种雷竹。当时村里组织100多位村民到了四川，参观了都江堰市乡村的雷竹产业项目，翠竹丛里农家乐，游人如织采笋忙，农民种雷竹赚得盆满钵满的事实让绿春坝村村民眼界大开。回来后，绿春坝村成片栽植雷竹500亩。2020年，村里规划一片区域进行整体打造，1800多亩的竹产业项目落地生根。

为什么发展雷竹？雷竹笋味道鲜美、甘甜脆嫩，出肉率高达70%，为早熟、高产的优良笋用竹种，含有粗蛋白、脂肪、可溶性糖类、纤维素及无机盐等。

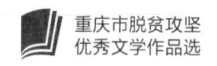

2017年10月,三建乡脱贫攻坚指挥部,组织各村干部现场参观绿春坝村的雷竹产业项目,决定将其作为全乡发展的脱贫项目加大发展。2018年11月,绿春坝村村支"两委"牵头组建丰都县三建乡伟森农业开发股份合作社,主导产业是笋竹和乡村旅游项目。合作社负责经营和管护产业事宜,成立了董事会和监事会。村支书出任董事长,村支"两委"部分成员、各组组长及村民代表成为合作社组织人员,制定了章程和管理办法,规范运作。

山还是那座山,地还是那些地,以前,大家对地既爱惜又浪费。爱惜时家家户户寸土必争,你多挖了我地角一锄头也不行,浪费起来大片大片的好田好土多年撂荒而无人问津。

绿春坝村通过"三变"改革,成功流转2000多亩土地,竹海休闲园和生态花卉产业示范园在绿春坝的土地上横空出世,全面盘活了长期撂荒的土地资源,从根本上破解了集体经济"空壳村"难题,让群众稳定增收,全面提升了群众的获得感和满意度。

花海、雷竹、古树、新房组成了绿春坝村生机勃发、欣欣向荣的美丽乡村形象。在绿春坝村穿行,干净整洁的房屋,房前屋后漂亮的小果园、小菜园、小花园,老乡们热情招呼的暖暖话语都让人经久不忘。

村庄换新颜,田园如画卷。

过去是养猪种地养活了绿春坝人,现在是雷竹产业和乡村旅游致富了整个绿春坝的老百姓。

一万朵玫瑰在燃烧

1

2016年夏天我第一次去巫溪红池坝。对于红池坝,我记忆最深刻的是傍晚，高山之上，霞光之美，令人陶醉。

那一次回来，我还写了一组散文诗《巫溪的灿烂短歌》发表在《重庆晚报》，现在还清晰地记得写红池坝的那一段文字：

> 傍晚的时光很空洞，霞光占据了九十九座山头之后，逐渐疲惫。
>
> 一群骏马、无边无际的鲜花、风格独特的官殿开始从天上掉下来，大地在夜色中延伸，再延伸，尽量让宴席不拥挤，让车马有停靠点，让情侣有说话的密林……
>
> 月亮把数万吨银水从天上泼下来，她要把红池坝的"红"覆盖吗？
>
> 我是今夜的银匠，请你等候我正在扎束的银色玫瑰，趁着月色，虫鸟奏乐，我悄悄把玫瑰的暗喻交给你。
>
> 静静地坐下，辽远的牧场里风声呼啸，难道它要与今夜的月光争夺秋夜之美？
>
> 每一株小草就是一个天真的夜游的孩子，每一朵小花代表一个不眠人的心愿，在无边的月色里，你可以想象你的前世今生……甚至可以把你的内心交给今夜的月光带走！
>
> 月光下，有一千对翅膀在飞翔……
>
> 月光下，有一万朵玫瑰在燃烧……
>
> 你听，秋风在诉说什么？它呼啸，难道它要把穿着银装的森林撕裂？难道它要把少男少女赶回到巢中？难道它要把深度睡眠的骏马叫起来重新奔跑？
>
> 你看，月光多么静谧！不与木房子里暗淡的灯火争锋，不与漫天闪烁的群星斗艳，不说出草地上、树林里更多的秘密！

> 红池坝的夜晚是喧闹的孤独，是孤独的喧闹。

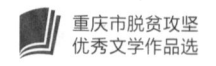

这是诗歌对红池坝的追从，而真正的红池坝是新时代的一部交响乐。这里不仅有如诗如画的美景，也有感天动地的扶贫故事，更有偏远山乡人民愚公移山的精神！红池坝是4A级风景区，但是红池坝镇却是18个市级深度贫困乡镇之一，我们在欣赏它美景的同时，更应该关注这里的巨大变化。

红池坝镇地处巫溪与开州、云阳三区县交界处，距县城120公里。过去，从巫溪县城到红池坝镇，需历经三十三道弯、九十九道拐，长途颠簸3小时。交通闭塞，严重制约着山乡发展，雨天塌方、晴天修路，成为当地的交通常态。

红池坝镇的资源优势在生态，未来发展靠旅游。改变区位劣势，打破交通瓶颈，是红池坝镇实现稳定脱贫的根本支撑。

2017年8月以来，一场深度改善巫溪、开州、云阳三地连片贫困带区位条件的交通大会战，在这里轰轰烈烈打响。"一横一纵"干线公路实现贯通，它将连接周边的车程足足缩短了1个小时。巫云开高速，实现1小时巫溪、云阳和开州，2小时万州、4小时重庆主城的方便快捷出行目标。这些交通大改善，有力助推了巫溪红池坝—开州雪宝山—云阳龙缸景区联动发展。

交通畅，百业旺！大交通改善大区位，红池坝镇短短3年时间由原来离县城最远的乡镇，变为离主城最近的地方！

2

"变不敢想为敢干，变不可能为可能"是红池坝脱贫奋战的精神。

2014年全镇有建档立卡贫困户957户3716人，贫困发生率达20.5%。2017年通过动态调整，全镇有建卡贫困户1333户5138人。

到2019年底，贫困发生率降至0.42%。

这是红池坝镇脱贫的一个基本数据。从20.5%的贫困发生率下降到了0.42%，这个变化过程，我想，不知凝结了多少人的汗水和辛劳。

2018年10月，重庆市市长唐良智现场视察调研红池坝镇后，指出"纵比有变化、横比差距大"。这句话无疑是给红池坝鼓励和鞭策。

县里主要领导要求红池坝镇"学先进、找差距、补短板"，沉下来"学原文、悟原理、找方法"。"白天抓工作、晚上抓学习，倒排工期、挂图作战、打表推进"成了红池坝镇脱贫攻坚的流行语。

从2019年6月开始，镇党委、政府一班人实行两班倒、半月休，带领全镇广大干部群众早出工、晚收工，男女老少齐上工，天晴下雨不停工，节庆假日不歇工，全力攻战深贫堡垒。

2020年2月14日，重庆市市长唐良智亲自到现场督战时说，在红池坝镇干部群众身上，看到了愚公移山精神和战天斗地气概。

要实现高质量脱贫，必须全面解决"两不愁三保障"突出问题。脱贫攻坚以来，红池坝镇努力克服区位偏远、交通闭塞、土地破碎、自然条件恶劣等不利因素，利用和发挥大山秀水，紧邻红池坝4A景区的区位优势，坚持实施以"旅为龙头、农为基础"的旅游扶贫战略，走深走实"小组团、微田园、生态化、有特色"的农旅融合发展之路。

红池坝镇注重新型农业市场经营主体培育，变分散为集约。引进市、县龙头企业24家，培育农民专业合作组织73个，在茶山、九坪、渔沙等村生产条件较好人口相对集中区域，按照"确权不确界"等方式，流转土地9500多亩。结合退耕还林栽植脆李、核桃等经果2.5万亩，在地中药材1.6万亩，套种马铃薯（蔬菜）1万亩，粮经作物比由7∶3调整为2∶8。

坚持以农业特色产业为支撑，以打造标准化果园、茶园、药

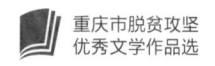

园、菜园为平台发展乡村民宿，变农村为景区。完善生产及休闲步游道、游客接待中心、旅游服务区、旅游标识等乡村旅游基础设施，建立"畜禽进圈、柴火归位、瓜豆上架、蔬菜成行、卫生上榜"的人居环境及田园综合治理机制，让农村常见事物变成景观，让蔬菜瓜果成为采摘旅游体验。构建"春品茶赏花、夏避暑摘果、秋收药采蜜、冬民俗戏雪"的四季农旅融合格局。策划"红池坝上·云中之家"乡村旅游营销定位，举办首届乡村旅游文化节，吸引上万名游客参加，网络宣传点击量达20万余人次。九坪—茶山农旅融合示范片成功创建"红池云乡"国家3A级旅游景区。2019年，红池坝镇获评"重庆气候养生地"及"网友最想去的十大气候宜居宜游乡镇"称号。

加快推进乡村旅游接待能力建设，变民房为民宿。建成华侨城巴渝民宿、云中客栈、横担山庄等民宿酒店3家，民宿接待户30户，现有床位360余张，在建24户、床位140余张。2019年，龙台村"金竹柳舍"乡村民宿营业半年时间，实现收入45万元，共带动53户农户，其中贫困户25户，户均增收5000元；茶山村的民宿接待户户均收入达到3万元以上。

新建饮水池134口，铺设管道490公里；开建"四好农村路"108公里；完成农村电网改造工程6个，农村生产生活用电全面保障；建成投用通讯基站19座，消除通讯信号盲区；开建集中居住点4个、幸福家园13个；启动镇卫生院迁建工程；全面落实义务教育阶段在校学生教育资助政策，实施"一中四小"教学条件改造提升项目……一年多时间以来，红池坝镇统筹解决了群众"增收难""饮水难""住房难""出行难""看病难""读书难"等问题。

3

朱永兴是红池坝镇小河社区一位朴实的农民。以前他整天忙碌于各个山头种地放羊，可是收获很微薄，家中5个孩子都在上学，生活举步维艰。

脱贫攻坚后，朱永兴自然成为党和政府的帮扶对象。从穷人变为种植养殖大户，真正意义上实现了脱贫致富。

如何才能提高朱永兴整个家庭的"造血"功能？帮扶干部多次到家里沟通交流，鼓励他放开手脚大胆干，激励他发展产业的信心和动力。党的好政策，终于打消了朱永兴没钱没路子的顾虑。抱着脱贫的信心和决心，他选定种药材云木香和养殖山羊的产业项目，利用红池坝镇朝阳坪林下进行种养发展。找到了地方，资金又成了问题，镇村干部积极为他争取小额扶贫贷款5万元，使他开启了种植药材、养殖山羊的发展之路。

自从认准了这个致富路子，朱永兴凭着自己"人穷志不穷"的信念，夫妇二人不管是刮风下雨还是烈日暴晒，总是在药材基地、草场羊舍间来回奔波忙碌，从未停息。驻村工作队积极邀请市畜牧专家、镇农服中心技术员为其现场技术指导，同时为他积极争取到巫山、巫溪学习的机会，让他真正掌握一套种养的好手艺。一份耕耘，一份收获，成片的云木香茁壮成长，满山的山羊膘肥体壮。2020年初，他的药材种植面积达1300亩，养殖的山羊达365只，年综合收入就达30多万元。通过自己不懈的努力，他被红池坝镇党委政府评为脱贫示范户。

在自己脱贫产业稳步发展的过程中，朱永兴不忘党的好政策，不忘小时候父老乡亲的厚爱。他秉承雷锋的"一滴水只有融入大海，才永远不干涸"精神，一方面，将学到的种植养殖技术结合自己摸索出来的经验，总结出了一套简便易懂的种养技术，随时随地向其他村民传授讲解，带动11户贫困户发展云木香200多亩；另一方面，以借羊还羊的模式，借一斤还一斤，为舒成见等4个建卡贫困户借出山羊210只，使贫困户受益羊羔80多只。他用实际行动帮

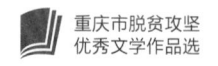

扶乡亲回馈社会，社区增加药材种植面积200多亩，羊群800多个，增强贫困户脱贫致富的内生动力。

朱永兴有一段很朴实的话："脱贫不是靠要，致富不是睡觉。人只要有志气，再苦也有出头日。"这就是一位朴实农民的自信。

4

有一段时间，在红池坝镇"想当贫困户、争当贫困户"的现象比较突出，群众内生动力普遍不足。因为脱贫攻坚任务重，时间紧，压力大，镇、村干部不同程度表现出畏难情绪！

为此，镇党委、政府探索实施"一二三四"强党建、促脱贫举措。严格"一赛一考"，有效传导工作压力。各村登台亮相，通过看现场、听介绍、比成效，形成比学赶超的良好氛围。建立脱贫攻坚等次考核机制，倒逼推进工作。推行"两述两公"，促进干部作风转变。对村级重大事务、惠民政策落实等，推行议事公开、透明决策；推行结果公开、成效上墙，不断融洽党群、干群关系。实施"三帮三带"，强化支部联建引领。抓住市、县单位帮扶机遇，深入开展"帮思想、帮技术、帮发展"支部联建活动。一年多来，共建成党员干部产业示范基地13个。深化"四比四看"，发挥党员模范作用。各村（社区）党支部分批组织农村无职党员开展"比发展，看是否做到带头发展产业、带领群众脱贫致富；比家风，看是否做到文明和谐、移风易俗；比卫生，看是否做到房前屋后无垃圾污水、室内室外干净整洁；比党性，看是否做到带头宣传执行党的方针政策、充分发挥党员的先进性作用"……镇党委、政府一系列有力举措，转的是观念，聚的是人心。

观念一变天地新！茶山村1社人多地少，大家打破一家一户分散经营的传统观念，让农田变景区，开创了红池坝镇的历史先河，被确定为全市乡村振兴试点村；银洞村成立农民专业合作社发展茶叶、药材产业，带领群众脱贫致富上了重庆卫视《重庆新闻联播》；铁岭村人均4亩药、户平2头牛，产业发展全镇领先……

5

茶山村距巫溪县城130公里，是巫溪县最远的一个村，最低海拔600米，最高海拔2300米。这里，人多地少矛盾突出，人均耕地不足1亩，依靠发展农业产业致富困难。

村支"两委"狠抓产业扶贫，注重"种养结合、长短结合"，在家有劳动力的建卡贫困户实现产业到户全覆盖。深化就业扶贫，吸纳50余名贫困人口到扶贫农庄和基地就近就业，选聘生态护林员、安全饮水管理员等公益性岗位20人。累计为41户贫困户发放小额扶贫贷款，获贷率达60%。共引进业主4家，流转土地1200余亩，建设标准化果园400亩、茶园370亩、中药材基地430亩，建立"农户实行保底收益+劳务派工+收益分红"增收保障机制，为深度调整产业结构，促进农旅融合发展奠定坚实基础。

茶山村2016年退出贫困村，2020年实现脱贫。

广大干部群众积极投身这场火热战斗之中，让镇、村面貌发生了巨大变化！"绿水青山好风光，柏油马路真宽敞。村村互联组通畅，处处白墙青瓦房。自来水流哗哗响，春茶夏果采药忙……"今天的红池坝镇，正徐徐展开一幅美丽乡村画卷，这颗藏在大山深处的生态明珠正悄然崛起！

讲述者

贫困之冰，非一日之寒；破冰之功，非一春之暖。

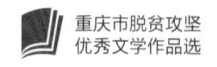

中国脱贫攻坚历时多年，数百万扶贫人投入其中，不计报酬、不计得失；数千万贫困户直接受益；2020年，中国将向世界宣布全面实现小康社会。

路，漫漫！

这么一个庞大的工程，不！是一场艰苦的战斗——脱贫攻坚战！中国赢了！

感恩奋进，砥砺奋斗。

3200多万重庆人民把习近平总书记的殷殷嘱托全面落实在重庆大地上——2020年2月，全市14个国家扶贫开发工作重点区县和4个市级扶贫开发工作重点区县全部脱贫摘帽；一以贯之、坚定不移全面从严治党，风清气正的政治生态持续向好——这样一份"成绩单"，诠释着年轻直辖市在实干中书写时代答卷的担当和作为。

这里，我把12位被采访者的谈话记录整理出来，他们在脱贫攻坚的第一现场或者在幕后默默奉献。我想请你阅读他们的内心和灵魂，因为他们是我们这个时代楷模的缩影。

让我们沿着总书记指引的方向奋勇前进，一年接着一年干，以新的发展成绩回报总书记的亲切关怀和殷切期望，用辛勤的劳动奏响大地凯歌，为重庆赢得更加灿烂的未来！

王波（重庆市人民政府办公厅副秘书长）：

我在奉节县平安乡扶贫两年，对那里现在记忆犹新。

2017年9月4日，我们工作队到达平安乡，当时这个乡很穷、很落后，因为地理位置偏远，自然条件恶劣。老百姓的产业是传统的"三大坨"——红薯、洋芋、包谷。

记得当时只有一条进乡政府的道路稍微平整宽阔些，其他道路基本上是泥巴路，一下雨行走十分困难，有些到村上去的路是茅草路，靠扶贫干部一脚一脚走出来。正像鲁迅先生说的一样，世上本没有路，走的人多了就成了路。

由于那里是喀斯特地形地貌，老百姓严重缺水。为了解决吃水问题，我们在深山、悬岩寻找水源，有一次我不慎摔断了一只胳膊，虽然自己吃了不少苦，但是我们最后还是通过多种办法解决了老百姓饮水问题。

通过脱贫攻坚，可以说平安乡发生了日新月异、天翻地覆的变化，现在不仅基础设施完善，产业也得到长足发展，乡村治理也走上正轨，人民幸福指数飙升。

扶贫工作让人明白，老百姓是懂情的，是感恩的。

有一天深夜，咏梧村第一书记李宗政给我打来电话，汇报他驻村两个月的工作情况，他说这个村的工作没法开展，老百姓的思想做不通，不理解、不支持村里的工作。说到激动时，这个曾经在部队当过团职干部的军人居然大哭起来，说自己都几十岁了，大老远跑到这里来扶贫，还受委屈！

我与他谈了两个小时："农村工作要讲方法，基层工作不一样，要与老百姓打成一片，慢慢磨。"其实，我深知，他们的工作太不容易。

没想到，这一年底，咏梧村摘掉了"后进村"的帽子，获得了"先进村"殊荣，第一书记李宗政在村里受到老百姓普遍欢迎。

还有一次，我和林口村第一书记高紫阳以及几个扶贫干部一起走访贫困户，到了一个住得比较远的村民家里，大家坐下准备交流，我先向这位村民介绍来的人员姓名，听到我的介绍，这位村民反应平常、淡然，只是礼节性动作。他第一眼看到同行的高紫阳，眼光陡然发光，不停地喊"啊，高书记！高书记好！高书记好"，还飞快地跑过去握住高紫阳的手，脸上露着本真的笑容。

这一刻，我感触很深！

宁口村第一书记高紫阳，到平安乡扶贫半年时间吃住在村，自

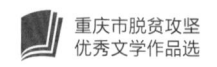

己小孩在重庆某幼儿园读书，有一次生病在重庆儿童医院治疗，家里电话一个接一个打来，但是他因为工作太忙最后还是没有回家去。他给老百姓办了实事，老百姓记住了他。这就是那位村民见到他，眼睛发光的原因。

或许，这就是民心！

张才明（重庆市江北区委常委、组织部部长）：

在"不忘初心、牢记使命"主题教育中，重庆市江北区委高度重视软弱涣散党组织整顿工作，区委常委会专题研究，明确联系区领导、帮扶部门，逐一审定整顿方案。我包点联系复盛镇华山村，区委组织部结对帮扶。

种种历史原因，造成华山村成了"灯下黑"，这也是当地政府的一块"心病"："最后一公里"不通畅，通讯问题经常被群众"吐槽"。

华山村被当地老百姓分为内槽、外槽。内槽也就是4社，处于山沟，地势低洼，完全没有信号；外槽好一点，也是时断时续。

主题教育中，华山村党支部被确定为软弱涣散基层党组织，整治任务刻不容缓。全区乡村振兴现场推进会在复盛镇召开，区委书记李维超、区长代小红深入华山村，实地调研指导整治工作。我本人多次前往华山村现场办公，面对面听取党员群众意见，梳理出涉及到医疗、通讯、交通、生产用水等方面12大问题。

在区委的坚强领导下，相关部门和镇党委下定决心解决问题：一个字"干"！两个字"干好"！

区委选派区农业农村委优秀中层干部担任村支部的第一书记，镇党委也派出精干力量担任该村党支部书记，配齐配强村支"两委"班子。面对大家关心的热点问题，在多部门的合力攻坚下，村支部一一回应。开展山坪塘整治，解决生产用水难的问题；安排坐诊，解决看病难的问题；协调移动、联通、电信几大运营商将光纤拉到了内槽，彻底解决了通讯难的问题；开通华山村便民服务车，解决了出行难的问题。

通过整顿，华山村党支部全面转化提升，成为坚强战斗堡垒，老百姓日子越过越好。也印证了一句话，自古华山"一条路"，"不忘初心"顺民心！

王国栋（重庆市丰都县青龙乡黄岭村驻村第一书记）：

丰都县青龙乡黄岭村是个美丽的小村庄，离丰都县城80多公里。这里，几乎看不到年轻人的身影，绝大多数年轻人都外出务工。但在坟子山下的村活动室里，却住着我们这个特殊的群体——黄岭村驻村工作队。

蜿蜒流淌的渠溪河从黄岭村奔腾而过，将黄岭村一分为二，在河的中间有一排石头跳墩，平时，黄岭村群众都是通过这排石头跳墩达到河的对岸，日出而作、日落而息。但一遇下雨或上游电站开闸，这排石头跳墩就会被淹没，村民们就只能涉水过河，孩子们只有望河兴叹。

2017年9月13日，我刚到黄岭村，就想到渠溪河对岸的贫困户家中去看一看，来到河边，望着淹没到大腿的河水，40多岁的村主任黄节于脱掉了他的裤子蹚进河中，对着我不好意思地说："王书记，对不起，我们这里没有桥，只能脱了裤子过河，你是县里下来的干部，要不，你不脱裤子，来，我背你过河。"当即我也脱下裤子蹚进河里，告诉他："黄主任，今天我们脱掉裤子过河，但我们一定要让老百姓穿上裤子过河"。

在这条渠溪河上，也发生了许多浪漫而感人的故事：70多岁的老大爷黄世训，佝偻着身躯，走到河中间，发现河水很急，回头一看，老伴还在岸上，又折返回来牵上老伴，老两口手牵着手颤颤巍

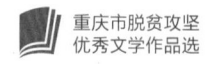

巍地走过渠溪河，很美也很浪漫；乡村教师王光权，是黄岭村村小唯一的老师，王老师24年如一日往返在渠溪河上，一个一个将学生背在背上，送他们上学、放学，很辛苦，也很高尚。这一条旁人看来风景如画的渠溪河，千百年来却承载了无数黄岭儿女的苦，群众办事、开会、走人户都要从这条没有桥的河中蹚过。对于具有浪漫主义情怀的人来说，这是一段坚贞的爱情，是一个感人的故事，是一种高尚的情操，但是对于扶贫干部来说，这却让我们感到心酸。

为了方便群众生产生活，黄岭村驻村工作队立即与县交通部门衔接，仅仅用了不到一个月的时间，就完善了相关手续，10月11日，停工了三年的黄岭大桥重新恢复了施工。8个月后，黄岭大桥成功合龙，接下来顺利通车。那一天，村民们放了鞭炮、杀了公鸡，在阵阵鞭炮声中，我看到老百姓的笑脸，也看到了笑脸中的眼泪。是啊，他们等这座桥已经太久太久！

2018年6月12日有群众来对我说："王书记，1社的王光志说，要让自己的危房垮掉，让你们这些干部'上不到坎'。"我听后感觉气血瞬间就上头了，觉得很委屈，离开城市的舒适，告别家庭的温暖，来到这个偏僻的地方工作，我说一定要去会一会这个宁可自己在场上租房居住，也不管老家房屋要垮塌，非要我们"上不到坎"的"刁民"。

第一次到王光志家里，已经是晚上10点多，当我见到这个"刁民"的第一眼，就惊呆了，在昏暗的灯光下，王光志躺在一张凉床上，因为脑梗死只有半边头骨，甚至能感觉得到他头皮里面的脑髓在跳动。原来，王光志常年在上海打工，2017年得了脑梗死做了手术，2018年3月从上海回到青龙乡，一直瘫痪在床，还有一个女儿在读初中，家里开支大。

这样的人是真贫困，不是对干部有意见，是我们工作的失职，是我们真正应该精准扶贫的对象！于是，经村民大会一致讨论决定，将王光志纳入贫困对象，予以精准帮扶。春节，我到王光志家去慰问，当王光志的家属从我们手上接过米、油、肉和慰问金时，不停地抹眼泪，说这么多年来，他们第一次感觉到了党和政府的关怀和温暖。

王光志的眼圈也是红红的，发现我在看他，他又悄悄地转过了头。男儿有泪不轻弹，只是未动真感情。王光志的眼泪，让我明白了驻村干部不一定非要做轰轰烈烈的大事，把工作做细做实，让群众感受到党和国家的温暖，也是我们的重要工作。

罗涌（重庆市石柱县金竹乡驻乡工作队队长、县检察院干部）：

我想讲两个故事：一个叫"蜜满大山"，一个叫"一条便道化'恩怨'"。

2016年3月，我第一次到石柱县沿溪镇清明村驻村扶贫，担任第一书记兼驻村工作队队长。

走访贫困户张仁华家，看见的情景让我吃惊：他家确实太穷了。两间低矮、破旧的土坯老房，墙上开了裂，家里也没有什么值钱的东西，居住在1200米的高山上，土地贫瘠，几乎没有农作物收入，上有一位84岁老母，下有两个读书小孩，虽然算因学致贫，其实致贫的原因很多。我发现张仁华喜欢养殖中蜂，而且这里五倍子、黄荆、乌梅、火棘随处可见，蜜源植物丰富，适合大规模养殖中蜂，便因地制宜地为张仁华精准施策，量身打造养蜂脱贫计划。并为他申请家庭农场建设项目。

我组织"赶场扶贫"活动，推动沿溪镇"第一届方斗山采蜜节"，促销蜂蜜等农产品。2016年，张仁华由30余群中蜂发展到168群，产蜜500余公斤，收入11万余元，种蜂销售收入4.5万余元。这一年，张仁华家的养蜂收入15万余元，经济上实现了历史性大飞跃。可以说，我们找准了帮扶措施。

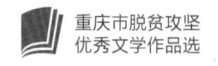

有了钱，张仁华还清了高山移民后的建房借款，完善了基础设施，终于从住了几代人的陈旧土坯房，搬入了新房。2017年他获得县委、县政府颁布的脱贫致富奋进奖，成为贫困户学习的榜样。

张仁华脱贫致富后，免费当起了村里的中蜂养殖技术员。他教的徒弟中，有一位是云桥组的贫困户，叫冉启荣，也靠养殖中蜂获得2017年脱贫致富奋进奖。

张仁华还承接了一项股权分红的扶贫项目。从2019年开始，他兑现协议，向15个特困户每家支付分红款996元，而且还要连续分红5年。

短短的几年时间，张仁华由一个贫困户变成创业致富能手，又从致富能手变为了帮扶人，带动着几十个村民养蜂创收。

在张仁华勤劳致富事迹的感召下，如今的清明村有6家中蜂养殖家庭农场，10余家养殖大户，2000余群蜜蜂。

2017年底，老实巴交的张仁华被选举为重庆市人大代表，作为本次推荐的唯一贫困户代表，参加重庆市人代会。我为此感到骄傲，也为驻村工作队辛苦付出由衷点赞，因为我们的扶贫工作，得到了村民的认可，得到了县委、县政府的充分肯定。

在沿溪镇驻村扶贫的一年里，我一个人住在村委会，每月只有交通补贴300元。没有车，缺经费，走访农户成了我最大的难题。清明村地域宽，山高坡陡，路途远。近的地方用脚走，远的地方便与村卫生室医生王贵安商量，搭乘他的摩托车。我就这么独自坚持走完了全村农户。脚上的一双"解放鞋"时常沾满泥土，长时间没有换洗过。

为了方便扶贫工作的开展，我借了一台私车，每月花费油钱就上千，大半年下来花去7000多元。为贫困户推销农产品、加油等，花费5000多元，一位村干部受伤住院捐款2400元。这些都是自掏腰包。

扶贫期间，我私人花了10000多元，换回来的是养蜂户们几十万、上百万的收入，我想，值得！

第二个故事是"一条便道化'恩怨'"。2016年4月12日中午，我和扶贫队友走访贫困户，来到清明村黄泥组，但组长冉华盛却不太欢迎，冷冰冰地说："你们来走啥？我们组没啥走的。只怕走访出来的都是意见。"他拿出竹根烟杆，裹上叶子烟，开始大口大口地吸，强烈的土烟味道散发出来。

"难道贫困户评定有问题吗？"

"不不，过去都不愿当贫困户，现在听说有补贴，开始闹，开始争，主要就是看见有人给贫困户送钱送物，心里不平衡。"

回到村委会后，扶贫队员们跟村支"两委"干部讨论起来，村主任黎道华也有同感："帮扶部门送到村上的化肥和慰问资金，反倒让我们为难。各单位慰问的钱和物资不一样，我们村干部也有结对帮扶户，村里没钱，拿什么去慰问？送不送，送多送少，送给谁？这不是摆明会闹起矛盾？弄得我们送化肥就像做贼，只好晚上或雨天悄悄送。"

出现这样的新问题，总要找到解决的办法。

于是我们回到县城，开始在县级帮扶联系部门游说，建议将之前的慰问性扶贫物资和资金整合，直接投入贫困村修建人行便道，让更多的人受益，这样覆盖面、受益面宽，避免或减少新的矛盾。

当年8月初，在县投资促进中心帮助下，石家组的生活生产便道开工了。当月中旬，投入使用，连接3个居民点，为20户人提供便利。

"以前我们这里出行很不方便，一到下雨天，串个门身上到处都是泥巴，现在出门走水泥路，不脏裤子不湿鞋，真的很方便。"享受到便利的非贫困户说，"我们以前还和驻村工作队唱反调，给他们添麻烦，真是太不应该了。"

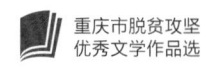

2017年9月,检察院的扶贫阵地转移到了金竹乡。2018年9月我再次担任驻乡工作队队长。

我体会到,这个时代,能有幸参加扶贫工作,是一件非常有意义的事,不仅要为亲身经历和见证扶贫感到骄傲,也要让后人记住这段值得骄傲的历史。

陈春明(重庆市涪陵区作协副秘书长、区政协委员):

我与扶贫"相濡以沫、风雨同舟",走过人生最精彩的17年,见证了中国反贫困事业不断进步的铿锵脚印。

2017年3月10日,我借调到重庆市扶贫办综合处,从事脱贫攻坚督查调研工作。33个有扶贫开发任务的区县,先后督查调研了30个,但印象最深的还是对武隆区的2次督查。我从被督查者变成了督查者,站在一个全新的高度和角度,去认识扶贫、理解脱贫、总结攻坚、升华自我。

记得有一次——

我们下车向一对夫妻打听附近有没有贫困户、低保户,男的回答:"你们是重庆来的?我们村污得很,和干部有关系的就当得到贫困户,没有关系的再穷也空了吹!"

"能说一下具体的名字么?"带队的组长李永波拿出了记录本。

"有人每个月拿着1000多块钱的退休工资,还是贫困户。"中年男人想了想,准备打开话匣子。

"屁话多!"男的刚说到这,就被女的推着走了。

2017年4月13日,我和李永波一道,前往武隆区巷口镇杨家村开展暗访,这也是我第一次代表市里督查区县,心里很有点"装大尾巴狼"的感觉。碰到赶场的这对夫妇,就问他们这里是不是杨家村,有没有贫困户、低保户。这是我们搞督查的"绝招",到县城或乡镇,总往人多的面馆、茶馆钻,打听哪个乡镇、哪个村最穷。

在村上就看哪个房子最烂，打听哪家最困难。

"有人么？"看到路边破旧的土墙房子开着门，我跺脚吓跑试探着靠近的看家狗，抬脚钻了进去。

"郑治明儿女都在教书，还是贫困户。我房子像这个样子，因为儿子在外面打工村上就说我不符合条件。"刘寿昌老人在我们作出不和干部见面承诺后，终于点出了假贫困户的名字。

我们一路打听，找到了建卡贫困户郑治明的家。新建的3层小洋楼主体已经完工，夫妻俩均为普通劳动力，儿子、女儿均是小学教师。接着又走访了脱贫户李代明，此人系烟草公司退休职工，每月领取养老保险金1028元。

"群众的眼睛是雪亮的！"我和李永波都发出了同样的感慨。

3天时间，我们先后暗访了车盘村、杨家村和五龙村，抽样调查35户，查出扶贫对象"漏评"、"三保障"措施不到位、"四类人员"清理不彻底、村社干部"优亲厚友"、扶贫信息系统数据错漏、集体经济"空壳"六个方面的一大堆问题。7月，武隆区将接受退出国家贫困区的检查验收。这个样子，能通得过？对照国家验收井冈山市和兰考县标准，我表示严重怀疑。

6月20日至22日，我又和李道斌副处长一起对武隆区脱贫迎检、督查反馈问题整改、扶贫信访等情况进行督查。暗访、回访江口镇银厂村等4个贫困村，火炉镇徐家村等3个非贫困村，走访农户35户，电话回访农户20户。这次督查，彻底改变了我第一次督查武隆区时的印象。

为顺利通过脱贫摘帽验收，武隆区全力精准目标，打好融合驱动"组合拳"；精准政策，量身定制脱贫"硬举措"；精准模式，开辟脱贫发展"新路径"；精准督导，促进工作推进"全方位"。在穷山恶水之间，武隆区描绘出一幅"绿水青山、金山银山"的美好画卷。

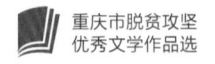

脱贫攻坚以来，武隆区整合各类扶贫项目资金17.34亿元，全力实施"十大扶贫攻坚行动"，实现"住有所居、病有所医、学有所教、老有所养、残有所助"，"行政村通畅、撤并村通达"，"家家自来水、户户安全水"等全覆盖；村级公共服务中心设施完善，便民服务、信息网络、金融网点等公共服务能力、质量、水平明显提升；乡村旅游等支柱特色产业基本"成型"，建成乡村旅游示范村（点）50个，扶持发展乡村旅游接待户4031户，收入突破10亿元。贫困户基本实现"两不愁三保障"。"好个武隆县，衙门当猪圈。老爷打板子，全城都听见"的民谣永远定格在了过去。

"我要一辈子都这样干干净净的！"万峰村有一个70多岁的留守老人，虽然住的是陈旧的土墙瓦房，但房前屋后和穿着打扮非常干净，连厨房案板下都看不见灰尘，对门上挂着的"清洁卫生示范户"牌子感到很自豪。

武隆区把公序良俗工程与脱贫攻坚有机结合起来，重塑贫困地区农民群众"孝老敬亲、宁静和谐"的道德观和法制观。设立奖励基金，对获评的"最美家庭""乡贤（道德模范、感动人物）""区级清洁卫生示范户"等以全区通报、授予荣誉证书、挂牌等形式进行表彰，同时给予物质奖励，提振干部群众脱贫攻坚的精、气、神。

"你是贫困户吗？什么时候脱的贫？"我习惯性地问万峰村姓陈的农户。

"我是2016年脱贫的，政府发得有光荣证！"老人边说边拿出扶贫到户档案袋。这是我第一次见到脱贫还发荣誉证书的案例。

武隆区率先颁发《脱贫光荣证书》，引导贫困户改变"不愿摘帽"的观念，形成了"脱贫光荣"的良好导向。

"新选的社长和原来的社长相比，你觉得哪个好呢？"我走访发现，有农户对新选的社长意见很大。

"新社长好些！她老公被选脱了，没有意见才怪！"原来我第一户走访的是原社长的家属。

双河镇新春村瓦房子组组长陈泽向建立了社员微信群，把一些扶贫政策，贫困户、低保户的认定情况和社务在群上公开或讨论，群众反映非常好。

凭着我近30年的农业农村工作经验，只找出脱贫户增收路径单一等3个"问题"交差，在我督查的30个区县当中，是唯一一次。

2017年10月，武隆区通过国家验收评估，成为全市14个国贫县首批脱贫摘帽的5个区县之一。

考核评估、脱贫摘帽不是评功摆好、到站歇气，而是纠过失、整行装、再出发。

童海燕（重庆市巫溪县田坝乡田坝村第一书记张华的家属）：

我是两个孩子的妈妈，也是一群中学生眼里的"孩子王"，同时也是两个贫困户的帮扶责任人。我曾作为全县150名驻村工作队的家属代表在会上发过言。

我至今仍清楚地记得，那是2018年8月27日，我的丈夫、两个孩子的父亲张华从县城到田坝去上班。两个小时以后，电话铃声响了，是张华在给我们报平安。

电话刚接起来没说两句话，突然一声刺耳的急刹车声从电话那头传过来，然后电话那头突然安静了……拿着电话的大女儿懵了，我抱着1岁零3个月的小女儿也懵了，空气似乎一下子凝固了。

漫长的几分钟之后，电话那头张华才开始说话，原来是一块三四百斤的大石头突然落下来，导致紧急刹车，石头离车只有三四米远，这是我第一次感受到危险竟然离他那么近！

2018年9月到10月，两个月的时间，让我真真切切体会到什么

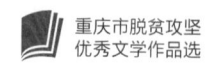

叫多事之秋。公公脂肪瘤术后需要人照顾,婆婆支气管肺炎住院需要人照顾,小女儿反复感染手足口病需要人照顾,大女儿因无人辅导学习成绩下降,自己每天还要上三四节课,加之自己是高龄产妇,身体康复慢,经常晚上哄孩子睡觉自己也跟着睡着了,等一觉醒来已经是夜深人静,可我还得强撑着起来给孩子洗衣服,收拾家务。

开学了,本以为会有规律一些,但两个女儿作息时间又不一致。大的读初三每天朝六晚十,小的作息时间却很随意。而我,晚上无论多晚睡觉,早上6点我都得按时起床给大女儿做饭。一次因为自己感冒吃药过量,早上没能按时叫大女儿起床,眼看就要迟到了,为了节约时间,只得开车送她上学,可床上还睡着一个1岁多的怎么办?急得我六神无主,最后只有请邻居帮忙照看。由于长期身体透支,那天晚上10点多,抱着小女儿在客厅哄她睡觉时,突然感觉头晕目眩,身体不受控制,直接倒在沙发上,潜意识里能听到女儿的哭声,心急如焚,就是动不了,晕了好久,感觉手好像能动了,才慢慢摸到电话,拨给张华,希望他能回来。其实我心里明白,100多公里路,怎么能说回就回呢?大概12点,满身疲惫的他才终于赶回来,我第一次感觉到,他离我竟然那么遥远!

真的,这样的情节,以前只是在电视剧里面看过。而脱贫攻坚后,就真真实实地发生在我们自己身上。说实话,当看着别人家小两口带着孩子打打闹闹、追逐嬉戏,而自己的爱人却整天待在远方的山村里、不在身边的时候,我都曾深深落寞过;当自己虽满身疲惫却满心欢喜备好饭菜等着爱人回来吃饭,可等来的却是电话里"这周又不放假,没办法和你们娘仨一起吃饭了"的时候,我也曾埋怨过;当想着自己一个女人既要照顾老人小孩还得把手头的工作做完,而老公又完全指望不上的时候,我也曾牢骚满腹过。

但我也爱听他给我讲村里老百姓的情况,听他描述村里发生的变化，听他说工作中的点点滴滴。慢慢的，我从理解到认可到支持，因为作为家属，我知道，他作为一名国家工作人员，不仅仅属于我们这个小家，还属于他的单位、他的岗位，还要承担起他的职责；我知道，那些还在住着下雨怕滑坡的房子、面朝黄土背朝天却仍挣扎在温饱线上、生了病却看不起病的乡亲们比我更需要他！

李绪斌（重庆市巫溪县文峰镇长沙村建卡贫困户）：

我是2015年的建卡贫困户，2016年就脱贫了。

2020年我44岁，身高却只有1.5米。8岁时不幸遭遇怪病，后背凸起，成为一个"幺驼背"。14岁时又遭遇家庭变故，我靠贩卖黄牛补贴家用，成为全家的"顶梁柱"。

脱贫攻坚后，在驻村干部帮扶和国家政策支持下，我建起养牛场，成为一个养牛专业户，年收入近15万元。我注册成立幺驼背养殖专业合作社，以"借牛还牛、保底回收"的产业发展模式，带动15户贫困户脱贫致富，2018年户均增收4200元。

一个烂摊子的家，一副畸形的身板，让我从来都感觉自己在别人面前没有抬起过头。回忆起曾经那个"上有老下有小"的家，我下定决心：只有自己富起来，脱贫了，别人才看得起。

2016年初，巫溪县经信委干部谭国祥到文峰镇长沙村担任第一书记，走访过程中来到我家，开始为我的脱贫发家详细规划。在扶贫驻村工作队的帮助下，我从零散的贩卖开始建起养牛场，贩了20多年牛，做梦都想有一个自己的牛场。

养牛场虽然活儿苦、累，但效益还不错，所以2018年我又把房子加了一层，也进行了装修，终于可以让老老小小有个安稳的住处了。

我把一门心思都花到了养牛场上，花光所有积蓄，又找亲戚朋友借了一些，加上扶贫小额贷款凑了20多万元本钱，第一批买了30

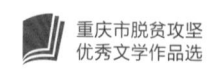

头小牛,像伺候儿子一样喂养。

我妻子张献燕常说,我的一门心思都花在了养牛上,没得白天黑夜,看着就心痛。"看着他踏实、勤快,所以两人毅然走在了一起。驼背没关系,只要勤快、肯干,就能让这个家庭过上好日子,这样的男人值得托付一生。"她常对扶贫干部说。

我一个残疾人,从没想过自己还能讨上媳妇,她还为我生了个儿子。

现在,我这个"幺驼背"不再是一个小"牛贩子",通过努力,我的养牛场净赚了近15万元,还了修房欠下的债务。

我有信心让养牛场在3年内发展到年出栏300头,按1头牛纯利润1000元计算,1年就能赚到30多万元。

但我深知,如果没有党的好政策,就没有自己的今天。自己脱贫致富了不算啥,不能发"闷声财",要带动周边更多的贫困户脱贫致富。我在扶贫驻村工作队的帮助下,2018年与周大生等15户建卡贫困户签订了"借牛还牛"的合同,提供了58头小牛,还签订了"保底回收"合同。2018年10月,我以高于合同保底价对58头牛进行了全部回收,15户贫困户户均增收4200元。

我觉得,驼背把腰杆站直,是一种执着,也是一种坚韧。

挺直的,不仅是脊背,还是骨气,更是对未来的希望和信心。

欧修权(重庆市丰都县三建乡驻乡工作队联络员):

三建乡山高坡陡,土壤贫瘠,路远而难。我是从重庆市人大常委会备案审查处到三建乡扶贫的。

在入村走访过程中,我们所有人都摔过跤和中过暑。只有队员们才知道这其中的辛酸。我走遍了三建乡8个行政村45个组。我印象最深的一次是到三建乡双鹰坝村走访,那是全乡最远的一个村。沿途有些地方道路十分狭窄,到处是悬崖,十分惊险。队友们自诩胆子大，但那时看着脚边几十米深的山沟还是忍不住打颤。

就这样，我和队员们用脚步丈量距离，用心与贫困群众交流。多次走访结束后，回收信息采集表870多份，收集关于基础设施、住房、惠农等领域的建议620多条。

"欧处长，我家实在困难，拿不出钱看病，驻乡工作队能不能从政策上想想办法帮帮我？"我在走访贫困户的过程中，绿春坝村贫困户冉绍洪主动向驻乡工作队提出了请求。

作为家中主要劳动力的冉绍洪，3年前因双腿股骨头坏死，无法正常行走，加上家庭经济困难，他的病就这样一直拖着。驻乡工作队了解情况后，按照政策，主动协调相关部门，冉绍洪才得以顺利入院治疗，总费用5万元的手术费用，他自费花了不到1万元。如今，冉绍洪已经康复出院，他的家庭也因减负获得新生。

这只是驻乡工作队协助当地党委、政府聚焦解决好"两不愁三保障"突出问题的一个缩影。

脱贫项目的建设，是三建乡脱贫攻坚工作的"牛鼻子"，是脱贫攻坚工作的重中之重。

解决三建乡新场镇建设问题涉及部门多、资金需求大，仅靠三建乡甚至是丰都县一己之力难以完成。为尽快解决问题，驻乡工作队队长孙泽均和我积极协调有关市级部门现场解决，还组织丰都县相关部门和施工单位召开现场会50次，研究解决方案，寻找破解良方。目前，三建乡涉及医疗、教育、文化等脱贫攻坚建设项目规划的重点项目总投资完成率达95%以上，有效推动脱贫项目落地生根。

打铁先得自身硬。我作为驻乡工作队的联络员，可以说要做到"百事通"，什么都得懂、什么都得会，要不面对群众询问有关危房改造、卫生、教育等行业政策及程序时就会说偏、说跑题，甚至不知道，容易导致工作被动，甚至出现失误。

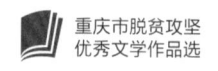

杨丽加（重庆市巫山县政协信息中心干部）：

我从来没有想到自己会去扶贫。

但是，这个意料不到的事情还是来了，2018年8月，领导突然找到我谈话，说单位要派一个干部去白鹿镇石院村驻村扶贫，觉得只有派我去最合适。

我一惊，我？当时我小孩才1岁多，需要我照顾，我怎么能放下小孩去一个贫困之极的地方！但是，领导既然说了，也是经过反复考虑的。领导的苦衷是单位上能派的人都派出去了。

我没有过多思考就答应了，去吧！

我去的白鹿镇石院村条件非常艰苦，我一个人住在村委会，一个星期要停4天电，根本无法洗澡。村里缺水，饮用水全部是城里送来的桶装水。有时我走村入户累得一身大汗，回到宿舍里却是停水停电，村里又不好买东西，没什么吃的，心里不是个滋味。这个时候突然家里发来视频，小孩子在电话那头哭着叫妈妈，我也就跟着哭起来。

坚持了1个月，我老公知道我很辛苦，周末就把孩子带到我扶贫的村玩耍，孩子一来就不想离开妈妈，这样我以后就是背着孩子扶贫，走村入户。村里很多人把我称为"扶贫妈妈"。

我的帮扶户叫陈启久，是个残疾人，一家四口，住在不足20平米的破旧房里，床铺也是几块木板拼起做的，条件极其简陋。最初，我到他家了解情况，他说："我是残疾人，你们应该管我，不管不行！"

我给他解释说，管肯定要管，但是你要配合支持我们的工作才行。

我四处打听，给他找了一门修电器的技术，让他学，学会了可以在村里当电器维修工。可是他却不以学习技术为荣，反而很不愿意接受。

"我才不学！学会了，你们就要取消我的低保。"他好像很有理由。

我只有苦口婆心给他讲解政策，和他谈发展。不久，他答应学习技术，在原来自学的基础上补课，还向全村展示了自己的电器维修技术。

到2019年11月，陈启久通过"五户联建"，搬进了干净漂亮的新房，自己也买了个三轮车，一边拉货，一边维修电器。

虽然扶贫期间作为一个女同志，我拖儿带口，很辛劳，但是我一想到这是扶困济穷，就很有成就感。

李明伟（重庆市城口县鸡鸣乡党委书记）：

2017年以来，城口县鸡鸣乡在帮扶单位重庆市经信委的对口支援下，基础设施、产业得到大发展，群众过上了幸福生活，鸡鸣乡群众满意度达99%。

作为党委书记，我最大的感受就是，现在的群众很支持、配合党委、政府的工作，很感恩党的政策。

2020年春节后，因为疫情，推迟了上班时间，但是乡政府的工作人员基本都忙碌在防控一线。突然有一天我回乡政府办公室，发现一群陌生人戴着口罩正在打扫乡政府的卫生，有的拖地，有的抹桌子，有的扫院坝，有的摆放东西。我一问，才知道，这是附近群众自发组织的清洁队义务给乡政府打扫办公室。

一位大爷说："你们把过去一个贫穷落后的鸡鸣乡搞得这么漂亮，还给我们修建了健身广场，带领大家脱贫致富，我们过上了好日子，给你们做点清洁是应该的。"

2020年2月28日上午，城口县组织乡、村两级干部、党员、群众积极为抗击疫情捐款，当天鸡鸣乡就有38名机关干部、34名村干

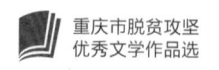

部捐款。

以建卡残疾人孟时全为代表的30余名建卡贫困户；以亢朝清为代表的50余名农村无职党员；以王世军为代表的退休老职工；以金岩村村民王祥毅，茶坪村村民向勇、余治明为代表的70余名群众；以陈云为代表的4名新"乡贤"；以范天喜、杨世桃、张静为代表的20余名个体工商户自愿为抗击疫情捐款。

以鸡鸣乡茶业有限责任公司为代表的本地企业以及60余名在外务工人员通过微信转账的方式表达了自己的爱心，以康雨涵为代表的6名小学生捐赠了自己2019年春节压岁钱。

短短一天时间，累计收到111665.24元捐款。

"我们乡是重庆市18个深度贫困乡镇之一，自2017年8月18日以来，我们累计获得了社会各界帮扶资金2.23亿元，为我们消除绝对贫困，阔步迈进全面小康奠定了坚实基础。在社会各界的关心支持下，我们鸡鸣的路、水、电、信等基础设施短板全面补齐，作为党的好政策受益人，在国家抗击疫情的关键时刻，我们应该知党恩，感党恩，报党情，献上一份自己微不足道的心意！"茶坪2社建卡贫困户杨万峰在捐款时说道。

也许，他的这一席话代表了整个鸡鸣乡老百姓！

城口县鸡鸣人最懂感情、最懂报恩。

冯佺光(重庆师范大学教授、重庆市城口县修齐镇东河村第一书记)：

我是2019年3月14日到城口县修齐镇东河村任扶贫第一书记的。

脱贫攻坚是一段人类经济社会发展史，一段伟大的人类命运共同体优化史，一段充满人文关怀的光辉灿烂史，必将会在历史长河中驶向人类文明永不枯竭的大海，必将在历史无垠的天空展翅飞翔，必将载入沉甸厚重的史册。

2020年1月16日，东河村圆满完成脱贫攻坚主体性工程。五年扶贫，五年积累之功，上百次各种方式、途径进行的严格检验，让东河村最终以"免检"的礼遇脱贫摘帽。

作为扶贫第一书记，我感触颇深，修齐镇全镇党政干部职工，各村支"两委"，五职干部，勤于作为的组长，不忘初心的党员，富有社会责任感、使命感、奉献精神、爱心十足的"乡贤"，致富带头人，帮扶责任人，社会各界爱心人士，全都是攻坚克难的精锐出战者，一个个都是血性汉子、血性女子，硬是不分天晴落雨、白天黑夜、温凉寒暑，不管工作所需要的钱有没有，不管工作需要的物资有没有，不管有多么的缺此少彼，无论有多么困难、艰辛，无论每天有多么疲惫不堪，硬是"不忘初心、牢记使命"地将脱贫攻坚战血拼到底！硬是活脱脱用一副钢牙咬断了"两不愁三保障"这一脱贫攻坚的金刚钻。

脱贫攻坚的胜利，让我感慨祖国伟大、政党伟大、领袖英明、人民勤劳！

一帮勤政良政、任劳任怨、不辞辛劳、攻坚克难、打落牙齿和血吞的基层党政干部职工，没有讨价还价，没有阳奉阴违，没有患得患失。他们无私奉献，忘我工作，其无畏精神、牺牲精神，让我真心敬佩！

一年来，我看在眼里，服在心里。要不是自己身临其境，朝夕相处在一起，有同甘共苦、血战到底的亲身经历，我怎么也难以相信！他们确确实实就是这么一群血拼到底，不将脱贫攻坚大决战的旗帜插上胜利的战场，决不收兵的英勇无畏的、誓死坚持到底的战士！

我会珍视这一段生命中最难忘、最有价值、最值得珍藏的美好时光！

因为有着一段美好时光，我的生命和心灵更加健康美好，更加

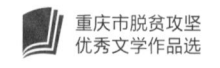

光辉灿烂，更加快乐幸福，更加自豪荣耀，更加富有内涵和积极意义！

脱贫攻坚战，是一部有血有肉、有情有义、有道有义、有规有矩、有故事有情节、有理性有感性、有理论有实践、有形象有意境的真真切切的历史剧。我是脱贫攻坚战的历史见证者，也是历史的剧中人之一，深感幸运和快乐！

孙小丽（重庆市扶贫开发办公室宣传处处长）：

党的十八大以来，党中央把贫困人口脱贫作为全面建成小康社会的底线任务和标志性指标，全面打响脱贫攻坚战。在这场没有硝烟的战争中，基层扶贫干部作出了重大贡献。他们不仅作风好、工作实，而且近三年来，在奋力打赢这场脱贫攻坚战的过程中，重庆先后有12名扶贫人员为扶贫事业献出宝贵的生命，血染扶贫路。

让我们向忘我献身决胜脱贫攻坚一线的先锋致以最崇高的敬礼！

鲁志权，生前任重庆市长寿区双龙镇红岩村村支部书记。2014年在一次入户走访过程中突感身体不适，去医院就诊结果为直肠癌晚期，仍带病坚守在工作岗位上，于2017年5月2日逝世。殉职年龄，60岁。

何国权，生前任重庆市城口县复兴街道办事处主任科员，柿坪村第一书记、驻村工作队队长，殉职年龄，59岁。

李奎，生前任城口县复兴街道畜牧兽医站站长、驻柿坪村工作队队员，殉职年龄，45岁。

彭中琼，生前任重庆市城口县复兴街道柿坪村党支部书记，殉职年龄，52岁。

杨志刚，生前任重庆市云阳县泥溪镇桐林社区居委会主任。在牺牲前，杨志刚夜以继日、忘我工作，数次累倒在工作岗位上，

2017年10月，杨志刚就医检查才发现已罹患肺癌晚期。面对噩耗，杨志刚毅然提出要站好最后一班岗，又坚持回到工作岗位上。当年11月2日，杨志刚在不舍中，离开了他热爱的乡亲和未竟的脱贫攻坚事业。殉职年龄，55岁。

王明香，生前就职于重庆市石柱县六塘乡人民政府。2017年11月24日，在开展脱贫攻坚走访贫困户途中遭遇车祸殉职。38岁正是一个人风华正茂的好时候，然而王明香的生命却被永远定格在了那一天。

杨先六，生前任重庆市开州区紫水乡双玉村党支部书记。2017年12月26日，因劳累过度在召开十九大精神宣讲及安排布置脱贫攻坚工作会议时突发疾病，经急救人员现场抢救无效死亡。殉职年龄，55岁。

杨骅，生前任重庆市忠县安监局办公室副主任，忠县金鸡镇傅坝村扶贫驻村工作队队长、第一书记。2018年8月21日上午8点20分，杨骅在傅坝村公共服务中心与村干部商议扶贫工作时，因劳累过度突发心源性疾病猝死，牺牲在脱贫攻坚战一线。殉职年龄，48岁。

王华，生前就职于重庆市城口县水务局坪坝片区水利管理所，曾任金六村驻村工作队成员。2018年9月20日，王华同志因连日劳累，在驻村扶贫工作时突发脑溢血不幸离世。

周康云，生前任重庆市开州区关面乡泉秀村村支部书记。2019年8月8日中午，贫困户谢开财向周康云书记反映，因连续数天暴雨，导致安全饮水管堵塞损坏，家里没有水。周康云就骑上摩托车、带上维修工具前往水源地查看整修，途经天生桥时，不幸坠入深谷意外身亡。殉职年龄，62岁。

冉景清，生前任重庆市酉阳县苍岭镇大河口村扶贫第一书记。2019年10月16日，通宵加班的冉景清在工作过程中突发疾病倒在

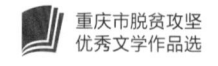

岗位上，为扶贫事业献出了宝贵生命，年仅41岁。

柴绪清，生前任重庆市奉节县朱衣镇狮子村支部书记。2018年9月27日9点40分左右，一条让人震惊的消息从奉节县朱衣镇狮子村传出：71岁的村党支部书记柴绪清突发脑溢血，倒在群众院坝会场。青山不语，苍天含泪。柴绪清带着遗憾和欣慰而走。

扶贫干部的牺牲，警示人们扶贫之难和脱贫之痛。扶贫干部坚守奋战在祖国最贫困的地方，用自己的奉献之火、生命之光，温暖着群众的心。他们用热血与青春、奉献与牺牲，谱写了脱贫攻坚成绩单上最浓重的一笔，也是重庆脱贫路上人们所不能忘记、永远缅怀的。

第三章

恶劣自然环境中的生存密码

蜀道之难，难于上青天！蚕丛及鱼凫，开国何茫然！尔来四万八千岁，不与秦塞通人烟。西当太白有鸟道，可以横绝峨眉巅。

——（唐）李白《蜀道难》

战贫困是人与大自然的博弈。

大自然对人类其实就是一把"双刃剑",给予美景的同时也给予了恶劣环境,就像皇帝给了苏乞儿金饭碗,却下旨要他去讨口。

重庆14个国家级贫困区县,面临同样的尴尬。

几乎所有扶贫干部都有一个共识:要想富,先修路。这恰恰是大山人家的第一梦想!

几乎所有脱贫人员都有一个共识:党的政策好,就要努力向前跑。这恰恰是人民对一个国家的无比信赖!

平安经验启示录

1

镜头推向重庆市奉节县,聚焦平安乡。

这里,地处秦巴山区集中连片特困区,是重庆市18个深度贫困乡镇之一。

歌谣是这样唱的:"有女莫嫁平安槽,一年到头磨儿摇。想吃米饭没得煮,红苕洋芋包谷糊。包谷糊,好难搞。一吹一个洞,一喝一条槽。"

说到底,一个字"穷"!

为什么穷?首先是区位不占优势。从全县地理位置上来说,平安乡处在奉节县最偏远的角落——西北角,奉节、巫溪、云阳三县交界处,距奉节县城90公里,"一槽二梁三面坡,中间隔条梅溪河",属典型的喀斯特地貌。其次是自然条件恶劣。这里海拔540米至1618米,特殊的喀斯特地貌呈漏斗形状,留不住雨,关不住水,导致严重缺水。

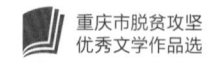

"山高路远荒山多，天天都吃三大坨。看到远处就是屋，爬坡上坎走得哭。吃水就靠天河水，用水节约像吃肉。"这样的写照对平安乡来说一点也不夸张。

简单总结：路不通，没水喝。

53岁的朱学兵是文昌村的"名人"，曾经在山洞里生活了25年，被当地人称为"山顶洞人"。1992年，在当地政府和党员、干部帮助下才修建了"爱心土坯房"，从山洞里搬出来。

也许，平安乡还不止一个朱学兵。

这，就是过去的平安乡，一片长期贫瘠的土地。

贫瘠的土地上往往有革命的火种。1948年1月，川东游击队政委、《红岩》小说人物原型江姐的丈夫彭咏梧，为掩护战友壮烈牺牲在平安乡安子村黑沟淌，为纪念烈士，2011年4月安子村更名为咏梧村。这个平均海拔在1000米以上的村子，流淌着红色的血液，播撒过革命的种子。

全面建成小康社会，最艰巨最繁重的任务在农村，特别是贫困地区。没有农村的小康，特别是没有贫困地区的小康，就没有全面建成小康社会。

"平安乡绝不愿意继续走在贫穷的路上，平安乡绝不能拖中国全面建成小康社会的后腿！"平安乡党委书记邹远珍言辞铮铮。

勤劳的人民在期盼，红色的大地在呼唤。

平安，在期盼，在呼唤！

2

镜头一：

2019年1月22日上午11点整。

距离县城100余公里远的关门山下，人们载歌载舞、锣鼓喧天，礼炮声响彻山谷……

几十辆小汽车缓缓开上新落成的关门山大桥，围观群众爆发出震耳欲聋的欢呼声，有人热泪盈眶，有人擦拭着眼角，人们涌上大桥，仿佛整个平安乡的男女老少都来了，一起见证这历史性的一刻。

平安乡人民祖辈盼望的关门山大桥通车了！新落成的关门山大桥让天堑变为了通途，如一条长龙，飞越在崇山峻岭之间。"七十二道拐"的壮观景象出现在关门山下。

关门山大桥由一号桥和二号桥相连而成，其中一号桥长约90米，宽11米，跨度70米，二号桥与一号桥长宽相同，跨度65米。两座桥头尾相接，离水面垂直高度约40米。

这样一个隆重的典礼伴随传统春节到来，整个平安乡沸腾了。"这下好了，这下好了！瓶颈被打通了！"人们奔走相告。

这下好了——桃树、长坪、向子3个村的村民去乡里办事，不用步行绕道巫溪县文峰镇和云阳县上坝乡了。

这下好了——桃树、长坪、向子3个村的学生上学，单面就要走4个小时的历史结束了。

这下好了——桃树、长坪、向子3个村与其他9个村没有直接公路交通的历史结束了。

这下好了——关门山大桥，让3个村和平安乡场镇的距离一下子拉近了，骑摩托车不用半小时就到了。

昔日的关门山成了"开门山"。"出门要翻山、出村要出县"的痛苦历史结束了。

老百姓怎能不欢欣鼓舞？！

镜头二：

2017年9月7日下午5点。

长坪村一处山林人家门口，一位年轻人，衣着朴素，走得满头

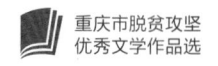

大汗，气喘吁吁。他叫赵昕。他一边用右手给自己扇风，一边说："潘大爷，我是新来的第一书记，想了解下你家情况。"

话音刚落，老人的脸色突然变了，从忧郁的表情里传出这样一句话："管你第一书记还是第二书记，有本事你把水给我整来！"

沉默！无奈？

就在咫尺的水缸、小水池、器皿都干得起裂了。潘大爷一家已经一个月没洗头、没洗澡、没洗衣服，甚至饭碗也是几天才洗一次。

对话虔诚而尴尬。

回答率真而深沉。

这是一个揪心的场面，也是一场轰轰烈烈"水战"开始的序幕。

看到这个镜头，请不要责怪2017年9月7日以前或者说赵昕来之前的扶贫干部。

因为谁到这里都会遇到这样的严峻挑战：长坪村距奉节县城145公里，以喀斯特地貌为主，多天坑、漏斗，境内海拔600米至1600米，山高水不长。

找不到水，关不住水，老百姓愁。

镜头三：

2018年11月19日上午。

平安乡党委会议室正在召开重庆市奉节县平安乡脱贫攻坚指挥部办公室月度工作完成情况通报会，场面紧张，气氛凝重，偌大的会议室（似乎）鸦雀无声。

11月中旬，冬季凛冽的寒风在平安大地肆无忌惮，气温在摄氏零度上下。

可是会场上，一些干部耳烧面热、如坐针毡——脱贫攻坚"逗硬"，更使得问题摆在台面，一问到底促整改。

"老朱，你上次申报的全乡第二批人饮工程只要几十万元，为什么现在要170万元？究竟还要增加几个供水点？要建多少口人饮池才能彻底解决群众吃水问题？哪些水池能保证群众多长时间的用水？需送水才能解决吃水困难的农户还有多少户？还要多少个家庭储水罐？"听完老朱的汇报，市政府办公厅副主任、市政府办公厅扶贫集团驻平安乡工作队队长王波严肃地追问道。

"林口村住房改造为什么这样慢？材料进场慢是什么原因？规定的时间节点为什么没完成？施工队进展慢，作为负责人主动去解决了几次？协调了哪些单位？"奉节县政协主席、指挥部办公室主任向益平对相关人员又是一阵连珠炮式的追问。

偌大的会议室再一次鸦雀无声。

"如期打赢扶贫攻坚战是党和政府的庄严承诺，在这即将迎接验收检查的关键时刻，督查组还检查出了51个问题，半月前发出了问题整改清单，今天还有些说不清弄不明的问题怎么行？工作飘浮、不下深水、老不改正的人，我只有建议县委调整处理！"一些人顿时低头红脸，额头上也渗出了细密的汗水。

3

人们说，上帝对你关上了一扇门，必然为你打开了另一扇窗。

平安乡的"另一扇窗"却是重庆市政府办公厅扶贫集团打开的，而不是上帝。

2017年8月。

"就包干这里！"原市长张国清，说话干脆，主动要求扶贫包干平安乡。在市主要领导分工扶贫帮扶会议上，张市长选择最"棘手"的乡镇开刀。张市长调任后，唐良智市长继续包干平安乡。

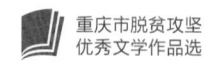

奉节县振奋，平安乡振奋。

平安乡的脱贫攻坚工作迅速提升到一个崭新的高度。脱贫攻坚冲锋号在这里嘹亮吹响。

很快，市政府办公厅扶贫集团成立工作队进驻平安乡。工作队以集团式作战、兵团式冲锋，向贫中之贫、困中之困、坚中之坚发起强势总攻。

这里我们来看看高位推动——

市政府成立了由市政府主要领导任指挥长、市政府办公厅主要领导任常务副指挥长、奉节县党政主要领导任副指挥长、市级责任部门1名副厅级干部、奉节县分管县领导、县级责任部门主要负责人组成的平安乡脱贫攻坚工作指挥部。

指挥部下设办公室及6个工作任务推进组，具体负责脱贫攻坚重大事项的协调和指挥，编制落实平安乡脱贫攻坚工作方案，协调解决脱贫攻坚过程中的各种问题和困难，确保所辖贫困村和贫困人口如期脱贫。

为进一步明确驻乡工作队、牵头部门、帮扶单位、驻村工作队、帮扶责任人、村支"两委"脱贫攻坚责任，县上成立平安乡脱贫攻坚工作协调小组，由县委常委、常务副县长唐守渊任组长，下设综合协调组、项目资金组、宣传报道组、督查组，负责具体统筹脱贫攻坚工作中的各项事务，协调解决工作开展过程中的各类问题和困难，做好脱贫攻坚工作信息上报，挖掘脱贫攻坚工作中的典型案例，每月不定期开展明察暗访并发布督查通报。尤其值得一提的是平安乡脱贫攻坚指挥部进一步加强领导力量，指挥部办公室实行了双组长负责制，分别由县政协主席向益平和市政府办公厅副主任、驻乡工作队队长凌凡担任指挥部办公室主任。

显然，这是层层压实工作责任。有了这样的高位推动，平安乡老百姓渐渐看到了希望的曙光。

4

回到镜头二里。

一肚子内疚的赵昕拖着铅步回到宿舍，心乱如麻，彻夜难眠。

"一定要给老百姓找到水源！"

为了找到水源，赵昕带领村干部到1500米高的悬崖、森林里寻找、查勘，几次磨破手脚，胶鞋穿破6双，几个月才回一次家。皇天不负有心人，终于找到几处水源，建成人饮水池12口4000立方米，实现自来水管入户全覆盖。其实，这样的情况在其他村也同样如此，扶贫攻坚首先解决吃水问题。

当一根管子牵到赵昕第一次走访的潘大爷家里时，哗哗哗的自来水流到缸里，清澈而闪光的水花溅起，潘大爷笑了，那是千百年来深山老林里最灿烂的笑！那是千百年来莽莽大山喜悦的泪花！潘大爷发自内心地对赵昕说："赵书记，对不起，我不会说话，那天可能得罪了你。"赵昕也笑了，不是因为潘大爷承认他是"赵书记"，而是因为潘大爷笑了。

为了彻底解决水源问题，驻乡工作队和平安乡党委、政府发动"千人寻水源"，凌凡、王波、熊宣林带领乡村干部、群众打起电筒爬天坑进深穴；凌凡、王波先后5次就钻井取水问题到市级有关部门跟踪请求、督促落实，重庆南江地质队终于取得打出了7口井、日出水量达834立方米的良好效果，基本满足了平安乡场镇集中区5000人的日常用水需求。

2020年3月25日，我在重庆市人民政府办公厅采访了王波副主任。他回忆了当时请重庆南江地质队打井的过程，因为难度大，费用高，地质队一度准备放弃，但是脱贫攻坚要下绣花功夫，在南江地质局的大力支持下，终于完成了钻井任务。

平安乡乡长文晓林坦言，平安乡新建、修缮人畜饮水、产业灌溉等水利项目139处，对所有人饮池挂牌管护，共治、共管、共享

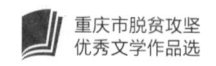

的人饮工程自治体系良性运转,实现了全乡安全饮水全覆盖,打出了天上接、地上建、人民管、河里抽的"天、地、人、河"四张牌,两级提灌、水库蓄水等办法保证了老百姓用水。

由此,平安乡降服了路、水这两只"拦路虎"。

5

2019年12月16日,平安乡人民政府办公楼旁20米。

步行,上二楼。

这里是平安乡脱贫攻坚工作指挥部。傍晚时分,我见到了龚平,市政府办公厅扶贫集团驻平安乡工作队联络员。他本是市政府驻四川办事处信息处处长,为了平安脱贫,请战常驻这里。

龚平给人的第一感觉就是能干、雷厉风行,大家叫他"龚处长"。由于他刚回办公室,要处理一些紧急事务,我就坐在接待室里等,茶几上的《奉节县平安乡脱贫攻坚市级以上媒体新闻信息采用汇编》引起了我的注意。

随手一翻,正好看到华龙网2019年5月16日刊发的他的一首诗《扶贫干部素描》:

离开机关到农村,
吃住乡村真扶贫。
回城同事细打量,
面黑皱纹增几分。
离开家人到农村,
吃住乡村扶真贫。
回家亲人细端详,
人瘦白发添几根。
离家别友到农村,

组织重托永记心。

宁可肤黑老十岁，

但愿建好新农村。

龚平"走千家访万户"，带领指挥部办公室综合服务宣传队为农民群众送医、送药、送教、送知识，用群众能听懂的"三句半""打油诗"宣传扶贫政策。这就是共产党人的胸怀！在高位推动下，在嘹亮的冲锋号中，扶贫干部成了最勇猛的士兵，最不计得失的冲锋者。

"市政府办公厅扶贫集团已经先后派驻20名优秀干部驻乡驻村扶贫，协调支持资金3.4亿元，落实项目130多个，直接捐款捐物2039万元，协调社会各界捐款捐物4703.5万元，支持消费扶贫3091万元。"龚平如数家珍。

在市政府办公厅副主任凌凡、王波，副巡视员何光荣三任队长的带领下，20名扶贫干部先后在平安乡深度参与脱贫攻坚工作。凌凡队长在平安连续奋战两个月不下"火线"没有回家；王波队长脚骨折后毅然坐着轮椅带病参加县委召开的平安乡脱贫攻坚项目推进专题会，部署工作；何光荣队长疫情期间积极筹措防疫物资，亲自带队运送到乡并指导防控脱贫工作；扶贫干部梁送平冒严寒、战酷暑，找水源、修管道，只为源头活水来；扶贫干部兰辉用汗水浇灌出万寿菊花，用脚步诠释"文昌通"；扶贫干部肖畅"穿针引线、牵线搭桥"，积极争取7国驻渝驻川领事机构到平安乡实地考察调研，让平安乡脱贫攻坚工作经验走出国门；扶贫干部赵昕、唐华、陈锐、杨登陆、秦亮、徐治国等身先士卒、率先垂范，自掏腰包8000元租赁5亩土地建起"前胡种植试验田"。工作队用自己的辛苦指数换得群众的幸福指数，用自己的奋斗指数提升了平安乡的发展指数。至今，平安乡的乡亲们还念念不忘2017年9月第一批从市级

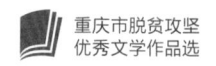

机关派驻乡村的谢飞、赵印、李宗政、高紫阳、罗乐等扶贫干部们吃的苦、受的累。2019年10月，驻乡工作队又新轮换来了潘世杰、徐毅、王政委三名第一书记，他们一来到乡村，便扑下身子和乡亲们打成一片。王政委自掏腰包1500元租赁3亩土地试种中药材独活，不慎摔伤，导致右脚骨折。同事们问他试验田还种不种，他头一扭，掷地有声地说："只要乡亲能增收，我受伤骨折也值得。"

因交通事故、冰雪道路行走摔伤、身患重疾的伤病扶贫工作队员轻伤不下火线、重伤咬牙在岗拼命干的不下60人。他们日夜奋战在扶贫一线，在群众脑海中留下了深刻印象！

驻乡扶贫干部邹必文在下村督查脱贫中，不慎扭伤膝盖导致半月板撕裂，被迫住院实施滑膜摘除手术，休养仅3周便不顾医生和家人劝阻，拄着双拐回到岗位上。同事看到他拄拐难受痛苦的样子，劝他回家静养休息。他说，看到大家都在拼命忙，待在家里心里着急。由于伤未痊愈就上班，导致膝盖严重积水，需数次抽积液，每次抽积液都让这位硬汉疼得满脸汗水、龇牙咧嘴，但硬是忍住不哼一声，家人心疼得直掉眼泪。

平安乡脱贫攻坚指挥部办公室另一位老队员谢龙为人热情，做事麻利。参与脱贫攻坚几年来，身边的同事走了一茬又一茬，但他始终坚持在这里没有任何怨言。孩子2019年高考，他无法陪伴照顾；年近80岁身患严重肺气肿的老父亲躺在医院无法端汤送药尽孝，老父亲病危时，谢龙也是白天忙完工作后连夜赶回去看一眼，第二天又赶回乡里上班。

这一个个鲜活的扶贫故事是平安乡脱贫攻坚圆满交卷的最好注脚。

这一名名舍小家为国家脱贫攻坚作出奉献的共产党人是时代精英的最美缩影。

6

请允许我再次提到2017年9月。

重庆市奉节县人民政府出台平安乡脱贫攻坚的总体规划。在这份长达40页的详细规划报告里，可以清晰地看到平安乡脱贫攻坚的目标：2018年脱贫摘帽！2019年巩固提升！2020年小康示范！短短3年，平安乡要脱胎换骨，短短3年平安乡要华丽转身，凭什么？

这份规划图纸给出了回答：基础设施、产业扶贫、生态保护、人口素质、公共服务、村支"两委"提升。

针对人们最关心的关门山大桥和公路，指挥部两任指挥长原市长张国清、现任市长唐良智亲自到现场查勘，过问立项和督办实施情况；奉节县县委书记杨树海、县长祁美文先后10多次现场督查工程进度、协调相关问题。关门山地势险要，悬崖峭壁，在这里修建大桥和公路，难度极大，但是，这里又是重要的出行之地，是必经之路。这里的村民以前出行基本攀岩而行，如果要卖猪卖羊，靠背，背到中途，如果猪、羊摔下悬崖，这一年的收成就"报销"了。关门山大桥项目虽然立项10年，但迟迟不能上马，这让雄心壮志的扶贫干部夜夜难眠。为什么不上马？缺钱。

在市、县领导和有关部门的支持下，关门山大桥项目在徘徊不前后终于下定决心开工，这才有了前面镜头一的感人场面。

平安乡决胜的法宝是对党无比忠诚、对人民无比关切的情怀。

脱贫攻坚如同打仗，气可鼓而不可泄。必须一鼓作气、马不停蹄向前推进；否则，就会半途而废，前功尽弃。"党政一把手特别是贫困问题较突出地区的党政主要负责同志，肩上有沉甸甸的担子，身后有群众眼巴巴的目光。"习近平总书记扶贫重要论述，始终萦绕在平安乡全体扶贫干部的耳边，丝毫不敢懈怠，狠抓工作落实。

这是时间的使命，这是历史的召唤，这是时代的必然抉择，这是中国共产党的伟大胜利。

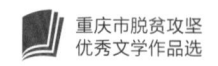

脱贫攻坚，老百姓都说现在的平安乡："油路修到户，水管安到屋。村前办企业，村后种果树。土地入了股，在家把工务。家家搞'五改'，房屋像别墅。真好！"

脱贫攻坚，平安的老百姓逢人就说："干部带头当模范，入户走访搞宣传，同甘共苦有情怀，舍得干。"

脱贫攻坚，曾经流传的歌谣被改写为："有女就嫁平安槽，不种红苕种果药。要吃米饭随便舀，想吃嘎嘎（方言，肉的意思）由你挑"。

7

朱学兵想扩建房屋，手中无钱，只能"空想"。

在土坯房里守望春天的朱学兵说："如果哪天能住上砖瓦房，睡觉可能也要笑醒。"

2017年9月，市政府办公厅扶贫集团驻平安乡工作队正式入驻平安乡，朱学兵的房屋扩建问题有了转机。平安乡党委、政府和驻乡工作队很牵挂朱学兵一家的生活。按政策规定，朱学兵领到了7500元的C级危房补贴，彻底解决了一家人的居住问题，住房安全问题得到保障。他用2万多元的扶贫贷款养猪和种植烤烟，连同低保兜底，一年的收入达到3万元，生活有了保障。三个孩子有两个在读初中、一个读小学，学费都减免了。遇到生病，可以报销90%，基本医疗也得到了保障。

2018年底，朱学兵脱贫了，住进了日日夜夜梦想的砖瓦房。

2019年4月，平安乡党委书记邹远珍走访长坪、桃树、向子3个"两不愁三保障一达标"薄弱环节的村，走访未脱贫户、最边远户、低保户、五保户等，挨家询问，逐户梳理。

在朱学兵家中，邹远珍了解到他现在一家人吃穿不愁，三个娃儿读书不要钱，生了病可以报销医疗费，家中的房屋修得也可以，国家还有补助，真是过上了好日子。他还准备多搞副业，比如多养几头猪、多养几箱蜂，把他原先居住的山洞改造成养鸽、养蜂场。

"雨露技工""致富带头人""扶贫就业实用技术""科技特派员""零就业""零转移"在平安乡干部的脱贫攻坚工作里成为关键词。

"一网覆盖、责任到人、任务明确、一包到底"网格化管理体系，由乡党政主要负责人任总网格长，联系村领导任村级网格长，指挥所全体成员任网格管理员，形成横向到边、纵向到人的管理体系，全覆盖走访收集群众户情信息成为工作常态。

这些事情随口例举的背后凝聚着一大群人付出的心血，他们是默默的，是不计任何回报的。

67岁的五保户龚伦太，居住在向子村1社老粉坊。2019年6月13日，龚大爷干活时意外摔倒，造成左腿受伤，动弹不得独自在家休养。时任村支书杨东得到消息后，第一时间同时任副支书张代品、综治专干夏寿庭商议后，立即驾车送他到平安乡卫生院。因乡卫生院没有相关设备，无法确诊，几位村干部又立即将他转院到竹园卫生院。到竹园卫生院后，夏寿庭立即背着龚伦太到二楼放射室，经检查，诊断为左腿股骨头骨折。

四天后，杨支书又同其他人一起帮助龚伦太转院到奉节县人民医院。亲自帮助办理住院手续，安顿好老人后才离开。向子村几位干部帮助五保户老人的故事，温暖着这个海拔1000多米高寒山村父老乡亲的心。

8

脱贫和返贫，关键看产业。

产业稳定了，村民的收入自然稳定了，又何有返贫之事！

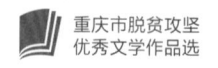

平安乡提出"主导产业到村、产业精准到户、利益联结到人"的产业发展方向。三年，70多家企业到平安乡发展产业。雄森实业公司发展豆腐柴8000多亩；"蔬菜大王"林桥带动全乡种植蔬菜10000亩；筹办"年猪美食季""赶年节"等大型推广活动。

按照"1个乡村旅游业+3个特色种植业+3个特色养殖业"的"133"产业发展思路，平安乡完成了川东游击队纪念馆、游客接待中心和文旅综合服务中心建设。文昌木屋竣工，平安乡川东游击队小镇建设稳步推进。

探索农旅融合发展带动群众脱贫的路子，完成产业结构调整，发展脆李11924.1亩、豆腐柴10010亩、中药材10720亩、蔬菜10073亩，实现了"4个1万亩"目标。培育新型农业经营主体56个，12个村集体经济不断壮大，实现了主导产业100%覆盖贫困村，产业项目100%覆盖贫困户，利益联结100%覆盖贫困户，集体经济100%覆盖村集体。

产业的"四个100%"覆盖，让老百姓的"钱袋子"鼓起来了。

过去，平安乡粮经比高达9∶1，调优产业结构，想了很多办法，但始终效果不太佳。2018年，太极集团帮助乡村发展中药材前胡，实施免费供种子、供技术、订单包销政策，但农民仍担忧大、观望多、跟进少。为打破这一僵局，平安乡脱贫攻坚指挥部办公室副主任龚平和长坪村第一书记赵昕商议，由工作队租赁5亩土地建立"前胡种植试验田"，让老百姓看看他们种植的经济效益，用工作队的实践示范代替行政宣传说教，为因地制宜做好产业结构调整进行有益探索。

说干就干，他们随即流转租赁了5亩地，请6位农民帮助开沟起垄整了地。为节省开支，种植、锄草等关键费工环节他们都亲自干，当起了"农民"。

种前胡那天，乡亲们围拢来观看，既好奇又感动，他们没想到这些市里来的处级、科级干部用这种方式引导带动他们发展产业。

桃树村村民张代勇说:"工作队干部自掏腰包先种先试,变强迫要求为示范引导,我们农民很欢迎!"

曾经是贫困户的喻德兵,10年前在广东打工。2013年因为孩子读书,自己回家务农,家里条件比较差,2014被评为贫困户。他在乡扶贫干部的帮助下,建立了养猪场,很快脱贫。他脱贫不忘党恩,致富不忘家乡,2017年他的养殖场扩大,带动其他贫困户脱贫致富。除了养殖业,他还发展智能大棚蔬菜,年销售在400万元左右,成了远近闻名的致富带头人。

天台村2018年以来陆续新建了年出栏7000头生猪的巨吉养猪场、年出栏1000头肉牛的澳林牧业、年出栏3000只羊的广良种羊基地等。

但令人奇怪的是牛栏、猪场、羊圈建了,却迟迟不见牛进栏、猪进场、羊入圈。

带着这个问题,龚平和市农行驻乡包村干部徐治国逐户登门与企业负责人直奔主题谈情况,打开话匣讲问题。

广良种羊基地由张廷康等两位当地农民投资200多万元兴建而成,计划2019年购进500只种羊,出栏商品羊3000只,年产值240万元,盈利100万元。但张廷康和合伙人的资金全部用于羊场建设后,却没有多余资金完善羊场扫尾工程以及购种羊了。见此情况,龚平、徐治国给他们支了四招建议:一是张廷康及合伙人要主动求亲靠友筹借部分资金以解燃眉之急,努力寻求亲朋好友中有资格担保者向农行低息贷款;二是农行尽可能为他们贷款开绿灯、行方便,奉节农行行长杨杰当即表示手续从简,专人对接,节日不休,随时办理;三是抓紧羊场建设扫尾工作,尽快竣工羊场配套水池,利用目前雨季蓄满水,满足养羊所需并减少抽水成本;四是驻乡工作队积极协调乡政府及县属有关部门抓紧工程验收尽快将产业扶持

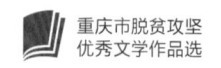

配套奖励资金补助到位，帮助企业缓解资金困难。

张廷康听到支招建议后，紧锁的眉头顿时舒展了许多，并努力筹措资金，争取在5月初先购回100只种羊饲养，渐渐积累经验后，再购买400只种羊，2020年达到1000只种羊规模，实现产值500万元，带动更多贫困户增收脱贫致富。

2019年5月22日上午，扶贫干部与企业老板的"君子之约"得以实现。村里入股资金到了位，养猪场猪儿进了圈，广良羊场羊儿入了场。养猪场、养羊场老板们的梦想得到实现。

这一件件事情汇集，流淌出扶贫路上的一簇簇火光，这些火光折射出一个共同声音：党的扶贫政策和扶贫干部硬是"巴适"。

这一组组数据堆砌，垒积成天下老百姓心中闪光的镜子，从巨大的镜子中悟出一个道理：幸福的生活人人向往。

9

重庆市奉节县县委书记杨树海说，平安脱贫攻坚的绝招是"四访"机制。

何为"四访"？干部走访、教师家访、医生巡访、农技随访，即乡党委书记、乡长全覆盖走访在家贫困户，112名网格责任人对全乡群众进行多轮全覆盖走访，县、乡、村三级48名医生对因病致贫家庭开展全面巡访，58名教师全覆盖家访781名学生。

通过干部走访，更能了解贫困户的真实情况，更能精准扶贫，更能让贫困户更感觉到时代的温暖。2016年，茨竹村村民熊礼国因残、因学列入建卡贫困户。乡政府财政办主任卢朋成为其帮扶责任人。卢朋和其他干部隔三差五都要到熊礼国家里来嘘寒问暖，了解情况。后来，熊礼国一家搬进石桥安置点，他说："以前，我想都不敢想还能住进新房。"

"教师走访从根子上实现扶智，断穷根。"对家长意见、建议相对集中问题逐条分析、商讨解决办法，营造家庭、学校、社会"三位一体"家校共育氛围。对失明失聪等生活无法自理孩子开展"送教上门"，开辟第二课堂，阻断贫困代际传递。

平安小学二年级学生彭清因为"调皮捣蛋"，在学校无人不晓，班主任老师家访后分析认为，孩子其实是想引起别人"注意"，也许，赞美和鼓励才是改变他的最好方法。因人施教，在家校共同努力下，彭清开始远离"公众视线"，逐渐爱上学习，主动请教老师，成绩在班里名列前茅，同样"引人注目"。他从老师和同学的目光中"读"出了一份自豪感。

医患关系和谐需要付出和理解。平安乡坚持开展三级家医巡访服务，对因病致贫户落实签约家庭医生，在患者家里张贴"家庭医生入户对接公示牌"，公示医生信息，制定个性化治疗方案，建立健康档案。

2019年5月7日，在桃树村，郑青松、丁地炜、刘云、夏小梅、陈文明5名家医巡访团来到甘立科老人家中。

"这么大的雨，你们怎么来了哟？""我们每月都要来看您老人家！"老人和丁地炜一问一答。下午6点多，医生们要走了，甘立科老人硬是要把他们送到路边，一再叮嘱："落雨天，要注意安全哟！""晓得，您赶紧回去，不要冷到了。"几乎每天，像这样的场景，都会在平安大地上演。

2018年和平村村民夏光彩，种植辣椒3亩，收入2万多元，一家人很高兴。但是，2017年她种植小米椒半亩，却只收入千把块钱。从半亩地千把块到3亩地2万多元，在这片辣椒地里究竟发生了什么，怎么会有如此大的区别？

关键就是农技员随时前来指导！农技随访接地气，农民朋友很欢迎。平安乡一方面引进奉节县桥兵农业开发有限公司，在此建立蔬菜基地，起到示范作用；另一方面乡农业服务中心主任段龙时常

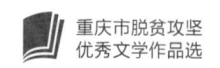

跑到夏光彩的辣椒地里进行技术指导。乡农业服务中心先后数十次深入农业基地、田间地头传技术、教方法，为农民提供产业发展技术扶持。

坚定、坚持实施"四访"机制，不仅理顺、解开民之所想，民之所需，民之所困，而且也为实现"打造幸福平安，争做全市标杆"目标打下了坚实基础。

10

平安乡有位农民叫甘立敏，勤劳朴实，闲暇之余爱好编编顺口溜、写写"打油诗"，乡亲们送了他一个"农民诗人"的绰号。2019年7月4日，重庆市原副市长潘毅琴在桃树村召开院坝会议，甘立敏向潘副市长说："我今年种了200亩脆李，260亩蕉藕，带动了32户乡亲致富增收，其中贫困户13户。这里我给潘（副）市长读首我自己写的诗：'峡高水急关门山，自古以来是天险。如今架桥通三地，一路畅通到平安。水电路讯危改房，高山小村新风采。最是感谢帮扶人，跋涉入户解忧怀。感谢党的好干部，百姓脱贫心欢快。'"全场响起了掌声和笑声。

"现在的政策真是好，干部的作风很务实，我们提出的问题，干部第一时间解决，我们遇到的困难，驻村干部第一时间帮助，这样的干部哪里找？这样的社会哪里有？"这是平安乡村民的普遍认识。干部、群众一条心，日常生活中的一切困难都能克服；干部、群众一条心，脱贫攻坚路上的一切问题都能解决；干部、群众一条心，干群合璧，就能创造出惊天动地的奇迹。

平安，这片红色的土地让人感动万分、让人激情飞扬、让人梦想成真。

在红色的光芒里，这里的父老乡亲正阔步奔向小康生活！

平安乡为什么变化这么大？

三个关键词：决策、民心、干群。

中国实现全面小康社会，是中国共产党的庄严承诺，也是人民的期盼，只要上下一致，干群团结，伟大的胜利必然到来。

政治站位高是做好脱贫攻坚工作的前提。平安乡始终把习近平总书记关于扶贫工作重要论述作为做好脱贫攻坚工作的"定盘星"，学思践悟、知行合一，把自己摆进去、把职责摆进去、把工作摆进去，切实转化为干事创业的强大动力。工作中，注重自觉从实践中找遵循、找指引、找方法、找答案，做到学思用贯通、知信行统一，确保驻乡工作始终站在高处、想在远处、干在实处，始终沿着总书记指引的方向前行。

注重将基层党建与脱贫攻坚工作有机结合起来，以党建引领筑牢精准脱贫战斗堡垒。

50个网格，112名网格员，对症下药、靶向治疗。

"十强化十严禁"，机关干部严格落实每周3天2晚驻村工作，帮扶责任人每月走访帮扶对象4次8天，落实到户到人政策，收集疑似对象佐证材料，完善档案。

"扶贫工作中，你把群众当亲人，群众就会把你当恩人。"王祖西是挂职副乡长，同时兼任长坪村指挥长，是个优秀的水利干部，人称"水乡长"。为了解决水的问题，不让乡亲们再喝"天河水""黄汤汤"，他和村干部几次爬上1550米的绝壁凤凰岩；借助大砍刀、粗麻绳、山藤、杂树、杂草，终于在半山陡崖处找到酒杯大一股泉水；立即请来水利设计院技术人员实地勘测，并在半山绝壁处修建小型饮水洞，山下建成一口蓄水池。他亲自牵管道、搬电钻、打墙眼、抬发电机、拿焊接工具、安电源线进行管道接续和管网入户安装，抬背100多斤的工具上1000多米高处，是家常便饭。

打通脱贫攻坚道路"最后一公里"，基层党建是重要保障。从13个县级部门抽调18名工作人员到平安乡现场办公。平安乡的干部群

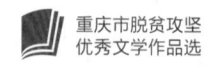

众不会忘记：无数次顶风冒雪到平安乡检查督导脱贫攻坚工作的县委书记杨树海；连续几年大年初一都在平安乡贫困户家中过年的县长祁美文；冰雪中检查工作，汽车险些掉下大岩生死就在一瞬间的县政协主席向益平；既当指挥员又当战斗员拼命三郎般工作的分管副县长张迁和县扶贫办主任向城钢；连续一个多月夜以继日工作导致心肌梗死从鬼门关抢救回来的县政府办公室主任熊宣林；兢兢业业已经吃住在村扶贫5年的原县机要局局长陈建华；殚精竭虑周密协调的县级帮乡扶贫牵头单位县财政局局长吴应俊；巴心巴肠汇力支持的团县委书记彭㷊；扶真贫、真扶贫的县公共资源交易中心主任方康忠；夫妻都在脱贫一线，不满1岁的孩子寄托在外婆家不慎被开水烫伤只有半夜赶到医院看上一眼，第二天一早又到乡里督查督办的县政府发展研究中心副主任钱塘岭；跑烂5个轮胎出了2次车祸仍倾力扶贫的县财政局干部冯树林；突发脑溢血病倒在脱贫攻坚一线昏迷8天后醒来第一句话还在关心扶贫的双店村村干部夏昌勇……有太多太多的优秀扶贫干部，这里无法一一记叙，他们的事迹感天动地！

"一名党员一面旗帜、一个支部一个堡垒。""坚决服从、马上执行。"正是有了这样的回答，才有了前面镜头三过后的查漏补缺，迅速整理、落地。

为了解决平安乡的实际困难，两年多来，原市长张国清、现任市长唐良智先后多次到平安乡调查研究，把航定调给予平安乡极大鼓舞和支持；潘毅琴、李明清、欧顺清等领导不但实地到平安乡调查研究指导工作，还多次批示、协调解决平安乡脱贫攻坚中的有关困难；市政府办公厅领导凌凡、王波、何光荣长期吃住在乡在村，驻在一线靠前指挥并参与实干；市政府办公厅扶贫集团22个成员单位主要领导、分管领导带队先后500多人次到平安乡结对帮扶；市政府办公厅党办和驻乡工作队协调成员单位及其他单位落实帮扶项目80个，帮扶到位项目资金3.25亿元，其中争取社会各界捐款捐物4800多万元，奏响了全社会共同参与扶贫工作的最强音；金科集团3000万元助力场镇住房改造，场镇面貌焕然一新。

"2020年3月12日，平安乡脱贫攻坚指挥部指挥长、市委副书记、市政府市长唐良智在百忙之中给我打来电话，对平安乡的疫情防控、春耕生产、群众外出务工等工作作出重要指示。"平安乡党委书记邹远珍说平安乡的快速发展最应该感谢领导的关心和支持。

党员干部带头干、迎难上，群众是看在眼里、记在心里的。在一次院坝会上，从不说话的村民赵能抢过话筒，说起了村民都能听懂的话："说一千，道一万。家乡变化全在干！为啥这么大进步，靠一批好干部……村干部，少补助，待遇最少活最苦，每月不到一千五。一年到头忙村务，家事全然都不顾。哪家都有老和小，他们的家属有时急得双脚跳。大家扪心想一想，哪个务工收入不是几万饷？"

陈锐是咏梧村的第一书记。2019年6月，他在扶贫工作中受伤，累倒住院。在"七一"来临之前，村民蒋业安摘下最甜的奉节脆李，专程从村里赶到医院看望陈锐。他感激地说："感谢你为我们做了那么多实事！在你的帮助下，我们一天天摆脱贫困。"

听，这就是民心！

11

2019年5月，平安乡文昌村田园西端。

在苍茫的大山脚下，七座木屋依山就势高高低低矗立在田园景区，如亭似墅独立成间，正式开门迎客了，这是平安乡致富路上继文昌田园后又一道亮丽的景观。

文昌田园综合体是市级农业"三变"（资源变资产、资金变股

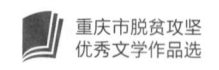

金、农民变股东）改革示范点，占地600余亩，园里遍地花草果药，包括美国山核桃、土耳其金果梨、万寿菊、脆李、蟠桃等，一片美丽的田园风光。

遥看今日文昌村，木屋乡风浓郁，文昌村味独特。山乡森林植被良好，槽谷土地平缓肥沃。改造后的民房青瓦白墙处处显示出新农村的特色，柏油路蜿蜒山巅通村畅社入户。关门山一桥连三梁天堑变通途，梅溪河九曲隔两岸绿水引平安。晨曦，薄雾缠绕山间如仙似幻；傍晚，夕阳遍洒余晖乡村一片喜庆金黄。春日，百花争艳春光美；夏季，万物勃发果花香；秋天，大地丰收秋色浓；冬时，银色世界雪茫茫。完全是一个"春有百花秋有月，夏有凉风冬有雪，若无闲事挂心头，便是人间好时节"的世外桃源之地。徜徉乡村小道，有的是儿时记忆稻谷香，有的是梦中景物炊烟绕，有的是人生得失、宠辱进退忘却得烟消云散，好一幅乡愁乡韵的画卷！

这些美景，是脱贫攻坚的成果；这些美景，是从无到有从土地里硬长出来的收获。

这些成果也是平安乡统筹推进脱贫攻坚与乡村振兴的有机衔接。围绕破解"谁来种地、在哪里种、种什么、怎么种"的问题，创新"三社融合"发展，推进新型主体培育、优势产区建设、农业品牌打造，推广文昌村"三变"改革经验，推动农业强起来，2019年全乡共投资1665.67万元发展产业项目22个，产业种植面积达6665亩，12个村集体经济组织与41家企业实现利益联结，股权化分红总额约为29万元，农业总产值约为2.4亿元。

从基础设施全面建设到产业立体发展再到乡村治理，平安乡实现了华丽转身。

随着脱贫攻坚的纵深推进，平安乡乡村治理被提上议事日程。以"三治融合"强化自治（"三治"包括自治、法治、德治）。制定《村规民约》，培育产业、电商、老年"三大协会"，组建红白理事、公路养护、饮水管护"三大理事会",成立集镇管理、基础设施维护等自治组织共计40余个,结合道德"红黑榜"评比工作,不断完善乡村治理体系。不断创新善治方式方法,成立新时代文明实践"垃圾兑换银行",整治"豪华墓""无事酒",形成"大事一起干、事事有人管"的善治新格局。

建立农村生活垃圾收运处理系统,桃树、文昌、射淌、双店、和平等5村的一体化污水处理站已投入使用;持续开展农村环境综合整治,实施改厕、改厨、改圈、改环境、改习惯"五改",完成12个村的亮化工程,安装太阳能路灯421盏,庭院灯50盏;拆除违建设施723处10.23平方米,评选出"清洁家园"示范户352户。

高度重视宣传工作,撰写的脱贫攻坚稿件被各级媒体采用356篇,一批高质量有影响力的稿件在国家级媒体刊发,一批优秀的县乡村扶贫干部和脱贫致富贫困户典型得以大力宣传,讲好了平安故事,提升了平安形象。

组建脱贫攻坚指挥部办公室党建和社会治理组,指导督查开展"三会一课"、支部联线活动。开展清洁家园、孝老爱亲、兴业致富、诚信守法、公益义务"星级文明户"创建评选活动,评选出"五星文明户"325户。深挖喻德兵等主动脱贫、勤劳致富先进典型42名,引导群众弘扬好风气、养成好习惯、创造好环境,形成"在感恩中奋进、在奋进中感恩"的生动局面。

文明,是社会进步的象征。绿树满山,柏油路已上山巅,黑瓦白墙,墙上五星红旗迎风招展,昔日的穷山恶水在脱贫攻坚中发生了天翻地覆的变化,还有一个明显的改变就是乡亲们过上好日子后文明整洁、积极向上的精神风貌和主动脱贫的内生动力得以极大提高。

在车水马龙的平安乡场上,在风光如画的平安的村落里,有老百姓唱道:

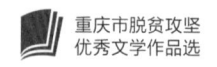

以前山高路不便，
如今乡村像公园。
娃儿喊我城里住，
我愿住在平安槽。

12

气温在摄氏零度以下。

龚平下村回来，看到部分驻村第一书记因缺水无法洗脸洗脚，在周末夜远离家人吃泡面坚守扶贫第一线，夜不能寐，即兴写诗寄怀！以下是摘选：

那里没有都市高楼的繁华现代
那里有的是莽莽群山绵延远方
那里没有华丽商城的富有琳琅
那里有的是田野山溪的宁静空旷
那里没有滚滚的车流和平坦的大马路
那里有的是山路十八弯蜿蜒到山上
那里没有绿茵的草坪和气派的公园
那里有的是悠闲吃草的牛羊和漫山遍野的芬芳
那是什么地方
那是脱贫攻坚的主战场

终于，有一天
那里吹响了坚决打赢脱贫攻坚战的嘹亮号声
从此
一批批领导来到这里
一车车物资运到这里

一笔笔资金投向这里

一拨拨党员干部驻在这里

第一书记成了乡亲们叫得最响喊得最亲的名字

他们远离舒适的环境甘愿承担万苦千辛

他们离别妻儿老小乐意走村串户问苦访贫

七十二道拐吓不退真正的共产党员

三十三道梁累不垮真心扶贫济困的亲人

如今，那里

天堑变通途，油路修到户

荒山成金山，产业有支柱

土坯变洋房，不愁吃与住

那是什么地方

那是大巴山深处正在脱贫奔小康的平安乡

……

在扶贫战场的大后方，在"朝辞白帝彩云间"的轻快诗歌里，有人在拿起相机悄悄拍摄……忆往昔不堪回首，看今朝旧貌换新颜！

在重庆市18个深度贫困乡镇的名册里，往日贫穷的平安乡悄然消失……

在春暖花开的美好日子里，一个崭新的平安乡正在无数游客的镜头里灿烂闪耀……

在脱贫攻坚的总结报告里，一个历经苦难又脱胎换骨、华丽转身的平安乡缓缓走来……

平安人民在大扶贫中拼搏、奋进；平安大山在大扶贫中猛醒、巨变；平安历史在大扶贫中凸现、改写；平安干部在大扶贫中锤炼、成长。

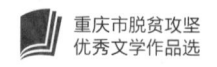

不得不承认，这是一场伟大的变革，这是人类史上的奇迹。中国脱贫攻坚的胜利是历史的胜利，是人民的胜利，是中国共产党的胜利！

决战泥溪

1

七曜山下，泥溪河畔，小镇。

凌晨2点，老桥边一幢白色楼房依然灯火通明，二楼会议室里一群人还在热火朝天讨论着什么。室内，一会儿高谈阔论，一会儿鸦雀无声，一会儿争论不休，一会儿欢声笑语……

而此时，附近的场镇早已人归街空，一切是那么安静；远处起伏的山峰在夜色里深度睡眠，一条细浪翻腾的小溪哗哗、哗哗流向前方。

这是哪里？"不眠人"在干什么？

这里是云阳西南边陲的泥溪镇，距云阳县城40多公里，距重庆市主城区350多公里。

这里，永远不应该忘记过去的落后、贫穷、痛苦，以及一群不知疲倦为之改写命运的"不眠人"——从人民群众中间走出来的脱贫攻坚干部！

上面这个场景是2017年9月以来重庆市云阳县泥溪镇党委、政府办公楼那些夜晚的写真！

那些夜晚都有星星，那些夜晚都有月亮，那些夜晚都有山峦叠嶂……一些重要的时间节点注定被历史铭刻，一些人物、一些事件注定被时间牢记。

当2017年8月，云阳县泥溪镇被确定为重庆市18个深度贫困乡镇之一的消息传来……

当2017年9月，在重庆市委、市政府的统一部署下，重庆市政协定点包干帮扶泥溪镇的任务下达……

从此时起，泥溪镇脱贫攻坚打硬仗的时候到了！

从此刻起，泥溪镇脱贫攻坚啃"硬骨头"的时候来了！

也许有人不知道，镇党委、政府办公楼深夜为什么还灯火通明？

也许有人不知道，一群新来的"陌生人"风风火火奔忙镇外、村里是为什么？

但是，人们却惊奇地发现泥溪127平方公里的土地在悄然蜕变……

2

2017年9月4日，也就是在泥溪镇被确定为重庆市深度贫困乡镇不久。一队人马从重庆主城出发坐高铁到万州再转车云阳，长途奔波，抵达泥溪。

几乎也是在同一个时段，另一队人马从云阳县城出发，抵达泥溪。

从重庆主城出发的是市政协办公厅扶贫集团及成员单位市水利局、民政局、贸促会、台办、慈善总会、重庆市轨道交通集团等派来的扶贫干部。

从云阳出发的是县交委、编办、农发行、电视台、残联、文联6个县级帮扶单位抽调的精兵强将，以充实补强驻村工作队。

调兵遣将！一场没有硝烟的战斗在泥溪拉开序幕。

如何与时间赛跑？

如何打赢这场硬仗？

以市政协主席为指挥长、秘书长为常务副指挥长的云阳县泥溪镇脱贫攻坚指挥部在思考！驻镇、驻村工作队也在思考！

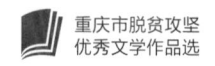

尽管，这里山高坡陡，自然环境恶劣，尽管这里贫穷落后。但是，大家相信，有党中央、国务院、习近平总书记脱贫攻坚的英明决策，有重庆市委、市政府的正确领导，有云阳县委、县政府的大力配合，有泥溪17000名人民群众的坚决拥护，有全镇扶贫干部的克己奉公的精神……仗一定会打赢！

这里亟待"输血""造血"并举的良药，只有上下一条心，深度贫困这个顽疾才会治愈。

谁都明白，打这场仗就是要让贫困从泥溪彻底消失，让一个小康泥溪在七曜山冉冉升起，让这里的人民真正过上有获得感、幸福感的美好生活。

谁都明白，这场仗必须打赢，必须向党中央、国务院交最完美的答卷。

这一次，市政协办公厅扶贫集团共派出8名帮扶干部组成工作队，其中3名驻镇，5名到村上蹲点，任驻村第一书记。

都知道，这不是来旅游，这不是来参观，这是上战场。

9月7日，上午，工作队举行座谈会。下午，第一书记到各村报到。

脱贫攻坚路长，又不是一天两天就能完成的——有的人会这样想。但是，泥溪不能！一刻也不能耽误，既然来了就要马上投入到战斗中去！

走访，掌握第一手信息。

这几乎是工作队所有人员的共识：必须要以最快的速度摸清镇情、村情及民情。

到泥溪镇第二天他们便马不停蹄深入一线，逐户走访贫困户。在最初的半个月时间里，工作队每人每天走村入户超过10个小时，足迹遍布全镇，深夜打着手电筒回宿舍后，晚饭就是一包方便面，饭后还要加班整理资料。很多时候，睡觉时已经是凌晨了，大家衣服都懒得脱，因为过几个钟头后又要开始下村。

工作队在走访中沉思，发现泥溪当务之急，不是给贫困户送点什么、发点什么，而是需要一个长远发展规划。于是，经过与镇党委、政府主要领导沟通，工作队协同云阳县委、县政府编制出泥溪镇三年脱贫攻坚规划和各村发展规划。

纲举目张，有了三年规划，就有了奋斗目标和努力方向。

这份规划，涵盖了路、水、电、讯在内的基础设施；这份规划，涵盖了"绿色食品产业带""黑色食品产业带""林业产业培育带""农旅融合示范区"在内的产业发展规划内容；这份规划，被悬挂在了泥溪镇脱贫攻坚作战指挥部办公室的正前方。

规划图上纵横交错的布局，令人仿佛置身于惊心动魄的战场，耳中甚至听得到战鼓擂擂，马蹄声声。

与此同时，市政协主要领导早已"运筹帷幄，决胜千里"，情系泥溪！

市政协王炯主席的办公室墙上挂着两张非常特别的"地图"：一张是《云阳县泥溪镇脱贫攻坚指挥体系》，另一张是《云阳县泥溪镇脱贫攻坚重点项目推进计划表》。

在市政协党组会议室也高高悬挂着《云阳县泥溪镇脱贫攻坚重点项目推进计划表》，足见政协对云阳的关怀力度。

其实，在确定泥溪为深度贫困镇后的第一时间里，在确定市政协定点包干帮扶泥溪后，很快，王炯主席先后3次主持召开对口帮扶脱贫攻坚工作会，先后9次深入云阳实地调研督导，对云阳特别是泥溪的脱贫攻坚和经济社会发展把脉会诊。宋爱荣副主席4次召集专题会议研究帮扶云阳工作，4次深入云阳指导脱贫攻坚工作。陈贵云、谭家玲、周克勤、徐代银、王新强等市政协领导先后深入一线指导脱贫攻坚工作。市政协秦敏秘书长10多次到云阳指导脱贫攻坚工作，帮助解决发展中的难题。

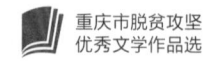

2017年最大的收获是工作队把稳了泥溪贫穷的脉,找到了治病的良方,为后面的脱贫攻坚战斗提供了精细的一手资料。

最终确定了需要执行的176个脱贫攻坚项目。

3

9月的泥溪,秋天逼近。

站在1000米高处眺望远方,山峰跌宕,树木葱茂,秋叶飘飘,鸟鸣猿啼……这里是七曜山生态自然保护区,景色迷人!

可是此刻,作为第一任驻镇工作队队长的何礼兵和他的队友们并没有心思去欣赏这大自然赐予的美景。

"去山坪塘担水一来一回要走上2个小时,回来关节疼,好半天才缓得过来。我呀,最大的愿望就是家里不缺水,最好是满满一大缸水用都用不完!"一位70多岁的老人不经意间的话深深刺伤了何礼兵。

这是他在走村入户时路上遇见的一位挑水村民。他边帮老人挑水边闲聊。听了老人家的话,何礼兵好不是滋味:在大部分人开始挑剔水的口感与味道时,这儿的村民喝水却还要肩挑背磨。他惴惴不安,心上像是又压了一副担子,格外沉重!

水!水!水!吃水都成问题,那么,生产用水怎么办?

他们用笔记下来,写成专题调研报告上交。

"在走访贫困家庭时,我们共有两个主要目的:一是因户施策,为贫困户分析贫困原因,制定脱贫措施,落实帮扶项目;二是立足全镇,为编制全镇发展规划奠定基础。"工作队队员郑自谋在日记中这样写道。

带着老人的心愿,工作队与时间赛跑。一个月左右,他们便以令人惊叹的顽强毅力,摸清了全镇497户建档立卡贫困户的基本情况,对水利、道路、危房等重要问题提出了解决方案,为一大批贫困户解决了实际困难,带来了脱贫路子。

惠及泥溪社区、长柏村、联坪村近2000余人的长柏村小(二)型水库建设工程纳入重点建设项目中,并且很快开工。

2018年9月,因为组织上另有安排,何礼兵离开了泥溪脱贫攻坚主战场。

何礼兵走后,第二任队长——市政协办公厅副巡视员杨锋接过他手上的扶贫接力棒,继续向前冲锋。

有了规划引领,如何抓好项目落地?

"这哪有啥子诀窍。一靠逗得硬,务得实,一个一个项目抓落实;二靠汇聚合力,各帮扶成员单位出钱出项目倾情相助!"杨锋句句点到实处、字字说到要害。

一张蓝图绘到底,一任接着一任干。这位行伍出身的队长接过帮扶棒后,排兵布阵,协调全局,熬更守夜,带着军人雷厉风行的优良作风,啃"硬骨头",攻坚拔寨,将一项项规划、一条条任务有序推进。

2020年3月18日,我在泥溪见到了杨锋。

提到"水战",杨锋向我讲述了杉树沟水库工程建设中的一个让他尴尬的事情。

杉树沟水库工程是泥溪镇脱贫攻坚十大重点项目之一,挂图作战,必须跟踪监督,强力推进。

然而,杉树沟水库工程开工后,作为刚上任工作队队长的杨锋一周要去三次,接连去了两周,竟发现工地上没有任何进展!

何故?是不是因为何队长走了没人管?是不是泥溪施工队想给新任队长一个"下马威"?

他只在心里猜测。

很快这个猜测被否定了!

他立刻召开多方会议了解其中缘由,经查明施工停滞是因为建

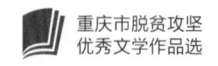

设资金不足。"老百姓们喝水是大民生，一刻也等不得！这笔钱要想方设法尽快落实。"杨锋斩钉截铁地说。

会议一结束，他带着队员立即赶往重庆。随后，经过10多次往返重庆市区与泥溪镇，四处协调，八方争取，在扶贫集团领导关心下，市水利局专项拿出2900万元资金用于杉树沟水库建设工程，并由此开创了市级层面支持小（二）型水库建设的先例。

2019年底，杉树沟水库工程竣工。白花花的自来水流进了村民的水缸，75岁的村民张秀英不用再每天上山去挑水了，笑得合不拢嘴。

群众的自来水梦，在工作队的手中被编织成了现实。

云阳县泥溪镇规划项目有176个，意味着三年时间泥溪脱贫攻坚战斗要拿下176个"山头""高地"。

其中卡脖子、关乎全局的6个涉及路、水等基础建设和4个重大产业布局的十大重点项目最为引人关注。

"攻城不怕艰，攻书莫畏难。科学有险阻，苦战能过关。"针对重点项目，工作队详细制订了每月工作任务和工作计划，向市政协主要领导汇报，强力推动。

龙泥公路升级改造人们欢呼雀跃。这段路是从云阳经龙角到泥溪的一段，过去平均不到5米的道路宽度，只能行驶19座以下的中巴车，想要大规模发展旅游和运输货物，交通成了最大的"拦路虎"。

为改变道路现状，工作队积极求援，指挥部多次协调市交委升级改造龙泥公路。最终，市交委同意按现行省道标准改造，补助资金9500万元。

2019年底，龙泥公路升级改造完工，沥青铺就的宽阔道路，两旁崭新的护栏，拖起泥溪人飞翔的翅膀。从龙角到泥溪的时间由原来的半小时缩短至10分钟以内。

首战告捷！制约泥溪发展的两大"天敌"路和水被征服。

4

2018年，对于泥溪镇党委书记陈宇来说，是最难忘的一年。

他的手机里，至今还保留着这样一条短信：儿子，爸爸也要参加脱贫攻坚"国考"，咱父子俩一起加油吧！

2018年6月，是云阳接受国家扶贫验收的关键时期，也正是陈宇的儿子高考最后冲刺节点。已连续在脱贫攻坚一线奋战几个月的陈宇因不能抽出时间陪儿子备战高考，只好满怀愧疚地给儿子发了这条短信息。

面对泥溪作为全县唯一的一个市级深度贫困镇，既要承担起2018年全县脱贫摘帽的重任，又要全面实施深度贫困镇"七大提升"行动，哪一块工作都是硬茬。

从哪里着手？具体怎么搞？原有的工作思路要全面调整，很多工作甚至要从零开始。有了市政协工作队的帮助，他心里便有了底气。

他白天下村入户调研座谈，了解情况吃透下情，晚上开"诸葛亮会"理思路研究措施，经常到凌晨两三点钟，依然可以看到他的办公室灯火通明。

仅在2018年，为确保规划项目真正落地，达到预期效果，他现场踏勘60余次，召开镇村干部座谈会、群众协调会议100余次，到市、县汇报30余次。

工作队的同志都叫他永不知疲倦的"机器人"。他始终以饱满的精神状态投入到脱贫攻坚工作中，每次到县上开会都是清晨出门，会后立即回单位，过家门不入已成常态。

让村民持续增收靠什么？靠产业。

泥溪俊翔香菇专业合作社负责人刘俊心里最明白，说："要不

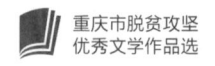

是工作队和陈书记力推，我们的发展规模我做梦都不敢想。"

10年前，刚从广州打工回来的刘俊，看到香菇市场行情不错，便在桐林社区租下几亩开始试着生产香菇，探索实践过程中吃了很多苦，走了不少的弯路，虽然近年来市场行情稳定，由于多种原因，桐林的香菇产业一直停留在几万袋的规模。

在一次走访调研中，刘俊向陈宇透露了这个埋藏心头多年的梦想：带领周边的老百姓共同参与香菇产业发展，把香菇产业做成泥溪的一张名片。

一直在苦苦思索如何破题的陈宇决定从产业发展上着手。

"一定要用产业破解贫困难题，这样的脱贫才稳定，才长久。"陈宇反复在镇、村干部会上讲。

2018年，一场轰轰烈烈的产业发展大会战在泥溪展开。

60万袋香菇产业园区、5500亩大雅柑优质晚熟柑橘、4000亩达梅一号优质乌梅、30万段青杠黑木耳……一幅幅产业发展宏伟蓝图徐徐铺开。

考察市场、流转土地、清杂、放线、打窝、栽植……作为镇里主要领导，陈宇从不当甩手掌柜，总是冲在最前，跑得最快，无数8小时之外的休息时间他都花在了群众院坝的会场上；无数的周末节假日他都奉献给了柑橘、乌梅栽植的地块上；无数个清晨他都顶着晨曦到工地、进现场；无数个夜晚他都是披星戴月回办公室。

这一年，泥溪的脱贫攻坚战是怎样打的？在扶贫干部毕孝安3万字的攻坚笔记里找到了答案。

毕孝安来自云阳县政协，是驻镇扶贫干部，从组建工作队开始他就一头扎进了泥溪脱贫攻坚的大大小小事务中，忘记了白天、黑夜、周末、假日……

他走遍泥溪10个村（社区），每周必入村，进村必入户，全年走访400家农户。

毕孝安，人称毕主任，他负责全镇残疾、五保、低保、大病等群体的错退漏评，按理说手中权力还大。但是他始终坚持"两不愁三保障一达标"这把尺子，秉公办事。

这一年他见证了泥溪产业的盛大开幕。

一片片荒山变成了产业园，一片片撂荒的土地成了产业基地。

两个香菇产业园区、晚熟柑橘成林、30万段青杠黑木耳建成投产。泥溪"青杠树"牌黑木耳先后获得国家有机食品、国家地理标志产品、全国名特优新农产品等认证，成为全镇产业发展中最耀眼的名片和金字招牌。

这一年，市政协驻镇工作队统筹整合县驻村，以及镇、村全体工作人员108人全力以赴战斗在脱贫攻坚一线，利用脱贫摘帽百日攻坚战的战机向贫困发起猛烈冲击。

解决产业发展与贫困群众的利益联结问题，是产业扶贫关键和难点。

怎么联结？老百姓愿不愿？后续管护怎么跟进？

工作队在琢磨。

陈宇也在琢磨。

毕孝安说："我们都在琢磨！"

他在2018年的笔记中这样写到：

> 2018年真可谓是一年的鏖战。全镇围绕产业发展布局。柑橘产业，由于成长周期较长、见效期慢，村民把土地拿出来发展有顾虑。面对建园财政资金有限，村民积极性不高等现实问题，工作队队长杨锋和镇党委政府主要领导等深入研究农村"三变"改革政策，带领扶贫干部深入调研后果断决策：在柑橘产业村成立村集体农业开发公司，公司由财政出资2000元/亩建园，并管护1年，占50%

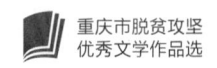

股份；农户以土地入股占50%。柑橘产生效益后实行三次分红：一次是村集体公司与土地入股农户按照1∶1进行分红；二次是村集体公司分红部分按照发展风险基金30%、村集体经济50%、贫困户20%进行再分配；三次是村集体经济分红部分按照公益事业50%，全体村民50%进行三次分配。

在群众受益的同时，村集体经济也不断发展壮大，2018年全镇10个村（社区）集体收入全部达5万元以上。

2018年，全镇贫困发生率由12%降至0.73%。先后以优异的成绩接受国家、省际交叉检查，国家第三方评估验收，中央巡视组扶贫专项巡视。

5

泥溪战斗继续向纵深推进。

2019年7月，泥溪代表被请上了全市脱贫攻坚现场会议的发言席。

全市18个深度贫困乡镇纷纷来泥溪调研、参观、取经。

泥溪被请上全市脱贫攻坚现场会议的发言席，还得从重庆市扶贫开发领导小组办公室2019年6月16日的一份简讯说起。

这份简讯的编者按是这样写的：

> 习近平总书记指出，摆脱贫困首要不是摆脱物质贫困，而是意识和思路的贫困。贫困地区、贫困群众要有先飞的意识、先飞的行动。云阳县泥溪镇以深度贫困镇建设为契机，突出"三送""三归""三改"，创新人居环境整治工作机制，全面改善人居环境，以干净、整洁、有序的

人居环境引导贫困群众养成健康文明习惯，进一步激发贫困群众内生动力。值得借鉴学习。

这是2019年以来年泥溪推行的重要工作。

那么，什么是"三送"？

就是把文明卫生理念宣传送进村、送上门、送到人。桐林社区支部书记曾义锋在交谈时告诉我，2019年他常拿着喇叭在社区宣传文明卫生知识，现在不喊了，有些村民还不习惯，问怎么喇叭不响了？曾义锋回答，你们都讲卫生了，喇叭自然"退休"了。

工作队和泥溪镇党委借助"干群一家亲"活动及人居环境整治"百日清洁"行动，为全镇4000多户群众全覆盖上门发放《致全镇人民一封信》和《"建设美丽泥溪·乡风文明"倡议书》，并分户张贴上墙。编印饮水、饮食、环境等文明卫生知识小册子，全镇在家群众人手一份。由镇、村干部、医生组成文明卫生知识宣讲队、医疗服务队，上门开展点对点的文明卫生知识宣讲和免费体检，推动文明卫生理念家喻户晓。

什么是"三归"？

泥溪镇镇长万勇向我解释了什么是"三归"，即垃圾归桶、畜禽归圈、柴火归位。

农村的人居环境从哪里改善？卫生和规范。

万勇说，为了规范群众文明卫生习惯，泥溪镇在镇村组公路要道、集镇、农村院落设置垃圾桶，张贴宣传告示，强力开展"三归"行动，并要求村（社区）干部、组长、党员、贫困户、低保户等群体带头执行。

什么是"三改"？

枞林村71岁的张德文老人，是退休教师，精神很好，被大家称为"乡贤"。对于农村人居环境治理，他表示最欢迎和支持。老人

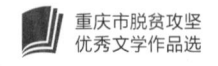

说,"三改"就是农户改厕、农村改院、集镇改貌。

2020年3月19日,张德文老人带我参观了他的成绩,百年黄桷树下,乡间小道全部硬化,干净,整洁,原来一目了然、又脏又臭的厕所一下子就消失了。周围的菜地都用颜色一致的栅栏围住。

"各个院落原来杂物乱摆,现在规范了。老百姓,只要你讲道理,他们都会支持。"张德文老人指着一面古墙说,这是著名诗人书法家刘猛伉的真迹——"孝悌忠信,礼义廉耻"。

我抬头一看,这八个字虽然经过几十年风化,但在时间的苍穹里它们依然苍劲有力。

下午,我们路过协合村卢家湾,听见机器轰鸣,看见水泥、河沙等建筑材料不停地拉到工地,挖掘机正在不停地工作,一问,才知道这里也在进行大幅度的人居环境整治。

6

泥溪被请上全市脱贫攻坚现场会议的发言席,发言内容就是讲的"三归""三改"。

过去,泥溪镇民间有一种人人痛恨但是又拿它没办法的坏风气,那就是"无事酒"。

"杨队长,这日子可怎么过呀?我们一把年纪了挣不到什么钱不说,现在为了挂礼,还要出去借钱,我这心里真不是滋味啊。"2018年底,鱼鳞村村民杨会珍在路上向杨锋倒苦水。

鱼鳞村位于泥溪镇西南部,离场镇10余公里,2017年拥有建卡贫困户27户91人,地处偏远,过去基础设施建设极为落后,产业发展严重滞后。即便如此,该村却盛行大操大办"无事酒",而且这股不良之风在全镇也愈演愈烈。

有人孩子高中还没毕业就办升学酒;有人两口子年龄加起100

岁，就办百岁宴；有人到县城逛一圈，回来就办房子酒……五花八门。

为除陋习、正民风，刹住这股"整酒风"，杨锋带着工作队协同镇政府工作人员，进村入户给村民们讲陈规陋习蔓延的危害，逐户向村民发放《不参与不承办无事酒倡议书》，组成劝导队扎实宣传政策，成功劝阻10余例"无事酒"。

扶贫先扶志，要让村民们先从精神上脱贫才行。为此，按照"让贫困群众养成好习惯，形成好风气"的目标，工作队队员们引导帮助贫困户改变落后的思想观念和生活方式，通过"卫生环境整治""无事酒整治"等方式扭转"等、靠、要"依赖思想，充分调动起了贫困群众脱贫致富的劲头，让精神脱贫先行。

"如今民风朴实，大操大办'无事酒'没有，谁家有喜事了，你一只母鸡，我一篮子鸡蛋，大家高高兴兴地聚在一起。道路硬化到了家门口，家家户户院落整洁，环境优美，谁不羡慕我们过得安逸？"鱼鳞村党支部书记黄彬满是自豪。

泥溪镇党委副书记余国忠分析，农村办酒席习惯使用一次性餐具，是批量垃圾产生的重要源头。彻底遏制"无事酒"，在减少垃圾产生的同时，全年户均节约礼金支出5000元以上。

余国忠说，泥溪镇每季度开展一次"卫生整洁、孝老爱亲、诚信守法、邻里和谐、兴业致富"五星评比活动，由老百姓自己参与打分，对评比情况户户挂牌上墙。对连续评为五星的农户发放生活日用品进行表彰激励，2019年全镇累计表彰"五星家庭"150余户。

产业与乡村治理齐步向前，2019年泥溪脱贫攻坚成绩可喜。

这一年，泥溪镇成功获得重庆市年度脱贫攻坚先进集体荣誉称号。

这一年，协合村驻村工作队第一书记罗强获得重庆市年度脱贫攻坚先进个人荣誉称号。

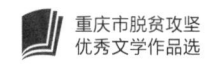

这一年，泥溪镇集体在县级脱贫摘帽工作中记集体三等功。

7

杨锋给了我一份市政协办公厅扶贫集团驻泥溪工作队成员名单。

这让我十分惊奇：他现场找了一张纸，没有任何停顿用笔写了出来，包括姓名、扶贫时间，以及来自扶贫集团哪个成员单位等信息。

市政协办公厅扶贫集团从2017年9月开始，先后派出7名驻镇工作队干部，8名驻村第一书记。

这些名字永远会留在泥溪脱贫攻坚战斗胜利的卷宗里，铭刻在云阳脱贫攻坚的历史中——

市政协：

何礼兵，第一任队长，驻镇时间2017年9月到2018年9月。

杨锋，第二任队长，驻镇时间2018年9月至今。

郑自谋，队员，驻镇时间2017年9月到2019年6月。

易凌，队员，驻镇时间2019年6月至今。

市台办：

周国刚，队员，驻镇时间2017年9月到2018年11月。

陈罂，队员，驻镇时间2018年11月到2019年12月。

袁烨，队员，驻镇时间2019年12月至今。

8名驻村第一书记是：

罗强，轨道交通集团，驻村时间2017年9月至今。

杨剑，市民政局，驻村时间2017年9月至今。

丁坤勇，市水利局，驻村时间2018年9月至今。

袁亮，重庆城市管理职业学院，驻村时间2019年10月至今。

胡安扬，重庆川维化工集团，驻村时间2019年10月至今。

孔智慧，市贸促会，2017年9月到2019年10月。

翁顺春，市慈善总会，2017年9月到2019年10月。

柯延斌，市水利局，2017年9月到2018年9月。

15名扶贫干部，就是15名冲锋在前线的"特种兵"；15名扶贫干部，就是15面飘扬在泥溪127平方公里土地上的旗帜；15名扶贫干部，就是15名群众脱贫致富的贴心人！

15名"特种兵"没有一人叫过苦，没有一人后悔过。他们只顾奉献，只顾默默工作，只顾把自己的温暖传递给别人。

15面旗帜背后都隐藏着崇高的情怀。

2019年11月，杨锋78岁的母亲在家不慎摔倒，被家人紧急送往医院，电话从昆明打来，坏消息从亲人的话里传来！家里在召唤他回去，可是扶贫战场正是吃紧，一堆工作要做，都急！

忠孝难两全。一周后忙完工作杨锋才回去看望已经手术结束的老母亲。

这样的故事，还有很多很多……

3年时间，工作队坚守脱贫攻坚政治责任心、工作使命感，深学笃用习近平总书记精准扶贫精准脱贫重要论述，贯彻市级脱贫攻坚工作部署和市委、市政府、市政协领导要求。

3年时间，工作队自觉遵守中央八项规定精神，廉洁自律，坚持不给县、镇、村增加工作麻烦、经费负担，始终不侵害群众丝毫利益。

3年时间，工作队向镇伙食团按月交纳伙食费；在往返主城途中或下村回镇太晚时，一律按AA制从简自费安排用餐。

3年时间，工作队队员自费用车、用餐、慰问群众、购农产品、帮扶企业，已成常事。

3年时间，一任接一任干，工作队"苦干、实干、真干"示范带动了县、镇、村干部全力以赴奋战在脱贫攻坚的战场上。

有付出、有收获，有泪水、有喜悦。

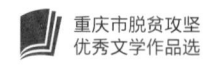

他们无愧于组织、无愧于泥溪人民的期望,最终给党和人民交出了一份满意的答卷!

2019年12月20日,桐林社区的群众像过节一样高兴,纷纷涌向桐林小学附近的桐林桥。

这是一座刚刚竣工的人车通行桥,它虽然没法与某些特大桥或大桥相比,但是这个桥的修建意义绝不比那些惊天动地的工程小!

桐林社区本是原来的桐林乡撤销后组建的,泥溪河穿场而过,连接对面学校的是一座石墩搭建的低旧便桥,只能人行,无法通车。年久失修,小桥风雨飘摇,遇到下雨天,学生苦不堪言,家长背学生过河,胆战心惊。洪水多次威胁这座旧石桥,群众呼唤好心人出现……

2018年7月,群众的愿望传到市台办扶贫干部耳朵,通过反映,市台办决定捐资70万元移址修建一座新桥。这便有了桐林泥溪河上的新风景。

市台办除捐建桐林桥外,还帮扶盘龙街道旺龙村无花果产业发展。2020年新冠疫情发生后,2月25日,市台办向泥溪镇捐赠医用外科口罩2000只、消毒液30瓶、防寒大衣20件,价值约1.5万元;3月5日,为泥溪镇政府和重庆保税港区旭硕科技、纬创资通、翊宝电子等台资企业牵线搭桥,帮助16名贫困劳动力上岗就业。

在泥溪脱贫攻坚的大战斗中,政协力量得到彰显,各方合力,都伸出了温暖的手……

市政协办公厅支持200万元用于泥溪镇一、二、三产业融合园建设,支持200万元用于泥溪镇人居环境建设,捐赠80万元扶贫资金,协调烟草公司捐赠200万元扶贫资金。

市民政局安排150万元建设泥溪社区、枞林村、鱼鳞村3个便民服务中心;安排90万元建设泥溪社区、联坪村、桐林社区3个配套养老服务站;安排700万元帮助新建片区养老服务中心;选派1

家社工机构，资助项目经费30万元，利用社工机构服务脱贫攻坚；市福利彩票发行中心筹措20万元，建设泥溪社区花椒产业示范点。

市水利局将泥溪镇石缸村908万元的精准帮扶项目纳入三峡后续项目年度实施方案，修建一座人行便道和7口蓄水池；统筹145万元用于边坡和道路治理；统筹300万元2018年度三峡水库库区基金，用于泥溪镇贫困村脱贫攻坚巩固项目；安排50万元，重建石缸村便民服务中心；将泥溪镇三座大桥的1100万元三峡后续资金补助纳入2020年规划项目库。

市贸促会支持40万元帮扶枞林村便民服务中心完善功能建设和修建园区道路；38万元帮助村柑橘除虫、除草管护，产业管护。

市慈善总会捐赠20万元，实施"为希望续航"助学活动，帮扶泥溪镇胜利村贫困学生完成学业；筹资10万元支持泥溪镇胜利村脱贫攻坚基础设施建设。

中国银行重庆分行为协合村捐赠40万元扶贫专项资金完善村人行便道、机耕道等基础设施；捐赠45万元帮扶资金用于协合村教学点附属楼建设；捐赠电脑、打印机等办公用品一批。

重庆市轨道交通集团有限公司落实30万元采购太阳能路灯，为协合村小学校外公路打造"点亮工程"；筹资20万元打造协合村党员之家；筹集41万元改造协合村人居环境。

重庆市温州商会党委捐赠26万元产业扶持资金协助建起桐林社区香菇生产基地，其中6万元每年滚动支持38户贫困户种植香菇；捐赠热水器、棉被衣物和慰问金，共计14万元。

2019年初，市政协港澳委员捐赠110万港元和20万人民币。这些钱，帮助泥溪社区建设100亩标准柑橘园，解决了泥溪农村310盏太阳能路灯安装，对40名困难学生救助，向116名散居特困人员分别赠送1台电冰箱或洗衣机、1台电风扇和收音机。

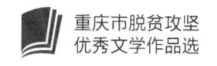

余彭年慈善基金会向两所小学捐赠爱心书包、文具750套；云阳县慈善会出资6.2万元，2018年元旦组织慰问60户贫困群众，捐赠敬老院电视、空调各13台。

团市委组织17名青年企业家进泥溪开展扶贫对接，分批组织企业举办菊花、中蜂、孔雀培训班，支持泥溪发展中蜂2000群、初种菊花500亩。

……

一笔笔资金，一次次考察，一个个项目落地，一次次温暖伸手，都是党的关怀。

8

见到袁亮时，他正在地里与一位村民补栽柑橘苗子。

"张大哥一家今年外出打工去了，愿意把土地拿出来给集体入股种柑橘，所以今天在栽柑橘树。"一脸黑黝黝的袁亮解释道。

袁亮，重庆城市管理职业学院副教授，2019年9月由市政协办公厅扶贫集团选派到云阳县泥溪镇枞林村任驻村第一书记。

枞林村位于泥溪镇西部，东接本镇桐林社区，北邻外郎乡，西、南连万州区龙驹镇。到2019年10月，全村建档立卡贫困户共44户157人已经全部脱贫。

虽然，全部脱贫了，但是村里要做的工作还很多。

"还好，我们学校领导很支持扶贫工作。"坐在石凳子上，我们交流起来。

那么多黑木耳，那么多柑橘，那么多香菇，那么多乌梅，销售压力还是很大，袁亮说的实话。

但是，袁亮2020年已经底气很足了。为什么呢？他的派出单位，重庆城市管理职业学院已经决定购买200件枞林农副产品，还有其他渠道也正在谈，2020年村里的消费扶贫不会低于10万元。

这就是消费扶贫！

实际上关于消费扶贫，国务院办公厅2018年就下发有文件《关于深入开展消费扶贫助力打赢脱贫攻坚战的指导意见》（国办发〔2018〕129号）。重庆市政府办公厅也下发了《关于深入开展消费扶贫助力打赢脱贫攻坚战的实施意见》（渝府办发〔2019〕12号）。

2019年12月10日，市政协办公厅也印发了《市政协办公厅扶贫集团推进消费扶贫助力深度贫困镇高质量脱贫的工作措施》，鼓励各成员单位自愿购买泥溪镇农副产品。

消费扶贫在行动——

泥溪镇石缸村是市政协办公厅扶贫集团成员单位市水利局对口帮扶。2019年，市水利局局机关和有关下属单位采购泥溪镇农副产品10多万元。2020年初，市水利局又早早安排6万元采购石缸村黑木耳、粉条、腊肉等农副产品。

重庆市轨道交通集团是泥溪镇协合村的帮扶单位，2018年到2019年消费扶贫404万元，集团食堂多次采购协合村黑木耳、香菇等农副产品。

中国银行重庆分行2018年在泥溪消费扶贫23万元；市台办消费扶贫25万元……

各种力量汇聚，各种资源整合，带动泥溪消费扶贫。

消费扶贫已经在扶贫干部心中根深蒂固，开花结果。泥溪的农副产品正在走向各个帮扶单位的食堂，也正在成为各级工会组织的慰问礼品。

山货出山，并不遥远。

9

习近平总书记说，全面建成小康社会，是我们对全国人民的庄严承诺，必须实现，而且必须全面实现，没有任何讨价还价的

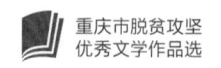

余地。

那么，泥溪要全面建成小康社会，靠什么？关键还是产业。

2020年泥溪四大主导产业分别为黑木耳80万段、香菇80万袋、柑橘5500亩、乌梅3000亩。粮经比例从原来的9∶1调整为1∶9。

发展产业促贫困户增收致富，泥溪是如何做到的？

有人用"马蹄声疾""烽烟四起""战马嘶鸣"等词语来形容泥溪的脱贫攻坚战场，这并不为过。

泥溪的脱贫攻坚时刻牵动着各方的心。

2020年是脱贫攻坚决战收官之年，中国将向世界宣布实现全面小康。

泥溪脱贫攻坚战依然处在"千军万马战犹酣"的状态，不获全胜不收兵。

2020年1月7日、2月18日，云阳县县委书记张学锋先后两次主持召开云阳县扶贫开发领导小组（扩大）会议，专题研究泥溪镇脱贫攻坚工作。

两次会议实际是泥溪脱贫攻坚最后发出的冲锋号。

面对人民的检阅，工作队深刻查找泥溪脱贫攻坚中的短板，举一反三整改，每一项脱贫产业落实落地。

春暖花开，泥溪镇协合村沉浸在一片忙碌之中，村民们在阳光下，三五成群坐在黑木耳基地灌种。一排一排的青杠木段堆放着，在她们飞快的手中，成为致富的希望……

协合村成立了丁家湾农业开发公司，流转农民的土地发展产业，那么农民的收入从哪里来？村长许安术给我们算了一笔账：单从黑木耳这个产业说，公司每年要支付工资达60万元，主要是农民务工支出，包括钻孔、灌种、上架、除草、摘耳等工序。单说灌种，人工费单价5.5元一袋，平均每人每天要灌20袋，就是110元，平时管护80元一天。年终还要分红。每人每月收入保守2000元没问题。

"加上其他产业收入，不想脱贫都不得行。"许安术说，"在家门口就能挣钱，多好！"

县交通局派来驻村的扶贫干部刘勇，31岁，在协合村扶贫已经两年。他给我引见了他包干帮扶的贫困户徐远清。因为徐远清残疾，家里事情主要靠他妻子，村里通过异地搬迁、公益性岗位、低保等政策，解决了这家4口人的脱贫问题。

刘勇说："他们并不懒，很勤快，喂牛、喂猪。"

"通过在村里务工，每月收入在2000元以上，吃穿住完全不愁。儿子也大了，看病也有保障。"徐远清的妻子说，"镇上村里干部对我们太好了，感谢感谢！"

是啊，只要扶真贫、真扶贫，老百姓心里比谁都清楚。

徐济生，胜利村农民。小时候的一场意外，让他终生残疾，干不了重体力活儿。2015年，妻子和父亲相继生病，每个月需要服药治疗，两个孩子正念中学，家庭经济十分困难。走访了解徐济生的情况后，工作队给他做思想工作，找准牛羊养殖项目，并筹集8万元，帮助他搞牛羊养殖。

2019年，徐济生卖出山羊40多只、肉牛2头，赚了5万多元，巩固了脱贫成果。提到工作队，提到扶贫干部，徐济生几乎是热泪盈眶："他们是好人啊！国家政策好啊！感谢党和政府！感谢扶贫干部！"

泥溪镇协合村村民张定华80岁，妻子78岁。儿子"倒插门"与媳妇远在陕西生活。两个老人无劳动能力，常年住土坯房。工作队了解情况后，争取资金给老人盖了新房，办理了养老保险，用低保兜底维持生活。

驻村第一书记罗强观察到两个老人很勤快，家里打扫得干干净净，房前屋后也是治理有方，只是年事高，不能做体力活。见他们

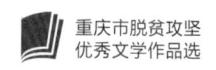

屋后有块空地，罗强与他们商量给他们买了10只鹞鸡喂养，增收。从此，老人每年光靠卖鹞鸡蛋收入1500元左右。

"罗书记，我还想再喂10只鹞鸡，不要担心我们年纪大，喂鸡，轻松。"2020年3月18日，我们和扶贫干部去看望老人时，他高兴地对罗强这样说。

"那好，我明天就把鸡种给您送过来！"罗强爽快答应。

满山的油菜花正在灿烂绽放，树林下一个20平方米左右的鸡圈，十几只鸡在围栏里追来追去，春风吹拂着刚刚苏醒的大地……

看到这美丽的村庄，我突然想起一首歌《幸福在哪里》：

幸福在哪里？朋友啊我告诉你
它不在柳荫下，也不在温室里
它在辛勤的工作中
它在艰苦的劳动里
啊！幸福就在你晶莹的汗水里
……

巴山月向北

1

2020年4月9日，下午3点。

我乘坐的从重庆北站出发的大客车顺利抵达城口县城，历时5个多小时。由于快速通道，重庆到城口的距离缩短到387公里。

"我们期待城口'两高'时代到来！"这是城口县脱贫攻坚办副主任向守文在宾馆与我见面的第一句话。他所说的"两高"，就是指重庆到城口的高速公路、高铁。

我确信，他们梦寐以求的时代一定会到来。

我对城口一直有像故乡一样的亲切感，因为我的血脉也连接着大巴山。我出生的地方叫通江，坐落在大巴山南麓，也和城口相同，地处秦巴山区集中连片特困地区，过去也是国家级贫困县。

依稀记得"穷"是城口曾经的代名词，和我曾经苦难的家乡一样。城口得名，因居渝、川、陕三省之门户，称为"城"；因扼四方之咽喉，谓之为"口"。重庆直辖，城口县从四川万县市划归重庆市管属后，这个红色光环笼罩下的革命之城，成了名副其实的"边城"，重庆最北端之城。

但，城口并没有因为"远"而服输！城口并没有因为"偏"而认命！

城口在与恶劣的自然环境作斗争，以"敢叫日月换新天"的战斗精神在大巴山腹地改写自己的命运。

时间回到2015年6月26日。

城口县委召开了第十二届第一百二十次常委会议。这一次常委会非同寻常！这一次会议传达和学习了习近平总书记在贵州调研的重要讲话精神。

时间与习近平总书记2015年6月18日主持召开的"贵州座谈会"相距8天。

8天！城口就作出了快速反应，响应中央号召。

接下来，一系列部署在城口展开……

县脱贫攻坚工作领导小组召开第一次全体会议，讨论"1+15+7"精准扶贫政策体系……

8月8日，城口县脱贫攻坚决战动员大会隆重召开……

城口县县委书记阚吉林向全县干部发出动员令：到一线去！责任落实在一线，把压力传递到"神经末梢"；解决问题在一线，把

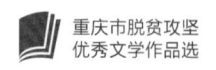

触角延伸到"家庭院落";持续增收在一线,把就业岗位落实在"田间地头";群众认可在一线,把工作落实到"群众心坎"!

"城口县始终坚持以习近平新时代中国特色社会主义思想为指导,深学笃用习近平总书记关于扶贫工作的重要论述和视察重庆重要讲话精神,特别是在解决'两不愁三保障'突出问题座谈会上的重要讲话精神,坚持以脱贫攻坚统揽经济社会发展全局,坚持把脱贫攻坚作为'不忘初心、牢记使命'主题教育的实践载体,紧盯高质量脱贫摘帽目标,明确工作重心和思路,谋划推进'春夏秋冬'四季战役和'百日攻坚'行动,举全县之力,聚万众之智,倾各方之情,打脱贫攻坚战。"城口县县长黄宗林说。截至2019年底,全县已实现90个贫困村、11847户45717名贫困人口稳定脱贫,贫困发生率降到0.42%。

城口县县委副书记袁开勇介绍,城口县坚持"深准严实",层层压实攻坚责任。压实指挥长(市管干部)定点包干责任制,成立25个乡镇(街道)脱贫攻坚指挥部和帮扶党支部,健全完善37名县领导包乡、112个县级单位包村、4979名干部包户的三级精准帮扶机制,实现乡、村、户帮扶全覆盖。

"那个时候,我们感觉到就像马上要打仗,马上要上战场一样!"城口县扶贫办主任王晓斌坦言,"每一根弦都是绷得紧紧的。"

脱贫攻坚战打响以来,城口县3232平方公里的土地上发生了翻天覆地的变化,城口人幸福感、获得感一路攀升。

2020年2月22日,这一天,注定被写进重庆市城口县的史册。戴在城口头上千百年来的"贫穷"之帽,被无形的巨手摘下来,抛向高高的苍穹……城口从贫困县的序列退出,城口脱贫了,这是一段极其辛酸的历程!城口摘帽了,这是一个具有特别意义的新起点!

我曾因为距离放弃过理想

在风无法抵达的日子仰望一座城

我希望有双灵巧的手，模仿他们

瓣竹笋、种香菇、摘木耳、挖天麻

种一坡药材

养一山土鸡

我也曾因为理想而放弃距离

在铺满露水和月光的路上

再次走进城口

这片我视为故乡的土地

他们纯朴的性情

改变苦难生活的决心

成为我来路上反复的提醒

如果你继续等我

封存我歪歪斜斜的足印

等我老了，会再回大巴山腹中

种菜，养猪

在阳光明媚的日子

熏腊肉

或者写诗

    2020年4月16日晚，县城宾馆，人静夜深，一轮春天的月亮悬挂星空，一切是那么静好。回想起一个星期时间，我在城口乡村的采访，感慨中欣然写下了上面这一首小诗《致城口》，4月21日《重庆晚报》"夜雨"副刊作为头条发表。

    城口县对于我来说，刻骨铭心。

    我第一次去城口，是2018年6月，重庆市作家协会组织7名作

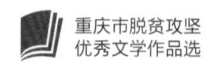

家到城口各乡镇采写脱贫攻坚故事。2020年，我是第二次去城口了，心里充满更多好奇和期盼，当我的思绪随着越野车在大山盘旋，我像回到一个熟悉而陌生的地方，熟悉的是这一方山水，这一方人情，陌生的是这里已经"面目全非"：老百姓盼望的路通了，很多地方已经道路硬化，产业发展起来了，老百姓的精神面貌发生了根本改变……

世界美好，是因为我们内心很安静；往事难忘，是因为我们记忆的底片是沧海桑田的变迁；珍爱幸福，是因为我们来时的路上洒满艰苦卓绝的汗水和泪花！

我愿以《致城口》这首小诗作引子，揭开城口脱贫攻坚的华章。

2

旧年腊月十六，大雪簌簌地落。

高山上的城口县治平乡阳河村满山遍野白雪皑皑，好一派隆冬的景象。

建卡贫困户赖克英正在火塘边生火烧水，忙这忙那。

此刻，时针正指向晚上8点整。

突然从后屋传来巨大的"哗啦"一声，虽然这时天上的雪还在继续下，风还在呼啦啦地吹，大山的交响曲在寒夜里疯狂演奏，但是这一声，赖大姐听得很清楚，有山崩地裂、房塌墙倒的震耳欲聋！

赖大姐下意识想到，一定是什么垮了。她放下手中活，急忙跑到后屋一看，瓦片纷纷下落，雪从屋顶像倾倒一样下落，从堂屋到卧室被一棵倒下的千年板栗树压了一个巨大的窟窿。

完了，房子垮了！

见到这个场面，赖大姐差点哭了。这时，一个声音在黑漆漆的屋里呼喊:"快来拉我下,我被大树压在下面了。"原来,赖大姐的老公方明玉被"卡"在树下了,脚手不能动弹。

"喂,杨书记吗!我家房子塌了,你快来下!"赖大姐拨通了电话。

"我们马上出发上来,你们不要着急!"杨书记回话。

杨书记,就是杨兴平,是城口县政协派驻阳河村的第一书记。

接到电话,杨兴平一刻也没有停顿,立即出门,边找车,边打电话把赖大姐受灾的事给乡党委和政府主要领导作了汇报。

由于山路崎岖、泥泞,加之赖大姐住在山上,离村委会还有好几公里路。杨兴平找了一辆皮卡车,带上一些临时救济物资,冒着风雪火速赶往出事现场。

首先是救人!杨兴平和扶贫干部何正剑最早赶到现场,附近的村民也陆续赶来帮忙,大家齐心协力把方明玉从屋里救了出来。事发不到1个小时,乡上的党委书记、乡长,一切知道消息的好心人都赶到了现场。

一场营救在风雪交加的夜里展开……

从大树下面救出来的方明玉被立即送往医院……

受灾的赖大姐一家人当天夜里被送到乡上居住……

真是无巧不成书,时隔整整3个月后,也就是2020年4月10日,我们再次造访赖大姐一家。

春暖花开,在核桃树和板栗树密布的一处山林里,散发着小桥流水的意境,飘逸着渝东北木架房优雅的诗意……这里,多像陶渊明笔下的世外桃源!我们带着无限遐想,走进了赖大姐家中。

显然,受灾的房屋已经修整完好,室内也做了简单必要的修饰。屋顶的瓦片全部换了,破损的地方也刻意做了加固。院坝里有10多箱蜜蜂发出嗡嗡的声音,刚从山林里掰回来的竹笋晒了几簸箕。

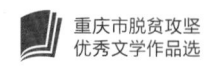

赖大姐见我们来了，满脸喜笑。招呼我们进屋坐下，又是端茶又是递水果，她见到同路来的扶贫干部，像见到自己的亲人一样亲切。听说我是去采访她，还没等我开口，她就先滔滔不绝起来——

"方明玉并没有受什么大伤，只是擦皮伤，第二天检查完就出了医院。"她首先向我们报了平安。

"人没事就好！"我赶紧补充说。

赖大姐几次提到，还是党的政策好，扶贫干部做得好。"要不是他们，发生那么大的事，我们在深山老林里真不知道怎么办。当天晚上，乡上、村上就来了100多人，党委、政府太重视了。当晚，我们一家住进了乡上的房子里，第二天，帮扶我们家的林国权主任，很早就给我们买来了包括桌子、气罐等生活物资，连垃圾袋都给我们买了，无微不至的关怀！我们只有感动和感谢！"

当我问她，现在房子修好了搬回来住，有什么感想时。赖大姐的眼眶湿润了，她停顿了一下，然后说："周作家，说句实话，我们年纪大了，还是想回到老家住，这里方便，政府把自来水也给我们接通了的。住在这里，我们可以搞点养殖业，也可以靠山吃山。"

通过她的介绍，我粗略算了一下赖大姐和他老公方明玉2019年的收入：卖两头牛收入1.3万元，卖土鸡和土鸡蛋收入4000元，卖魔芋收入1000元，卖竹笋收入5000元，两人就近务工收入2.6万元，总共收入4.9万元。

接近5万元的年收入，对于开支相对少的他们这一家来说，不仅仅是脱贫了。

说起脱贫，赖大姐笑了笑，说："贫困户？我们早就不是了！"

或许，那是几年前的事情吧。

3

从赖大姐家里出来，我们沿小溪下山，一路轻快愉悦。

路上，城口县政协社情民意信息中心主任王芬向我们介绍了城口县政协帮扶治平乡的一些基本情况。她说，这几年县政协在治平乡重点抓了三项工作：一是精神扶贫，也就是"智志双扶"；二是产业扶贫，根据治平乡自然条件，帮助老百姓策划发展长效和短期结合的产业；三是以购代扶，通过机关职工并利用各种社会资源帮助销售治平农特产品。

"三驾马车"拉动治平乡脱贫攻坚，政协力量助推阳河村用持续产业斩断穷根。

治平乡位于城口县东南部，距县城27公里，东与厚坪、南与明中、西与蓼子、北与修齐等乡镇接界，幅员59平方公里，海拔820米至2302米，是个典型的山区乡。通过合并村社，现全乡辖岩湾、新胜、新红、阳河4个行政村，辖1个社区（惠民社区），1378户4674人，其中场镇人口近1500人。由于受地理位置和自然资源等因素制约，发展工业先天不足，全乡70%的农户居住在海拔1200米以上的山区地带，25度以上的坡地超过90%。

这，就是治平乡的条件。

2020年城口县实施"百日会战"。全县脱贫攻坚"百日会战"动员部署暨农业政策培训电视电话会后，治平乡立即召开了动员部署会，对全乡"百日会战"工作进行了安排部署。2月25日下午，城口县人大主任、治平乡脱贫攻坚指挥部指挥长汪玉平，治平乡党委书记李昌军、乡长樊官勇以及阳河村联系领导，在阳河村支部活动室安排部署阳河村挂牌督战相关工作，第一时间落实县委、县政府的安排。

城口县政协主席何国兵非常重视疫情后的复工复产。多次到治平乡指导工作。为保障春耕育苗，治平乡免费为参与劳动的群众发放口罩，引导群众错时段下地务农，切实降低感染风险。督促乡内企业做好防疫措施的前提下逐步复工复产。蔬菜基地负责人周仕云

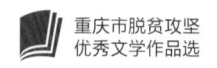

春节回湖北老家过年，因为疫情影响无法返回统筹企业工作。治平乡工作人员详细了解其健康状况后积极采取措施，接引其来到治平并严格落实隔离和健康检查措施，确认其无感染风险后协助其开展复工复产准备。

　　53岁的雷礼玖，过去住在1100米以上的苏黄坪山上，家中5口人，上有老，下有小。10年前，雷礼玖在山上干活时不幸受重伤，身体残疾。2014年成为建卡贫困户，日子过得相当艰苦。

　　妻子魏朝英，却不服输。她一个人挑起家中大梁，抚养两个孩子，照顾受伤的丈夫和80多岁的老人。皇天不负有心人，在魏朝英的细心照顾下，雷礼玖的病慢慢好转，虽然最后有点残疾，但是还能干点活儿。

　　通过异地搬迁，雷礼玖一家住进了场镇，居住条件得到大幅度改善。住进场镇后，雷礼玖与妻子商量决定发展产业，他到处学习天麻种植技术，利用山上老家土地、林地资源，种植天麻。

　　仅仅一年时间，2015年，雷礼玖成功脱贫，从建卡贫困户的名单里退出。

　　从贫困户名单里退出的雷礼玖很快成了全村有名的致富带头人。

　　他带领村民种植天麻、贝母，对小户帮扶，技术指导。建卡贫困户游玉兵，在雷礼玖的帮助下，2019年成功脱贫。

　　我们见到雷礼玖的时候，他正在翻晒天麻，那些天麻在他手中就像一个一个晶莹剔透的宝贝……

　　我们的对话，只有一句。

　　我问："雷大哥，你现在还欠钱吗？"

　　他回答："不欠了，房子款早还清了。现在吃穿住都不愁，看病有医保，孩子都已长大。但是，我永远感恩党和政府，是国家小额扶贫贷款政策给我的5万元让我们一家人有了产业，走上了致富路!"

4

感恩!是我在城口采访时听到最多的一句。

我想,大山的穷人摆脱了千百年贫穷纠缠,大山的农民找到了致富的路子,他们一定想报答谁。

一个致富不忘乡亲的城口人走进了我的视野……

他叫马宗品,是重庆市城口县政协委员,也是重庆市城口县宗品农产品购销有限公司总经理。

在县城一角的宽大门市里,我发现凡是城口的农特产品,在这里基本上都有卖的,比如天麻、竹笋、香菇、木耳。墙上各种奖牌琳琅满目,包括"重庆市农业产业化龙头企业""重庆市重合同守信用企业""中央电视台《每日农经》报道企业"等等,在他的办公室坐了几分钟,我们就急匆匆开车去他的工厂和种植基地。

沿着一条小河前进,大约20多分钟,我们便到了他的厂房。一栋三楼一底的白色楼房格外醒目,大门口挂着两块招牌——城口县宗品农业开发有限公司和城口县中药材天麻种植加工厂。

为我们开门的工人叫李世平,40岁左右,城口县高燕镇人,与马宗品是同乡,闲时在厂里看管厂,忙时一起到基地种植天麻或者收获天麻。李世平与我摆谈,他跟随马宗品长达8年之久。回忆起最初的创业,李世平摇头叫苦。

"那时候,上山的路不通。我们白天在林中开挖土地,收集段木,种植林下天麻,中午在山上吃,都是早上带的便饭,早晚在家里吃饭。种天麻的日子真苦,天天爬山,所有生产资料都要靠人工背上山去,上好的劳动力一天也只能背2趟到3趟。马总和我们一样,每天背东西进山。后来,修了一条机耕道,稍微方便了点,前

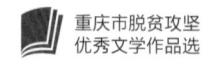

年，马总自己投资100多万元硬化了这条8公里的上山公路，这样产业才慢慢做大。"李世平说。他家也是贫困家庭，得到马总照顾，一直在厂里上班，每年收入在3万元左右，家里靠务工收入早就脱贫了。

马宗品最初的想法很纯朴，他到处学习天麻种植技术，就是想把学到的农技知识传授给大家，让乡亲们都富起来。他的家乡是城口县高燕镇河岸村，"祖辈几千年，上坡挖洋芋，下坡种玉米"，土地贫瘠，乡亲们在贫困的边缘苦苦挣扎。

马宗品决定出去闯一闯。

10年前，他认识了湖北一位姓朱的天麻经营者，朱老板把他带到神农架海拔2000多米的大山，参观他的天麻种植基地，并教他学习、研究仿野生天麻栽培技术。

他在那里花费了整整3年时间，总结了一套适合各种地形和气候的种植天麻技术，还摸索出了独特的泡制加工法，最终将价值5万元天麻运回了家乡，算是自己挣的第一桶金。

马宗品的天麻之路初告成功。

回到家乡后，他带着师傅给的天麻种子、萌发菌、蜜环菌及技术在海拔1800多米的七雁山建立了自己的天麻种植基地。

"一亩林下天麻，两年后可以采挖鲜品1500公斤至2000公斤左右，加工成干品也不会少于300公斤至500公斤。按市场价，收入也不错。"马宗品说，靠山吃山，是我们最好的出路。

到2020年，马宗品有了2个天麻种植基地，规模都在100亩以上。每到种植和收挖的季节，山里特别热闹，男男女女说说笑笑，劳动其乐无穷，这样也带动了老乡通过就近务工脱贫。在种植林下天麻、中药材加工销售、农产品经营等方面，马宗品在城口远近闻名。2019年马宗品企业产值超过2000万元，利税240万元，企业固定资产达到576万元，为周边群众创造务工收入150万元。从企业务工人员领取工资的表中看到，全年共有102人在企业打工挣钱（其中有本镇建卡贫困户38户）。同时，他们也学到了林下天麻种植技术。在马宗品的带动下，这些打工人在七雁山、黄溪大梁、一字梁、月亮坪、川陕大梁、春树湾等地种植林下天麻400余亩，年创收1000万元以上。

同乡村民马贤宝2岁时母亲就去世，家庭贫困，马宗品就请马贤宝父亲到他的基地务工，赚钱养家。同时，他先后支持马贤宝8万元读书，直到他考上大学、考上军校、参加工作。

马宗品说："致富不忘党恩、不忘社会、不忘乡邻是我的初衷，我的梦想是和家乡人一起脱贫致富，走出一条高山致富的路子。"他一边扩大天麻基地规模，一边修建天麻加工厂，而且还成立天麻专业合作社，为村里大量劳动力提供就业机会。

2019年，高燕镇河岸村集体经济在马宗品的企业分红7万元。

5

听说城口县岚天乡有一个"光棍村"，脱贫攻坚战决胜在即，"光棍村"现在还在吗？这次，我决定去看看。

过去，一个村有40多个"光棍"，村里没有集体经济，村民收入低，是名副其实的"空壳村"，这个村就是城口县岚天乡三河村。

4月的岚溪河畔春意盎然，沿线梨花、桃花、油菜花竞相开放，清澈的河水哗哗流淌，久违的阳光照射着农家小院，一幅美丽的乡村画卷映入眼帘。

这怎么可能是"光棍村"呢？这么美丽的地方。我心里在暗暗地想。

同行的岚天乡党委书记江奉武向我们揭开了谜底："这里现在是岚天乡的网红地，到了旅游旺季是一房难求，要预定、要排队！可是在5年前，这些有特色的房子，差点就被拆掉！"

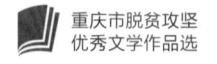

所谓的特色，就是土坯房。

2015年，中央一号文件明确提出"中国要美，农村必须美"，江奉武当时就想，这美，要按习近平总书记说的遵循乡村自身发展规律，充分体现农村特点来办，应该是不同于城镇的美，是各美其美。2016年，江奉武调到了岚天乡工作，一到这里江奉武就发现它有着独一无二的乡村之美：土坯房、篱笆院、石径路……于是，江奉武大胆提出了保留全乡土坯房，建民宿的决策！

"现在想来，当时我真的太难了，别说群众不理解，就连村干部都没一个支持的！"江奉武的回忆有点苦涩。

贫困户汪成军，是当时最硬核的反对者，他联名14位村民上访投诉，说新来的乡领导在城里住惯了洋房，却不让他们农村人过上好日子，与扶贫精神背道而驰！这是江奉武生平第一次被举报！当天晚上江奉武直接到村民们家里开院坝会，村民们也倒苦水说，盼来了精准扶贫的好政策，看到公路修到了家门口，最大的心愿就是把土坯房拆掉，建"小洋楼"，结果不让拆，心里很不是滋味！江奉武苦口婆心给大家讲文化传承、讲特色发展、讲生态经济，但汪成军只是——呵呵。

江奉武怎么能把大家的思想转过来，让村民们理解，保留下带着乡愁的土坯房，才是真正的固本之策，立足于长远发展？

于是，江奉武就把"老汪们"带到川美，观摩罗中立教授如何保护与利用农村老房；参观武隆民宿，感受依山而建的建造方式；带到浙江莫干山，体验特色经营模式！跟着走了一圈回来，他们眼见为实，就像换了个"脑筋"：原来土坯房未必就代表落后，有时候越"土"越挣钱！老汪和那14位上访投诉的村民主动成为了首批民房变民宿的试验者。现在他们的民宿最低年收入4万元，最高达25万元以上。

说曹操，曹操到。我们的车正好行驶到了汪成军的农家乐，外墙做了简单布置，增加了民间艺术元素，把一些废弃物利用艺术加工当作摆件，室内进行了装修。看上去古朴古香，在大巴山深处，有这样一处休憩地，真是人生享受。

现在成网红的老汪，正在招呼客人，这里基本上是客满为患了，坝子里坐满了客人，喝茶、聊天、晒太阳……

6

我们一路交谈，一路参观。

参观今日的三河村风光，交谈昔日的"光棍村"故事。

"黄启玖真的像变了一个人样，房子有了，家庭也搞得不错。听说一年还要赚五六万元。过去，黄启玖天天喝酒，啥都不做，就是个懒汉……"岚天乡宣传干事周纯给我们讲述了昔日"懒汉"黄启玖的故事。

黄启玖与"懒汉"挂上钩还要从脱贫攻坚之初说起。

那时，黄启玖还不到40岁，正是能够为乡村建设出力的时候，可是干部入户走访，经常吃闭门羹。原来，黄启玖是三河村深度贫困户，一天三顿酒，成天"泡"在酒中不能自拔，儿子在学校住读，女儿寄养在亲戚家，他的"职业"就是跑到场镇上喝酒，没钱了赊账，吃饱喝足了就躺在山上晒太阳。

最初，亲戚朋友都好言相劝，之后，只能恨铁不成钢，见到黄启玖直摇头。就这样，黄启玖成了三河村出名的"懒汉"。

相关部门开展脱贫攻坚民意调查时，黄启玖因为生活上的不如意，抱怨党委、政府、村组织、基层干部，对脱贫攻坚工作的满意度极低。工作人员入户走访，经过多方了解和与黄启玖沟通，终于找到了他意志消沉的原因。原来，10年前，黄启玖也是一个对生活充满希望的人，一家三口小日子过得有滋有味。自从妻子生女儿难产而死后，黄启玖的天塌了，一直无法从悲痛中解脱出来。他将刚

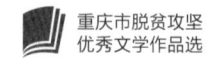

生下来的女儿送给亲戚抚养，儿子送到寄宿学校，自己就守着微薄积蓄"破罐破摔"。

　　自脱贫攻坚工作开展以来，三河村发生了巨大的改变，路通了，公共基础设施多了，村民们的观念开始转变，守住青山绿水发展产业，养蜂、养牛、修建大巴山森林人家……眼看着进村消费的游客越来越多，外出务工的青壮年逐渐返乡创业，村民的日子越过越红火，黄启玖的问题成为了乡村干部心中最大的牵挂。于是，驻村工作队员、乡村干部经常大会小会研究黄启玖的脱贫问题。"死缠烂打""软磨硬泡"，黄启玖终于在基层干部的悉心劝说下，决定建新房。2016年有了脱贫攻坚相关政策扶持，黄启玖的新房落成，看着建好的3层小洋楼，黄启玖充满了对新生活的希望和信心。

　　为了还清建新房欠下的10多万元债款，黄启玖跟着同乡到山西务工，活少的时候又回县内务工。2018年，黄启玖三喜临门，还清了债务，成为脱贫光荣户，与同乡李国燕组建了新家庭，结束了"光棍"生活。

　　有了新家庭后，黄启玖身上的担子重了，儿子上大学、女儿上初中、家里的人情往来都需要钱，从此，他更加勤劳，修路、建房、煤矿务工，都能吃下这些苦。看到黄启玖的转变，大家都乐在心里。2019年，黄启玖加入了村集体经济组织，参与了民房变民宿改造项目，年底，他家接待了20多名游客，收入3000多元。

　　2020年，因为新冠肺炎疫情影响，黄启玖延缓了出门务工的步伐，各地解封后，他带着对美好生活的向往，背上行囊，踏上了去山东务工的路途。

　　如今，三河村不再是"光棍村"，外地的美女也纷纷爱上了这里的金山银山，爱上了这里风情万种的峡谷风光，爱上了勤劳质朴的三河村人。

7

"有天无地、有山无田、有人无路""鸡窝地巴掌田"是对岚天乡的真实写照。

重庆市城口县岚天乡,平均海拔1300米,全乡幅员113平方公里,76%位于国家级自然保护区,山林沟谷占93%,土地面积不足7%,辖4个村17社。全乡953户3520人,是有名的"袖珍乡"。

脱贫攻坚以来,岚天乡荣获全国文明乡镇、全国美丽乡村、中国原生态钱棍舞之乡、重庆市扶贫开发先进集体、重庆市绿色村庄、重庆市美丽宜居示范乡镇、重庆市特色景观旅游名镇等称号。

我对岚天乡并不陌生,但是对岚天"穷山恶水变人间仙境"的快速蜕变十分惊讶。

那么,岚天乡何以有如此大的变化?

"脚下沾有多少泥土,心中就沉淀多少真情。"这是江奉武用来衡量自己在基层扶贫工作中的一把尺子。"有了这把尺子,工作就有了方向,行动就有了指南,感情就有了温度。"脱贫攻坚以来,他就是这样一脚泥土一路歌走过来的。

上任岚天乡党委书记的岗位伊始,村民们三三两两找上门来。江奉武对村民们说:"我就是为解决你们的小事情来的,你们的小事都是我的大事。解决好一个个小事加起来就是我要做的大事。"

在江奉武的办公室,我翻阅了3本共600多页的笔记。这是他几年前刚来岚天之初通过2个多月时间,早上6点开始下村,晚上七八点召开村民大会,走遍了全乡村村社社,遍访了所有贫困户,通过一户一户访谈、一社一社调研、一村一村解剖,留下的真实记录。

这些走访,这些记录,是他掌握的第一手材料。

他常常说,"进了岚天门,就是岚天人",我们必须做到"走访不漏户、户户见干部",只有倾听群众心声,了解群众疾苦,解决

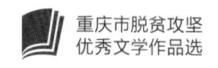

群众困难，用真情架起干群连心桥，我们才无愧于新时代的担当精神。

在他的带领下，全乡干部职工一条心，奔赴在脱贫攻坚的一线。

2019年为了决战脱贫攻坚，改非领导胥斌，积极"传帮带"，倾心教会年轻干部说农家话、办百姓事。乡兽医站站长赵安顺，妻子不幸确诊为恶性颅内肿瘤，守护妻子手术时，仍在打电话指导贫困户发展养殖业。退休干部罗贤桂，主动申请退休不退职，再让自己多站一班岗，多帮一户群众脱贫。三河村第一书记李峰，三年如一日风里来雨里去，2018年12月验收环境整治途中突然晕倒在地，不幸查出癌症，躺在病床上心里惦记的还是贫困群众。乡脱贫攻坚指挥部成员韦先明，突发脑溢血去世，年仅57岁，把自己宝贵的生命献给了脱贫攻坚事业。

全乡干部职工用心血和汗水建立了临界对象、低保户、特困户、大病户、残疾户、老人户、吊远户、易返贫户8类台账，时时动态分析研判，及时跟进帮扶措施。

岚天乡以乡村旅游为支撑，推动三产融合发展，近3年累计建成乡村旅游示范点50个、旅游联合中心户11户，带动147户贫困户户均年增收4000元以上，全体贫困户产业有项目、分红有股份、增收见实效。

地尽其财，人尽其力。

也许有人会问，岚天，是一个"袖珍乡"，有县委、县政府的特殊关爱，全乡脱贫摘帽，是不是上面给的？是不是外面送的？岚天的回答是：感恩，是岚天人脱贫的魂；奋进，是岚天人脱贫的根。脱贫奔小康，致富不忘党！

星月村贫困户蔡兴的家门口，悬挂着这样一副对联：上联"翻身不忘共产党"，下联"脱贫感恩习主席"。他说："党和政府是扶持我们，不是抚养我们。"这充分表达了岚天人的感恩之心、奋进之志。

8

我采访的脚步继续向前奔忙。

在岚天乡采访结束已经是下午1点多钟，匆匆吃了工作餐后，便马不停蹄朝北屏乡进发。

北屏，位于城口县最北端，处在大巴山脉南麓腹地，与陕西省岚皋县接壤。全乡幅员142平方公里，辖2个社区、4个行政村、37个村（居）民小组，总人口2391户6945人。

城口是重庆最北之城，北屏是城口最北之乡。

一路上，我对北屏有点担心。它是我们重庆最北端的一个乡，因为"北"，我更加关切。

到了乡政府，接待我们的是乡党委副书记陶亮和副乡长朱小玲。两位年轻的领导，对全乡脱贫攻坚情况了如指掌：全乡4个贫困村，均已脱贫，贫困户423户1601人，已脱贫415户1573人，余8户28人尚未脱贫，目前全乡贫困发生率为0.51%，2019年新纳入"两摸底"对象9户39人。

在我表明采访意图后，他们推荐了第一个采访对象——金龙村第一书记陈职中。我们在村里一个正在建设施工的大棚蔬菜基地见到了陈职中书记，他正在地里指挥施工，春天的太阳照在他脸上，52岁的他显得更加红光满面、精神抖擞。

在乡政府的进门大厅，展板上有他的个人先进事迹，我注意到有这样一段话："陈职中，现任重庆社科院后勤处副处长，自2019年3月12日担任城口县北屏乡金龙村第一书记以来，狠抓基层党建、产业发展促脱贫攻坚，在他的谋划带领下，已建成了2个中药材示范基地，共带动贫困户29户，种植天麻、黄精、前胡、大黄、

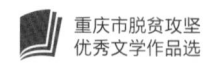

细辛等中药材100余亩。同时，利用环保酵素推行自然农耕，试种无公害辣椒1亩，取得了不错的经济效益，2020年计划推广栽50亩辣椒。"

"金龙村距乡政府驻地6公里，距县城约30公里，海拔1100米至1500米，森林资源丰富。由于处于大巴山自然保护区，中药材种植和合理开发旅游资源是金龙村未来产业发展的主要方向。"陈职中介绍说。金龙村结合村情，制定了自己的产业规划，主要是三个方面：一方面是，中药材种植基地建设，拟建成一个以黄精、天麻为主要品种的中药材基地，分两期进行。第一期，2019年建成20亩黄精种源培植基地及药材初加工场，10000平方米天麻种源培育基地，20亩魔芋种源培育基地；第二期，2020年，建成种植基地100亩。二方面是，森林人家建设，大力发展二、三产业，尤其是大力发展以旅游业为主的餐饮娱乐服务业，以饱满的热情、特色的农家菜、特有的民俗风情、优质的服务吸引游客，从而使农民增收。三方面是，庭院经济建设，继续抓好百合、山药、核桃、食用菌、魔芋、土鸡、中蜂等产业，发动村民利用田边地角多品种发展庭院经济，积少成多，积小规模成大规模。

这些规划和布局，金龙村正在一步一步地有序推进。

在村委会办公室，我们坐下来交流，从他的谈话中了解，陈职中正在下决心推广环保酵素，他想把金龙村建成环保酵素项目"城口第一村"，正在与重庆推广中心商谈合作。

无意中我抬头看见墙上挂着一幅锦旗，上面写着："赠北屏乡金龙村第一书记陈职中：为群众排忧解难，做人民满意公仆。北屏乡金龙村村民潘龙坤携孙女潘娜娜赠，2019年9月。"

为什么会有这幅锦旗呢？中间有哪些故事？

正在我拿起手机拍那一幅锦旗的时候，一位年轻人主动给我讲起了个中缘由：村民潘龙坤的孙女潘娜娜就读于重师附中，因为是留守儿童，长期与爷爷、奶奶生活，去年9月1号开学，她不去学校上学，送到学校后，她又悄悄回家，产生了厌学思想，而且性格内向，自我封闭。潘龙坤把情况给陈书记反映后，陈书记立即到家里与潘娜娜沟通，给她做思想工作，主动把她送到学校，并说服了她奶奶到学校陪读。现在孩子恢复了自信，学习也跟上去了，一家人很感激陈书记。

向我作介绍的这个年轻人不是别人，正是金龙村村主任汪时中。

谈话中，又来了一个面相纯朴的人坐下来，听我们交流。他是村支部书记秦必贵，本来准备去山上栽天麻，但听说有作家来村里采访陈职中书记，他就留了下来，估计是有话要说。

秦支书给我讲了这样一件事——

金龙村有个贫困户叫尹文权，他是一个性格十分倔强的人。有一次，陈书记下村动员农户搞环境整治，提到为尹文权整改厕所，遭到了尹文权的强烈反对，他不让村里为他整改厕所，还公开说："我自家的厕所不用别人来管。"因为他习惯了"板板厕所"。村里的各种规划和建设工作，尹文权也不配合，对村里各项主张也不予支持，这就成为了陈书记重点关注的对象。陈书记一次又一次到他家，找他谈心，做思想工作，宣传并落实各项帮扶政策，一段时集中与尹文权"斡旋"。终于，尹文权同意了改厕，渐渐地也知道了党委、政府的良苦用心，更加懂得了感恩。新冠肺炎疫情发生后，当听到村里要为武汉捐款时，尹文权第一个站出来捐赠并说："我这条命就是国家给的，现在国家有难，我一定要站出来。"虽然只有150元，但大家都能感觉到他思想的变化，也能体会到他对党和政府的感恩之心。

现在回想，在金龙村村委会办公室交流的那一下午，笑声是多么爽朗！

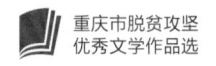

9

扶贫办的工作人员介绍，至2020年4月，有3个第一书记驻在北屏乡从事扶贫工作。

除金龙村第一书记陈职中外，还有两个，他们是太平社区第一书记伍贵阳和苍坪村第一书记赵勇，他们分别来自重庆仲裁办综合秘书处、重庆高速集团。

伍贵阳，出生于1981年1月。从2019年3月12日进驻城口县北屏乡太平社区那天起，"把老百姓的每一件小事办好"，便成了伍贵阳远赴城口担任第一书记的初心和使命。

不爱坐车爱徒步，平均每天接近2万步的微信步数统计，让伍贵阳见证了太平社区大大小小的事情。到任1年，他积极争取单位支持脱贫攻坚民生项目资金148.1万元，大力发展高山蔬菜（包包菜）350亩，收成100多万斤，促进了老百姓增收。他用实际行动，切实解决老百姓"两不愁三保障"问题。

伍贵阳给人的第一印象是儒雅、智慧。但群众却说："伍书记简单、踏实。"驻村，就要"驻"到群众心坎里。自从伍贵阳来到太平社区，这里的群众再不孤单了，聊家常、讲政策、解困难、诉心愿……他把老百姓当家人，很快和大家打成了一片。

"张方志家需要新修厕所，龚兴武家的房屋存在安全隐患，王仕奎家的房屋常年漏雨，要解决符必松的赡养问题，冉光春的学费问题要放在心上……"伍贵阳的笔记本上，密密麻麻地记录着各家需要解决的事情。他说："好记性不如烂笔头，老百姓的事情一点也不能马虎，我要把每一点需求都记录好，回到办公室再一一整理成册，按事情轻重缓急逐项解决。"说着，他便拿出一叠又一叠问题清单，按着姓名、存在问题、解决措施、所需资金等，一一忙活开来。

"我们家的房屋以前存在安全隐患，周边环境也极差，伍书记看过之后，一直很关心我，前前后后跑了很多次，直到把问题完全解决了才放心。"太平社区低保户龚兴武说。一开始他并不相信他家的问题能解决，前期很抵触伍贵阳，后来见伍贵阳确实是真心为他着想，他才积极配合。如今，龚兴武家已经排除了安全隐患，院坝硬化了，出行路搞好了，周边环境干净整洁。

说到村民龚兴武，第一书记伍贵阳也是印象极深。"当初他确实不愿意配合，但也耐不住我的'死缠烂打'，好在最后问题解决了。"像这样帮助群众解决实际困难的事情还有很多，而伍贵阳也不是大包大揽，他还十分重视群众的参与感，有钱出钱、无钱出力，充分发挥群众的主观能动性，让大家知道幸福生活是奋斗出来的，只有依靠自己勤劳的双手，才能实现最终的可持续发展。

"我的女儿嫁去了山西，很少有机会回家，平时都是我一个老头子在家，年岁慢慢大了，做事渐渐有点力不从心，也不方便去敬老院，伍书记来我家跑了很多趟，还和女儿那边的政府联系，和我女婿女儿沟通，我才能得到应有的赡养。"如今70多岁的村民符必松，脸上爬满了皱纹，说起这些事，老人凹进去的眼窝里留下了感动的泪水。他说："伍书记就像我的亲人一样，把我的事情当作是他自己的事情在做，真的很感谢他！"

"这件事情很具有代表性，我们将其作为一个典型张贴在了公示栏。"伍贵阳说。孝老爱老是每一个子女应尽的义务，"你把我养大，我陪你到老"大家都应该做到，养育之恩都不懂回报的行为必须批判。

"我希望社区的每一个人都充满幸福感。"伍贵阳的心"很大"，他希望贫困户和非贫困户都能生活得幸福美满；伍贵阳的心"很小"，他不求轰轰烈烈干大事，但求解决好群众关心的每一件小事。

"2019年国庆期间，要给贫困户贴对联，伍书记却是给全社区的人都贴了一副，他说，要让大家都感受到祖国的繁荣富强，沾沾

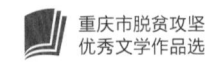

国庆的喜气。"非贫困户袁朝刚说，伍书记对社区的每一个人都很好，他是一个大家都很尊敬的第一书记。

付出，终有回报。伍贵阳用自己的实际行动，温暖了太平社区1407人的心，而他，也获得了大家的一致认可和好评。

"抛家舍业真扶贫，一身正气献村民。"太平社区居民赠送给伍贵阳的锦旗这样写道。

赵勇，硕士研究生学历，1978年2月出生，2019年3月12日任北屏乡苍坪村第一书记。驻村以来，他遵循"学习、走访、研究、落实"的工作方法，根据苍坪村实际，倾力解决扶贫民生实事，向集团争取20万元资金和技术支持，在苍坪村公路及村民聚居点安装52盏太阳能路灯，点亮了苍坪脱贫的希望之灯。

2019年是脱贫攻坚最后冲刺阶段，苍坪村瞄准贫中之贫、坚中之坚发力，做到了"脱贫路上一个都不能掉队"。

针对个别重度残疾、丧失生活自理能力的困难对象，村里在通过住房、医疗、社会兜底等政策解决其"两不愁三保障一达标"问题的基础上，更加注重其日常生活照顾。李明德父子均为肢体残疾，妻子年老丧失劳动能力，孙子还在读初中，其家庭成员生活均无法自理。针对李明德特殊家庭情况，苍坪村在落实网管员和帮扶责任人日常走访管理基础上，专门落实了一名扶贫公益性岗位人员负责照顾其日常生活，解决其生活起居问题，确保其家庭能够吃饱、穿暖、睡安稳。

苍坪村贫困户文目琼本人残疾且患有糖尿病、尿毒症、高血压多种疾病，其2019年经常规医疗救助报销后，自付费用约1.7万余元，为有效减轻其家庭医疗费用负担，苍坪村为其申请了临时医疗救助、民政临时救助等救助共9000多元。

针对个别家庭多个在读学生，教育支出大，且家庭无稳定收入来源，苍坪村在严格落实常规教育资助政策的同时，积极争取社会帮扶,有效确保了相关对象正常入学。苍坪村徐伦山家中两个义务教育阶段在读学生,但家中无稳定收入来源,教育支出成了家中的负担,在了解此情况后,苍坪村为其争取东西扶贫教育资助及社会资助6500元,确保了其子女正常入学。

因学因残致贫的村民张小兵,以前出门很不方便,家里的房子也很破旧。赵勇通过走访了解情况之后,积极为其争取政策,落实了入户路的扩建,并亲自为他策划了房屋维修方案,落实了旧房提升政策。张小兵感激地说:"家里的储水设备是赵书记来了后弄好的,门前小路扩宽了,房子也改建得更好了,非常感谢赵勇书记的帮扶!"

虽然张小兵有腿部残疾,但他仍然决心2020年在屋子后面的坡地上养跑山鸡,而龙世伟全家养了100多只鸡,加上农业补贴和家人在外务工收入,实现了稳定脱贫。

村民龙世伟对村里的路灯建设尤其满意,发自内心地说:"我活了50多岁了,都没享受过城里的路灯,没想到赵书记来了之后也能用上了。"

"更重要的是村民们发展的内生动力增强,这种积极向上、努力进取的精神,才是我感到最欣慰的。"赵勇很欣慰地说。

10

北屏乡新民社区58岁的彭先富看上去只有40多岁,为啥"保养"得这么好?以前他还是一个建卡贫困户。

彭先富家中有5个人,其中3个小孩,是典型的因学致贫家庭。2018年,在政府的帮助下,彭先富从高山搬迁到社区居住,过上了"城里人"的日子。

如今,3个小孩都已成人,读书毕业都在外面工作,没有了负担。然而,他利用原来的高山房屋作为产业房,在自留地、自留山

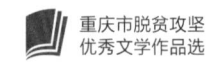

大量栽种山药，2019年仅仅靠卖山药纯收入就达21000元。

乡上还给彭先富安排了公益性岗位，清扫社区马路，一个月也有500元的补助。

"老彭最大的优点就是勤耙苦做，他不仅种山药，还种独活等中药材，在山上养牛、养羊，一年收入可观啊。"北屏乡党委副书记陶亮向我讲述了彭先富的致富经，"有了钱，日子过得开心，心情好，自然就显得年轻。"

像彭先富这样日子过得滋润的村民在北屏乡比比皆是。

"有北屏的精神扶贫新招，自然就有了老百姓欢天喜地的精神面貌。"副乡长朱小玲一路上向我们介绍了北屏乡的精神扶贫。这位年轻的女乡长思路敏捷，条理清晰。

2019年，北屏乡开展"六进农家"活动，在自然风光美、村容户貌美的基础上，实现了乡风民俗美、思想觉悟美。

比如，太平社区村规民约就明确规定：凡贫困户、低保户参与赌博的，一律暂停贫困户奖扶、低保补助政策，并取消当年集体经济股民分红；凡贫困户、低保户打架斗殴，非法上访，参与"门徒会"等邪教迷信活动，及大操大办、违规操办宴席的，一律暂停贫困户奖扶、低保补助政策，并取消3年股民分红；待当事人认清错误改正习惯，通过集体研究再行享受相关政策。

所有村都建立了村民议事会、道德评议会、红白理事会、禁赌禁毒会的"四会"组织架构，制定章程，明确职责。乡里还开展"我看改革开放新成就""我看家乡新变化"作品征集活动，征集书画、诗词、对联及文艺作品，并通过民间艺人自行评审，在作品中挑选出优秀对联，引导群众书写张贴于门前；打磨出"脱贫攻坚政策宣传顺口溜"，张贴于集中居民院落墙壁；排演出文艺节目，在各村持续开展精神扶贫文艺进村巡演活动；利用房屋墙体、庭院围栏、废弃农具、花草树木、周边石头等，通过壁画、标语等形式宣传社会主义核心价值观，歌颂党恩。

王举祥，1967年出生，现为北屏乡松柏树村村民。

2016年，王举祥改过自新，刑满释放，回到家中，一贫如洗。乡党委和政府并没有嫌弃他，第一时间派人去关心询问他今后的打算。

自然，2016年王举祥成为建卡贫困户。

王举祥原来山上的老房子已经风雨飘摇，完全无法居住，这是很现实的问题。

此时，他只有白手起家。

要先修房子，面临两大难题：位置、资金！

大山腹地找一块地方修房子比找黄金还难。在帮扶人"杜主任"的协调和努力下，在松柏树村委会附近一条小溪边物色了一个吊脚楼地势，毗邻公路，出行方便。

位置找好了，可是资金呢？王举祥初步核算需要40多万元。

找亲戚借？谁愿意借你那么多钱？找银行贷款？自己当时还有一个十分"尴尬"的身份！

那段时间王举祥几乎是夜夜不能入睡，有时甚至泪流满面。

正在他无路可走的时候，政府给他伸出了援助的手。除了按政策补助21000元外，乡党委、政府主要领导出面协调银行贷款，工作人员上门说服他的亲戚给予能力范围内的支持。

这样，大家有力出力、有钱出钱，王举祥的房子问题解决了。

王举祥决定发展产业，找经济出路，不能"等、靠、要"！

他利用屋后的小溪养鸭子，从小规模养殖开始，滚动发展，由小"滚"大。不到一年，他的养殖业就扩大了。2018年，他决定养殖山地鸡，而且一养就是几百只。

到2019年，他养殖城口山地鸡的规模达到一次性出栏500只，循环出栏一年可到达20000只。

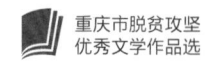

2020年4月11日，大约黄昏的时候，我们的采访车到达王举祥的家门口。

观音岩下，两楼一底的新房，变成了"北屏柴火鸡"，广告语一目了然：农家土灶正宗土鸡，柴火煮出原汁原味。

看来，他是在自产自销，一条龙服务了，真是"人勤地不懒"！

王举祥房子的对面就是养鸡场，中间隔着小溪。他带我们跨过小溪去看那些悠闲自在的跑山鸡。很奇怪，每一只鸡都带有"眼镜"，没有玻片的假眼镜，王举祥解释说，这是为了防止鸡与鸡之间发生"战争"，过去每一天都有好几只鸡因为打架致死。戴上假眼镜是为了挡住它们的视力，防止"群殴"。真是七十二行，行行有门道！

因为产业的发展，王举祥在2019年还清了全部个人借款和银行贷款，自己也从贫困户的序列里退了出来。

王举祥最高兴的是他重新组建了家庭，一家人过得开开心心。

11

我们把采访的镜头推向城口县庙坝镇，聚焦香溪村。

这个村位于庙坝镇南部，海拔700米至1760米，幅员13.1平方公里，辖7个村民小组，224户851人。

香溪村集体经济有了丰厚的"家底"：城口县旺香旅游开发有限公司和城口县幽峡茶叶有限公司，从2017年至今村民年年分红。

但是，这个"家底"的挣来却有一个耐人寻味的故事。

故事与一个人密切有关，他就是现任香溪村党支部书记刘汉东。

2016年，香溪村被评为全乡"后进村"，村支书主动辞职，村支"两委"群龙无首，人心涣散，各项工作陷入瘫痪状态。

再三考虑，乡党委觉得正在成都发展的本村党员刘汉东是支部书记的最佳人选。

但是，这个时候的刘汉东在成都从事园林行业，事业正旺，他的苗木基地有2000多亩，年收入几百万元。他愿意放弃多年的苦心经营吗？

几次电话沟通后，刘汉东取舍难定。但是他是一个共产党员，村里的发展，他有责任贡献力量，他不能看到自己的家乡贫穷落后。

经过与家人商量，他答应回乡。但有个条件就是，必须通过公开选举，如果村民选上他，他就回来，如果选不上，他还是在成都发展。

2016年9月，村支书选举大会上刘汉东全票通过。这下，他不得不忍痛"卖掉"成都的事业回到家乡香溪村走马上任。

"理想很丰满，现实却很骨感。"刘汉东说。当他兴致勃勃回到村里，准备召开党员代表大会，一瓢冷水泼向他火热的头上。

通知发出三次，竟然一次会议也召开不起来！

全村21个党员，召集开会"锣齐鼓不齐"，大家对村里干部已经失去了信心和希望，完全不相信香溪村能"起死回生"。

经过入户走访，刘汉东发现村里遗留问题较多，大家心中有怨气。他便给村民说："我是刘汉东，我从成都回来就是给老乡们解决问题，带领大家脱贫致富。请你们相信我，给我时间！"

看到刘汉东一脸真情，村民们慢慢转变了态度，开始支持他的工作。

2016年下半年，刘汉东主抓基层党建工作，充实村支"两委"力量，启动讲党课等活动，激发党员干部的带头作用。

经过几个月时间努力，村支部恢复了活力。

2017年，刘汉东开始考虑产业发展，准备组建村集体经济组

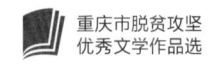

织。香溪村历来是产茶之地,以前就有"红军茶",但是因为管理、经营不善,加之技术不到位,一直处于失败状态。

刘汉东决定重振旗鼓,他带领骨干人员先后到江西华西村、江苏安吉、四川雅安等地考察,学习种茶技术,最终选定了"蒙山9号"这个品种。

接下来是发展基地,刘汉东把最早的200亩老茶园进行技术"底改",对樱桃溪红军茶园进行打造,同时补植补栽及新建茶园500亩,接力后续发展。

围绕村"集体经济组织+公司+股东+建卡贫困户"模式,2017年香溪村36户建卡贫困户每户分得红利500元。

2018年成立了城口县幽峡茶叶有限公司,当年产茶1000多斤,产值31万元,村集体经济收入5万元。全村36户建卡贫困户每户分得红利300元,同时全村782股每股分得红利76元。2019年实现收入40万元,36户建卡贫困户每人每股分得红利110元,同时全村782股每股分得红利70元。

村集体经济有了收入,村民也分到了红利,刘汉东的理想慢慢实现。

12

壁立千仞,无欲则刚。

在一个一些人看来没有希望的"后进村",刘汉东却把工作做得风生水起,香溪村第二年也就是2017年就摘掉"后进村"的帽子,何以能之?

脱贫攻坚,干部必须要心无旁骛。

2017年7月,香溪村准备开发一个旅游项目,成立城口县旺香旅游开发有限公司,以九重秘境为中心打造乡村旅游,集避暑、度假、休闲、观光旅游为一体。

当时，刘汉东就想把它搞成集体经济组织。他认为，宝贵的九重山资源不能搞成个人企业，独自盈利。

但是搞集体经济也需要投入！当时村集体根本没钱，拿不出来，刘汉东就召集村干部及各社社长开会商议，并且承诺自己先交10万入股，希望大家支持，还规定，本村老百姓只认股分红，不投钱，这样就降低了老百姓的风险。

在刘汉东的带头下，不到一周时间，村社干部现金入股达到60万元，老百姓以土地、林地流转入股，旅游公司很快成立了。

由于香溪村所辖崩溪河景区景观独特，有白龙峡瀑布、一指峰、一线天、观音洞、百马洞等自然景观，旅游公司建立后，吸引了大量游客，日均接待游客达到300人左右。

第一年，旺香旅游开发有限公司就盈利23万元，老百姓分到了红利。

城口县庙坝镇组织委员袁开元向我讲述刘汉东在茶厂配股中坚守清白的做法：香溪村的村民都是刘汉东的亲人，他偏袒谁？所以在茶厂配股中他主动避开亲戚，做到公开、公证、透明。

当时，配股遇到两个问题争议比较大：一个是户籍居住地不一致的问题，比如，某村民户籍在香溪村，但是人长期在外居住，基本不回村里，这种人该不该配股？二是村里以前的一个厂，也是集体经济失败，有20多人未解决养老保险问题，到处上访，成为村里的遗留难题，他们该不该配股？

一些人说不配！理由是：涉及第一个问题的人不在家，自然不管；涉及第二个问题的人属于社保范畴，村里没义务解决。

在村民大会上，刘汉东给大家作了解释，户籍在本村的人，他们为了生活现在出去了，迟早要回来。到时候他们回来后说自己也是香溪村的人，要股权，你咋办？20多人未解决养老保险的问题，他们毕竟是老厂的"元老"，也是我们的乡亲，难道我们吃了新茶，

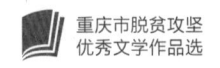

忘了"老根"？而且不解决，这样下去社会矛盾会愈演愈烈。我们搞村集体经济的目的是什么呢？那就是让老百姓日子越过越红火！我们搞集体经济连我们老百姓自己的问题都不能解决，搞这个还有多大意义？！

这一番话，赢得了村民们的热烈掌声。

2018年6月16日，香溪村集体经济组织分组户代表大会讨论顺利通过了庙坝镇香溪村集体经济组织产权制度改革方案。

这样，村里遗留的"上访户"的信访问题得到彻底解决，村风得到很大改变。

袁开元说，2018年刘支书的工资一分钱都没进自己包里，他用自己的工资给村里干部每人买了一部手机，为村办公室买了两台空调，鼓励大家工作，感谢大家与他一起奋斗。

2019年，因为他突出的贡献，乡上奖励他3000元，而他把奖金全部分给了村干部。

他说，没有那几个村支"两委"年轻干部的辛苦付出，他再大的能力都不能改变香溪村的面貌，他应该好好感谢他们！

目前，香溪村形成了以茶叶、旅游业为主，中蜂、山地鸡、生猪、山羊为辅的产业结构。

刘汉东送我们从香溪村股份经济合作社扶贫车间出来，用手指了指他的左前方的大约100亩的山地，说，这里将建成茶叶观光园，按生态园标准设置，主要是采茶体验区，以后来这里旅游的人可以当一次"采茶姑娘"！

顺着他手指的方向，我看见一些嫩绿的茶树苗正在春风中成长，成片成片地成长，就像一个人的梦想正在变为美丽的现实！

祝福香溪村！祝福刘汉东！

13

2019年4月16日,习近平总书记在重庆主持召开解决"两不愁三保障"突出问题座谈会。会上,城口县周溪乡凉风村党支部书记伍东向总书记汇报了村里的脱贫攻坚工作,总书记亲切询问凉风村的交通情况,对做好脱贫工作作了重要指示。

伍东回到村里第一时间召开村民大会,"面对面"把总书记的深切关怀和殷殷嘱托传达到村民,大家对总书记的深切牵挂特别感动、特别振奋,一致表示宁可"脱层皮",也要"脱掉贫"。

凉风村距离城口县城97公里,位于九重山国家森林公园腹地,幅员20平方公里,平均海拔1700米。

最初,我并不知道凉风村有多远,只知道它属于周溪乡管辖,村里有个年轻的支书叫伍东,他向习近平总书记当面汇报过工作。时间刚好过去一年,那么,凉风村现在的情况怎样呢?

采访车在大山的"腰杆上"盘旋而上,一路险峻,一路壮观。经过两个多小时的车程,我们抵达凉风村。

这是一个典型的高山村。全村辖4个社,117户441人,建卡贫困户47户172人(其中,低保户10户21人,残疾人19户20人,五保户2户2人)。

"通过脱贫攻坚,贫困发生率从39.9%降低到0.68%。2016年脱贫3户17人;2017年脱贫4户17人;2018年脱贫30户116人;2019年脱贫7户19人;到2020年4月,全村'两不愁三保障'问题已全面解决。"伍东对村里的情况如数家珍。

村委会的坝子周围古树参天,植被茂盛,站在院坝里一眼可以望见远处的风景,群山起伏,苍茫而辽远,真有江山如画的感觉。

我们沿着村里的公路步行,边走边交流。伍东支书热情地给我们介绍2019年村里脱贫攻坚的情况——

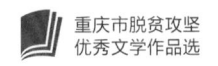

2019年，建卡贫困户家庭中，患慢性病32人，大病7人，家庭医生重点签约服务47人。严格执行"先诊疗后付费"工作，无收取建卡贫困户押金的现象发生。村内贫困户住院就诊42人次，发生医疗费用合计4.1万元，救助金额3.7万元。有效保证了贫困群众看得上病、看得起病，即使家中有大病患者，但基本生活不受影响。县外市内住院救助4人次，发生医疗费用合计13.8万元，救助金额12.4万元。市外住院救助1人次，发生医疗费用合计7739元，救助金额6965元。乡外县内住院救助27人次，发生医疗费用合计10.7万元，救助金额9.6万元。

在基础设施建设方面，到2019年底，全村实施易地扶贫搬迁36户146人，改造农村C级、D级危房10户，住房均已保障；饮水安全保障，新建人畜饮水设施7处，铺设管道12000多米，发放储水桶65个，解决了村民安全饮水问题；道路交通建设，硬化1社、2社、3社入社公路8.6公里；凉风村接周双路快速便道3公里，新建生产生活便道12公里。

伍东说："凉风村由周溪乡最穷村发展到现在，还得感谢驻村工作队。联村干部、村干部、驻村工作队坚持2/3以上时间吃住在村、工作在村。"

由市管领导张国进担任凉风村脱贫攻坚指挥长，县规划和自然资源局对凉风村进行对口帮扶，派驻第一书记李大川，驻村工作队员陈松、张毅，乡党委安排乡纪委书记曾海林联系挂村，驻村干部李俊、丁尚成，大学生村官朱黎，整个驻村工作队力量充足，履职认真，战斗能力强劲。

"在重庆高速集团对口帮扶下，全村全覆盖安装路灯43盏，不仅起到照明作用，为出行带来了方便，更是照亮了老百姓的心灵，促进了和谐，激发了艰苦奋斗的精神。重庆高速集团利用强大的资源，购买了村里农副产品，解决了老百姓卖不出农产品的后顾之忧，他们还捐赠了真空包装一体机，解决了产品的储存问题。"驻村干部丁尚成说。到2020年4月，未脱贫3户3人的一户一策已经落实到位，已脱贫44户169人巩固脱贫成效。

我们正好走到4社社长伍先云家里，这个当了40多年社长的老党员，谈起村里的变化，话匣子就打开了——

不要说过去，说起让人伤心！1999年村民自筹资金，靠背靠抬靠步行，把电线拉到山上，结束了煤油灯的历史。2010年，进村路才修通。以前全靠走路，从村里到乡上去要走4个小时，生活用品和生产物资都是用马驮进村，老百姓生活条件十分艰苦，很多农户住的是窝棚！

现在好多了，道路硬化，大车小车都可以上来，交通方便了，山货可以出山。加上国家的政策好，脱贫攻坚力度大，老百姓家家户户过上了好日子。住在这里，像是住在仙山之中，住在别墅里面，安逸得很哟！

伍先云老人见证了凉风村巨变，更让他坚信的是，现在村里的产业发展很不错，巩固脱贫攻坚成果有了保障。

竹笋、中药材、生态旅游是凉风村发展方向，高山蔬菜、中蜂、天麻、高山岩豆、牛羊养殖是主打产业。长短产业结合，"春采竹笋、夏挖天麻、秋收药材、冬摘岩豆"。现在，凉风村贫困户家家有产业，户户能增收。全村发展竹笋1.3万亩、天麻800余亩、其他中药材510亩、高山四季豆100亩、生态牛羊600余只，总产值达到150万元。

60多岁的伍先云边说边露出了幸福的笑容……

傍晚时分，我们从村委会后面的一条公路出发，去拜访村里的"山歌王子"王业奎。

他住在海拔1800多米的山腰，出门就可以遥望雄伟壮丽的九重山风光。他与妻子两人住着一楼一底的新房，水、电、路、讯全

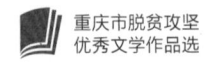

通。我拧开水龙头，白花花的自来水就出来了。

王业奎刚好也从药材种植基地回来。他指着相距300米左右的一处旧房子"遗址"说："以前我就住那里，破烂不堪，挡不住风雪。现在政府补助我修了新楼房，条件好多了。"

这时，我们举目可以看见在他房子周围的山地里，漫山遍野种植着中药材独活，至少有50亩。

"老王，听说你经常参加演出唱山歌，有时在山上干活也唱山歌，能否来一首？"我与他亲切交流。

"哈哈哈，我们唱的是土山歌，哪敢与洋山歌比？"他笑着说。

同行的伍东介绍，王业奎不仅种中药材，也种高山四季豆，还搞生态羊养殖，产业发展得相当不错，现在已经完全脱贫了。

天色渐晚，我们向老王告辞，准备返程。当我们的车发动机响起，正要离开的时候，身后传来了嘹亮的山歌：

> 唱就感谢共产党，
> 您就像那红太阳；
> 脱贫攻坚抓实干，
> 贫困山区大变样；
> 家家走上致富路，
> 村社道路都通畅。
> 唱就感谢共产党，
> 您就像那红太阳；
> 精准扶贫暖人心，
> 老弱病残有希望；
> 户户过上好日子，
> 农民也把志气扬。
> 唱就感谢共产党，

您就像那红太阳；
党员是个带头人，
不怕累来不怕伤；
我愿唱到喉咙哑，
只盼凉风花更香！

14

身未到，心已去。对于重庆市18个深度贫困乡镇之一的沿河乡，我一直想去了解其脱贫攻坚的艰辛。因为，沿河乡是重庆市最后一个通公路的乡，也是最后一个实现通畅的乡。

2017年以前，全乡仅有3公里县道。

沿河乡位于城口县西部边陲，2002年由原沿河、中溪两乡合并成立，距县城36公里，幅员111平方公里。地形地貌以高山峡谷为主，海拔481米至2134米，沟壑纵横，地形险要，山高坡陡，土地贫瘠，是典型的"九山半水半分田"喀斯特山区。沿河乡辖6个行政村35个社，共2656户8222人。通过脱贫攻坚，到2019年农民人均可支配收入10675元。

1998年，重庆电视台拍摄了系列纪录片《走进贫困山区》，其中就有当时的中溪乡（现在改为中溪社区）。那时的中溪乡道路不通，条件十分艰苦。原来的中溪乡群众自发集资修路。在悬崖上抠石头、在绝壁上打炮眼、在山涧里建涵洞……男女老少在峡谷里一修就是3年，终于建起一条宽约4.5米、长14公里的泥结石路。

公路通到了山下，老柏树人更想公路修到家门口。2003年，当地群众又投工投劳修建出3.7公里、宽不足20厘米的骡马道，但只能供人行走，连骡子都过不了。这就是现在已经废止的那条悬崖峭壁上的人行栈道，一座纪念桥还留在那里。

忆苦思甜，2020年4月13日，我在沿河乡政府见到了乡党委书

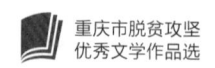

记吴雪飞。她听说是作家采访沿河乡脱贫攻坚，非常热情地接待了我们。她给我们播放了这部纪录片。观看中，在场的人无不眼眶湿润，感叹昔日沿河乡人民生活之不容易。

我们看到，摄制组在峡谷中穿行，不时踩虚路上的石头，石头顺势滚落，峡谷里顿时传来滚石撞落的声音。人们只有紧贴崖壁向前走。

这条河流叫中溪河，河流劈开大山在这里形成一个幽静的峡谷，因为形状像扁桶，故叫"扁桶峡"，长约10公里，沿峡谷10公里长的栈道，就是中溪祖祖辈辈的人们一点一点地在悬崖峭壁上凿出来的。"那时候，中溪四周，被海拔1900米的大山阻隔，不通电话。县上、区里要开个会，送通知，必须提前三天请人专程送信。山里的农副产品全靠肩挑背磨运出去，农药、化肥和生活物资，也是靠肩挑背扛进山，就是身强力壮的年轻人，来回也要一整天。"吴雪飞书记给我们介绍。

交通是制约沿河乡发展的最大因素。

2014年，吴雪飞调到沿河乡工作。面对一个基础设施非常薄弱，既无产业，人们思想观念又落后的超级贫困乡，吴雪飞的心情沉甸甸的。该如何破题？

吴雪飞决定自己亲自走村入户调研，同时发动全乡干部走进群众，摸清情况，了解沿河乡老百姓的心声，找到工作的突破口。

有一次，吴雪飞陪同市扶贫办领导到老柏树考察，步行4个小时到达后，市扶贫办领导走访、问候北坡村贫困户，70多岁的村民孙少珍突然下跪，抱住这位领导的腿说："给我们修条路吧，我们子子孙孙在这里穷怕了！我们想与外面的世界往来！"

一双双焦渴的眼睛，一个个期盼的目光，像针扎在吴雪飞的心上。"一定要打通进出乡、进出村的道路！"吴雪飞暗暗发誓。

是啊，那时候，路到了乡里就成了"断头路"。遇上暴雨洪灾或大雪封山，沿河乡进出的路就都阻断了。全乡道路社组通达率仅为46%，既不方便群众出行，又制约经济发展。打通出境通道，完善境内路网刻不容缓。

吴雪飞了解到全乡情况后，发现只要打通到双河乡的通道，沿河乡就连接上城万快速公路，不但能融入全县交通路网，还能带动北坡、迎红两个全乡最贫困村发展，同时到重庆主城也比很多乡镇便捷。

2015年10月，这条长19.3公里、总投资近2亿元的快速通道开工建设。40个月后，沿河乡穿越箭杆梁余脉，打通了这条"断头路"，让"死角"成了城口西北片区几个乡镇连接城万快速公路的捷径。

与此同时，沿河乡也在北坡村发起了老柏树上山公路的冲锋。老柏树海拔有1000多米，过去，从乡政府到这里，需车行5公里机耕道，再走3.4公里骡马道才到老柏树小学。如果继续往山上走，还要手脚并用爬山路1小时。

老柏树的交通就是全乡村组道路的缩影。道路不通，投资商不敢来，农产品卖不出，老百姓居住条件也得不到改善，山上的群众做梦都想修路。

2016年6月，城口县最终决定投资2200万元，打通到老柏树的公路。2019年初，这条路竣工通车，彻底解决了当地的交通问题。

"19.3公里沿双公路已建成通车，全乡通畅路里程93.42公里，通达路里程58.53公里，全乡村通畅率达100%、通达率达100%，6个行政村形成了交通环线，为产业发展奠定基础。"吴雪飞向我们介绍现在的交通情况，脸上露着几分自豪感。

说起沿河乡交通条件的改善，吴雪飞特别感谢市纪委监委扶贫集团。2017年8月18日，当确定沿河乡为重庆市18个深度贫困乡镇之一后，就确定了市纪委监委帮扶。"沿双公路能够建设通车，全

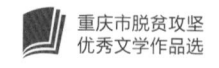

靠市纪委监委的协调帮扶，否则不知何年何月才能建设。"吴雪飞很动情地说。

交通改变沿河。

2020年，脱贫攻坚进入决胜年，我们再次去北坡村老柏树看望当年抱腿"要路"的孙少珍老人时，她激动地说，谢谢党和政府，现在路通到了家门口，日子真是太幸福了！

孙婆婆和龚大爷已经住上了楼房，水泥公路就从门口经过。和他们同样享受幸福之路的还有120户祖祖辈辈生活在老柏树的村民。

15
路修通了，就得发展产业。

农村脱贫攻坚的成果巩固，根本在于产业。那么沿河乡的产业如何发展？

"沿河乡有自己的资源优势：有6万亩笋竹区域特色生态资源，有扁桶峡一线天自然风光，有千年银杏古树，有多处苏维埃红色遗址和全国保存最完好的人民公社旧址。"城口县委常委、政法委书记、沿河乡脱贫攻坚现场指挥长滕远东说，"'资源变现'需要发展机遇。"

"沿河乡被确定深度贫困乡，也是发展机遇。脱贫攻坚以来，沿河重点抓基础设施、产业扶贫、公共服务、生态保护、人口素质五大内容，形成'一心一带三片区'的总体发展空间格局，打造'红色沃土·巴山竹苑'特色小镇，3年共规划项目75个，总投资2.35亿元。"市纪委监委扶贫集团驻沿河乡工作队队长任德说。

立足现有资源，做足产业文章。

沿河乡有现在的大发展、大改变，不得不从帮扶单位说起。

2017年9月5日，重庆市纪委监委扶贫集团驻城口县沿河乡工作队入驻沿河乡。驻乡工作队由6名队员组成，其中3名分别担任联坪村、北坡村、迎红村第一书记。3年时间，各项工作推进顺利。《人民日报》《重庆日报》等媒体先后80多次对此进行报道，工作队被评为全市扶贫开发工作2018年度先进集体，王永超担任第一书记的联坪村被评为全国"一村一品"示范村镇和重庆市文明村镇，迎红村第一书记陈鑫被评为全市脱贫攻坚先进个人和城口县"理论宣讲名嘴"。

驻乡以来，工作队始终围绕"两不愁三保障一达标"脱贫标准，跋山涉水走遍了沿河乡6个行政村35个组，入户走访4100多户次，召开院坝会490次，赴新疆乌鲁木齐、广东潮州等地对外出务工人员走访慰问、宣讲政策。

工作队在全市率先建立"1+6"（办公室，综合协调组、产业发展组、基础设施组、"三保障"工作组、督查督办组、信息宣传组）的工作体系和"月例会、月督查、月通报"制度。协助乡党委、政府科学编制《城口县沿河乡2017—2019年脱贫攻坚规划》。加强与市、县部门沟通对接，及时协调解决沿双公路建设及地质滑坡治理、住房保障和饮水安全等基础设施建设。积极联系重庆商社集团、中石油重庆分公司等企业拓宽沿河乡农特产品销售渠道，实现群众稳定增收。引进金科地产集团、巴渝民宿公司、包黑子食品有限公司、重庆花千源蜂业有限公司等多家企业扎根沿河，助力产业发展。协调重庆银保监局开展"普惠金融扶贫示范乡"建设，18家金融机构先后到乡对接落实金融扶贫项目，助力脱贫攻坚。

这些工作，每一项都是在给沿河增加"造血"功能。

工作队积极收集群众所想、所需、所忧，用情为群众解难事、办好事、做实事。创新推行"三亮""三到"行动（亮身份、亮承诺、亮标准，身份公开到人、联系卡送达到户、承诺书展示到社），让群众记得住人、找得到人、办得了事，累计接待群众来电来访1672次，协调解决民生实事及群众诉求1200多件。通过协调

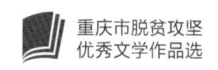

督促，解决了362户住房保障、76户"7·17洪灾"救助资金兑现等历史遗留问题。协调重庆两江新区和重庆银保监局资助乡敬老院升级改造项目，营造舒适养老环境。联系市卫健委和市第六人民医院建立全县尘肺病鉴定长效机制。驻乡工作队共帮扶贫困户21户，做到按月走访了解帮扶人员所想、所需，及时帮助他们解决生产生活实际困难和问题。

"驻乡工作队保持纪检监察干部严细深实优良作风，严格遵守中央八项规定精神和相关纪律要求，始终做到不违规插手干预扶贫项目，为乡、村干部作好示范。"市纪委监委扶贫集团驻沿河乡工作队副队长杨勋平说。

这样公开、公正、透明执行扶贫政策，赢得了群众的好评。工作队先后同乡、村两级干部赴湖北随州、贵州遵义、山东临沂和开州、武隆、奉节、秀山等地学习脱贫攻坚先进做法。

2014年，沿河乡粮经比为8:2。打响脱贫攻坚战以来，沿河乡通过大力发展笋竹、花菇、小黑木耳、城口山地鸡、中蜂、中药材、茶叶、水产、杂粮等产业，经济作物面积达到15000多亩，粮食作物面积3700多亩，到2019年，粮经比调整为的2:8。

"我们产业发展的重点是打造示范基地。目前全乡已经建设笋竹示范基地2个、花菇产业基地4个、小黑木耳产业基地3个、中蜂养殖基地2个。"沿河乡乡长易伟介绍说，"这些产业带动农户通过土地流转、务工就业、资金入股、资产收益、房屋联营、产品代销、生产托管、租赁经营等方式实现多重利益联结。"

这些产业改变了原来"空壳村"的面貌，增强了村集体经济的实力。

  提绳那个捏手心啊
  脚轻步快找幺妹儿

本心想备四五根儿

　　奈何零散不成形

　　幸好攒得三提绳儿啊

　　包上蜂蜜和香菌儿

　　莫嫌提绳儿少又短

　　捆的是我一片情

　　……

　　2019年10月12日，沿河乡的电商乡级服务站秦巴韵生活馆内，欢快的"城口提绳儿"山歌响起，浓厚的地域气息瞬间扑面而来。与山歌相呼应的，是店内的一个形似桶装，印着"城口提绳儿"五个字的麻布礼袋。

　　"提绳儿"，是重庆城口的方言。城口乡民在走亲访友时，都要拿出家中品质最好的土特产，用绳子捆在一起，方便提着馈赠亲友，"提绳儿"之名由此而来。

　　"城口提绳儿"现在是城口县沿河乡知名的电商品牌。

　　2020年第一季度，沿河乡红岩村电商服务站实现销售收入10多万元。尽管疫情肆虐，依托电商，沿河乡的蜂蜜、竹笋、腊肉、香菇等一样走出了大山。

　　重庆花千源蜂业有限公司负责人李岱庚说，2017年"城口提绳儿"特色文创产品诞生，城口农产品因此身价倍增。"取了名字、穿了衣服、有了品牌，就更有身价。"

　　现在，"巴山云稼"公用品牌、"城口提绳儿"特色文创产品广受欢迎。2018年、2019年，重庆花千源蜂业有限公司连续两年为沿河乡销售农产品1500多万元，并按照反哺分红利益联结机制，以平台销售额的5%给予失能弱能对象和村集体经济组织销售分红75万元，带动95户失能弱能对象户均增收3000元。

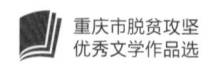

16

沿河是一个古老的乡。因为古老，老百姓的房屋年代久远，危房较多。

在采访中，我们听到了一个村支书与59座住房的故事。

2016年5月6日晚上6点，刚吃完晚饭的村民程德会就看见村支部书记刘文中已走到了家门口，声音也传了过来："老程，住房改造的事情想好了没有？"

听到这句话，老程也实在是很过意不去，确实，为自己住房的问题，刘支书已是第5次来家里了。

事情是这样的，家住联坪村2组的村民程德会是新一轮脱贫攻坚确定的深度贫困户，居住的房子是有几十年历史的木架房，仅有2间50多个平方，经乡、村两级鉴定，属D级危房，必须拆除重建。

"你的住房一天不解决，我就不能睡个安稳觉，希望你能够积极配合我们争取早日修建新房。"还没等老程说话，刘支书又开始"游说"起来。刘支书的这个话，老程都已听了好多次，但对于一个极为特殊的三口之家户主来说，却迟迟不能作出拆旧建新的决定，因为家里实在拿不出钱来改造房屋。说特殊的三口之家，是因为多年前老程配偶就已去世，他独自一人把儿子拉扯大，如今儿子已20多岁，虽到了谈婚论嫁的年龄，却因为太穷居住条件差，一直没有谈到对象，还有一个近40岁的弟弟一直跟着他，家庭负担实在不轻。

联坪村是新一轮脱贫攻坚中确定的贫困村。县、乡两级对于贫困户住房问题最为关注，按照"应改尽改"的原则，整合高山生态移民搬迁、地灾搬迁、危旧房改造、残疾人建房等多项政策，经乡、村两级测算，程德会作为深度贫困户新建住房按照政策能够得到补助5.1万元。

听说国家要补助这么大一笔钱，老程终于下定决心建新房了。

刘支书听到肯定答复后，心里也踏实多了。因为到年底要实现全村贫困户住房改造，是脱贫攻坚中的大工程，任务艰巨，压力很大。

从2016年5月15日开始，老程新房建设破土动工，在修建中，差材料，刘支书协调购买；缺工钱，刘支书帮助垫付；房屋质量，刘支书还经常到场监督；建设安全，刘支书要时时嘱咐。历时3个多月，一栋两层楼的新房落成。

几乎所有贫困户改造住房都会遇到老程同样的问题，就是缺资金。联坪村从2015年脱贫攻坚工作启动以来，刘支书把大部分精力放在改造贫困户住房方面，挨户跑，不厌其烦地做工作，在贫困户住房改造的建设工地上，经常能看到他的身影。村里先后对59户贫困户实施住房改造，如期完成该村贫困户住房改造任务，村民都称刘文中为"建房支书"。

站在沿河乡北坡村的山下，抬眼望去，一条崭新的公路在超过60度的崖壁上反复画出"之"字，一路向上，延伸进云雾之中。交通条件改善了，在脱贫攻坚的大好政策支持下，沿河乡兴起了"建房热"。

近年来，沿河乡实施易地扶贫搬迁159户632人，兑现资金887.32万元；同步搬迁87户360人，补助资金185.4万元；落实易地扶贫搬迁超面积整改问题111个、大额负债整改问题66个；实施C级危房改造82户、D级危房改造116户、租房居住15户，全乡住房安全保障率达100%；全乡共摸排"以房找人、以人找房"2280户，并纳入动态管理；邀请三方机构鉴定危房180户。

17

人居环境改善，带来老百姓精神面貌的改变，可以说，这是脱贫攻坚重大成果之一。

2020年4月，我们来到沿河乡联坪村，这里曾经是一个有名的

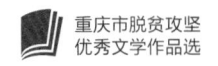

"后进村"。脱贫攻坚以后,这里变成一个"三和三美"示范村。"三和三美"就是指家庭和睦、邻里和气、干群和谐,生态环境美、人居生活美、乡风文明美。

"后进村"是如何变成示范村的?联坪村的华丽蝶变给我们的启示是深刻的。

联坪村幅员135平方公里,全村270户1170人,贫困户84户343人,村民主要居住在刘家院子、中河坝、陈家院子、范家湾等地。

在红军大院里,我们与村里老红军后代、退休教师刘朝普交谈。他告诉我们:"革命战争年代,我们村里有6人参加了红军长征,还有30多人参加了红军游击队,现在大部分村民都是红军的后代。"

谈到人居环境,刘朝普老人说,过去的联坪村主要有"三烂"——住房烂、道路烂、环境烂。当地流传着"屙尿都不朝联坪"的民谣,意思就是说联坪村太穷了,环境太差了。

然而,我们现在看到的联坪村却是新的景象:宽敞的水泥道路从村中蜿蜒穿过,把千百户连在了一条线上,错落有致的巴渝民居掩映在青山绿水之中,村庄干净整洁,产业蓬勃兴旺,人们生活得有滋有味。

联坪村为什么有如此大的变化?

农村要发展,农民要致富,关键在支部。过去的联坪村,可谓"干部干、群众看"。干部说话没人听、干事没人跟,群众对村里大小事务不支持、不参与,有的甚至唱反调,组织发动群众的难度很大。加之历史遗留问题多,没人愿意管理村里的事情,党支部的政治功能弱化、服务功能淡化、组织能力退化,根本谈不上谋发展、带致富。

沿河乡党委、政府认为,联坪村要发展,必须从"主心骨"抓起，从"带头人"抓起，从党员队伍抓起。吼破嗓子，不如干出样子。联坪村党支部用实际行动赢得了群众的真心拥戴、高度认可。2018年，村党支部荣获县级优秀党支部称号，在村级党组织年度考核中，被评为A类先进党支部。

同时，联坪村通过深入推广"枫桥经验"，建立"一约四会、两榜一超市"（一约即村规民约；四会即红白理事会、村民议事会、禁毒禁赌会、道德评议会；两榜即身边好人榜、脱贫光荣榜；一超市即新时代文明实践积分超市），实现了群众自我管理、自我服务，小事不出院、大事不出村，全村一片平安祥和、安定有序的景象。

联坪村中河坝的邓信体介绍说："前些年，村里道路泥泞不堪，柴草堆、畜粪堆、垃圾堆随处可见，人畜混居、污水横流、蚊蝇成群，人们习惯把衣物、鞋袜等挂在窗户上晾晒，既不卫生，又不美观。因为不注重行为习惯，乱堆乱码、乱倾乱倒等'八乱'现象尤为突出；因为环境卫生十分糟糕，外地客人和亲朋好友都不愿意前来串门。"

沿河乡党委、政府认为，村民的这些行为习惯，既危害身体健康，又制约村庄长远发展，必须下好人居环境整治"先手棋"，打好美丽乡村建设"主动仗"。经过反复研究，决定由政府提供材料，群众投工投劳改造村容户貌。

然而，一开始就遇到了阻力，村里召开几次动员会后，群众都不为所动，没人愿干。说到底，就是群众不信任、不理解、不支持。

刘朝普成了第一个"吃螃蟹"的人。他自己出工出劳，用政府提供的材料完成了厨房、厕所、院坝、阴阳二沟等改造，居住环境得到了极大改善。看到老刘家的变化，村民这下相信了，心思开始活络起来，行动开始自发起来。仅仅两年时间，村里162户村民就完成了"六改三建一美化"村容户貌改造工作，有的还开办起了大

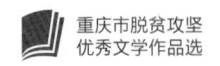

巴山森林人家，吃上了旅游饭。村民还修起了花台，种满了花草，村里环境有人管、饮水有人管、道路有人管，美丽乡村完美蝶变，人民生活幸福绵长。

"以前的联坪村可是一个村庄不大、问题不少的'后进村'。邻里之间常有口角之争，大操大办'无事酒'等陈规陋习屡禁不止。"联坪村村主任彭远寿介绍，"由于封闭落后，村民封建迷信思想较为突出，当地村民一直有在堂屋贴镇宅符的习惯，把平安幸福寄托于神灵保佑，无心发展产业，无志勤劳致富。"

沿河乡党委、政府认为，必须加强村民教育引导，彻底扭转群众封建迷信思想，既然党的政策好，就要努力向前跑，否则只会越扶越穷。下定决心后，乡、村两级干部通过讲政策、谈变化、作对比、造氛围，让村民从思想深处意识到神灵并不能保佑大家脱贫致富、平安健康，有了困难最终还得靠党委、政府，真正让大家过上好日子的是党的各项惠民政策。

"30年求神灵，都是苦日子；3年自己干，干出好日子。神灵保佑不了我们不发生意外和灾难，更别说脱贫致富奔小康，面对困难还得靠我们自己，靠党委、政府的好政策。"联坪村村民邓智平感慨万千。"政策好！共产党万岁！""七一"前夕，邓智平在水泥蜂桶盖上刻上了这几个大字，并用红油漆涂得闪闪发光，说："吃水不忘挖井人，我要用这几个字提醒子孙们，致富不忘感党恩。"

中河坝21户村民自发铲掉了多年来贴在自家堂屋的镇宅符，并在坝口上自发修建起了"党恩亭"，人们把"吃水不忘挖井人，致富不忘共产党""党的政策好，永远跟党走""饮水思源，铭记党恩"等感党恩的话语写在牌子上，悬挂在亭子里，时刻提醒大家不忘党的恩情。

如今，"党恩亭""家风亭""友爱亭""励志亭"屹立在联坪村，向人们无尽地诉说着这里的乡风文明。

18

2020年4月,春光明媚,鸡鸣乡沐浴在灿烂的春色里。

脱贫攻坚,让全乡村容村貌、基础设施发生了根本变化;新修建的场镇公路整洁、宽敞,道路两旁樱花齐放,崭新的商业街十分热闹,给人一派欣欣向荣的景象。

在城口县鸡鸣乡"八·一八"广场我驻足沉思。

"八·一八"意义是什么?在城口县,有两个市级深度贫困乡,一个是沿河乡,一个是鸡鸣乡,都是2017年8月18日确定的市级深度贫困乡,这个广场就是为了纪念这个日子。

鸡鸣乡变了,从深度贫困中走了出来。

鸡鸣乡地处大巴山南麓,素有城口南大门之称,距县城79公里。全乡幅员87平方公里,辖鸡鸣社区和金岩、祝乐、茶坪、灯梁、双坪5个行政村。全乡山大坡陡,汉昌河、碗厂沟河交错穿境而过。贫困发生率由2017年的26%下降到0.73%;2019年连续接受了国家级、省际、市级交叉检查,市级第三方评估,并于2020年1月顺利通过了市级第三方评估验收。

按照市委、市政府精准扶贫精准脱贫总体部署,确定重庆市经信委扶贫集团对口帮扶鸡鸣乡。市经信委扶贫集团由市经信委、市邮政管理局、市民宗委等20个成员单位组成。

市委常委、常务副市长吴存荣任扶贫集团鸡鸣乡脱贫攻坚工作指挥部指挥长,市经信委党组书记、主任陈金山任常务副指挥长,城口县县委书记阚吉林、县长黄宗林任副指挥长。从扶贫集团的市经信委、市民宗委、移动公司、重庆邮电大学和川仪校抽调7名干部组成驻鸡鸣乡工作队,薛千万、张登国和刘小冬分别担任金岩、祝乐和双坪3个深度贫困村第一书记。

2017年9月7日,市经信委扶贫集团驻乡工作队带着党和人民的殷切嘱托翻山越岭赶赴城口县鸡鸣乡,带领全乡父老乡亲正式向

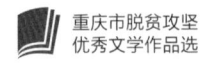

贫困宣战。这里地处秦巴山脉，碧水青山云雾缭绕，空气清新沁人心脾，堪称现实版的世外桃源。但大山耸立，严重缺乏大面积的平整土地，稀缺的耕地资源难以支撑当地农业经济发展，导致鸡鸣乡长期处于深度贫困状态。如此山高林密的贫困山区如何才能脱贫致富？带着问题，驻乡扶贫开始了。

从地图上看，鸡鸣乡像一颗鸡心，镶嵌在城口、开州和四川宣汉三地交界的大巴山褶皱里，境内海拔660米至2550米。

2016年底，全乡1567户5556人，建档立卡贫困户362户1518人，拔穷根、摘穷帽是当地人多年来拼命都想要实现的愿望。

2018年8月，工作队在走访中发现金岩村贫困户谭德政住房存在严重的安全隐患。驻乡工作队积极想办法，协调重庆周君记火锅食品有限公司捐款2万元为他改造了房屋和厨房，彻底解决了安全隐患。双坪村16岁的贫困户黄杰小时候全身大面积烫伤，高昂的植皮换肤手术让他家耗尽钱财，还背负了20多万元的债务，陷入深度贫困，治疗也被迫中止。黄杰父母不得已外出务工筹措医疗费用。留守的黄杰生活和学习受到严重影响。驻乡工作队了解这一情况后，多方奔走，协调市经信委扶贫集团成员单位的邮政公司重庆分公司发起爱心捐款，募集爱心资金10万元，协调大坪医院为其进行了植皮换肤手术。

驻乡工作队队长彭光荣说："我们要用真心扶真贫，时刻知道老百姓想啥、需要啥，这是我们扶贫工作的出发点和落脚点。"

驻乡工作队"参与不添乱，建议不越权"，与乡党委、政府形成每月定期或不定期工作沟通与经常交流相结合的工作机制，协调解决有关问题；研究制定《重庆市经信委扶贫集团驻乡工作队工作机制和职责任务》，并印成手册发给驻乡工作队每一位成员，压实扶贫责任。

驻乡工作队与乡党委、政府一道，在深入调研全乡资源禀赋和贫困现状的基础上，立足现状，着眼长远，坚持五大发展理念，吃透县情乡情，摸清村情户情，先后5次组织讨论，编制形成《城口县鸡鸣乡精准脱贫规划（2017—2019年）》，成为统领全乡精准扶贫精准脱贫和经济社会发展的行动指引。一是通过编制全乡总体规划，进一步明确了以培育"造血"功能为出发点，以场镇建设和产业发展为着力点，优化"1+3+X"产业格局以及稳定脱贫、基础设施、产业扶贫、生态保护、人口素质、公共服务、村支"两委"、区域协同八大提升行动的目标实现路径。二是通过编制重点专项规划，进一步明确了高速公路通道及场镇绿化打造、标准茶园建设等重点项目的实施指南，也是全乡脱贫攻坚工作的重要抓手。三是通过编制村级实施方案，进一步明确了精准到人到户、项目实施进度、产业发展落地等实现发展规划的操作细则，进一步增强了广大贫困户和非贫困户对全乡规划的可信度，同时也增强了规划落地的实操性。四是根据鸡鸣乡的实际情况及项目实施过程发现的问题，对规划进行实事求是的优化调整。全乡精准脱贫规划项目70个，项目总投资2.24亿元，其中基础设施项目39个，投资13504.33万元；产业发展项目13个，投资4729万元；社会事业项目14个，投资2066万元；其他项目4个，投资2176万元。

鸡鸣乡党委书记李明伟回忆说，脱贫攻坚刚开始，鸡鸣乡只有鸡鸣茶业公司一家勉强像样的企业，全乡年税收只有47万元。乡党委、政府与驻乡工作队深入研究后，按照"长短结合，先易后难，无中生有，有中求精"的产业发展思路，重点发展鸡鸣茶、山地鸡、中药材、食用菌、中蜂五大特色产业。

李明伟高兴地介绍，经过近3年的努力，全乡5个村均发展有扶贫产业，5个村联合建有鸡鸣乡砂石加工厂，由重庆市博谷为信科技有限公司负责经营管理。引进重庆煊鹏农业发展有限公司在茶

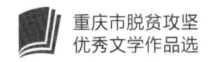

坪村建成年产300万只山地鸡种鸡场1个，利用市经信委帮扶资金200万元在灯梁村建商品山地鸡养殖场1个。利用人行、团市委、市农商行等帮扶资金460万元，建立祝乐村集体经济组织，以"集体经济组织+公司+农户"的模式流转农户土地，建成集香菇菌袋加工、香菇种植、冷藏、烘干及销售于一体的香菇产业链，年产香菇约100万斤、菌袋60万个，带动21户贫困户就业，2018年实现产值200多万元。利用重钢集团帮扶资金440万元在双坪村建设的扶贫车间（泡菜加工）。自脱贫攻坚以来，全乡新增饭店餐馆、商店超市、电商网店、种植养殖专业合作社等经营主体52个（贫困户15个），解决就业188人（贫困户64人），2019年实现营业收入5057万元（企业4470万元，其他经营主体587万元）。

重庆市经信委扶贫集团2018年筹集帮扶资金928万元，主要用于鸡鸣乡产业发展、基础设施建设补助；2019年筹集帮扶资金1650万元。

扶贫产业均由市场主体负责生产经营管理，村集体免费为企业配套完善路、水、电等必备基础设施，村集体注入一定的股金，每年固定按不低于6%的比例分红给村集体经济组织。扣除村集体经济组织公积金和管理费用10%后，剩余80%按照1∶1.5的比例对全村农户进行固定分红，即分给建卡贫困户是一般股民的1.5倍。村集体已入股香菇、种鸡场、中药材、中蜂等产业。2019年全乡村集体经济组织实现收入85.7454万元。

2019年，鸡鸣乡高质量接受了中央脱贫攻坚专项巡视"回头看"、国务院专项督查、省际交叉检查等各类督查、审计、评估25次。在全市脱贫攻坚成效考核中，鸡鸣乡接受调查的群众对脱贫攻坚工作认可度为100%，全乡零问题反馈，实现了户脱贫、村出列、乡摘帽的目标。

3年时间，工作队在鸡鸣这块热土上浓墨重彩地书写了脱贫攻坚的华丽篇章。

要想富，先修路。在修建鸡鸣乡金岩村中药材产业路之前，曾有媒体记者亲历上下山后感慨地说到："上山的每一步都是勉强，下山的每一步都在抵抗。"这正是开展脱贫攻坚前当地道路交通状况的真实写照。产业路开始修建之后，挂壁公路让骡马驮运成为历史。

这是一条很容易被忽略的山间公路，却牵动着城口县鸡鸣乡金岩村6社到9社200多户村民的脱贫致富梦。

2020年4月14日，李明伟书记带我们去参观了他们的两条产业路。

一条是中药材连翘种植基地的盘旋上山路，已经硬化；一条是从绝壁上开凿的泥石公路（当地称挂壁公路），直通山顶万亩药材基地，还在准备硬化中。

2020年，鸡鸣乡由各村集体经济统一组织实施带动511户发展中药材连翘2087亩。"3年后，这里将是一番收获的景象。"李明伟指着漫山遍野正在生长的连翘说。

我们看到，在鸡鸣乡金岩村，城开高速特长隧道斜井旁，一条海拔高度差超过1500米的挂壁公路直通山顶的万亩药材种植基地，这条路彻底改变了骡马驮运物资和药材的历史。虽是傍晚时分，山路险峻，但偶尔还有几辆摩托车来回穿行。

李明伟介绍，金岩村有着几十年的中药材种植历史，200多户药农在位于海拔2000米以上的山顶，种植云木香、重楼、党参、大黄等中药材，仅2019年药材产值便达到500多万元，但骡马驮运药材的成本高达每公斤3元左右，成为影响村民增收的一大痛点。作为当地扶贫攻坚的重点项目，重庆高速集团将对挂壁公路11.8公里的核心路段进行路面硬化，到时，皮卡车可直达山顶的万亩中药材种植基地。

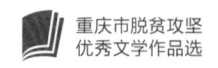

这条路的建成,每年将为当地节约运输成本300万元以上。而山下几公里就是城开高速,山上的优质药材可以通过高速公路快速运往全国各地。

"鸡鸣乡为县级挂牌督战乡,金岩村为市级挂牌督战村。我们研究制定了《鸡鸣乡脱贫攻坚挂牌督战实施方案》,成立了由乡党政主要负责人担任组长的乡级督战工作领导小组。"李明伟向我们介绍。他说,县委书记阚吉林、县长黄宗林和常委谭会山(现场指挥长)多次到乡督战,统筹调度全乡挂牌督战工作。

2020年,鸡鸣乡制定了《鸡鸣乡脱贫攻坚"两不愁三保障"挂牌督战实施方案》,紧紧围绕不愁吃、不愁穿、义务教育、基本医疗、住房和饮水安全有保障,开展"百日会战"。"走访不漏户、户户见干部。"鸡鸣乡27名网格员从3月5日开始,围绕住房、教育、医疗、饮水、就业、创业和产业发展现状及需求等方面对辖区农户进行全覆盖走访,为群众宣传就业、产业和创业奖补政策,逐户收集农户产业发展规划和就业、创业意愿。

"我们立足新时代文明实践所、站,在乡农业服务中心、扶贫办、社保所设立咨询服务岗,为群众答疑解惑。"鸡鸣乡宣传委员杨世兰说。

通过帮扶,这里的农特产品也在扶贫集团以购代扶模式的帮助下走出了大山。

鸡鸣乡因海拔较高、采用传统种植养殖技术等因素,茶叶、腊肉、香菇等传统农副产品生态绿色、口感好。由于地处偏远、交通不便、电子商务欠发达、缺少致富带头人,当地农副土特产品迟迟难以流向城市的餐桌。现如今,有了党的惠民政策,加上市经信委扶贫集团以购代扶活动如火如荼地开展,鸡鸣乡的农副产品销售终于找到了销路,群众迈上稳定致富增收的小康之路。

"截至2019年11月20日,集团20家成员单位累计在鸡鸣乡农副产品采购金额近695.71万元，按照销售额7%的比例提成返点，可为村集体经济组织增收40.49万元。只要妥善经营，集团帮扶模式将持续带动鸡鸣乡农副产品加工销售产业逐步走向成熟，产业脱贫基础也将得到进一步夯实。"市经信委扶贫集团驻乡工作队联络员舒淑波介绍说。

19

我们来到重庆市城口县鸡鸣茶业有限责任公司。这是一个园林式的工厂，建筑虽然历史久远，但是在春天的阳光照射下，生机勃勃。

"鸡鸣贡茶"远近闻名，在脱贫攻坚大力发展产业的情况下，作为老字号，鸡鸣茶发展怎样呢？

下午5点左右，老百姓开始陆续提着大包小包走进工厂，他们径直走到收购车间，打开袋子，绿油油的茶叶被摊开在簸箕里，经过专业人员手摸、鼻闻、眼看，确定级别，过秤，开票，然后他们拿着票据到财务领取现金……

这就是茶叶收购。

当地老百姓每天早上上山采茶，下午就到鸡鸣茶业公司卖掉，每天都是现金进账。

"我们是来者不拒，统统都收，而且绝不欠老百姓一分一厘。"鸡鸣茶业有限责任公司总经理唐频说。

看到老百姓领到现金，高兴地从厂大门走出去，我这才深深地感到什么是惠民政策！脱贫攻坚，让老百姓致富，不是靠口号喊出来的，是靠实际行动做出来的。

鸡鸣山水有情，当年它让红军在这方人迹罕至的地方燃起了星星之火，铸就了苏维埃政权红色的大印。而今，这里山水有情亦有灵，它用绿色生态给一个中国绿茶品牌"城口鸡鸣茶"一次又一次

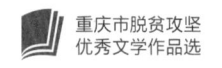

地注入着神韵。

说起"城口鸡鸣茶",还有一个美丽的传奇故事。

相传,汉光武帝刘秀拥麾巴山,追剿王莽,兵至永定山下,有雄鸡晓唱,万山回音,一时阴霾尽扫,光武帝龙心大悦,旨封鸡鸣而建寺。寺院历经岁月沧桑,清乾隆三十九年至四十一年间,高僧德怂大师重修庙宇,待到高僧广隆掌门鸡鸣寺时,鸡鸣寺已是香火鼎盛不绝,寺庙飞阁流丹,院内古木参天。一日,一对翩翩起舞的白鹤栖息于此,众僧竟挥之不去。广隆忽然间合掌深悟:"阿弥陀佛,此白鹤乃上天茶使也!"白鹤舞于井,井中仙气缭绕,广隆和尚天授其意,潜心培茶研茶,数载之后,寺内茶树竟丈高有余,且嫩芽如豆,绿里透红,清香入鼻。鸡鸣寺名茶不胫而走,风流儒雅的乾隆皇帝诏宣广隆金殿试茶,一时香袭京华,乾隆当即御赐:白鹤井中水,鸡鸣院内茶!

清乾隆十六年,鸡鸣茶被钦定为贡茶,并制模岁岁进贡。神奇的鸡鸣茶最终走出了古寺深院,走出了千山万岭。

如今,经一代又一代鸡鸣茶人的深研,共推出19个品种,以"鸡鸣贡茶"极品为首的鸡鸣茶院内贡茶宫廷系列共7个品种,以"鸡鸣毛峰"为首的鸡鸣寺院佛茶系列共12个品种,19个品种如同光彩照人的19金钗,既血脉相通,又风格各异。

为此,鸡鸣乡重新组建重庆市城口县鸡鸣茶业有限责任公司,从事茶叶生产、加工、销售。公司拥有资产3000多万元,占地面积10多亩,有茶园基地5000多亩,现有生产车间及办公用房5200平方米,从业人员40多人,有较为完善的生产设备和成熟的制茶技术。

打响脱贫攻坚战以来,乡党委、政府大力发展鸡鸣茶产业,投资500万元对鸡鸣茶业有限责任公司茶叶生产线进行技改升级。邀请茶叶研究所专业技术人员,深入鸡鸣田间地头,指导农户种植茶树。在全乡发放茶苗100万株,通过利用退耕还林政策覆盖方式,在祝乐、金岩、茶坪实施了500多亩的低效茶园改造。

唐频对公司发展充满信心,她说,公司准备建立禅茶文化体验馆,将茶叶基地与文化生态旅游融合发展,围绕"古寺名茶"的形象定位,深入挖掘贡茶文化内涵。公司已规划征地10多亩,建设贡茶博物陈列室、茶山文化休闲区、茶文化村,向游客提供休闲、观光、茶文化交流的自然生态环境,通过茶艺表演、茶歌茶舞、茶史展览、贡茶品尝、茶叶诗会笔会、贡茶文化研讨等活动带动品牌市场,把"鸡鸣贡茶"打造成实实在在的品牌经济。

2016年,鸡鸣茶生产工艺评为市级非物质文化遗产;2017年,"鸡鸣"牌"鸡鸣贡茶"获重庆市老字号称号;2010年至2018年,"鸡鸣"牌一直为重庆市著名商标;2010年至2019年,"鸡鸣"牌"鸡鸣贡茶"连续四届获重庆市十大名茶称号。

……

深度贫困的鸡鸣乡不复存在了,一个精神昂扬的小康鸡鸣乡正在大巴山腹地崛起!

20

2020年4月16日上午,我在县扶贫办采访,王晓斌主任给我拿来了一大本资料——《城口脱贫攻坚历年大事记》,从2015年6月到2020年3月。厚厚的一本书,有脱贫攻坚重要会议和决策的记录,有领导的调研和视察,有相关部门的检查验收……件件都是心血,都是付出,都是战果!

这里,我不能一一抄录,但我必须要说出来。说出来,是想说明我们的扶贫部门和相关部门的扶贫干部不知为城口的脱贫攻坚工作付出了多少辛劳,这是一道我们看不见的风景。

看不见的风景也很美丽,我们把这美丽就牢记在心中。

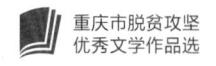

在城口县3232平方公里的土地上，铭刻着一页鲜红的历史：重庆市第一个打出地方红军旗帜的县、第一个被地方红军解放的县城、第一个迎来红军主力部队的县；唯一成建制建立了县区乡村四级苏维埃政权的革命老区和唯一纳入国务院《川陕革命老区振兴发展规划》的县；李先念、徐向前、王维舟等老一辈无产阶级革命家曾在这里战斗过；有500多人参加长征，470多人壮烈牺牲在长征路上。

城口集"老、边、山、穷"于一体。老，革命老区；边，重庆最北端；山，大巴山区；穷，国家级贫困县。

曾经，城口县是国家扶贫开发工作的重点县，是重庆脱贫攻坚的"硬骨头"和"最短板"。在5年精准扶贫的时间里，城口探索出了许多宝贵的、行之有效的、适合城口地域的特色工作方法和工作经验。

城口县委常委、县政府党组成员谭会山说，脱贫攻坚战斗打响以来，作为革命老区，城口向贫困坚决说"不"，在脱贫攻坚的战斗中创造了"城口样本"。城口创新提出"一线工作法"，建立健全"六强六扶"帮扶机制，摸索出"三得十二看"工作方法，推动网格化管理，创建"三级联动日调度"机制，这些方法、思路、机制就是城口决战决胜脱贫摘帽的"法宝"！

……

对城口脱贫攻坚的采访，也许，我这一次只看到了它巨大冰山的一角或者说一角都不到。

就让更多的感动掩藏在匆忙的足迹里吧，就让更多的诉说寄托给大巴山皎洁的月色吧！

5年时间，城口把国家级贫困县的帽子摘掉，本身就是一个奇迹。创造这个奇迹的人就是25万勤劳、朴实的城口人民。

谭会山的一句话让我很震撼："脱贫攻坚真正让城口老百姓活

出了尊严！"以前过的日子怎样，现在过的日子怎样，只要一对比，结果非常明显。

现在，不仅全县脱贫了，而且农村基本做到了"五干净""六整齐"，村貌户容的改变实际就是老百姓的精、气、神的提升。

老百姓有了精、气、神，我们还愁他们脱不了贫?!

告别城口，登上返渝客车，遥望苍茫的大巴山，除了最美好的祝福，我还能说些什么呢？

从"炼狱"到"黔江精神"

1

从重庆主城出发，沿东南方向，300公里左右，便是黔江区。

这里山路十八弯，水路九连环，山连着山，山长着山，云雾缭绕，苍茫而辽远。黔江地处武陵山腹地，有"渝鄂咽喉"之称，人口56万，面积2400平方公里。

好了伤疤不应该忘记曾经的剧痛！必须承认，贫困是黔江历史的主色。苦难记忆对于黔江，是最刻骨铭心的。

虽然2017年黔江就摘帽了，但这对黔江全区来说并不是完全意义上进入了小康社会，我们必须敢于面对真实。

就连这个摘帽也是经过了几十年的浴火重生。历史不会忘记这片土地曾经饱受的痛苦。

这里不妨回首一下黔江曾经的贫困历史，究竟穷到啥样？解放前，《四川月报》第三卷第一期有文章写道：

> 黔江县治，极为腐败，连城墙都没有。城内户口约五百余家，家户多无大门，空空洞洞，一望了然。城内毫无

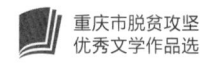

商业，街市萧条可怜，人民生活极艰。地方机关之破烂，尚不如内地破庙……地方财政，公具雏形，现在财款收入，综计公产、囚粮、孤贫，三种租谷及契税附加，全年约收一千八九百余元。

再看一段黔江县志记载：

黔江凶山恶水，冰雹、天旱、水涝等自然灾害时有发生，导致粮食作物减产甚至绝收，经济十分困难，大多数村民热天冷天都是单衣，生产生活都是赤脚，有的小孩一年四季都是光屁股。1982年7月28日，那场突如其来的洪灾，给无数黔江人留下了刻骨铭心、永生难忘的苦难印记。那天，电闪雷鸣、风雨交加，黔江城周12个乡镇普降暴雨，山洪暴发，泥石俱下，河口决堤，城区一片汪洋，群众扶老携幼，仓皇奔逃，数千人被洪水赶到附近的山坡上……全县死亡39人、重伤139人，各项损失折款8200多万元，在当时是个天文数字。

那个年代的黔江，无论是城市，还是农村，一片萧条。时任四川省人大常委会主任何郝炬描绘："昔日走马过黔江，灯火依稀庐舍光。"

历史上，黔江地方病严重。地氟病、丝虫病、疟疾、钩虫病、地方性甲状腺肿大、麻风、肺结核病等地方病、传染病长期肆虐流行，导致黔江百姓生活困顿、朝不保夕、灾难深重。据史料记载，清同治五年（1866年），"邻鄂乡赤痢病暴发，人丁几无幸免，仅沙子场街死者二百余"；清光绪二十九年（1903年），"四月，濯水、石家一带伤寒流行，患者五千余，死亡无数"；民国十六年（1927年），"濯水乡天花流行，街上300多人，死亡80余"；民国二十九年（1940年），"仅蒲花乡谢家坝93户居民，有27户死绝"。当时有民谣曰："一出门来看山坡，新坟又比旧坟多。"

新中国成立后，黔江开始发生显著变化。虽然也曾发生多次疫情，但随着爱国卫生运动的深入开展和卫生防疫工作的不断加强，地方病基本被根除。1983年设立土家族苗族自治县，1986年纳入国家重点贫困县，1988年成立黔江地区，人们战天斗地，创造出"宁愿苦干，不愿苦熬"的"黔江精神"。1997年重庆直辖，黔江隶属重庆市。

"七山一水二分田"的恶劣条件限制了这里的经济发展。"黔邑春草碧云齐，万叠青山万曲溪"，是黔江自然环境的真实写照。

山高路陡，沟壑纵横。很多村子连丘田都没有，很多地方只能靠天吃饭，风调雨顺时有一些收成，遇旱涝则可能绝收，生产力水平极其低下，粮食产量很低，农民吃了上顿没有下顿，早晨红苕洋芋，晚上酸菜稀饭。"养儿养女不用教，酉秀黔彭走一遭。"就是这样来的。

1984年，中央决定修建三峡水利工程，时任水利电力部副部长李伯宁调研三峡地区经济社会发展情况，带领专家学者逆乌江而上，到彭水、黔江等地，在一个地氟病高发区，看到很多患者身体致残，贫病交加，过着"衣不蔽体、食不果腹、房不避风"的生活。他们将亲眼所见的触目惊心、贫病交加状况，制作成20分钟的纪实专题片《穷山在呼唤》呈送中央。时任中共中央政治局委员、国务院副总理王震看后，叹息："解放30多年了，想不到还有如此贫病交加的农村……"

这部纪录片送给1985年参加中央农村工作会议的省委书记看了，又送给中央领导看了，引起了中央的极大关注，全国各地震惊！

20世纪八九十年代，极度贫困的黔江人，全靠自力更生、不等

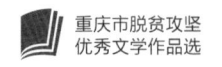

不靠的劲头，以及国家的支持政策和投入，才基本解决了温饱。

这些记载应该没有半点夸张，今天它们被明确写进了黔江脱贫攻坚的序曲里。

桐子开花碗碗红，
土家人穷志不穷。
烂泥田中浸十年，
冷水泡茶慢慢浓。

一首黔江民歌道出了黔江人奋发图强的斗志。曾忆否？1972年到1980年艰苦奋战的8年，为了解决全县工农业和人民生活用水，黔江人民书写了一部"人定胜天"的引水史诗。

在寒冷的冬天，冒着冰霜大雪，用板板车把200吨水泥从黔江城拖运到15公里远的中塘，有顺口溜："板板车长又长，屁股在黔江，脑壳在中塘。"

8年！1980年12月5日终于修通了20多公里的总干渠，将小南海水引进县城。那是特定历史时期造就的丰碑，刻着奉献和艰辛，刻着为之牺牲的19位民工滴血的名字。

1985年7月，著名作家马识途参观小南海引水渠后欣然赋诗：

寻踪四十五年前，
故地重游忆昨天。
海水依然日日碧，
山光仍是朝朝妍。
书生豪放题僧壁，
战友汪洋棹渔船。
且喜河山依旧壮，

我今纵笔芯新篇。

黔江邻鄂乡松林村3组63岁的"土家愚公"简旺超，自力更生改土不止，时任四川省省长张中伟4次视察其改土工程，并号召全省学习简旺超的"愚公精神"。13年来，他一共砌坎子52条，用石头928方，通过荒坡改土、零改整、小改大、坡改梯、土改田，土地由4.5亩增加到9亩，农田由2.5亩增加到7亩。他苦干两个冬春，请了15个劳动力，买了1.5吨石灰、2.5吨水泥，贷款300多万元，为集体整修扩建一口堰塘，可灌溉30多亩田地，没要国家1分钱。

"黔江精神"由此形成，成为鼓舞群众脱贫致富的精神力量。在那苍茫辽远的山上，时常飘来他那雄浑的山歌：

老汉今年六十三，
改土砌石又治山。
学习愚公志不移，
还要再造几丘田。

2

黔江扶贫攻坚之所以取得巨大成绩，最宝贵的经验就是"宁愿苦干，不愿苦熬"的"黔江精神"。

调查报告送时任党和国家领导人，引起高度重视。时任国务院总理李鹏挥笔写下："黔江之变化令人兴奋，黔江的变化在于苦干，有一个好班子，走出一条好路子。"党中央、国务院领导指出，黔江的发展历程和扶贫经验，对全国扶贫开发工作有指导作用和示范意义。

《人民日报》《光明日报》《经济日报》和中央电视台等国家主流媒体相继报道了黔江扶贫奇迹，"宁愿苦干，不愿苦熬"的"黔

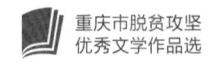

江精神"传遍全国。

新时代，为打赢新一轮脱贫攻坚战，当地干部群众继续发扬"黔江精神"，内生动力转化为生产力，贫困山区的面貌焕然一新。

2015年到2017年，黔江共投入扶贫专项资金13.2亿元。2017年11月9日，黔江退出国家扶贫开发重点县。

脱贫后的黔江区，坚定发展不松劲，乡村振兴强统筹，精准脱贫稳成果，改革创新奔小康。2018年，全区实现GDP 247.29亿元，增长7.4%，规模以上工业增加值增长8.2%，固定资产投资增长8.1%，社会消费品零售总额增长8.3%，一般公共预算收入增长12.8%；城镇居民可支配收入32435元，增长8.8%；农村居民可支配收入11806元，增长9.4%；贫困发生率降至0.88%。

新一轮脱贫攻坚战打响后，黔江人民如何二次创业，彻底摆脱贫困？成为摆在黔江人民面前的历史课题。

"黔江精神"是黔江发展的永恒动力。"黔江精神"不仅是扶贫攻坚的制胜法宝，也是全面建设小康社会，推动经济社会加快发展、率先发展、科学发展的强大精神支柱。

黔江区区委书记余长明认为，无论形势怎么变化，"黔江精神"始终不会过时，无论社会多么进步，"黔江精神"始终不能丢弃。

3

黔江在乘风破浪中继续前进……

立足新时代、肩负新使命、开启新征程，黔江全面贯彻落实党中央部署和市委、市政府工作要求。

2015年7月，"贫困户越线、贫困村脱贫、贫困区摘帽"的冲锋号吹响，黔江集中力量向贫困宣战。

区委、区政府以脱贫攻坚统揽经济社会发展全局，把困难群众脱贫致富摆在更加突出位置，在深入调研的基础上，制定了《关于深化脱贫攻坚的实施意见》等"1+N"的脱贫攻坚政策措施,以及《黔江区打好精准脱贫攻坚战行动方案》《黔江区十三五脱贫攻坚规划》等精准措施,对症下药,靶向治疗贫困。

黔江成立以区委、区政府主要领导为指挥长的脱贫攻坚指挥平台,统筹谋划限时打赢脱贫攻坚战线路,挂图作战。

向深度贫困地区发力,编制《"1+29"深度贫困镇村脱贫攻坚规划》(1个市级深度贫困镇金溪镇、29个深度贫困村),以精准的扶贫政策、更大的扶贫力度、更实的扶贫举措,集中力量攻克脱贫攻坚中的"硬骨头"。

黔江开始在精准扶贫战斗中书写新辉煌!

吹响脱贫攻坚冲锋号,全区干部群众积极行动,克难奋进,满怀信心投入决胜攻坚战斗中。

在全区脱贫攻坚工作会上,区委书记余长明的话铿锵有力:"全区脱贫攻坚工作是践行习近平总书记'以人民为中心'思想的生动实践,必须做到领导重视空前、人力投入空前、物力投入空前、财力投入空前,以背水一战的决心和破釜沉舟的勇气,合力攻坚,坚决打赢脱贫攻坚硬仗。"

> 想起往年泪花花,
> 苦根苦藤不开花。
> 如今脱贫再致富,
> 苦树结出甜瓜瓜。
> ——黔江民歌

从此,黔江真正意义上走上脱贫摘帽奔向小康之路。

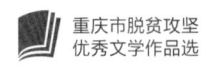

4

脱贫攻坚并不是一句话，也不是口号喊的那么简单，必须要招招"见血"。

黔江脱贫攻坚的招式有哪些？

我在黔江脱贫攻坚总结报告里提炼出这样的内容："三个严格""全员扶贫""三块资金""三项措施""三道关口"。

黔江区扶贫办主任郭兴春是这样解释的——

"三个严格"破解"扶持谁"难题。

只有把真正的贫困人口弄清楚，将贫困人口的贫困程度、致贫原因弄清楚，才能做到因户施策，解决"扶持谁"问题。

"三个严格"包括：一是严格一个标准，即严格按照"两不愁三保障一达标"标准，既不吊高胃口，也不降低标准。二是严格一个方法，即"三三八"识别帮扶方法。"三查"存疑农户——查房、查床、查粮；"三帮"找重点——重点帮扶脱贫不稳定户、未脱贫户、贫困边缘户三大群体；"八措施"明确帮扶方法——因户施策，落实房屋、医疗、就业、产业、教育、设施、兜底、责任八项措施。三是严格一套程序，即按照"八步两评议两公示一比对一公告"流程，让群众身边最熟悉情况的人来把关，确保识别过程阳光真实，广泛接受群众监督，凡有异议必核查，核查结果必研究，研究情况必反馈。

"扶持谁"关键时候群众说了算。

金溪镇平溪村3组的龚节林，因病致贫，2014年6月被评为建卡贫困户，2015年底脱贫，2016年因病返贫。驻村工作队进村后，进行走访，召开院坝会。群众一致认为，龚节林本人患骨质增生，腰痛，45岁的妻子刘高禄患恶性肿瘤，在家休养，14岁的儿子龚福星在金溪中心学校读初中二年级，应该是贫困户。驻村工作队当场接受群众意见。龚节林深有感触地说："共产党讲实事求是，一点不假；真心帮扶，也一点不假。"

措施有力，漏洞自然被堵。

"全员扶贫"破解"谁来扶"难题。

脱贫攻坚是一场气势恢宏的人民战争。咬定限时打赢脱贫攻坚战目标，建立区、乡、村"三级书记抓扶贫"工作责任机制，做到分工明确、责任清晰、任务到人、考核到位，用好党员干部、医务人员、人民教师等多支队伍。"全员扶贫"，解决了"谁来扶"问题。

用好党员干部队伍，实现结对帮扶全覆盖。38名区领导定点包干30个乡镇（街道），128个区级部门对口帮扶209个非城市村（社区），285名干部组成65支贫困村驻村工作队。建立"5211"帮扶机制，即每名区领导结对帮扶5户贫困户，区级部门领导结对帮扶2户贫困户，区级部门、乡镇（街道）干部职工和村干部结对帮扶1户贫困户，全区6000多名干部与贫困户实行"一对一"结对帮扶，做到帮困不漏户，户户见干部。

"三块资金"破解"用啥扶"难题。

郭兴春说，脱贫攻坚，离不开"真金白银"。这几年来，黔江区优化财政支出结构，向农业农村、贫困乡镇贫困村倾斜，激活金融资金、吸收社会资金，合力攻坚，使扶贫投入同脱贫攻坚目标相适应，解决了"用啥扶"问题。

近年来，累计整合财政涉农资金30多亿元用于农业生产和农村基础设施建设。全区设立扶贫小额贷款风险补偿金近3000万元，撬动扶贫小额信贷放贷近2亿元，带动40%以上的贫困户发展产业致富。积极对接中央定点单位中信集团、东西协作山东日照市、市卫生健康委扶贫集团、永川区和辖区内社会力量等资源，筹集对口帮扶资金1.08亿元，区内30家民营企业帮扶资金300多万元。

"三项措施"破解"怎么扶"难题。

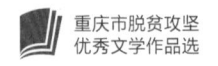

"怎么扶"？这是仁者见仁，智者见智的一个问题。而黔江却是这样做的："五个一批"工程，突出生态特色产业，解决"怎么扶"问题。

第一，做实"两业"促增收。脱贫致富，产业是根本。作为"中华""黄金叶""和天下"的烟叶配方基地，烤烟面积和质量保持稳定状态。常年出栏生猪80万头，连续11年获得"生猪调出大县"奖励。引进龙头企业，创新"公司+合作社+贫困户"利益联结机制，发展优质蚕桑基地6万亩，产茧5万余担，蚕茧总量、质量连续7年位居重庆市第一。壮大羊肚菌、猕猴桃、脆红李等特色效益农业，被全国果蔬协会评选为"中国猕猴桃之乡""中国脆红李之乡"。建成"亩产万元立体农业"示范基地4.5万亩。推动"乡村振兴+旅游+扶贫"，2017年实现乡村旅游收入3.6亿元。

第二，做实"两助"斩穷根。实施教育扶贫，斩断代际贫困穷根，每年选拔80多名教师到边远农村支教。解决随迁子女、"三残"儿童等入学问题。建立学前教育到高等教育多层级资助体系，每年筹集社会资助资金700万元以上，资助1500名以上贫困学生上学。实施健康扶贫，斩断大病慢病穷根。针对因病致贫率高达48%的现状，大力实施健康扶贫工程。健全区、乡镇（街道）、村（社区）三级医疗服务体系，实施基层医疗机构业务能力提升行动计划，解决群众就近"看病难"。建立"合作医疗政策保+健康扶贫基金保+民政医疗救助保+精准脱贫商业兜底保+慈善帮扶"五大政策保障体系，设立健康扶贫基金、民政医疗救助资金共2000万元，确保建卡贫困人口就医自负部分费用在10%以内。建立"先诊疗后付费"和"一站式"结算机制，减少贫困群众报销负担。

第三，做实"两保"兜深贫。实施住房兜底。扎实推进易地扶贫搬迁工程，结合贫困户住房条件和生活环境，精准施策。3年累计搬迁建卡贫困户2960户11030人，对深度贫困户采取政府兜底搬迁办法，多方筹资4000多万元，免费为552户1827人修建房屋、安装水电、配置厨房卧室用具，实现深度贫困户应搬尽搬。全面开展"五建"（水、电、路、气、讯）、"五改"（房、厨、厕、圈舍、地坪）、"五治"（污水、垃圾、乱搭建、乱挖采、乱砍伐）、"五化"（绿化、美化、净化、畅化、亮化）工程，投入资金5130万元，改造农村房屋2000多户，彻底消除农村危房。实施医保兜底。重点倾斜重大疾病、重度残疾等原因导致的贫中贫、困中困，为746名建档立卡贫困人口购买城乡居民养老保险，贫困人口参保率达100%。投入资金261万元对459户贫困户进行一次性救助，将6429户13990人农村贫困人口纳入农村低保，实现农村建卡贫困户应保尽保。

重拳出击，必有良效。

那么"三道关口"，又是指什么？

"三道关口"破解"扶到位"难题。

精准到村到户到人，扶到根上。

首先严把责任关。区委、区政府与乡镇（街道）、乡镇（街道）与村（社区）层层签订年度脱贫攻坚和成果巩固责任书，一级做给一级看、一级带着一级干。

其次，严把退出关。严格执行贫困户脱贫农户申请、民主评议、逐户核实、签字确认、公示公告等程序，贫困村脱贫入村调查、摸底核算、公示公告等程序，同时邀请"两代表一委员"对退出程序进行全程监督，避免"被脱贫""数字脱贫""假脱贫"。

第三，严把考核关。建立"月通报、季督查、年考核"督查考核机制，严格乡镇（街道）和驻村工作队月度考核排名制度，以督促行、以查定效，对表现优异的单位和个人全区通报表扬，对工作滞后的单位和个人通报批评。严格监督执纪问责，立案查处扶贫领域案件，3年来就地免职1名脱贫攻坚工作不力的乡党委书记，调整

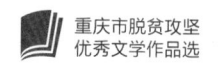

14名工作不在状态、执行力较弱的干部，全区干部执行力显著增强，工作作风更加务实。

以上每一项措施都在黔江脱贫攻坚的工作中落地、生根、开花、结果。

5

2019年8月18日至20日，全国驻村帮扶工作培训班在黔江举办。

这绝不是偶然。

国务院扶贫办根据"脱贫攻坚形势好、驻村帮扶成效佳、创新探索机制活"的要求反复比选，最终选定在黔江举办！

这次会议，国务院扶贫办副主任夏更生莅渝调研、到会指导并讲话，重庆市副市长李明清参加有关活动，中共黔江区区委书记余长明作了题为《黔江区以"三联三促"为驻村帮扶赋能提效》的发言。全国28个省、自治区、直辖市和新疆生产建设兵团扶贫干部200多人齐聚黔江参加培训，学习黔江经验。

那么，黔江的精准扶贫经验在哪里呢？

精准脱贫，贵在精准，重在精准，成败之举也在于精准。在波澜壮阔的精准脱贫攻坚战伟大实践中，黔江人民以习近平总书记关于扶贫工作重要论述为指导，克难奋进，创造了减贫史上的奇迹，探索出了行之有效的途径，为人类反贫困树立了信心，积累了可供借鉴的经验。

创新"三联三促"机制，建设一流扶贫铁军。

"标准+精准"联动，高进优选促"尽锐出战"。

黔江着力把堪当重任的精兵强将派到脱贫攻坚一线攻城拔寨。一是明确标准选"准"。注重选派政治素质好、道德品行好、公道正派作风好、组织协调能力强、带富能力强、热心为群众服务的

"三好两强一热心"优秀干部派往扶贫第一线,确保优中选优。二是规范程序保"准"。层层把关,对不符合要求的一律退回。建立变动报告审批制度,由组织、扶贫部门"双审双核",确保"队伍稳不乱、工作线不断"。三是因村派人促"准"。坚持"缺什么人就派什么人",采取"供需对接、双向考核"方式,对党建基础薄弱的村,选派党群部门干部,帮助抓班子带队伍;对产业发展滞后的村,选派涉农部门干部,帮助兴产业提质效;对社情复杂的村,选派政法信访部门干部,帮助调矛盾解纠纷。确保应派尽派、精准选派。

"导向+取向"联管,严管厚爱促"愈战愈勇"。

黔江牢固树立"组织管干部、干部管干事"的用人导向,坚持扶真贫、真扶贫的工作取向,激励广大驻村干部在高质量打赢脱贫攻坚战中挥洒青春。一是以真情关怀点燃"想干事"的热情,让"有为者有位、吃苦者吃香"。2017年以来,提拔重用第一书记12人、驻村工作队员5人,43人列为后备干部,23人被选为"两代表一委员"。二是以培训指导增进"会干事"的能力。分级分类推动驻村干部培训全覆盖,每年至少组织1次第一书记集中轮训。三是以力量下沉打牢"能干事"的基础。实行驻村干部与派出单位项目、资金、责任"三捆绑",坚持"干部当先锋、单位作后盾、领导负总责"的驻村工作机制。

"内力+外力"联合,延伸扩面促"战绩提升"。

黔江充分发挥驻村工作队的桥梁纽带、"头雁"带动作用,推动脱贫攻坚向"长、远、实"拓展延伸。一是搭建"桥梁"引入外部生产力。与中信集团开展市场化合作,总投资120亿元的三塘盖国际旅游康养项目落地,助力"2个5A+10个4A"景区方阵,打造黔江全域旅游"升级版"。市卫健委扶贫集团帮扶干部积极作为,成功打造"金溪护工""金溪被服""金溪山货"品牌,推动从"输血

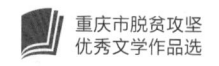

式"转向"造血式"精准扶贫，实现农产品销售产值3000多万元，带动金溪1854户5354人增收致富。二是联结"纽带"激发内生源动力。驻村工作队充分发挥纽带作用，把党的政策、部门的支持传递到每位贫困群众，每年深入开展"我的扶贫故事、我的脱贫故事、我的创业故事"宣讲活动1000多场次，宣讲驻村干部先进事例、有效做法、成功经验，让群众看到榜样就在身边。借助"微黔江""黔江组工"等平台开设"最美扶贫人"专栏，宣传优秀扶贫干部的先进事迹。三是善当"头雁"凝聚整体战斗力。"帮钱帮物，不如帮助建个好支部"，做到送去一个驻村第一书记、发挥一个先锋模范作用、建设一个坚强战斗堡垒、培育一批致富带头人。统筹"雨露计划"，发展新型职业农民，培育一批致富带头人带动贫困户创业发展，全区44242名贫困人口年均收入稳定达标，72个村（社区）集体经济经营性收入实现大幅提升。

黔江始终抓住产业发展这个脱贫根本和让贫困户群众受益这个关键，积极探索产业发展与贫困户的利益联合机制。比如，发展蚕桑产业，在产业延伸的每个环节上"吃干榨尽"，厚植让贫困群众长期、稳定获得产业收益和增值收益的益贫性机制。

建立全区茧丝绸产业发展指挥部，构建区、乡镇、村三级服务体系，实现产业组织化、专业化。从浙江桐乡引进茧丝绸龙头企业，推行"公司+农民合作社+基地+农户"发展模式，实现产业规模化、集约化。2018年，全区产茧5万余担，实现产值1亿元，带动全区12.7%的建卡贫困户实现脱贫。

黔江依托全区森林覆盖率65%、城区空气质量优良天数357天、为全市无重金属污染的两个区县之一等得天独厚的生态资源优势，建立"乡村振兴+旅游+扶贫"融合发展机制，坚持"点线面"结合，全区域建设"开放式景区"，全方位打造"全景黔江"，变脱贫攻坚"主战场"为旅游开发"新高地"，带动全区10多万老百姓吃上了"旅游饭"。

6

先听一个孝子成为"菊花王"的故事。

简义相，是黔江区邻鄂镇松林村出名的孝子。2007年，从重庆师范大学毕业后，进入重庆主城一家知名通信企业做销售工作，一年后就成为单位的"销售王"，年薪近20万元。当他得知母亲在老家突发脑溢血、落下偏瘫之后，毅然辞职返乡照顾母亲。

简义相不仅聪明，而且十分勤劳、善良。回到家乡后，他跑货运，搞餐饮，发展农业产业，带领村民斩穷根，深受村民喜欢，被推举为松林村村委会主任助理，并加入了中国共产党，还被选为黔江区人大代表。脱贫攻坚战以来，简义相事无巨细、事必躬亲，同驻村工作队、镇村干部一道走村串户，以步代车，走遍每家每户，深入调研摸底，认真倾听群众最关心的热点、难点问题，找准了致贫原因和制约经济发展的症结，编制松林村扶贫规划。

简义相特别关注村里的84户贫困户，通过农村电商帮助贫困户卖土鸡、土鸡蛋，以股权化方式发展脆红李200亩。在做好村务的同时，简义相的生意也风生水起。在区科协、农学会的技术指导下，采用覆盖地膜技术，扩种300亩金丝皇菊花、杭白菊，亩产菊花达到1000公斤，亩收入达5000多元。为带动群众共同致富，简义相发起成立黔江区义相股份合作社，采取"公司+合作社+农户+基地"模式，利用高山气候发展菊花种植和特色食用菌产业，采用农户废弃的稻草、玉米芯、玉米秆，按循环农业的现代化方式生产食用菌，利用烘干脱水生产菊花茶，形成了集食用菌种植、加工、销售于一体的农民合作组织，成功注册了"容仙"商标，不仅拿下一家医药销售企业长期订单，还开辟了网络销售渠道。

简义相带动10多户村民共同栽培杭白菊，面积扩大到700亩，

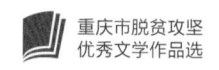

50户村民成为股东。菊花采摘期间，基地聘用100多名村民采收，20多户贫困户有了稳定的收益，每人每月能收入2000多元，获得了群众一致好评，连续几年受到区农委、区供销社、区扶贫办、区科协等单位表彰，被市农委评为重庆市青年农场主优秀学员，被中共重庆市委宣传部选为"在希望的田野上"乡村振兴报告团成员。

再看一下"电商女王"陈静的创业干劲。

陈静在2016年成立了重庆凯松圣元电子商务有限公司，带动农户增收致富。公司将黔江土特产品推向全国，主要从事电子商务及产品的生产、包装、策划、设计、销售、服务。2018年，销售农村土特产肾豆、野鸡蛋、香肠等，网上成交20万单，公司销售产值1000多万元，计划3年内突破3000万元销售产值。她拓宽了农民的致富渠道，被当地群众誉为"电商女王"。

她以建平台、通渠道为抓手，组建运营、设计、策划、文案创作等专业的营销团队，先后成立了黎水镇农村淘宝服务站、城东街道天猫优品服务站及菜鸟物流黔江中心、"醉美黎水"电商服务小组，完善了"醉美黎水"微信公众号，让数据多跑腿，让村民少跑路，畅通农特产品线上外销渠道。

她用心唱好"专、精、特"三字经。线上与线下结合。线上广泛参加网上"双十一"、淘抢购、聚划算等促销活动，2018年"双十一"香肠等5个品种成交1.5万单。线下广泛参加中国东西部合作与投资贸易洽谈会等各种农产品展销会，推介黔江农特产。通过线上线下推介，乌鸡蛋、洋芋粉、紫薯粉、肾豆、盐菜、脆红李、野鸡蛋、红薯、腊肉、香肠等众多黔江农特产已远销30多个大中城市。

她大力打造农特产精品，成立重庆市黔江区飔莘农产品种植股份合作社，并与黄泥村村民委员及黄泥村80户建卡贫困户签订入股协议，以"公司+基地+股份合作社+农户+电商"的合作模式，建立500亩板栗、500亩林下红苕、150亩南瓜的农产品基地，打下了订单式农业、乡村旅游项目基础；打造黔江电商品牌，购买"地之恋""阿蓬公"2个注册商标，获得1个著作权、1个农产品管控系统发明专利。

陈静所在的企业及个人先后荣获黔江区优秀电子商务经营企业、黔江区优秀电商企业、黔江十佳创业明星、重庆市十佳返乡创业明星提名奖、黔江区首届网销产品大赛"三十强企业"、重庆市巾帼创业示范店、2018年优秀微型企业等荣誉称号。

再说一个致富带头人。

石家镇交溪村2组返乡农民工陈朋飞，回乡将主产地邻鄂镇艾坪村览码果树种植专业合作联合社等生产的"碧之藤"茶打造成了全区首款农特产品微商"爆款"。

藤茶又名山甜茶、龙须茶，俗称莓茶（武陵特产）、藤婆茶，系葡萄科蛇葡萄属显齿蛇葡萄种，是被《本草纲目》遗漏的珍品，富含人体必需的17种氨基酸、14种微量元素，也是目前发现的自然硒和黄酮成分含量最高的野生植物和宝贵的药食两用纯天然植物，享有"神仙草""长寿茶"之美誉，其味甘淡、性凉，具有清热解毒、抗菌消炎、祛风御湿、降血压血脂血糖、保肝等作用，民间常用于高血压、感冒发热、心脑血管等疾病的预防。

北纬30度的灰千梁子百平方公里原始森林区域独特的地理环境，造就了"碧之藤"茶在"植物总黄酮含量""硒元素含量""营养成分的全面性"方面的独有保健优势。家乡有这么好一款农特产品，如何用微商这副牌"打"向全国乃至全世界？2018年下半年，陈朋飞创办了重庆猎志企业管理咨询有限公司，与"览码果树"达成独家营销代理合同，以"为家乡代言、为健康加油"为终极目标，开始了他的创业之路。营销家乡农特产品时，还不忘宣传家乡旅游：每一盒产品包装盒里，都附上了黔江旅游宣传专页。

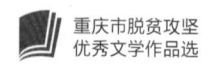

陈朋飞旗下的"圆梦武陵"销售团队快速向重庆主城、湖北、湖南、广东、福建铺开,"碧之藤"实现了品牌打造和团队销售的转变。

除了线下团队带来大量订单之外,"圆梦武陵"线上商城也已经上线。"圆梦武陵"规划,至2019年底,"碧之藤"线下销售团队突破500人,销量突破1000公斤,实现产值800万元。陈朋飞计划,未来3年左右,线下销售团队突破1500人,销量突破1万公斤,产值8000万元以上,带动种植农户300户以上,户均增收至少3万元。同时,每销售1公斤藤茶提取10元扶贫公益基金资助精准扶贫。

7

或许,这就是从"炼狱"到"黔江精神"。

"黔江精神"不仅体现在治贫上,还体现在致富上,体现在全面发展上。近年来黔江"铁(路)公(路)机(场)"立体综合交通枢纽基本建成,城市形象品质升级提档,全区平安建设成效明显……这一项项关乎民生、关乎长远发展的成绩背后,"黔江精神"都起着举足轻重的作用。

黔江的"山货"多,但是"山货"如何"出山"?这个渠道必须打通。

重庆市卫健委结合深度贫困镇金溪镇实际情况,充分利用集团46个单位、56个职工食堂、35700多名员工的消费市场,构建龙头企业搭桥平台、帮扶单位信息平台、社会公益推销平台三大平台。截至2019年,实现农产品销售总额247.81万元,带动1004户3017人增收致富,通过销售农产品代替简单的政策帮扶,打造了一条消费扶贫的脱贫路。

2018年6月1日,黔江区金溪镇启动农产品销售直播仪式,通过"吉之汇联动扶贫"平台，农产品走进了重庆主城，深受城市人青睐，贫困村民获得了"真金白银"。香猪肉也卖到了大城市。贫困户入股香猪产业。

金溪镇望岭村村民谢会清说："我家养了6头香猪，今年估计能收入1.2万元。"她家在龚福锦香猪养殖合作社的帮助下，干起了代养香猪产业。香猪出栏后，由龚福锦开办的合作社回收，谢会清有了只赚不亏的"定心丸"。村民龚福锦的香猪养殖基地，年产值120万元，吸纳贫困家庭劳动力常年务工，带动周边10户农户养殖香猪、15户农户种植猪草，助农增收30万元。龚正洪、李江、杨昌贵、田茂菊、李华等6户贫困户没有现金入股，就以土地入股的方式加入香猪养殖产业，年底分红。不是贫困户的村民谢云书掏出2万元，也入股香猪产业。

只有自强不息，才能斩断穷根。

石家镇渗坝村2组57岁的邓品高家，不仅有85岁的老父亲需要照顾，还要负责外出打工儿子留下的两个正上学的孙子的日常开销。

2014年夏，大雨涨水，泥沙冲毁了邓品高家的水田，辛辛苦苦种植的农作物几乎颗粒无收。邓品高烦恼不已，又传来了在重庆务工儿子邓永春被挖掘机撞伤的消息。儿子的命虽保住了，但却落下了残疾，丧失了劳动力。全家的生活重担一下子压在邓品高一人的肩上。接二连三的不幸，不仅花光了邓品高家里原本不多的积蓄，还欠下了不少外债，成了贫困户。

2014年7月，在扶贫队员帮助和政策扶持下，邓品高抱着试一试的心态，种下了10亩桑树。扶贫工作队请来专家，为邓品高等贫困户进行养蚕知识免费培训。2016年，邓品高饲养2季蚕，收入9000多元，一举越过了贫困线。现在，邓品高家的土地全部栽上桑树，桑园面积扩大到15亩。邓品高说，他会一直努力下去，让全

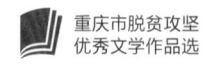

家过上富裕的生活。

郭兴春给我讲了一个老支书的故事。

石会镇中元村由原来的3个自然村合并而成，是一个典型的民族村，聚居着土家、苗、汉等各族群众，有7个村民小组，789户2409人。有近半的村民都居住在千米以上的高山上，流传着"山上浓雾缠满坡，山高路陡土地薄，辛辛苦苦忙到头，又缺吃来又缺喝"的民谣。

费远忠从2004年担任中元村党支部书记后，就把中元村这个山旮旯的贫困村建成安居乐业的小康村、幸福村作为自己的梦想。

在各级政府和相关部门的大力支持下，费远忠率先实施黔江区第一个易地搬迁扶贫项目，经过3年的不懈努力，硬是将祖祖辈辈居住在高山的百多户村民搬下了山。

从山上搬下来后，村里引进农业龙头企业，以"公司项目入股+居民土地入股+移民房屋入股"的形式，成立合作社，将农民原有土地、房屋入股，盘活土地、房屋资源，流转1200亩土地，入股村民每亩土地每年都有保底分红150元。合作社的收益50%用于发展再生产，30%用于入股村民二次分红，10%用于全村村民分红，剩下10%则用于深度贫困户及公益事业。

在费远忠的带领下，中元村积极发展特色农业，建立起以蚕桑产业扛旗，乡村旅游产业为中心，土鸡等五大产业为辅助，7个专业合作社为产销纽带，农业龙头企业为产销载体的中元村现代农业产业体系。新栽桑树220亩，有效桑园达到800多亩，年产茧可达1000担，产值150多万元。组建草莓种植专业合作社，建成冬草莓基地123亩，产值达100多万元。加强现有360亩猕猴桃基地管护，实现挂果盛产。计划种植优质桃树500亩，优质花椒500亩，格桑花、桃花、玫瑰花1000亩，打造赏花经济。山鸡、豪猪、葡萄等特色种植养殖也初见成效。组建"云上武陵"电商平台，帮农民销售原生态农产品、手工艺品。

中元村乡村旅游发展迅速，仅2015年就接待全国各地的游客10.3万人次，实现旅游综合收入近亿元。近年来，中元村先后承办了全国中西部扶贫开发协作会、百弘杯全国钓鱼锦标赛、土家"淘宝会"等20多次重大活动赛事，接待非洲友人考察观摩团、香港地区大学生考察团等30多批团体参观考察，每年都有10所以上重庆市内高校前来开展"三下乡"活动。

中元村的发展变化，在重庆市乃至全国都产生了良好影响，先后获得了全国文明村等多项荣誉，村党支部连续多年被评为先进，2016年被评为重庆市先进基层党组织，费远忠被评为全国民族团结进步模范个人。

一个老支书终于实现了他的梦想和追求。

8

黔江，一个国家级贫困县，率先在2017年脱贫摘帽，除了"黔江精神"力量，还有一个我们重要的力量，那就是对口帮扶单位。

党中央、国务院2015年明确中信集团定点帮扶黔江区。中信集团作为黔江区定点帮扶单位，心系贫困村组，主动担当，积极作为，通过调研摸穷根，因地制宜开良方，为黔江区注入了大量人力、物力、财力和项目，有力地推动了黔江深化脱贫攻坚工作，推动定点帮扶村木良村2016年达到脱贫标准，2017年验收销号，驻村第一书记肖鸣被表彰为重庆市扶贫开发工作2018年度先进个人。

在做实定点扶贫工作基础上，中信集团深化与黔江全方位、多层次的深度合作，积极参与黔江旅游开发，建立旅游扶贫开发基金、金融投资控股公司、中信银行黔江支行、旅游交易中心等，全力打造央企与地方深度合作典范。

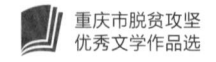

中信集团情倾黔江助脱贫，高度重视扶贫工作，主要领导亲自抓，分管领导具体抓，把扶贫工作纳入集团重要议事日程。集团党委副书记、副董事长、总经理王炯，集团原纪委书记、工会主席冯光，集团工会常务副主席宋巍，协同部总经理苏国新等领导多次带队到黔江调研贫困乡镇，综合分析贫困村基础设施、旅游资源、特色产业、公共服务等现状，在与黔江相关部门、企业及贫困户交流座谈的基础上，研究提出帮扶措施，落实帮扶项目。中信银行重庆分行按照中信集团的安排，推动各项帮扶举措落地见效。

中信集团先后选派中信建设公司副总经理刘桂根，中信银行重庆分行黎勇、王仁全、肖鸣等领导驻黔江开展帮扶工作，带领相关部门赴北京、上海、江苏、浙江招商引资，带队赴中信银行重庆分行、重庆银行、重庆农商行等金融机构协调平台公司续贷、发债等事项；开展金融扶贫，中信银行重庆分行3年来累计发放贷款14亿元，中信信托向鸿业集团投放3.5亿元信托贷款，向城投集团投放5亿元信托贷款；选派干部多次深入深度贫困村看望慰问困难党员、建档立卡贫困户、低保户等。

中信集团设立产业发展种子基金，鼓励支持建卡贫困家庭发展畜牧养殖、经济作物种植、农产品加工、乡村旅游等，带动户均增收3万元以上，4户建卡贫困户成功申请产业发展种子基金8.5万元，周边10多户建卡贫困户务工就业；设置医疗帮扶基金和教育帮扶基金，帮扶17户困难重病群众解决医疗费用5.57万元，资助9户困难大学生入学，投入34.7万元帮扶沙坝乡中心学校改善设施。

中信集团致力帮助改善农村基础设施。实施农村分片集中供水入户设施建设，铺设管道110公里，解决了1710人饮水安全问题。按照户均60平方米至90平方米标准对120户（358人）建卡贫困户实施住房搬迁改造。硬化三台村2组4米宽产业连接路0.95公里，新建渠堰1公里，带动300亩特色产业发展，促进20户贫困户实现稳定收入。新建并硬化脉东社区1组蔬菜基地3米宽产业路1.3公里，整治维修450米渠堰及1口山坪塘，完善300亩绿色蔬菜基地设施配套，带动30多户当地贫困户增收。新建三台村1组便民车行桥1座，解决了三台村1组洞塘一带200多人出行难。改扩建三台村1组广场1个和整治篮球场1个，方便了村民办事和开展健身、文化活动。激发贫困群众内生动力。开展致富带头人、农业实用技术、劳务就业等培训班4期，培训贫困群众300人，带动40户贫困户脱贫增收，解决40多人就业。

中信集团实施消费旅游扶贫。利用中信集团工会资源，于2018年组织了"结武陵深山远亲、探土家民族风情"夏令营活动，中信集团员工和子女近60人领略黔江风土人情。两年来，通过定向推销、定点采购、代购等方式，购买黔江万寿菊、脆红李、羊肚菌、高山肾豆等土特产20多万元。中信银行重庆分行举办"神秘芭拉胡·魅力阿蓬江"黔江旅游图片展，倾情推介黔江自然、人文景观。

中信集团帮扶基层组织建设发展。中信集团党委划拨1500万元党费，建设完善村级组织活动场所、服务设施等，提升基层党组织脱贫攻坚的战斗力。

在东西部扶贫协作中，山东省日照市对口帮扶黔江。双方加强协作机制探索，实化细化帮扶措施，深度协作促脱贫。建立两地党政领导定期互访制度，近年来，两地发改、教育、卫健等部门互访交流31批次309人。

签订协作框架协议，以落实"1+1+8"协议为抓手，日照市2018年投入帮扶资金2800万元（较上年增加1900万元），安排扶贫协作项目17个，援建项目开工率达100%，完工率达98%，资金拨付率达93%。近年来，山东企业到黔江实际投资8500万元，解决就业带动149人脱贫，利益联结带动101人脱贫。

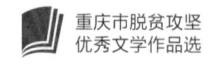

通过"就业鲁渝行——春风送岗助脱贫"和"金秋扶贫"专场招聘会成功帮助18名建档立卡贫困户实现稳定增收。

日照市两区两县与黔江乡镇开展结对，8个乡镇与黔江9个村结成对子。日照市29家民营骨干企业与黔江29个深度贫困村实现村企结对。

日照市专项安排200万元用于医疗救助，精准实施髋膝关节免费置换，让贫困户站起来，走上致富路。创新打造"山海"旅游扶贫协作模式，出台两地游客门票互免政策，实行两地旅游资源捆绑推介、联合促销。创新消费扶贫协作模式，在日照市新玛特超市设立"黔江农特产品展销专柜"，元旦、春节期间黔江生态农产品在日照市销售额达30万元以上。

日照市中医院自2018年3月帮扶黔江区中医院以来，在人才队伍建设、学科建设等方面大力支持，为医院免费接收培养眼科、耳鼻喉科、泌尿科人才各1名。2018年3月28日正式选派骨科技术骨干柏明晓博士到黔江区中医院骨科上班，挂职业务副院长，带教、指导学科建设，为贫困群众免费实施髋膝关节置换手术。

髋膝关节免费置换手术项目2018年6月正式启动前期筛查，已筛查21个乡镇1308人，患髋膝关节疾病163人。

在山东省中医院、日照市中医院技术支持下，第一批符合条件、愿意实施手术的贫困患者33人接受了手术。余下9个乡镇的建卡贫困户、低保户、贫困残疾人患者将进行筛查，分批手术。

2018年7月22日，首批医疗队共计8人奔赴黔江，集中对9名病人14个关节实施髋膝关节置换手术，不仅顺利完成了项目任务，还通过帮带为黔江留下了一支技术队伍，帮助贫困患者真正实现从站起来、到走起来、最终富起来的脱贫目标。

9

今天的黔江山欢水笑。

村庄换新颜，田园如画卷，处处散发着活力，生机勃勃。

武陵山下，阿蓬江畔，特色生态基地若繁星密布，一条条通乡通村道路如玉带在武陵山间飘逸，一个个扶贫搬迁新村规范整洁，点亮百姓幸福的生活。

走进黔江，风格多样的新房满目皆是，在阳光照耀下闪烁着吉祥的光芒。村民的歌声、欢笑声，织成一曲曲激动人心的乐章。

黔江易地扶贫搬迁、农村"五改"工作有效推进，11655户45091人住房安全得到保障，"两不愁三保障"突出问题得到有效解决。黔江创新实施兜底搬迁政策。所谓兜底，就是在贫困人口中甄别出深度贫困户，由区级部门全额出资为他们建房，配置常用家具家电。近年来，共有552户深度贫困户1827人在兜底搬迁政策的帮助下搬出大山，住上了新房。

石会镇中元村贫困户陈再秀，丈夫去世后，与患有癫痫症的儿子相依为命，没有经济来源，靠农村低保生活，祖辈留下来的木板屋濒于倒塌。陈再秀被确定为深度贫困户，成为首批易地扶贫搬迁兜底户。区政协办公室对她进行帮扶，提供建房资金，镇、村干部帮助她建房并完善后续生活事宜。

陈再秀的新居选址在村公路旁，出行方便。70平方米的砖混结构新房中，厨卫家具一应俱全。"交通方便了，看病方便了，刮风下雨不害怕了，感谢党，感谢政府！"一说到新家，陈再秀就激动不已。陈再秀搬进新居后，中元村村支"两委"结合本村产业，帮助陈再秀建起桑园。2016年底，陈再秀母子依靠栽桑养蚕实现了脱贫。

唱山歌也可致富。小南海镇新建村4组村民何福，积极参与乡村旅游发展，靠唱山歌走上了脱贫致富路。何福在新建村宣讲"我

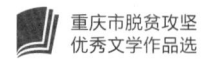

的脱贫故事",用自己的鲜活事例,带动周边贫困群众自力更生发展旅游致富。新建村 2015 年实现整村脱贫,2017 年 8 月成功创建为国家 4A 级旅游景区。

> 太阳落山又落坡,
> 听我唱首扯谎歌。
> 捡个石头来燃火,
> 乌江大海烧茅坡。

何福爱唱山歌,他所在的新建村紧挨着国家 4A 级景区小南海地震遗址公园以及八面山自然风景区,当地村民的主要聚居地就是包括何家寨在内的 13 个土家族院落。

"当时我还在外面打工,听说家乡开始发展乡村旅游,心里就盘算着。"何福回乡在景区工地打工,并在当地政府帮助下,将自家空闲房屋维修升级,开起了乡村避暑纳凉客栈。

如今,浓郁的土家风情吸引了越来越多的游客,何福家的客栈生意越来越好。

何家寨是十三寨中保存最完好、规模最大的寨子,是"土家山歌发源地"。十三寨通过政府购买服务方式成立了一支民族文化演出队。会唱土家山歌又会吹传统唢呐的何福顿时有了发挥特长的舞台。

> 山歌好唱口难开,
> 银杏好吃树难栽。
> 大米好吃田难办,
> 鲜鱼好吃网难开。

这里，每周都有原汁原味的民俗文化节目表演，也成了十三寨景区的一个招牌。

走进如诗如画的黔江山乡，最耀眼的风景莫过于学校。一幢幢漂亮的校舍，在绿树的陪衬下格外有生气。书声琅琅，托起未来的希望，托起明天的太阳。

治贫先治愚，扶贫先扶智，建立完善从幼儿园至大学的教育资助体系。黔江在教育扶贫中，大力改善农村寄宿制学校和薄弱学校，推动城乡教育均衡发展。同时，针对贫困学生上学难，探索构建国家资助与社会资助相结合的教育资助体系。

黔江，一个令世人神往的地方。"可以安放心灵的好地方。"山水如画，7个国家4A级景区吸引着八方来客。昔日的贫困山区，已成为国家卫生城市、全国文明城区提名城市、全国双拥模范城市、全国改善人居环境工作先进区、全国社会治安综合治理先进区、全国民族团结进步示范区。

从人间"炼狱"到解放，从一穷二白到改革开放，从极度贫困到破茧成蝶，黔江人值得特书大书的是不朽的"黔江精神"！

第四章

人民中间走来的扶贫干部

居庙堂之高则忧其民；处江湖之远则忧其君。是进亦忧，退亦忧。然则何时而乐耶？其必曰"先天下之忧而忧，后天下之乐而乐"乎。

——（宋）范仲淹《岳阳楼记》

引从白鹿记当年

1

两溪渔火、万灶盐烟之盛景不复存在了，悠远的盐泉却流出了另一种幸福的生活。但，幸福的到来却燃烧着一群人的青春。

在郑兰轩的办公桌上，我看到了一本《巫溪县脱贫摘帽"百日行动"民情日记》，它的扉页上写着这样一句话："人民对美好生活的向往，就是我们的奋斗目标。"

郑兰轩，何许人？重庆市巫溪县政协信息中心主任。

他话语不多，在办公室忙碌不停。我说采访下他，他摇头微笑着说："像这样的民情日记，我们政协每一个扶贫干部都有，不仅政协有，全县扶贫干部都有！如果采访我就算了，我们下村走走看看，可以。"

"全县"！这，突然让我对巫溪产生了美好的记忆。巫溪，是巫文化的发源地之一，地处重庆东部边陲，与湖北西、陕西南接壤，南近长江天险，北临巴山要隘，为"巴夔户牖，秦楚咽喉"。3年前，我随《重庆晚报》组织的作家采风团去过，那一次是去欣赏巫溪的如画山水，正是从那一次开始，我难忘大宁河两岸神奇的景色，我怀念宁厂古镇远去的喧嚣，我惊叹红池坝傍晚的霞空万丈以及兰英大峡谷的神秘雄奇……

常言道，山中有宝。但是，"宝"不被发现，不被开发，不被挖掘，不益村民，村民也只有"抱着金饭碗讨口"。这话听起很俗，但确又是现实。2014年，巫溪县开始识别贫困村，数据让人触目惊心：150个贫困村！2.5万户建档立卡贫困户！8.6万贫困人口！贫困

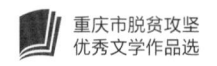

发生率为18%，为重庆最高！

郑兰轩说的"下村"，我想，应该就是之前县政协主席熊莉给我介绍过的县政协帮扶集团帮扶的白鹿镇所辖的几个村了。实际上我已久闻这它们的"名气"，1个深度贫困，3个贫困，距离县城都在50公里以上，都处于大宁河巫溪段的深处，分布在大官山片区，山大坡陡，路难道险，消失的巫盐古道在这里可以依稀找到痕迹。

清代诗人陈镇有诗《白鹿盐泉》：

盐井平分万灶烟，
引从白鹿记当年。
行郊曾应随车雨，
逐野欣逢涌地泉。
天遣霜蹄通潋滟，
人从云麓觅清涟。
出山已备和羹用，
玉液功名鼎鼐先。

虽然这一切已经成为一种缥缈历史，或者文化遗迹。然而，在新时代一场没有硝烟的脱贫攻坚战役后，同样，巫溪县白鹿镇悠远的盐泉流出了另一种幸福的生活。

5年过去了，时间将怎样翻开大山的记忆？

5年过去了，冲锋号呼唤着谁的青春飞扬？

2

夜半三更，周世品依然不能入睡，大官山半腰的风呼啦啦地吹，纸糊的窗户已经够顽强了，却抵挡不了寒冬的侵袭，山风伴随着雪花,在黑夜里狂舞,似鬼哭狼嚎。多年失修的村委会,和许多留守老人有着同样的命运。

这一夜,他想了很多,甚至想到明天一早自己走村入户时能像一只鸟儿飞翔,用快乐问候每一位老乡。但是他不能做到飞翔,他没有翅膀,他只有一双丈量大官山的脚和一颗立志改变香树村贫穷面貌的决心!他不是神仙,他不是富翁,他只是村委会里寄宿的唯一村官,被称作"第一书记"的扶贫干部。

这一夜是2017年腊月的某一天。

3

两年后的2019年11月……

汽车出了县城,沿着大宁河一路前行,并不十分宽阔但路面崭新的柏油马路书写着巫溪的华丽转身,奔腾的河水一路向东,勾勒出一幅一幅美丽的画卷。荆竹坝的巫人悬棺,把历史推向更纵深处,把神秘留给逶迤绵延的群山。大约两个小时的车程后,前面出现了一幢白色房屋,貌似四合院,其实只有一栋三层房屋,其余三面是墙,是政策宣传栏。

司机小吴停下车说,香树村到了。这里是新建的村委会,方便村民办事。文化墙上写着"让产业香起来,把志气树起来"的标语,还有"五知"(知恩、知足、知荣、知辱、知礼仪)、"五敬"(敬天、敬地、敬你、敬我、敬万物),等等。面貌崭新,气象活跃。这哪里像深度贫困村?我正在心里嘀咕时,从村委会办公室里走出两位年轻人来,一位中等个子,皮肤黝黑,戴着眼镜,他上前握住我的手说,欢迎,欢迎!同行的郑兰轩主任介绍说,这就是县政协派下来的扶贫驻村第一书记周世品。另一位,高个子,身材略显魁梧,声音洪亮,充满激情和活力,是县政协派来的驻村扶贫干部吕文彬。他们两位都是"80后",是搭档,都住在新的办公楼里。

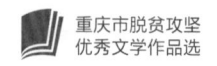

就在村委会不远处，即将完工的"五户联建"房呈一字排列。令人百思不解的是，这些房子为啥要建在陡坡上？

别无选择！

香树村是全县有名的深度贫困村，大宁河畔大山之上，全是陡坡，没有弹丸平地可以建房。村民都居住在缓坡处的山坳里。香树村面积虽然占全镇1/3，但能耕作的土地少之又少，真是山大无柴。

"陡坡建房是我们唯一的选择。"吕文彬说。陡坡建房，在陡坡上要立很多根钢筋水泥柱，形成"吊脚楼"。

看到又一批贫困户即将搬迁新房，周世品微笑说："这里是最好的陡坡了，最后的宝地。"这最后的宝地寄托着从山上搬迁的村民的希望，他们将把未来安放在这里。

没有土地，他们就借土造地，从外地协商一些土拉到香树村把一些石坡填起，分给每户村民，以供种菜。生在优越环境中的人很难想象这是一种什么样的艰苦。但是，这种艰苦还是被周世品带领下的村民扛过来了。

2017年9月，周世品面临艰难的选择。

县政协领导找他谈话，告诉他政协帮扶集团帮扶了白鹿镇最贫困的一个村，现在要派一个干部下去任第一书记，完成脱贫攻坚任务。组织上反复考虑，觉得周世品最适合。

这一年，周世品36岁，正是人生风华正茂之际。但是，他当时的家庭状况却是这样：自己的父母亲均已超过80岁，岳父岳母均已70岁以上，妻子在重庆一所学校任教，两地分居。女儿在县城一所小学读书。四个老人多病需要人照顾，如果他去驻村，孩子、父母谁来照顾？

周世品和妻子沟通后，毅然决定选择驻村扶贫。

从那以后，每一天清晨总有一个小女孩独自从他家里出发去两公里以外的巫溪小学上学，足足一年时间。后来，她上初中才去了重庆，去了她妈妈那里。

这个小女孩就是周世品的女儿周宸影。

由于长期驻村，周世品与家人聚少离多，80多岁的父母体弱多病无人照料，曾经许诺陪女儿旅游的那个父亲，曾经许诺带父母就医的那个儿子，却将日子一拖再拖。自进村扶贫后，他变成了一个彻头彻尾的"大骗子"，家人的不理解是暂时的，周世品说扶贫路上收获更多的是感动。一次回家，周世品的母亲说，最近有陌生人来家里帮这帮那，他们带来菜种，把菜种上，问他们，他们只说是周书记帮过他们，还说周书记没时间照顾老人，过来帮他尽点孝心。

起初，女儿并不明白他为什么作出这样的选择。有一天，周世品把女儿带到香树村，和一些村民近距离接触，看到村民们渴望致富的眼神和真诚的态度，女儿也被感动了。2018年12月5日，年仅10岁的周宸影的一篇作文《父亲》让全校师生感动万分，热泪盈眶。她写出了父亲为了让香树村早日脱贫摘帽，舍小家顾大家，忍受的埋怨和内心的苦楚。"我相信自己在父亲给予的正能量下，我不会再是他身上的压力，而是支撑家庭幸福的主力。"

想起在旧村委会住的一年多，再看看现在的新楼；读着女儿的作文，再视频一下远方的妻子，流露着幸福的微笑——周世品十分欣慰，得到家人的理解，这工作干得值了。

4

陡峭曲折的山路，你要传递什么？

香树村难道注定是贫困？

从2017年9月进村那一天起，周世品就不信这个邪！

"为有牺牲多壮志，敢教日月换新天。"从现状看，香树村在大山之上，绵延十多公里，山大坡陡，唯一的通村公路狭窄险峻，6

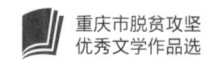

个村民小组，仅1个小组通硬化公路，有3个小组全不通路。

初来乍到，周世品对村里的情况不熟悉，这可急坏了他。特别是在走访中了解到还有3个村民小组一寸公路都没有时，更是急得愁眉不展。

为尽快掌握全村贫困户的情况，周世品采取了最笨的办法，一家一户地跑，写在笔记本上，记在心里。全村共95户贫困户，61户未在本村居住，居住本村29户，5户常年外出，户籍迁走的12户。

从2社到1社要5个多小时。1社回头庙住着张永祥、张发高、张恒付3户贫困户，还有五保户张永忠，非贫困户张发贵……

"3社在东溪河对面的大山上，最远的是五保户贺茂生，64岁、独居，下山来回一趟要大半天。"说到村里的贫困户贺茂生，周世品有些动容。为缓解贺茂生的孤独感，周世品多次在周末带着妻子和女儿到他家中，和他一起聊天，陪他放羊。

一年时间，周世品就这样一家一户地走访，每到一户，都在笔记本上标注位置、写清情况。"现在各家各户的情况都记在本子上了，好记性不如烂笔头。"周世品说。这个小本子早已不需要随身携带了，贫困户的情况他都了如指掌。

能够收集到这些重要"情报"，周世品全靠一辆摩托车。

村民说，在两年时间里，在大官山上只要你看到一位脖子上挂着大钢杯、肩上背着斜挎包、骑着一辆旧摩托车、总是一脸微笑、行色匆匆的人，叫他周书记，一定没错。

在香树村，四个轮子的车难上山，两个轮子的车能上一半，剩下的一半，只能靠腿。为了提高工作效率，周世品买了一台二手摩托车，骑车可以去的地方就骑车去，不能去的地方就步行。他把所到之处，全部绘制成地图，情况全部详实记录。

就这样，一张手绘地图、一辆摩托车、一个略微显旧的挎包，成了他扶贫路上的全部家当。"山里条件不好，乡亲们脱贫不容易，能为他们多做一点就多一份希望，我苦点累点也值得。"这就是周世品的初心。

两年他换了两辆摩托车！

5

第一书记给村民理发，你信吗？

周世品确实这样做了。

周世品从小生活在农村，做事总是不怕苦、不怕累。一次，在走村入户时，到了海拔1200多米高的何家坪，发现很多留守老人头发特别长，一些老人自己用剪刀胡乱地剪，参差不齐。周世品一问才了解到，这个地方理发匠不愿意来，山高路远，上山下山要一天时间，又赚不了钱，这些老人又嫌路远难得下山上街理发。久而久之，这里便成了"长发村"。

见到这个情形，周世品内心很难受。他回去后，马上到县城买了一套理发工具，学习了简单的推剪技术后，第二天一早骑上摩托车直奔何家坪……

两年来，他一直坚持，有空就去给老人们理发、摆谈。这些老人的情况无外乎有的是儿子成家、女儿出嫁，生活习惯不同，不愿意随去；有的是子女外地定居或务工，春节才回来一次；有的是五保户，无子女照顾。

周世品陆续帮20多位老人义务理发，在理发中，他还帮一些老人跟在外地的子女们进行视频聊天。理发时与村民交谈，周世品意识到村民的不信任是扶贫工作最大的障碍。通过走访，他找到了香树村贫困的根源，接下来就是从哪里开刀的问题了。

当时，村里矛盾最大的是"村级债务"，由于香树村条件恶劣，收入少，修村级公路时开支不够，向村民借款，欠生活费、补助和医疗费达35万元。当时的村主任，为了修路，把自己孩子的学费

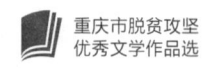

2500元都垫上了，给村里买柴油机。这些债务的形成，说到底，就是因为太穷造成的。

先从村民最关心的"村级债务"开刀！

债务未清，群众意见很大。2018年5月，香树村进村道路拓宽工程正进行得如火如荼之时，多名群众因为"村级债务"问题，到工地阻工。

"村级道是基础设施工程，阻工是违法的，道路拓宽了对全村都有好处，大家有问题可以和我说，不能阻工。"在施工现场，周世品耐心地给大家讲政策、讲法律、讲道理，并承诺，自己一定给大家一个满意的答复。后来半年时间里，周世品对村民提到的债务问题，挨家挨户走访当事人跟村民耐心沟通，一一核对账目，在此基础上，多次拟写请示报告，申请上级帮助化解债务。

一次，他与原村支部书记在山沟的酒坊连夜清理账目，结束后因为时间太晚，不得不在一茅亭露宿一夜。

群众知道这些事情后，很多打电话给他说："周书记，你已经尽力了，万一讨不回来，我们不怪你。"

虽有山路千重，虽有琐事万般，只要是村民的事情，无论是贫困户动态调整，或者低保清理，抑或林地纠纷，面对村里诸多矛盾，周世品从不推诿，总是想方设法解决。可喜的是，这件事在上级领导的大力支持下，得到圆满解决。这件事情以后，村民的心齐了，干事有了热情，脱贫的动力就更足了。

巫溪有句俗话叫"踏冷板凳"，周世品说，这个方法在农村很管用，可以拉近与村民的距离，距离近了，什么都可以交流，什么矛盾都化解了。

"给村民们解决了实际问题，他们就会把你当亲人看待。"现在，香树村的村民无论是红白喜事还是生病住院，总是第一个想到周世品。

这是周世品理发理出的经验。

村民其实是讲道理的，只要你把政策给他们讲清楚、讲透，他们理解了，自然就会支持工作。

6

在周世品的扶贫路上，有三个词语熠熠生辉：交心、聚力、兴业。

2018年，周世品被评为感动巫溪人物，第83期"敬业奉献"重庆好人。新华网、中国广播电视总台、国家扶贫网、重庆电视台、《重庆日报》等媒体纷纷给予了报道和关注，称他为摩托车上的"硬汉子"、鸡窝地里的"智多星"、情感家园的"守望者"。

周世品不仅有决心，还有爱心。他创新方法，让香树村发生了天翻地覆的变化，让村民品尝到了脱贫的喜悦。

你给群众一份关心，群众还你一腔深情。

2017年9月的一天，周世品花了3个多小时，爬到贫困户张永祥家里走访。老人一直抓住他的手，连声说："同志，你是怎么上来的？"那一刻，周世品觉得，他去对了！

在第一次群众大会时，周世品建立了一个微信群，名字叫"香树之家"，含义有三个：一是在村父老乡亲的幸福之家；二是搬离香树村的群众永远的家；三是在香树村工作的干部之家。这也是他的承诺，群众生病一定去看望，定期上山照顾留守老人，为孩子们开设"暑假课堂"……两年来，周世品用实际行动守护着这个家园。

"周书记态度好，特别关心群众。"这是村民对周世品一致的评价。停电了，何振明正在孵化的小鸡是否受到影响；天旱这么久，何振清几十亩晚熟四季豆严重缺水买了水泵没有；下大雨了，黄祥富没建好的猪场化粪池有没有再次垮塌……这些事，周世品长期记

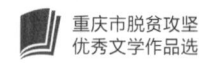

在心上，随时跟贫困户打电话，遇到问题，总是第一时间赶到现场帮助协调解决。

2019年，贫困户何世明因为父亲宅基地复垦补助资金继承问题导致银行不能兑付有关款项，周世品知道后，积极与银行和法院对接并提出解决方案。由于何世明的兄弟姐妹都搬到了外地，难以出庭参加判决或者现场司法公证，周世品便让他们录制资金分配的承诺视频，通过微信传给自己，并帮刻录光盘，以作为法庭判决的佐证资料。这样，问题得以顺利解决。

事情很小，但往往就是这些小事，加深了干群关系，丈量出了深度贫困村究竟有多"深"！

2019年初，一场香树村脱贫措施座谈会从下午一直开到深夜，几十位贫困户依次发言，谈想法、谈思路、谈优势。

"周书记，我想养猪，但不懂技术，怕养不好。"

"周书记，我想养鸡，能不能帮我联系一下买家。"

……

"发展产业一定要把要群众干变为群众要干。"周世品深谙这个道理，只有群众想干的事才能干好。

为抓好产业发展，周世品积极对接，主动向市、县农业部门专家和科技特派员请教，协调组织村干部和创业典型外出考察，促进香树村初步形成种植养殖双"3X"产业布局。为摸索经验，周世品自己拿出一定资金试种魔芋、香椿。他对贫困户说："我先做实验，如果成功了大家都来发展，如果失败了风险我承担。"

村里很多贫困户想通过养猪实现脱贫致富，他鼓励养猪大户坚持饲养粮食猪，策划开展认购活动，引导群众筹建腊猪肉加工厂，着力品牌包装。村里种植红小豆、魔芋，为不误季节，种子钱还没来得及收缴，周世品便在朋友那里借了2万元帮大家垫付。

功夫不负有心人。经过努力，现在香树村发展了生猪养殖户83

户、养羊大户5户，发展中蜂500余群，种植的核桃、魔芋、中药材等也都初步具备了规模。香树村27户贫困户通过发展产业户均收入1万元以上。

"不要看现在规模还很小，但大家的思想改变了。"站在香树村的山头，周世品目光坚定。他相信，村子只要沿着这条产业路走下去，脱贫致富不是问题。

只要交了心、聚了力，何愁业不兴？

7

中国有句俗语，饱暖思淫欲，饥寒起盗心。自古以来，贫穷是社会发展的顽疾。因为贫穷，有些人就会志短；因为志短，有些人就会搞窝里斗；因为窝里斗，有些人不患贫而患不均。

12月的乡村并没有什么繁华可见，冬日的暖阳从大官山直射下来，山峰下的中坝村在一片静谧中享受着久违的阳光浴。

在一幢一楼一底的房子里，我与黎伟面对面坐着。

这里是中坝村村委会。

中坝村面积只有12.6平方公里，共741户2378人，其中贫困户113户375人。就是这个不大不小的村子，在白鹿镇，是远近闻名的"问题村"，过去群众心中怨气大，干群关系糟糕透顶。群众集体上访多次，辱骂村干部成为常事，曾经有些情绪激动的村民烧过村委会。

为什么会这样？2019年3月，黎伟从市信访办来到中坝村任第一书记。

"扶啥子贫哦，上面政策好，下面尽乱搞。我恁个穷，连个低保都没吃到；我恁个穷，连个贫困户都不是……"刚到中坝村，群众就给黎伟当头一棒，让他的激情而火热的心凉到了底。

怎么办？怎么才能获得群众的信任？他的心有被刀绞的感觉，

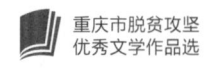

经过苦思冥想，他毅然决定先全面走访群众，摸清情况，再对症下药。

从第二天开始，一个瘦瘦的头发略白的中年外地人奔波在中坝村的山林、田野，以及炊烟升起的院落里，他每一天爬坡上坎，不顾日晒雨淋。他发誓要用脚步丈量出一个扶贫干部与老百姓的感情距离，用心记下了每个家庭的酸甜苦辣。

"你不要说那么多，第一书记又怎样？有本事，你把我们门前的路硬化了！"

"低保！为啥有些人吃，有些人又吃不到？"

"我家的自来水坏了，你能帮我维修吗？"

……

群众纷纷向新官发难、提问。

具有丰富信访工作经验的黎伟，心里突然有了底气，因为他知道群众能说出来，是希望问题得到解决。

在走访中，黎伟摸清了群众满腹怨气的原因：一是失业村民认为政府关停煤矿断了他们的财路，希望政府帮助发展产业或者解决就业。二是贫困户没有享受到低保政策的，有怨气；非贫困户没有被纳入贫困户的，也有怨气。究其原因是群众对扶贫政策不了解，人人都紧盯着低保和贫困户政策不放；心态失衡，"等、靠、要"思想突出。

而且，他了解到中坝村遗留问题多：2002年中坝乡撤乡并镇，改为中坝村，原来支撑村民经济的两个煤窑一夜之间关闭，唯一的收入丢了！原先大部分青壮年在煤矿打工，这些家庭的收入颇为稳定，现在一部分失业农民一时找不到好的工作，内心便出现了负面情绪，以至于无心发展生产，进而对生活失去信心。2014年到2017年，赔偿等一些遗留问题突出，矛盾加剧。这便有了刚才所说的烧村委会，辱骂村干部，曾经出现没人敢当村官的局面。

如何消除群众的怨气，激发群众主动脱贫的内生动力？这是关键的关键。

抓典型！

村民王谷廷整天无所事事，没有找到脱贫的门路，申请低保政策又不符合条件，对村委会有一肚子怨气。"先啃这个'硬骨头'，先转变他。"黎伟白天忙工作，晚上就到王谷廷家走访，与他敞开心扉谈扶贫过程中产生的矛盾、谈过去和现在的生活、谈幸福是奋斗出来的。在谈的过程中，只要发现了他的闪光点，黎伟就及时给予肯定，一谈就是几个小时，一次、二次、三次……渐渐地，黎伟的真诚、黎伟的坦率，终于赢得了他的信任，最后他们成为无话不说的朋友！

得知王谷廷搬迁房屋用电问题没有解决，黎伟立即协调供电所，商议解决方案，给予最优惠的政策，亲自帮助他写用电申请。没过几天，王谷廷跑到村委会办公室，紧紧握住黎伟的手说："我家的灯亮了，你说办就办，谢谢你！"此时，黎伟明显看到王谷廷的眼睛湿润了。

一次，村里举行300人的扶贫政策宣讲大会，黎伟主动邀请王谷廷作为群众代表参会，会上特意表扬他出力出钱修人行便道，方便群众出行。从那以后，王谷廷主动去找了一份在沙厂采沙的工作，每天收入有200元！一个游手好闲的人消失了，新的王谷廷却在中坝村传开，如今村里每天最早出门干活的是他，屋里屋外打扫得最干净整洁的是他，政府修路等建设遇到阻力第一个上前劝说的也是他。

扶贫路上一个也不能落下！

从王谷廷的转变，黎伟感到扶贫工作中教育和宣传的重要性，于是他决定在全村开展"智志双扶"宣讲活动，设计了"为什么要开展扶贫工作""脱贫的标准是什么""扶贫的任务是什么""对干

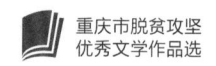

部多一份理解""如何正确理解社会发展中的矛盾""要以感恩的心态看待政府""自觉遵守村规民约""谁不说咱们家乡好"八个方面的内容,分别到6个社开展院坝会大宣讲,在家的1200名群众都成了他忠实的听众。

苦心人,天不负。到2019年下半年,中坝村群众对政府的怨气少了,"等、靠、要"的观念变了,村民们不仅能自觉遵守村规民约,维护干净整洁的村容村貌,而且主动发展生产的干劲也足了。"我再也不会有事没事地去信访了,现在国家的政策这么好,咱们必须按照黎书记说的,做一个靠勤劳致富的人,做一个遵纪守法的人。"这是10年来进京上访21次的毛维明,在听了黎伟的宣讲后说的一番话。

是啊,金杯银杯不如老百姓的口碑。

8

一个村民说,有本事就把进村的路硬化了。这句话大大地刺激了黎伟。

本来中坝村交通条件差,何况要想富,先修路,黎伟早有把这条路加宽、硬化的想法,只是一时半会儿还没争取到资金。

仰望星空,他暗下决心:一定要转变角色,沉下身子去干,虚心听取群众意见。

好一个"沉下身子去干"!这里,我们翻开黎伟的履历:黎伟,1971年10月出生,历任石柱县应急办主任、石柱县信访办主任,现任重庆市信访办接访处副处长。在石柱县工作期间,黎伟带领的团队研究的"凝聚法治共识,创新构建信访终结机制"课题,获得2016年首届全国法治信访进步奖,2017被石柱县委记三等功;2017年被国家人力资源社会保障部和国家信访局联合表彰为信访系统先进工作者,享受省部级劳模待遇。

是啊,他是组织上千挑万选的干部,从重庆市区到这偏远的山区,目的就是完成党交给的任务,带领中坝村群众脱贫致富。

既然来扶贫了,当了第一书记,就要解决群众的问题、困难。

黎伟积极向市信访办领导汇报存在的困难和问题,得到了领导的大力支持,争取到了100多万元资金硬化道路2.3公里,解决50多户200多名群众出行难问题。推动解决1000立方米饮用水池的加盖问题,确保饮用水清洁卫生;在有水源的地方新修建3个20立方米的水池,预防冬季断水。

实实在在的事情摆在群众面前,一些人不服也得服。

发展产业是群众稳定脱贫的根本举措。得知村里成片的李子树无人牵头管理这一问题,黎伟果断提出组建中坝缘李子树专业合作社,于是召开群众大会,由自愿加入的100个成员选举合作社管理层人员,协调巫溪县邮储银行职工捐助6000元、巫溪县烟草公司支助20000元、中坝村村委会出资50000元支持李子树产业发展。合作社的成功组建,李子树统建统管工作有序推进,壮大李子树产业,助推村民增收。

基础设施完善,产业逐渐走上新路,村容村貌得到全面改善,干群关系和谐,群众过去绷紧的面孔不复存在,露出的是一张张满意的笑颜。一项项沉甸甸的脱贫成绩单,正是黎伟在脱贫路上用实际行动践行"扶贫路上一个也不能落下"的诺言最好诠释。难怪中坝村的群众会这样夸赞他:"黎书记是我们遇到的最务实、最为群众办实事的好干部。"

好,还是不好,老百姓心中有杆秤。

在乘坐交通工具上,杨秀华拿着别人的身份证接受检查时,总是东张西望、提心吊胆的,这是怎么一回事呢?还得从1991年说起。那一年,杨秀华从湖北省应城市郎君镇杨大村中湾嫁到巫溪县原通城区兰英乡岔河村3组,其户口也随同迁移,2003年巫溪县

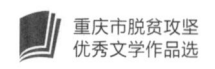

兰英乡岔河村委会把户口转移到当地派出所。杨秀华离婚后，便与中坝村村民王传松组合成为新家庭。当他们去办理结婚证时，却发现户口遗失，无法办理。之后，王传松为了恢复妻子的户口，断断续续跑了近5年都没有得到解决，深感社会办事的艰难。当他们得知中坝村新来了一位驻村工作队第一书记，便抱着试一试的心态向黎伟反映了这件事。黎伟详细了解情况，立即和巫溪县公安局衔接，亲自把他们带到公安局汇报情况。该困难得到了巫溪县公安局领导的重视。由于恢复户口需要到原户籍地湖北省去办理，巫溪县公安局当即电话联系湖北省公安部门，并书面函告。经过短短的5天时间，王传松妻子的户口得到了恢复，也领到了结婚证，此时的他们对黎伟的感激之情无法言表，也改变了他们对政府的认识。

2001年，因村民王富廷一家住着危房，原中坝乡领导便要求他把房屋拆除重新修建，建成之后，由于原房产证丢失，新修建的房屋无法办理产权证，王富廷15年来一直为办证而奔波发愁。当黎伟得知这一情况，立即找到当地房管所，了解详细情况，至今没有办证的原因是房管所认为群众未批先建，要求缴纳罚款，而群众认为自己修建的房屋是在原地拆房修房，既没有长"高"，又没有长"胖"，不该交罚款。黎伟思考，国土所没有错，群众反映的诉求也有道理，但本着以人民为中心，于是协调跟进办理。一个月后，王富廷拿到了房产证，脸上露出了幸福的喜悦……

黎伟累计解决困难（接待群众）400多件（人次）。这些，让群众看到了黎伟的工作作风，看到了党在带领群众脱贫攻坚路上不落一人的决心和态度。

9

中坝村山高坡陡，土地贫瘠，以前是中坝乡政府所在地，还有远近闻名的中坝煤矿，生活在这里的居民都很富裕，但是随着煤矿去产能的关闭，合乡并镇政策的实施，中坝村经济逐渐萧条，村民们靠传统的种养业维持生计，前后变化导致村民们的心理落差极大，致使矛盾纠纷、信访问题逐步增多，村风、民风复杂，成为远近闻名的"问题村"。

文明村风是不是搞好邻居关系、做好清洁卫生、热情接待客人这么简单呢？

这只是对"文明"一词的狭隘理解。

中坝村的问题，归根结底还是村民思想上的问题。黎伟认为，脱贫致富的过程就是转变思想的过程，于是他决定全面开展文明村风"4+1"行动。

接下来，黎伟在村里刮起了一阵"文明旋风"。

他召开全村群众代表大会，从面上营造文明之风，然后再入户走访，一家一家的详细宣传"4+1"行动的具体内容，有的群众白天没有在家，他便晚上去，历时一个多月，对在家常住的近400户逐一宣传到位。在这个过程，群众积极主动参与，没有遮遮掩掩，对自家的优点、纠正的缺点、帮助的好事、发展的产业逐一打钩申报，这样对于"文明"才有了更为深刻的理解。大家主动表示愿意培植感恩之心、搞好邻里关系、善待家中老人，打算纠正不讲个人卫生、随地乱扔垃圾、爱说脏话等缺点。

人心齐，泰山移。黎伟深知，只要村民们的心往脱贫致富这一处想，劲往发展产业一处使，中坝村就能取得脱贫攻坚的最终胜利。凝聚人心，身边榜样的力量是无穷的。2019年4月以来，黎伟举行了6场"感恩脱贫政策"大宣讲，同时，请村中典型户上台演讲，分别就"个人脱贫故事""感恩脱贫政策""遵守村规民约"等八大内容，给在家的村民上了精彩一课。

2019年7月15日，中坝村村委会外面人头攒动，一场别开生面的演讲火热进行中……

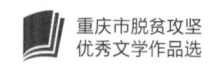

"我叫欧杏梅，我讲的是照顾老人的事。我公公60多岁，下肢瘫痪，长期靠坐轮椅行走。多年来，都是我照顾他的生活，帮他穿衣服，帮他洗头、洗澡，每天早上和晚上都要给他的坐疮上药。孝敬老人是我们应该做的……"

"我叫张保现，我讲的是打扫清洁卫生的事。我白天忙着种田，晚上回家把地坝、屋内打扫干净卫生，把衣服整理好放在衣柜里，早上起来把铺盖整理好，农村东西多，只要摆放整齐，看起就舒服。吃完饭后，我就及时把碗筷洗干净，把厨房收拾好。我还经常冲洗厕所，每天打扫鸡圈。这样保持卫生，不长蚊子，对身体有好处。"

"我叫薛云国，我讲的是希望，就是希望大家生活都好。1992年我带头种蘑菇，2003年中坝猴子坪修公路，我主动捐款。我多次在水滴筹上捐款，帮助那些需要帮助的人。我生活并不富裕，每次捐得不多，但我捐的是爱心，我捐的是幸福的希望。"

"我是薛云水的女儿，我爸爸从来没读过书，不认识字，但是他又想通过这次机会表达自己对政府关心和帮助我家的感谢！我们家有6口人，光靠3分地和国家帮扶不行，我爸就养羊。这些年，他早出晚归，不怕辛苦，在大山深处养羊120只，每年可收入5万元。政府也关心我们，给了我打扫公路的公益性岗位，我每天坚持打扫公路。"

村民纷纷上台演讲，把感人的故事和对扶贫工作的想法讲出来，台下掌声不断。

在中坝村，有一首歌人人会唱："道路坏了我来修，房子坏了你帮忙。同在一个村，手足情一场。守望同相助，困难一起扛……"

这就是周廷发作词、赵四方作曲的歌曲《有事儿你请讲》。为了把文明之风推向高潮，作为第一书记的黎伟组织策划群众喜闻乐见的歌咏比赛。这首歌唱出了百姓的心声，也唱出了中坝村村民美满幸福的生活画面。村民们也在这次活动中拥有了更多的获得感和幸福感。村民韩宜香身体残疾，负责照顾两个上学的孙女，没有养成勤扫屋子的习惯。如今，她在"4+1"行动表上作出改正缺点的承诺后，每天把屋里屋外打扫得干干净净，家中物品摆放得整整齐齐，还教两个孙女养成了好的卫生习惯。70多岁的村民王益廷想发展李子树产业，但苦于无劳力而未能如愿。村民毛仕东、王光林、费德品等群众得知这一情况后，立即践行自己"常做好事"的承诺，不仅帮助王益廷买来了肥料，还帮他把近百棵李子树管护到位。

"文明旋风"之后，中坝村回归到见贤思齐、孝老爱幼、团结友善的氛围中，"既然党的政策好，就要努力向前跑"的思想已蔚然成风。过去的信访大村不见了，一个崭新的中坝村出现在人们的视野里！过去的贫困村不见了，一幅乡村振兴的蓝图正在徐徐展开！

金桂溢芬芳

1

汽车在大宁河右岸沿大山盘旋而上。

我们要去一个千米以上的高山村落，叫金桂村。雪花已经落满山涧，上山的路是从悬崖逼出来的，弯多路陡，汽车只有缓慢爬行，车内举目就可以看见树枝上的积雪。

山腰半空中的一座吊脚楼引起了同路人的注意。它既是一道风景，也是当地老百姓艰苦生存的诉说。扶贫办的同志介绍说，金桂村隶属巫溪县长桂乡，这里山高坡陡，没有平地，老百姓修房子特别艰难。

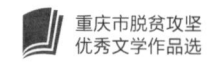

翻过大官山，眼前豁然出现一条小街。金桂村原来是乡政府驻地，现在是金桂村村委会，平均海拔在1400米左右，这里，随处可见已经改造的房屋，田间地头成片的大白菜堆在雪里。

汽车嘀嘀响了几声就停在一个湿坝子上。迎面走来的一位个子不高、笑容满面的驻村干部就是第一书记陈波。

时间已到中午，今天运气好，我们正赶上一家老百姓杀年猪请客，这里民风淳朴，还保存着大约20世纪80年代偏远农村那种纯真和友善。杀年猪的胡大哥一家4口人，自己靠养殖和在村里"做活路"挣钱，一家人日子过得还不错。

金桂村并没有在大山最高处，从金桂村往上再走几十里就是森林了。交谈中，一位村民说，他在山里种了几百亩药材，经常要上去照管。

"我们这里主要是交通问题，上山的路太恼火了。"另一位村民说，陈书记来后，村里修扶贫车间，货车拉材料进来不了，在转弯处把一家人的房子"削"了一只角，一路想办法货车才上来了。货车司机说："早知道是这种路，给我1万块钱也不拉。"

因为闭塞，村里面还有一辈子没有进过县城的老人，城市的样子，只有在电视里看到过。因为这里不通班车，老百姓出去有两种方式：一种是搭村里"顺风车"，货车或摩托车；另一种是走路。

就在村委会不远处，有一所小而精致的金桂村小学，风格按土家族习俗装饰，三层楼，因为周末学生们都回家去了。周一到周五，学生们吃住都在学校。这里有食堂、住宿，还有多媒体教室。

三位年轻的老师见我们去了，很热情地从楼上走下来介绍学生和教学情况。引导我们参观教室和学生食堂。

"为了办好金桂村小学，第一书记陈波向建工集团工会争取资金1.479万元为87名学生购买两套运动服，并定向捐赠一套价值2.5万元的多媒体设备。"一位老师说道。

多媒体设备是2019年11月14日才投入使用。这套设备目前是学校最先进、最好使用的设备，对孩子们的教育有很大帮助。老师们说了一些对建工集团表示感谢的话，我们边谈边走出教室。

站在学校操场仰望天空，上面是高高的山峰，雄奇，悬崖壮观，它们有想飞翔的姿势，一片森林包围着古老的村庄。

2

2019年3月12日，陈波奉命到金桂村扶贫，任第一书记兼驻村工作队队长。

边远高寒山区，自然条件差，发展水平较低，这是金桂村给陈波的第一感觉。崎岖的山路，连绵的群山，还有那些坐落在山坳或山坡上的房屋，让这位常年生活在主城、看惯了高楼大厦的"城里人"感触颇深。

走了那么多农村，那么多地方，但他没发现有这么贫穷、落后的地方！陈波暗下决心：我一定要在两年以内，带领乡亲们走上致富道路！

陈波，1978年11月出生于四川遂宁，2003年毕业于重庆交通大学，高级工程师，重庆建工集团四川遂资高速公路有限公司董事、党总支委员、副总经理、工会主席、机关支部书记，曾获四川省总工会五一劳动奖章、遂宁市交通局交通运输工作先进个人、重庆建工集团科技创新人才、优秀党员等诸多荣誉称号。

接到脱贫攻坚"军令状"后陈波立即来到巫溪县长桂乡金桂村，见到如此穷僻之地，他没有动摇思想，而是立下愚公志，誓破金桂村的贫困之冰。

他用了两个多月的时间，上山下坎，进村入户，找症结，揪穷根。走完全村在家的314户，包括建卡贫困户67户260人，陈

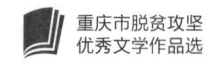

波发现，金桂村大多数的贫困户都是因学致贫，还有8户因病致贫的家庭无力承担子女的学习费用，而且还在代际传递。

习总书记说："把贫困地区孩子培养出来，这才是根本的扶贫之策。""扶贫必扶智。让贫困地区的孩子们接受良好教育，是扶贫开发的重要任务，也是阻断贫困代际传递的重要途径。"陈波深学笃用习近平总书记关于脱贫攻坚的重要论述，他深知，"家贫子读书"，下一代有了文化，才能改变"一代穷世代穷"的局面，他心里始终有一个坚定的想法：一定要帮助这些孩子们上学！

很快，他把这里的真实情况报告给集团领导。集团同意通过爱心基金来帮助8户困难家庭的8位学生，帮扶他们到完成学业为止。

有了爱心基金的帮助，陈波心里的石头终于落下了。

"钱拿到了？"

"拿到了！"

"钱是打到您卡上的？就是资助您孙子读书的那个钱。"

陈波逐一落实资金到位情况。

为了孩子们安心读书，陈波决定自己出钱给他们送小礼品，好当面说几句鼓励他们的话。

有一天，他来到贫困户方自平家里，将捐赠书交到了他的手中。方自平患有糖尿病和肾萎缩，家里缺乏经济来源，新学期开学了，为儿子每周的生活费陷入了焦虑和担忧。这次陈波把爱心基金送到他家犹如雪中送炭，当拿到捐赠书的那一刻，方自平的脸上终于露出了笑容。

除了爱心资助这8名贫困学子，陈波还坚持教育扶贫和技能扶贫。两个月的走访分析，他发现金桂村的第一代村民和第二代村民受教育程度普遍较低，因缺少技术，以及安全、法律和劳动保护意识而因残致贫的有31人，而且还在继续传递。针对这种情况，陈波经过策划、摸底、动员，在重庆建工集团、巫溪县委、县政府及长桂乡的指导帮助下组织成立了"巫溪班"。

2019年8月25日,第一批"巫溪班"的27名学生坐上了前往主城的大巴车,被送到重庆建筑高级技工学校进行三年的免费学习。他们来自巫溪县的各个贫困乡镇,多是辍学在家或在外打工的青年,主要学习建筑工程管理、工程造价、建筑安装等,毕业后不但可获得中专及以上文凭,优秀毕业生还可留在重庆建工集团的子公司工作。

进校后,不少孩子重新找到了人生的方向。金桂村3组的方清平曾经读过中专,但没毕业便辍学了,靠在洗车店打零工为生。这次,方清平非常珍惜重返校园的机会,主动报了建筑施工管理专业,下定决心要拿到大专文凭。

"扶贫路上,一个都不能少!"陈波说,"只有让大伙儿掌握就业本领,才能靠劳动改变贫困落后的面貌。上学路上,不能让聋哑孩子掉队。"

方小友2019年10岁,先天聋哑,从小跟爷爷奶奶生活在海拔1600米的大山深处,很少与人交流,更别说读书了。在陈波的协调下,孩子进入该县特殊教育学校上学。刚去一个月,孩子已经会用手势表达简单的情绪。

因为时间太短,只有两年,2021年陈波就要离开巫溪。但是他想的就是通过这种"智志双扶",斩断穷根阻断贫困代际传递,让老百姓自身有动力发展下去。

"莫羡三春桃与李,桂花成实向秋荣。"陈波倾情付出,无私援助金桂村,正如缕缕的山风,让人温馨入怀,希望倍增。如今的金桂村,呈现出家家重视教育、人人关心教育、孩子渴望求学的面貌。他们离脱贫还会远吗?

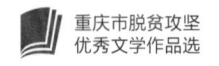

3

我们到金桂村的那天，扶贫车间正在加工土特产。

新修的扶贫车间在村子里特别醒目，几块牌子挂着，工人就是村民，有的照看锅炉，有的洗涤土豆，有的切片，有的翻晒，大家忙里忙外。

原来，这个车间采取"村集体+公司+农户"模式，注册了巫溪县荣禾农业专业合作社，整合全乡地票资金、"空壳村"资金、扶贫车间补助资金300万元。

扶贫车间厂房800平方米，主要是农产品加工。"加工设备正在调试中，投产后将对全乡农产品进行统一包装、统一标识、实名认证，并采用冷链车配送到各大销售市场。同步启动黑苦荞、豇豆、萝卜等5个农产品绿色认证申报工作，进一步提升农产品含金量。"车间主任介绍说。

在商品展览室里，我们看到摆放着蜂蜜、腊肉、土豆、黑苦荞、四季豆、干豇豆等土特产品。

这里的蜂蜜都是纯土蜂蜜，口感特别好，腊肉和土豆就更不用说了，都属于原生态，城里人都很难吃得到，但是没有销路，很多农特产品都只有堆在家里，时间久了就慢慢变质了。真是可惜啊！

于是，陈波心里萌生了一个想法，他要为山区土特产品找到销路。为了联系市场，陈波几乎发动了身边的所有朋友和亲戚。

第一书记当起了销售员。

经过努力，重庆建工集团下属公司遂资高速公路公司以市场价为参考，与金桂村签订了农产品订单合同，采购农产品供应到职工食堂使用，长桂乡金桂村迎来了2019年第一份订单，辖区内的土特产品被陆续销往重庆市建筑业协会、重庆建工集团下属公司。

在陈波的推销下，短短几个月，合作社销售额达249万元，共销售土豆88293斤、鲜豇豆11000斤、干豇豆2617斤、白酒1091

斤、土鸡蛋2691个、土鸡344斤、土猪鲜肉1113斤、腊肉15414斤。看着这些数据，陈波心里满满的成就感。

"今天，我家里的13斤腊肉卖了200多块钱。"方余增脸上透露着满满的喜悦，计划明年还要多喂两头猪。他说，脱贫增收致富看到了希望，有了盼头。

千金在手，不如一技傍身。村里不少贫困户的子女虽然在外务工，却因缺乏技术，只能从事打桩、挖隧道等高危行业，工作既辛苦，收入也不高。了解到这一情况后，陈波展开行动，经过2个月的策划、动员、编写培训教材，在长桂乡挂牌成立了"重庆建工集团、重庆市城乡建委岗培中心农村劳动力转移培训基地"。

贫困户方余江的儿子方福隆高中辍学后，一直在外打工。但他一没学历、二没技术，始终找不到合适的工作，只能回到家里，每天闷闷不乐。陈波说服他参加培训，并取得了劳动技能证书，又推荐他到重庆建工集团一家合作企业学习工程机械修理和工程施工，两年学习期间工资3000元/月，学成后工资6000—9000元/月。21岁的方福隆再次找到了前进的方向，如今，他已在该企业学习了1年，还攒下了一笔积蓄补贴父母。

通过技能培训提升贫困劳动力就业创业能力，帮扶贫困劳动力实现稳定就业，真正实现技能一人，扶贫一户，不让一人掉队的目标。陈波在金桂村做到了。

"授人以鱼，不如授人以渔。"对于贫困村而言，不仅需要村民们转变思想，提高认识，团结一致抓生产、出效益，还需要有关部门在基础设施建设、产业规划布局上立足实际，制定好发展规划，实事求是帮困难群众选出一条致富的好路子——这才是关键。

脚踏实地，想群众之所想，急群众之所急——这就是陈波。

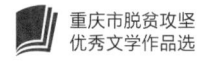

4

陈波遍访全村67户建卡贫困户。

有一天，他了解到贫困户子女方佳勤奋好学，便与村支"两委"进行商议后，将方佳纳入金桂村公益性岗位实习锻炼1个月，陈波作为师傅教她使用电脑，写会议纪要、扶贫资料等。陈波作为入党介绍人将她推荐为入党积极分子，为村里储备本土人才作好铺垫。

颜怀成、童孝华两个建卡贫困户，由于家庭主要劳动力突然生病住院，家庭收入锐减，驻村工作队在大排查过程中发现他们有返贫风险。陈波立即与队员、村支"两委"商议帮扶方案，为这两户落实低保，积极联系建工集团，承担两个小孩（童杰明小学三年级、颜宗睿即将一年级）读书至大学毕业的所有生活费和学费。

他对村里基础设施建设、村集体经济收入、危旧房改造、安全用水用电、易地扶贫搬迁、村民家庭收入、贫困原因等进行了详细调查。他深深感觉到自己身上的担子之重，但面对这些，却无任何怨言，只是埋头苦干！

他每天工作到深夜12点后才会睡觉。他利用晚上时间，整理笔记，写信息，写总结，完成村民反映的事情；他查档案，看项目资料，一步步完善它们。

他谨记着重庆建工集团领导对他的嘱托："一定要坚定信心，克服困难，把重庆建工的'铁军'精神带到脱贫攻坚第一线，为贫困地区群众做实事、做好事，不获全胜决不收兵！"

陈波说，不是我一个人在单干，我背后还有个强大的建工集团，有集团党委的大力支持。

有建工集团的后盾支持，陈波对金桂村脱贫攻坚信心百倍。

重庆建工集团积极响应市委、市政府安排部署，抽调精干力量，集聚帮扶资源。2018年至2019年，重庆建工集团通过市慈善总会，累计向巫溪县提供精准扶贫资金1450万元。

重庆建工集团所属重庆建筑高级技工学校，对"巫溪班"大开方便之门，实行免学费、免代收费，对贫困生、非贫困生前两年分别补助生活、住宿费15000元、9000元，其中安装班贫困生再补助2000元，最后一年安排工地顶岗实习，每月将获得工资2000元，完成学业的颁发毕业证书、技能证书。

挂牌成立"重庆建工集团、重庆市城乡建委岗培中心农村劳动力转移培训基地"，就是为了坚持"输血"与"造血"并重，为贫困户提供培训、就业一站式服务。

长桂乡处于巫溪中部，基础设施建设落后于周边乡镇至少5年，从乡里到村里道路狭窄，弯道陡急，到县城仅54公里的道路，开车需要2小时40分钟；由于出行困难，造成村民子女大多初一就辍学，能上大学是孩子们的梦想；村民大多居住在土坯房中，存在透风漏雨；村民饮水主要靠露天水池、屋顶收集的雨水，无法达到安全饮水要求。

陈波争取项目资金341万元，扩宽硬化村干道，完工后将协调开通客运车。对全村安全饮水进行全面普查，采取一户一池方式解决边远地区农户饮水难问题17户；落实专项帮扶资金29.9万元，对全村饮用水池进行统一清扫并持续做好保洁工作，对全村13座不易保洁山坪塘进行加盖处理。修建集中式生化池1座，解决集中居住点污水处理难问题；添置垃圾桶50个，计划购买垃圾清运车1台，定期收集处理全村垃圾。启动危房改造7户，争取"打补丁"资金、农村旧房提升工程资金修缮农房54户；采用帮扶资金完成71户修建无烟灶、卫生厕所；对2户住危房无能力改造户，采用"打补丁"资金购买二手农房，产权归属村集体，免费供其居住解决1户，1户在落实搬迁资金基础上，协调建工集团爱心帮扶2万元，帮助其新建住房。

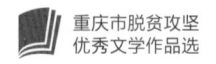

2019年6月，重庆市建筑业协会和重庆建工集团签订了联合对巫溪县长桂乡金桂村精准扶贫协议。协议规定，在建工集团已先期投入人力和资金对金桂村实施精准帮扶的基础上，由重庆市建筑业协会出资150万元，建工集团提供管理团队、技术力量和施工力量，联合开展精准扶贫工作。市建协将动员会员单位积极参与精准脱贫项目，向会员单位大力宣传金桂村绿色产业和农产品，并组织会员单位积极支持金桂村绿色产业，购买绿色农产品，助推金桂村实现产业脱贫。同时，建工集团发挥所属建筑业培训中心技能人才培养优势，帮助金桂村培养建筑技能人才，并提供就业平台。市建协发挥就业平台优势，动员会员单位积极吸纳金桂村剩余劳动力。

……

在建工集团的帮助支持下，陈波完成了自己的扶贫志愿，实现了自己的承诺。

金桂村党支部共有36名正式党员，文化程度普遍较低，平均年龄60岁，平均党龄33岁，年龄最大的党员96岁，党龄65年。作为驻村第一书记，陈波高度重视扶贫中的党建工作。

他认真落实"三会一课"制度，切实组织开展"两学一做"学习教育活动。从驻村开始陈波坚持每月开展主题党日活动，第一书记讲党课；利用建工集团党员经费慰问困难党员7名，送去慰问资金7000元；为党员活动中心捐赠价值2万元笔记本电脑一台，高清投影机一套，价值7000元会议桌一套；对村委便民中心落实帮扶资金12万元进行装修，添置桌椅，修建村级食堂；发展致富带头人冉龙全为预备党员，帮助其中药材种植和销售，并带领11名贫困户在村内务工，为村民增收7100元。

2019年9月24日，巫溪电视台采访1社村民方余林，谈到陈波书记时，他动情地说："我们全村1000多人300多户，每户走访，不管是贫困户还是非贫困户都走访，我还没有见过这样一个干部，他这样热心解决我们山区的困难。"

2019年12月2日长桂乡党委书记陈宁在走访低保户过程中，78岁的2社村民谢顺南在与陈宁志沟通时称陈波为"三心"书记："第一是对党有忠心；第二是对村民有实心；第三是对老、弱、病、残者和孤儿有爱心。陈波书记值得我们托付和信任，他是一位'不忘初心、牢记使命'的好书记。"

5

2019年11月26日。

贫困户冉从海特别高兴，因为今天他的房子修整好了。

多年的危房突然焕然一新，冉从海拉着陈波的手说："感谢党和国家、感谢陈书记及单位这么照顾，房子再不漏水了，就像搬进了新房"。

实际上这是陈波的一次集体整改计划。

针对村民居住的老旧土坯房，全村开展旧房提升，巫溪县住房和城乡建委出资整治屋顶，将小青瓦更换为机瓦，对每户墙体裂纹进行补缝，解决住房透风漏雨问题；建工集团帮扶资金为村民修建卫生厕所、无烟灶，改善村民居住环境。像冉从海这户这样大整治的在金桂村有54户，2019年12月底全部整治完成，村民住进"新家"。

2019年11月27日。

早晨，在陈波带领下，驻村工作队一行来到金桂村1社看望独居低保户老人万益香，与老人亲切交谈，了解身体状态与生活情况，驻村工作队自掏腰包为老人购买40斤煤炭、烤火盆、1桶菜油、1袋大米、50个鸡蛋，为老人送去温暖。

万益香老人83岁，在2010年6月因为一场车祸造成右脚高位截肢。老人车祸后村上为她申请了低保，保证了她的基本生活。但

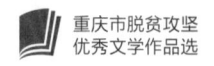

是，像万益香这样的老年人独自生活居住在破旧的老土坯房中，土坯房现在存在着漏雨和部分裂缝。陈波将情况记录在日记本上，并制订帮扶计划。

帮着老人捡完柴火后，陈波查看了老人家的厨房、卧室。按照政策，这次旧房提升可以为老人修建一个无烟灶、带马桶的卫生间。这样整修后老人的生活起居就能得到保证，也能让老人安心的度过晚年。

是啊，金桂村入冬了，这里最高海拔2100米，12月马上就要来了，老百姓的过冬粮食、衣物准备好了吗？老百姓居住的房屋能够经受得住寒冬的风雪交加吗？

雪，你下吧！让这山村明年有个更大的喜讯！

风，你吹吧！让这山村明年秋天金桂溢芬芳！

13年的坚守

1

我对巫山是亲切的。

很早就读过不少关于巫山的诗歌，巫山云雨更是让人无限遐想。作家黄济人评价说，舒婷写活了一块石头，那是神女峰。唐代诗人李贺的诗《巫山高》把巫山神秘的景色刻画得淋漓尽致：

> 碧丛丛，高插天，
> 大江翻澜神曳烟。
> 楚魂寻梦风飕然，
> 晓风飞雨生苔钱。
> 瑶姬一去一千年，

丁香筇竹啼老猿。

古祠近月蟾桂寒，

椒花坠红湿云间。

  巫山高，高几许？我第一次去巫山是12年前，采访渝宜高速公路的建设者。当时，在库区热火朝天的建设中，渝宜高速公路穿过群山峻岭，承载数百万库区儿女的千年期盼。后来我创作的报告文学《巫山放歌》发表在《重庆日报》上。

  光阴荏苒，时隔12年后，我再次来到巫山。这次是和脱贫攻坚这个话题有关。

  其实，也是慕名而来。

  听说重庆扶贫系统有一位"奇人"，堪称扶贫豪杰，放弃"高官厚禄"，舍生忘死奋战在脱贫攻坚的前线。

  "如果你要写巫山的扶贫干部，扶贫办主任朱钦万是典型，他完全可以代表巫山扶贫干部的形象，他真是穷人的贴心人。没架子，务实，是共产党培养的好干部。"在动车上，我巧遇一位巫山人，他从重庆主城区的儿子家回巫山，我也从主城区坐动车到万州，然后转乘大巴去巫山。

  这位老乡姓陶，大约50岁。他说，他最早住在巫山县的庙堂乡，不仅土地贫瘠，房子是老土房，野猪成群，而且不通公路与电话，常年饱受肩挑背磨之苦……10年前庙堂整乡集体搬迁，负责搬迁工作的干部就是朱钦万，大家对他印象特别深刻。庙堂整乡搬迁开全国先河，真正使居住在高寒山区的贫困老百姓斩断穷根。这位老乡在搬迁安置点生活了11年，感觉像换了人间，与庙堂乡祖辈的生活完全是天壤之别。

  "你去采访他嘛！"在万州北站，我们分道扬镳。

  带着大有收获的感觉，我奔向巫山，内心不由自主地想：我一

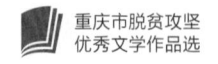

定要见到他!

2

"不高也不矮,不胖也不瘦。抬眼一看,只觉就一副中等身材,很平凡。有刚也有柔,有勇也有谋。"这是一位记者2013年在一篇报道里刻画的朱钦万的形象。

时过境迁,一直在脱贫攻坚道路上苦战的朱钦万,现在是个啥样?

国字脸,头发白,皮肤黝黑,地地道道的巫山话,这是朱钦万给我的第一印象。

开口并没有再说"干我们这行就是与穷人打交道",因为巫山早已经脱贫摘帽了。

朱钦万是2008年2月从县农办调到县扶贫办任副主任,分管生态扶贫搬迁,2009年至今任扶贫办主任。

一晃13年。

13年中,领导几次找他谈话,说他工作太辛苦、太卖命了,给他"升"一下,但是他回绝了领导的好意。因为他热爱上了扶贫工作,不能半途而废,他认为自己还可以继续给巫山的贫困户做点事情。

要说朱钦万的扶贫经历,就必须从庙堂乡说起。

因为他的名气就是在庙堂大搬迁中"搬"出来的,第一个辉煌业绩就是在那里书写的。

庙堂是个什么地方?很早以前我在一篇博文里了解到"重庆第一穷乡"就是巫山庙堂乡。当地的一个青年村官在博文里这样写道:

巫山庙堂乡,与湖北神农架接壤,平均海拔1700米。

村民大多在1000米至2400米的中高山上耕作。

庙堂几乎没有平地，大多耕地在半山，四肢并用才能爬上去。无法浇水、施肥，只能春天站在高坡"天女散花"播种，然后坐等秋天收成。

这里离县城165公里，1999年以前没有公路，出门只能步行。1991年，新园村村民吴祖香左脚被毒蛇咬伤，无法抬出山医治，丈夫杨元忠只好在赤脚医生陶忠敏指导下，用锯子硬生生锯断妻子的伤腿。

1999年，付出好几条生命代价，山民终于在悬崖上抠出一条不足2米宽的天路。这里闭塞，乡政府好几次接到通知，匆匆赶到县城开会，发现会已开了一个月。公路通了10年，死了上百人。一旦公路上出车祸，大家都不会问"死了多少人"，而是直接问"车上有多少人"？

交通靠走，通讯靠吼，治安靠狗，这是庙堂的真实写照。

这就是领导们牵肠挂肚的庙堂。

朱钦万负责庙堂的扶贫生态搬迁工作，他曾十几次去那里。搬迁前看到的一些情况让他触目惊心：庙堂村的黄会宝，全家4口人，3个孩子睡在一个大筐里，盖树叶御寒，他本人用木头圈一个长方形的框，睡在框中，盖的是杂草，就这么过冬；文庙村的曹学弟、袁孝英夫妇都已60多岁，儿子、媳妇病故后，他俩不仅要养活自己，还要抚养两个10多岁的孙子，上午9点过端出来的是头天晚饭剩下的半脸盆水煮洋芋；新园农民张国成，一家4口人，妻子是哑巴，12岁的儿子和10岁的女儿均已失学，全家住在一个高不到1.8米的草棚里……

这里的生存环境十分糟糕。庙堂面积82平方公里，岩石占总面

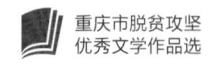

积的80%以上，全乡4540亩耕地（全是旱地）就嵌在岩石缝里，90%的耕地坡度在25度以上，不少坡地在60度以上。当地农民说，这些旱地，只要连续干旱7天，泥土就会顺坡哗哗往下流。

穷乡庙堂！不用动脑筋就可以这样总结。

现实无法改变，何必苦苦死守？没有退路，也别无选择——搬出大山！

朱钦万给全乡人民作搬迁动员工作。

搬！市上定了调的，县委拍了板的。

搬？说起容易，做起难，搬迁工作千头万绪。

再难，拼了命也得搬！朱钦万给老百姓表态，给县领导表态，给市领导表态。

怎么搬？往哪里搬？老百姓很关心。

搬迁方案出台后，乡政府搞了一个调查，99%的人愿意搬迁，但27名干部，嘴皮磨了两个月，却不见行动。朱钦万带着干部一户一户上门探虚实、作动员。

2008年5月，上面说不能往县城搬了，老百姓情绪陷入低谷。朱钦万再去发动，再掀高潮。

安置点建设土地矛盾突出，老百姓阻拦不准动工！关键时刻，怎能"扯拐"？还是他跑到现场，顶"风头"，打"嘴仗"，蹲点解决……

他这一忙，直忙到2010年8月底——完成庙堂整乡搬迁，有着"重庆第一穷乡"称号的庙堂乡，从巫山的行政建制中永久消失。

庙堂人搬出大山后，生活发生了翻天覆地的变化，他们第一次触摸到生活的绚丽质感。

原来在庙堂开办小鸡孵化的吴应宝，搬迁到两坪乡仙桥集中安置点后，将小鸡孵化机器也搬到那里去，重新开办了一个新的小鸡孵化场，年收入达到5万元以上，并带动了周边更多的老百姓发家致富。

村民罗来才从小就在庙堂村7组生活。强壮精明的他虽然通过勤劳挣得了一幢砖瓦房，还种了2亩烤烟，养了几头肥壮的猪，但由于居住环境恶劣，多年来娶媳妇的梦一直没圆。搬迁到起阳村后，他不久便处上对象并结了婚。

搬迁后，庙堂人发家致富的梦想一天天变得真实起来。

随着庙堂人走出大山的脚步，曾经穷困潦倒的庙堂人也和贫穷彻底告别了！

3

还是说搬迁的事。

这是朱钦万又一个大手笔。

2017年，巫山县扶贫办收到县人大提案《关于建设邓家乡场镇集中安置点的建议》后，朱钦万决定亲自抓这个提案。

在他的统筹下，安置点问题解决，当地村容村貌得到改变。被安置户几乎没掏什么钱，就住进了两楼一底的小楼房，不仅交通方便了，居住环境也得到了改善。

巫山，峡谷幽深、岩溶繁多，山地面积占全县的96%，1.2万户贫困户（占全县贫困户数的一半）生活在海拔1200米以上的高寒边远山区，土地贫瘠，生产落后，经济匮乏，生活极其艰难！

这样的脱贫难度，可想而知。怎么办？

易地扶贫搬迁自然成了脱贫攻坚的重要手段。到2018年8月，巫山脱贫摘帽时，全县累计搬迁11万余群众，实现了"青山金山两相宜"。

树挪死，人挪活。

只有挪了穷窝，才可能斩断穷根。

回想起几年前的状况，村民杨永田眉头紧锁。因为患病，他无

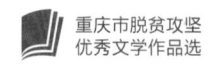

法干重体力活,成了贫困户。少了他这个顶梁柱,全家在高山上仅仅靠传统种植养殖业讨生活,日子举步维艰。

邓家土家族乡是一个典型的高山偏远乡镇。这里拥有巫山所有乡镇中的"四个最":距县城最远(126公里)、海拔最高(乡政府所在地海拔1680米)、人口最少(4000余人)、场镇最小(一条独街不到400米)。"山上雾满坡,山高路陡土地薄,辛辛苦苦忙到头,又缺吃来又缺喝"的民谣,是当地恶劣生存环境的真实体现。

杨永田不忍心看着家人过苦日子,誓要脱贫的他想了很多办法,但现实就摆在眼前:在海拔1550米的大山中,土地贫瘠,石多土少,就连下山赶场都要走1个小时。

要治穷根,就得搬迁下山,改变原有生产生活方式。朱钦万的苦口婆心,让更多巫山人认识到了这一点。

2016年,杨永田被列入易地扶贫搬迁对象。尽管知道政策优厚,但没有亲眼见到政策下来,他还是很忐忑:害怕自己凑不出建房的钱,害怕政策落下来,自己却享受不到。

他给朱钦万打电话咨询,朱钦万的话给了他"定心丸"吃。天遂人愿——当年,根据政府的统一规划,杨永田在伍绪村安置点花7万元建了新房,按照易地搬迁扶贫政策,他们一家得到了5.2万元的补助,加上原来的房子处于地灾点,还叠加享受到了涉煤地灾户补偿,因此他几乎没花什么钱就住进了新房。

易地扶贫搬迁是一个系统工程,是解决"三农"问题的重要手段和方式,不仅仅是要保证群众搬得出、稳得住,还要逐步能致富。这对于"九山半水半分田"的巫山而言,势在必行。

朱钦万算过三笔账:

一是经济账。生活在深山边远地区的穷远户57863人,占巫山贫困人数的63.8%,在这些地方搞建设,不仅难度大,而且成本高,利用率低。以原庙堂乡为例,仅改善水、电、路等基础设施就需投资2亿元以上,而当年实施整乡搬迁只投入了4000万元。

二是民生账。巫山绝大多数高寒边远山区仍处于典型的粮猪型二元产业结构,农民增产增收和脱贫致富难度极大,而通过搬迁改进生产方式,扶持培育致富产业,配套医疗保险、养老保险、子女读书、看病就医、文体服务等,可让贫困群众过上新生活。

三是生态账。巫山是长江流域重要生态屏障区,境内有自然保护区、风景名胜区、地质公园等重点生态保护区,占巫山土地面积的51%,这些区域内有原住居民约6万人,频繁的人为活动对生态功能破坏较大,人兽争地矛盾突出。实施易地搬迁,可有效减少人为活动对生态环境的破坏,筑牢三峡库区生态屏障,维护生态功能完整。

朱钦万根据市里的指导意见和其他地方的先进经验,结合巫山实际不断创新。在统筹资源方面,将搬迁与美丽乡村、新型城镇化、乡村旅游发展结合起来,建成集中安置点337个;在安置方式上,采取集中安置、插花安置、进城进镇安置等5种方式,充分遵照群众意愿,不搞"一刀切";在资金筹措上,以政府投入和银行融资为主,农户自筹为辅,有效化解了贫困户建房大额负债的难题,搬迁群众户均负债控制在1万元以内。

种种措施,让巫山搬出了"加速度",创造了巫山经验。

4

故事一:

巫山建平乡春晓村是市级贫困村。

但是这里有一个制高点——望天坪,被人忽略了。这里对面就是县城,山顶县电视台转播塔尖的射灯,每晚都把明亮的灯光打到县城的上空;而且,它的脚下,就是长江。

1000米以上,土地瘠薄。如何让春晓村脱贫?

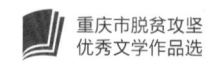

朱钦万决定亲自去探路。

他与转播塔下最穷的吴宝清套近乎，在他家里住了一天。白天在山上转悠，看山上，看地里；晚上在床上"散吹"，聊生计，聊脱贫……

交谈中，吴宝清讲了一件事：有一天，一帮城里人到望天坪耍，照完相肚子饿了，到他家里想买点吃的。可是吴宝清自己都愁没有吃的，哪有卖的？

朱钦万想没有道理端"金饭碗"，还讨饭吃！吴宝清的话突然激发了朱钦万的灵感：开发望天坪乡村旅游，发展农家乐！

后来，由扶贫办牵头，旅游等部门配合开展的一系列培训在望天坪举行；很快，望天坪农房纳入全县首批风貌改造，室内添置了由扶贫资金资助购买的床铺及餐具等。

不到一年，望天坪度夏，住农家屋，吃农家饭，赏田园风光……火了起来。

就靠办农家乐，春晓村有的农户脱贫致富了，原来打工外出的人又都回来了。

故事二：

有一年夏天，朱钦万冒着大雨到三溪乡考察扶贫工作。刚走到桂坪村，就听见一个农家传来凄惨的哭声。

怎么回事？他条件反射般地循声去看，眼前的情景让他大吃一惊。"下了一夜的雨，河里涨水了，娃儿早上去河对面的学校上学被冲走……"一位村民擦着泪介绍。

"难道就没有一座过河桥？"朱钦万几乎是喊着问。

"没有。要是有桥过河那就积了天大的德哟！"村民说，就因为没桥可行，这几年被河水冲走了好几个涉水上学的娃娃了。

洪水无情，怎敢视而不见？说者无心，听者有意。朱钦万掏出随身携带的笔记本，飞快地用笔记下了什么……

随后，他还了解到被三溪河阻隔的、只能蹚水的村民，多达好几十户。没有桥，危险就存在，悲剧就没完。

回城后，他"小题大做"，主持召开扶贫办领导班子成员会议，议定"戴帽"拨付几万元扶贫款，专门用于架设桂坪人行过河桥。

半年后，一个姓向的老百姓打来电话报喜："桥通了，感谢了！"

故事三：

平河乡陶湾村姓陶的一村民，直接给朱钦万打来电话，反映当地吃水几十年来一直没得到解决，希望扶贫办出手为村民排忧解难。

接到电话，朱钦万心情十分沉重。两天后，他亲自奔赴现场调查研究，发现该村并不差蓄水池，而是缺少水源。

怎么办？朱钦万同当地村干部与村民坐下来，耐心商讨解决办法。

村民告诉他，在竹贤乡石沟村找到了一股自然水源，可里程长达20多公里，而且跨乡，难度不言而喻。看到一双双焦灼与期盼的眼神，朱钦万现场拍板：就是拼了命也要把水引过来。于是，他四处奔波，多方协调，到取水点察看，给农户做工作，一个大胆的方案形成了。

筹集资金60多万元，整修蓄水池，在悬崖上架管道，历经千难万险，终于在2012年11月28日，将相距20多公里以外的水引到了陶湾村。看到白花花的自来水，村民一片欢腾，有的甚至激动得掉下眼泪。

似乎是可望而不可即的想法，变成了现实。人们称作的"神水"已被村民饮用，当地村民自发地要送锦旗，朱钦万谢绝了。

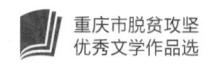

故事四：

2019年3月，巫山官渡镇大塘村。

一行人在村里走来走去，不时挥手指指这里、指指那里。曾经的贫困村，虽然已经脱贫摘帽了，但是如何巩固脱贫成果，在脱贫的基础上，寻找致富之道？这个问题一直困惑着镇、村干部。

"大家看，这里有山有水，风景好。春赏花，秋采果，四季垂钓……处处隐藏着乡村旅游商机。"

"发展乡村旅游好！"

"我们先给你们支持90万元作为前期启动资金。"

现场拍板的人就是县扶贫办主任朱钦万。

他这样一表态，给陪同调研的村干部极大的惊喜和信心。

如何"扶上马，再送一程"？

朱钦万说到做到，很快90万扶贫资金到位，村里有序规划，一个美丽的田园风光村落悄然突显。

2019年11月，朱钦万再到大塘村调研，发现这里大变了！

土罐、石磨、瓦盆、石板路、粗麻绳……成为装饰乡村的美景。好一派幽静舒适的环境，林间小道花果飘香。乡村成了旅游公园，乡间道路、农家小屋，处处都是景观。

发展旅游需要资金。朱钦万再次表态，给大塘村追加扶贫资金150万元！

至此，大塘村投入扶贫资金240万元，整合各类资金500万元，打造乡村旅游。一年时间，效果明显，成为巫山巩固提升脱贫成效的一个缩影。

将这些故事串联起来，我们能发现什么呢？

有人说，他这个扶贫办主任什么都管：哪个村没水吃了，他要管；哪个乡没有桥过河，他要管；哪个村小上课没桌椅板凳了，他也要管……

"连过河、吃水、上学都成问题,还谈什么脱贫致富!"对此,朱钦万一点不含糊。

然而,很少有人知道,为了管好这些事,朱钦万付出了怎样的努力。

坚守13年!

还在继续坚守!

巫山县扶贫办在朱钦万的带领下,荣获全国扶贫开发先进集体,连续5年获得市级扶贫业务考核一等奖。2014年,朱钦万荣获全国社会扶贫先进个人。2018年巫山县接受国家检查,成功脱贫摘帽。

5

13年不变,一直进出那一间小小的办公室。在扶贫路上,朱钦万熬白了头发,为啥?

13年不变,每一天清晨,扶贫办的第一盏灯是他打开。

13年不变,每一次单位加班,办公楼里都有他的身影。

2018年6月16日,距离国检还有两天。

朱钦万已经连续几天没有休息。躺在办公室正想"眯"一下,马上有几件重要的工作要处理,突然手机响了,是家里打来的电话。

"老朱,快回来,母亲病得严重!"

"你们先把她送进医院,我处理完事情就过来。"

他也想马上去医院,但是还有一大堆的公务需要紧急处理,他只好十分内疚给家人回复,叫兄弟姐妹照顾。

可是那不是一会儿就过去得了的,那一次,直到深夜他才忙完工作。他赶到医院时,80多岁的母亲已经被送进了重症监护室。

谁都知道,在县扶贫办,朱钦万坚持每天最早到办公室,最后

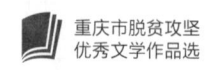

一个离开，长期带病坚持工作，几次找医生坚持在办公室边输液边工作。在国检和考核期间，两次带病坚守在第一线，几次晕倒在楼梯间，直到检查组离开，才到医院住院手术治疗。

这就是朱钦万，一个近似工作狂的扶贫干部。

近几年，他常常应邀到市委党校、重庆广播电视大学、县委党校、县委中心学习组讲解脱贫攻坚相关理论和业务知识。

但他最爱讲的是，一个共产党的扶贫干部心里必须装着老百姓的生活冷暖。

"用心、用情、用力、尽责"，这8个字或许是他13年扶贫路上呕心沥血的深度浓缩。

在县扶贫办食堂吃过午饭，为了不过多打扰他，我们握手道别。

从他那炯炯有神的眼睛里，我看到了巫山农村进一步变化的希望。

曲尺"娘子军"

1

在巫山，很多人向我说起曲尺乡的扶贫"娘子军"，新华社记者、县电视台都去采访报道过关于她们的事迹。

扶贫"娘子军"！这是一个很好的素材。

百度这样解释："娘子军"，汉语词汇，意思是由女子组成的队伍。典故出自《旧唐书·平阳公主传》："时公主引精兵万余与太宗军会于渭北，与绍各置幕府，俱围京城，营中号曰'娘子军'。"

现在，"娘子军"多用来比喻巾帼英雄、女强人。

我打算去曲尺乡拜访一群"女汉子"。

2019年12月18日，我们从巫山县城出发，车行30公里左右，便到了曲尺乡人民政府。同行的巫山文友赖扬明曾经在这里工作过，他向我介绍说，曲尺乡是移民搬迁乡，扶贫产业在全县有名。2019年9月，曲尺乡因为巫山脆李而入选全国"一村一品"示范村镇名单。

赖扬明所说的产业，主要就是巫山脆李，以巫山地域命名的李子。

曲尺乡在这方面下的功夫不小。

2018年开始举办长江三峡（巫山）李花节"印象李花"曲尺花海游园活动，重庆市农民水果（巫山脆李）采收运动会。巫山脆李被农业农村部授予品种权，荣登全国李品公共区域品牌榜首，中央电视台8个频道持续两个月滚动播放巫山脆李宣传片；同年12月25日，县委李春奎书记就脆李产业发展及管护在朝阳村接受中央电视记者采访并在央视新闻频道特别节目中播出，时长达4分钟，进一步提升曲尺"中华名果"巫山脆李的对外形象，以及"库区最美花果之乡"的知名度和美誉度。

2018年，曲尺乡实现农村经济总收入3.76亿元，同比增长12%；财政总收入7550.19万元，同比增长359%；城乡居民人均可支配收入14549元，同比增长11%。

曲尺乡在巫山26个乡镇（街道）中排在前10位，不算穷。这是我对曲尺乡的总体印象。

2

在"老把式"乡政府院子里的角落一间接待室里，我等来了"娘子军"的首领张慧芳。

她是乡党委宣传委员，正在忙年底工作。

"哪有什么'娘子军'？不过是在村里艰难跋涉的7个女扶贫干部！"

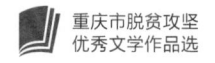

她的话一下子打破了我的好奇心或者说打破了我对一个词语的神秘感。

是啊,哪有什么岁月静好,不过是有人替你负重前行……

村是龙洞村,人是一群人。

一群人有7个!除她,另外6个是陈相、吴海燕、蔡萍、陈仁凤、陈贤定、谭松燕。

2017年3月,龙洞村脱贫攻坚进入关键阶段。乡上决定派精兵强将去驻村,思来想去,觉得张慧芳2013年参加扶贫工作至今,政绩突出,经验丰富,是指挥长的最佳人选。

很快,距离乡政府20多公里远的龙洞村新一轮脱贫攻坚领导班子搭建:指挥长张慧芳、党支部书记陈相、综合服务专干吴海燕、本土人才蔡萍。

全村61家贫困户,257人。

这两个数字对龙洞村来说是沉重而残酷的。

它们被写进统计表里,与一个人的付出分不开。这个人就是陈相。

2010年6月,陈相毕业于重庆三峡水利电力学校,回乡担任龙洞村计生专干。20岁的陈相成为村委会最年轻的工作人员,也是唯一一名"90后"。

在基层岗位上,陈相一干就是6年。

2016年7月,前任支书辞职,乡党委任命陈相接任龙洞村支部书记一职。

作为年轻村支书的陈相,在村民眼里她还是个"嫩娃娃"。

"嫩娃娃"工作起来却不嫩!

上任之初,陈相用1个月时间,走访完全部贫困户,对他们的基本情况全部了如指掌。她每天早上7点出门,晚上9点回家。了解贫困户家庭情况,做好记录。与贫困户交流沟通,给他们出谋划策，商量如何脱贫。

看到4社低保户、77岁的陈后川家庭后，陈相的心里十分难受，久久不能平静：破旧的瓦屋、伤残的双腿、残疾的老伴……老两口生活不能自理，长期靠喝豆奶粉生活。后来，她虽然帮建起了两间新房，但老两口的生活仍一直让她挂牵。于是，她主动承担起了长期为两位老人做饭的事情。

当时，她的孩子刚满1岁，繁忙的工作让她无暇顾及家庭，丈夫屡次抱怨，吵了几次。陈相也觉得自己对不起家人，好几次半夜醒来，都忍不住偷偷流泪，可想着当初的决心，她咬咬牙关，默默给自己鼓劲，第二天又变成"女汉子"行走在村里。

除了走访，还得安抚、解释。因为低保户的评定是动态的，有些群众对政策不是完全了解，经常误会，陈相就耐心说明，消除他们心中的疑惑。

这样，她和群众的距离自然拉近了。

没有人再说她"嫩"。

3

陈相的精神就是"娘子军"的精神。

龙洞村脱贫攻坚的队伍里有7名女队员，村民们亲切地称她们为扶贫"娘子军"。

她们在村口拿着工具测量人行便道。

她们在村里指挥修筑滑坡堡坎。

她们在村头搬运树种、禾苗。

她们在村民的家里破解住房、饮水和产业发展的难题。

春天，她们到田间地里指挥耕种。

夏天，她们跋山涉水，顶着烈日暴雨，走遍方圆6.74平方公里的土地。

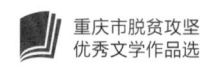

秋天，她们打量窗外的收割，一片片黄叶从她们的秀发飘过。

冬天，她们在白雪皑皑的大地上留下深一处浅一处的脚印。

她们搬桌子。

她们安网线。

她们修电脑。

她们弄资料。

……

不管是体力活还是技术活，她们都干。

但，她们坚强的背后却有潮水般的眼泪——

综合服务专干吴海燕，是这支扶贫军里家庭最"具体"的一位"娘子"。

丈夫常年在外务工，家中有瘫痪的公公，有病重的婆婆，脑瘫的女儿和一个12岁的儿子。虽然负担重、困难多，但她在脱贫攻坚中还是承担了村里的脱贫攻坚资料统计、政策落实和走访帮扶的任务。

每一天，她无论在村委会加班到深夜几点，都要赶回家，做饭、洗衣。第二天又要起早床，煮好一天的饭菜后，赶到村委会上班。村支部书记陈相看在眼里，疼在心里，经常主动帮她分担工作，并劝她早点回家，把剩余的工作交给其他人做。但是她总不答应，咬牙坚持。

有一天，吴海燕正在走访贫困户，接到亲戚打来的电话，说儿子摔断了右手臂，要立即送医院救治。

挂断电话，她愣在那里，胸口像压了一块石头小半会儿没说话，满眼心痛满脸纠结。这一边是脱贫攻坚任务很重，那一边是儿子突发意外受伤，都需要她呀！后来，她还是打通了小姑子的电话，请她把儿子送到医院。

直到深夜12点多，忙完工作的吴海燕才急匆匆地赶往医院，儿子躺在病床上已经睡着了。看着儿子眼角上还挂着泪珠，吴海燕终于撑不住了，跑到病房外，一阵号啕大哭。

4

有志不在年高。

21岁的蔡萍是一个年轻活泼的姑娘。大学毕业后作为本土人才引进，协助处理村里各项事务。

因为刚参加工作，所以她强迫自己早点进入角色。她除了负责贫困户的档案资料外，还经常走访村民，收集资料建立"一户一档"。为了不耽误工作，她常常加班到深夜。后来，她在村委会的一间空房子内搭建了一个小床。下面用纸板铺好当垫子；上面支一个单人帐篷。每当看到她疲惫不堪后睡在小床上，大家就问她，睡得香吗？她总是笑着说，这床可好呢，一倒下就能睡着。

蔡萍的父亲是哨路村的老支书，2010年因为脑梗死无法再为乡亲做事，只好在家养病。9年了，病情有所好转，但他衣食起居都不能完全自理，靠蔡萍的妈妈照顾。

有一年冬天，下班后天就要黑了。县里来通知要求开会，宣传委员张慧芳受乡党委派遣进城，蔡萍在乡上办完事，说想搭一段"顺风车"回村里。进城的公路并不完全通过蔡萍要回去的地方。大约还有几公里，蔡萍就下车了。张慧芳问她，你怎么回去？她说："爸爸要来接我"。

此时，张慧芳发现，车窗外寒风呼啦啦地吹，夜色笼罩苍茫大地。一个黑影孤零零地在公路上行走。

她爸爸怎么可能来接她？！

她一定是步行独自回家！

当张慧芳向我讲述上面这个故事时，我无法估量这个姑娘内心是多么强大。

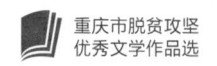

"这里是山区，说不清的状况很多。我们三五个女人在一起开展工作。为的是相互有个帮衬、照顾。"张慧芳的话一点没错。

"娘子军"的足迹遍布龙洞村每个角落。陈后川的饭、向昌明的病、五保户的房等等，都成了她们心中的牵挂。

5

这一次，我并没有见到陈相。

张慧芳说，陈相今天不在村里，去万州了。

她去万州不是游山玩水，不是走亲访友，而是去帮助老百姓考察大雁养殖项目。

2018年，陈相在巫山抱龙镇开现场会，发现大雁养殖很有经济收入，回来后她带头养殖。万州一位叫余晓兰的朋友，听说她养大雁是为了帮老百姓脱贫致富，毅然决定帮她销售300只。

陈相经常忙起来深夜才回家，有时几天也不回家。为了不耽误工作，陈相只得把刚满2岁的女儿寄养在奶奶家，老人帮忙照看。

有一次，整理村里扶贫资料，她们连续一周吃住在村上。周末，她让丈夫把女儿送到村委会，让她看看。谁知道，孩子一看到妈妈，就趴在她身上，半天也不下来，就怕妈妈再也不理她了。嘴里还一直说："妈妈，我乖，不要走了。"

"娘子军"中，妇女主任陈仁凤年龄最大，54岁。她既是"后勤部长"，也是"思想委员"。她是土生土长的龙洞村人，当妇女主任六七年，对村里情况十分熟悉。村里不清楚的情况，一问她，总能告诉你，简直就像一个"移动资料库"。她性格直爽，是个热心肠，每当村民有困难或矛盾纠纷时，她都主动站出来做调解。

村民李先翠原来家境还不错，从她丈夫去世，家庭状况开始变坏。她希望被纳入建卡贫困户中。但由于条件不符合没被纳入，她就经常找村里。陈仁凤听说后，多次到李先翠家中做工作："虽然你暂时还没被纳入建卡贫困户，但有困难我们一定帮你解决，该享受的政策一定让你享受到。"

在陈仁凤的帮助下，李先翠的一个残疾儿子享受了低保，还发展了5亩脆李，她们一家住上了新房，有了经济来源。

还有个队员谭松燕，因为膝盖有问题，无法走家入户，只有留在办公室，守"大本营"，接待来访，处理资料，上传下达。

6

脆李和纽荷尔是巫山的两大特产。

龙洞村制定了"农业旅游"的脱贫规划。但问题来了，不少村民对种植脆李和纽荷尔并不感兴趣。

不少村民觉得，种啥子不是种，豌豆、胡豆、玉米、土豆、红苕都一样。一方面，他们不知道这两者带来的经济效应；另一方面，当时大家还没看到成功的案例。

为了打消村民的顾虑，"娘子军"多次到县里去申请农委的专家下乡指导，同时还号召村里的党员当上了第一批种植脆李和纽荷尔的"小白鼠"。

如何让大家感受到种植经济作物能够实打实增加收入？

张慧芳在思考……

陈相也在思考……

"娘子军"都在思考……

"如果换种脆李和纽荷尔后，10亩地差不多一年能收入五六万元，如果是种土豆、红苕这些，收入会有那么高吗？"她们一天到晚给村民做动员工作。

2017年底，陈闲兴主动找到陈相，希望发展脆李产业。陈闲兴是村里的贫困户，因为家穷，妻子跟他离了婚，两个孩子正在读

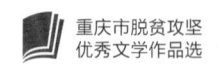

书，他根本无法外出务工。按照相关扶持政策，村里为他免费提供了脆李苗，并安排黄亿林作为他的技术指导人。

不过，陈闲兴只种植了2亩脆李，脆李第一次挂果，因为产量不高，除去运输成本，卖给经销商并不划算。在一次上门走访中，陈相了解到陈闲兴的困难后，主动将脆李求购的消息发布在自己的朋友圈，没想到，不到一天时间，她就接到了3笔订单，其中，远在湖北的同学还以每斤12元的价格购买了10斤脆李，是经销商收购价的两倍。

这下，原本还担心脆李卖不出去的陈闲兴总算吃了"定心丸"。陈闲兴给记者算了一笔账，脆李第一次挂果，按亩产3000斤计算，除去成本，他一年能挣上3万余元。

为了说服村民种脆李和纽荷尔，为了给每一个种植户规划，为了给艰难行走的龙洞村找到脱贫致富的路子，"娘子军"承受了数倍于别人的压力。

作为指挥长的张慧芳多次累倒在现场，几次被紧急送到万州医院治疗，耳朵突发性失聪。因为没休息好，鼓膜增厚、甲状腺炎等病现在还纠缠着她。

记得有一次，她正在忙，突然表哥打来电话说："明天你爸爸嫁女，莫忘了哟。"

啊！妹妹结婚，我怎么不知道？

她马上给父亲打电话，原来一个月前，父亲给她打电话说过这个事情，但是张慧芳因为忙，根本没听清楚，回答一声"有事"，就把电话挂了。

"幸好表哥打来电话，不然我不知道以后怎么给妹妹解释。"张慧芳一边摇头一边无可奈何地笑了一下。

7

最让"娘子军"们刻骨铭心的是一次"车祸"。

2017年9月,张慧芳、陈相和其他几个"娘子军"到龙洞村最远的地方看望几个贫困户,走访、交流、沟通、整理资料后已经是晚上10点多了。她们还没吃晚饭,饿着肚子,在车上疲倦不堪。

但是还得回去,她们只有壮着胆子,摸黑开车行驶在弯曲狭窄的村道上。突然,"哐当"一声,车身一歪,不动了。

怎么回事?下车一看,原来车子掉到排水沟里了,搁在路沿上动弹不得。深更半夜的,怎么办?几个女人撸起袖子,想把小车抬出水沟,吃奶的力气都使出来了,还是没把车子抬起来。

这里是个转弯处,又是机耕道,车子是张慧芳开的,她才拿到驾照不久,还是新手。

车子抬不起来,大家都没经验。

脚趴手软,车子熄火,四周顿时一片漆黑……她们又累又饿又恐惧,瘫坐在地上。

这时,张慧芳掏出手机给乡党委书记打电话说:"书记,我申请不干了!实在太难了……"话没说完,她就稀里哗啦地哭了起来。其余几个女人也想到对各自家庭的愧疚,连续透支体力,各种委屈齐涌心头,平日里的"女汉子"突然相互抱头痛哭。

……

你生活在城市,也许不了解农村的艰苦,你没有干过基层工作,不知道需要多少眼泪才能谱写别人的幸福。

在龙洞村,包括指挥长、副指挥长、支书、综合服务专干、妇女主任、本土人才、图书管理员,都是女同志,是一支名副其实的"娘子军"。

一路艰辛她们还是挺过来了。龙洞村在她们的苦干、实干精神的带领下,2019年全村实现了脱贫摘帽。

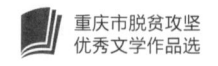

她们用泪水、坚强书写了龙洞村的脱贫攻坚史。

她们用无私、奉献完成了龙洞村的华丽转身。

她们用真情实感的为民情怀诠释了"娘子军"的新时代含义。

刘昶求"贤"

1

小雨夹着寒风。12月的山坳村雨朦胧、雾朦胧。

汽车在黔江区金溪镇的山路上左拐一阵右拐一阵，终于到达这里。村委会坐落在一个狭沟里，下车后，我们抬头张望，四面都是山，高而挺拔！

这个山坳村真是名副其实，全村就在一个山窝窝里。

2017年9月，刘昶受重庆医科大学附属第二医院派遣到山坳村扶贫，任第一书记兼驻村工作队队长。

摆在这个年轻人面前的问题，不只是这里土地贫瘠，自然条件差。他通过走访，发现村里当时的人员情况更是堪忧。"386199"部队！留守人员基本是妇女、小孩和老人。

金溪镇地处武陵山深处，山高坡陡，土薄地瘠，是全市18个深度贫困乡镇之一，8个村（社区）中有6个是贫困村，山坳村就是其中很典型的一个。山坳村有村民381户，其中建卡贫困户就达93户359人。

这里陡坡地形，而且缺水，像其他乡镇那样搞特色农业，很困难，只有另谋出路。

刘昶就住在村委会，很多时候孤独难眠，费尽心思给村民找致富路子。

他多次把村里的情况向派遣单位重庆医科大学附属第二医院领

导报告，也提出了自己的想法。他想利用医院资源，组织村民到医院当护工。医院同意了。

但是，必须要物色一个带头人。这个带头人就是刘昶要寻找的"贤"才。

听说村里有个叫田维仙的村民，在广东某大型医院当过5年护工，后又开了美容院，懂业务又会管理，刘昶便到她家里去拜访。

"阿姨，您是田维仙的妈妈？"

"是的。有事吗"

"村里准备成立护工团队，想请她回来牵头。"

"那，肯定她不会回来。"

"我们有政策优惠，你联系下她吧。我是村里的第一书记，我叫刘昶。"

刘昶给这位阿姨留下了自己的电话。

田维仙的妈妈为什么那么肯定说她女儿不会回来呢？第一次就给刘昶吃了闭门羹。

她一定不了解现在村里的情况。

刘昶决定再次登门拜访。

"阿姨，您给田维仙打电话没有？"

"刘书记，我打了电话的。她说不回来。"

"你给她再好好解释下，叫她回来。" 刘昶就坐在门口不走。

"你走吧，刘书记。她在广东开美容院，一年几十万元，她怎么可能回来？"

是啊！田维仙在广东一年收入几十万，现在你叫她回来做护理工作，放到哪个身上，都认为是天方夜谭。

2

两次没说动田维仙的妈妈。

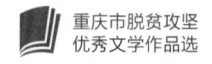

只有自己亲自出马，直接给田维仙本人打电话，动员她回来做牵头人。

"你好！你是田维仙吗？我是山坳村第一书记刘昶。"

"我知道！你是叫我回村里做护工吗？对不起，我不会回来！"

突然，电话断线了。

刘昶想肯定是她不愿意接电话，挂了的。

一个月里，刘昶反复到田维仙妈妈家去劝说，磨嘴皮子，又给田维仙的亲戚讲道理，希望大家帮忙请她回老家创业。

一个月里，刘昶反复给田维仙打电话，厚起脸皮给她讲政策、谈收益、绘前景……

从不接招到态度缓和，刘昶感觉有戏了，他开始用乡情感化田维仙。

田维仙也感慨自己是山坳村人，土生土长。当年上小学时，每天来回要走3个小时的山路，出门的时候天没亮，回家的时候天黑了。

在那样的生活条件下，外出打工几乎成了这些山里孩子的唯一出路。田维仙凭着自己吃苦耐劳的劲头，多年下来，她在广东也闯出了一片天地，手下管着40多个护工，自己还开了一家美容院，生意正处旺盛期。贫困、落后、自然条件恶劣的山坳村——她印象中的老家——也渐渐在她的记忆里变得模糊。

现在，全国都在脱贫攻坚，黔江不例外，金溪不例外，山坳村不例外。她该不该回去呢？给乡亲们做点事她也有这个想法，但是，怎么做？

田维仙也陷入了艰难的选择。

"刘书记，我再考虑下吧。"

刘昶在等田维仙最后的答复。

2017年10月，当刘昶第18次给田维仙打电话时，她答应了。

刘昶的苦口婆心并没有白费功夫。

当月，刘昶和田维仙就带着首批3名护工到重医附二院试岗，局面慢慢打开。

根据重庆市统一部署，金溪镇由市卫健委扶贫集团对口实施脱贫攻坚，扶贫集团有43家成员单位，大部分来自医疗行业。

医疗行业资源优势明显，结合金溪镇实际情况。刘昶准备把"金溪护工"计划放在全镇来推。

金溪扶贫工作队对此也十分感兴趣，紧接着成立了黔江区山之坳康复护理有限责任公司，统一组织培训、试岗、组织就业等，实施"金溪护工"的品牌化运营。

每天，刘昶带着一帮人忙里忙外，到处接洽：联系医院，见院长、见医生；联系培训学校，申请免除学费；凑资金，租房子、办执照、订制服……

这一招，称作"稳定就业带动脱贫"。

3

刘昶求"贤"成功，那么他们合作的事业怎样呢？

2019年12月，"金溪护工"队伍达到200多人，她们不仅遍布在黔江当地的医院，不少人也在重庆主城区的各大医院里工作。

"'金溪护工'，金牌护理！政府给我们免除培训费，还联系多家医院，如今我们的护工分布在黔江区5家医院，甚至连养老院都有我们派去的护工了。"田维仙对自己回来从事护工工作并不后悔。

从山坳村起步，发展到金溪镇，再到黔江全区，越来越多的留守妇女参加培训，还有不少男性村民也加入进来，其中，有不少是亲姐妹、婆媳，甚至还有堂兄弟。

"这个月收入4500多元，在村里是万万不可能的。"参加的护工都尝到了甜头，都表示，护理病人虽相对辛苦，但收入有保障。

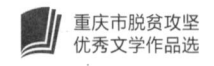

管秋云是2017年首批进驻重庆主城医院的"金溪护工",她说,护工工作给了自己新希望。管秋云的老公身患重病,还有两个儿女在读书,家里一贫如洗。参加培训后,她到了重医附二院江南分院做护工,每月收入4000多元。她做梦都没想到收入这么高,感觉幸福在向自己招手了。

"金溪护工"群体人均月收入4000多元,最高的甚至达到8000元。

这是惊喜!

"培训一人、就业一岗、脱贫一户。"这是刘昶的想法,也是金溪扶贫工作队的想法。

两年多时间,黔江区山之坳康复护理有限责任公司不断壮大。为保证服务质量和品牌的良性发展,刘昶和田维仙又吸纳了不少有经营头脑、敢闯敢拼的金溪人加入企业,打造"唐僧取经"式全能团队,并放手让他们通过市场化形式参与竞争,全力提升"金溪护工"影响力。

金溪扶贫工作队为公司引来多位管理人员:原来在浙江发展的姚永良,放弃了年收入20万元的工作,回来统筹公司全局;以前在北京做服装批发的"90后"石登香,因为"特别抠"被邀请担任公司财务;在云南做生意的邬荣江,因任劳任怨憨厚老实,成为整个团队的后勤负责人。

那么公司的收益在哪里?

主要收益在每人每月几十元的管理费。

也许,这个公司更大的效益在社会意义,而不全是经济效益。

帮助"金溪护工"稳定就业,还要逐渐从护工向产妇护理、婴儿护理、老年护理等业务拓展。同时,从"入口"和"出口"两个方面,以稳定、规范的培训扩大护工成员,强化护工服务的责任心,打造高满意度"金溪护工"的品牌。

这,是刘昶和他扶贫团队的思考。

4

刘昶求"贤",不只是请回来田维仙。

金溪扶贫有三大品牌,"金溪护工"是其一,还有"金溪被服厂""金溪大农场"。

这就是当地人称为的"三金"。

这里,我们来说说他"挖"来的另一位企业家刘廷荣。

他是一位退伍军人,地地道道的山坳村人。退伍后,刘廷荣一直在外地闯荡多年,进过服装厂当过工人,后来跑过销售,熟悉从服装生产到销售的每个环节。多年前,刘廷荣在湖北咸丰便有了11家服装销售店。在别人眼里,刘廷荣年纪轻轻就已成了"成功人士"。

湖北咸丰距离黔江金溪只有不到1个小时的车程,刘廷荣并不是没有过回乡创业的打算,只是平时服装店的生意太忙,二来也没找到很好的门路。

刘昶听说村里有此人,加上自己也有想搞被服厂的想法。但刘昶既没见过刘廷荣,也没和刘廷荣的家里人打过交道,最初他心里还是有些担心。"带领村民脱贫,不仅要找到适合的创业项目,而且也要找对人。如果找的人不靠谱,这就反倒'坑'了贫困户们。"

刘昶在当兵时,曾是侦察连的连长。侦察兵出身的刘昶认为,要了解一个人,不但要看他的谈吐,看他待人接物的态度,更要看周围人对他的看法。刘昶先给刘廷荣打去了电话,简单说了一下自己的看法,刘廷荣当即就表示一定会支持家乡的脱贫工作。

刘廷荣的热情,并没有打消刘昶心里的顾虑,他还打算到当地暗访一番。刘昶利用了一个周末的时间,约上一个朋友,自己开车从黔江金溪到湖北咸丰。他让朋友假装成要买服装的客户,和刘廷荣洽谈,自己却来到与刘廷荣合作的服装生产厂里,查看厂里生产情况,还向厂里的工人和负责人询问对刘廷荣的印象。

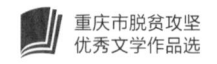

几番暗访和试探，刘昶终于确认，刘廷荣就是他要挖掘的创业人才。

因为刘廷荣也有回家乡发展的初衷，那就是希望带动贫困家庭能在家门口就业，让乡亲们不用再背井离乡，让家还原其最初的意义。

二人一拍即合。

5

2019年2月25日。

"家门口的扶贫车间开业啦！""这里提供岗前培训，家门口上班，挣钱顾家两不误，真的太好了。"山坳村传来大好消息：重庆卫之情服饰有限公司扶贫车间正式开工！

200多名村民报名，希望能够到扶贫车间就业。

"一听说附近开了扶贫车间，我就很感兴趣。由于没有什么技术，就抱着试一试的心态，来到这个公司报名应聘，竟然被录用了。"经过岗前培训上岗的金溪镇平溪村5组贫困户甘伟素坐在缝纫机前，一边忙着手里的活，一边高兴地说，"扶贫车间不但给我们培训技术还提供稳定的就业收入，现在一个月最少能有3000元的收入，以后技术熟练了工资还会上涨，而且离家也近可以照顾到家庭，现在对脱贫致富更加有信心了。"

2019年4月16日，开业不到两个月，重庆卫之情服饰有限公司扶贫车间开展了一个大胆的捐赠活动——给金溪学校捐赠900套爱心校服。重庆市卫健委副巡视员、市卫健委扶贫集团驻金溪工作队队长张志坚亲自把爱心送到学校。

看到堆放好的校服，学生们特别高兴，一部分学生现场进行了试穿，红色的校服简洁大方，穿在身上显得朝气蓬勃。

2019年12月，我们在刘昶的带领下来到位于金溪街上的重庆卫之情服饰有限公司。

扶贫车间,一片忙碌的生产景象,工人们按照各自分工有条不紊地忙碌着。

这是黔江区金溪镇精准扶贫的重点项目,其主要采取"公司+扶贫车间+贫困户"的扶贫模式,让村民在家门口就业实现增收。300多名当地村民,其中有40%是贫困户,10%是残疾人,5%是边缘贫困户。

"输血式"扶贫变为"造血式"扶贫,从而全力推动深度贫困镇脱贫攻坚。这就是被服厂成立的主要任务。

可喜的是,市卫健委扶贫集团决定,全市医疗机构的被服将全部由扶贫车间提供。这样的话,扶贫车间未来发展规模预计可达到一年5000万的年产值,其中2000万纳入全市医疗机构的被服生产,3000万是学校的校服生产。

扶贫车间将每年利润总额的5%捐赠给金溪镇的8个深度贫困村,用于壮大各村集体经济,促进金溪镇如期打赢脱贫攻坚战。

金溪三个品牌,山坳村就占去两席。

有"二金"在手,山坳村脱贫还愁啥?

青杠见闻

1

过了龙溪乌江大桥,蜿蜒而上,山峦叠嶂,森林起伏,道路两旁彩旗飘舞,给人感觉是去往某处避暑山庄。这是2020年元旦后的一天,我和武隆区政协副秘书长刘华去调研沧沟乡青杠村路上看到的情景。

汽车疾驰中经过的龙溪乌江大桥位于G319乌江段龙溪处,虽然

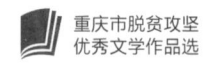

桥长只有267米，但它却是一座民心桥、致富桥。"这座桥极大地推进了龙溪至后坪公路项目建设，打通了市级深度贫困乡镇后坪乡的对外交通，火炉、桐梓、土地、沧沟等乡镇交通同时得到很大改善，为沿线乡镇乡村振兴，加快精准脱贫攻坚步伐发挥了极其重要的作用，这座桥是脱贫攻坚以来政府投资7200万元修建的。"刘华很兴奋地向我介绍，"如果不是这座桥，我们还得绕很远的路才能到达青杠村。"

我们的车在桥头停下，这里曾是繁华的龙溪渡口。这一方好山好水孕育了丰富物产。过去，这里的矿产品、瓷器、西瓜等就是通过乌江龙溪码头运送到涪陵及下江一带。龙溪码头热闹的景象依稀洒在河岸崎岖的小道上，一江碧水冲洗着远去的岁月。看着峡谷间老码头遗址，我突然想起了唐朝诗人李嘉佑的诗句：

  寂寞横塘路，
  新篁覆水低。
  东风潮信满，
  时雨稻粳齐。
  寡妇共租税，
  渔人逐鼓鼙。
  惭无卓鲁术，
  解印谢黔黎。

岁月悠悠，旧去新来。

在新时代脱贫攻坚轰轰烈烈的战斗中，这个古渡口所在的市级贫困村青杠村情况又是怎样的呢？

休息片刻，我们迫不及待向青杠村进发。

远远地可以看见村口矗立着一座高高的烽火台，古色古香。上面有守卫的"士兵"，有的拉弓搭箭，有的手持大刀怒目远视，虽然他们都是没有体温的雕塑，但是形象逼真，如果不仔细瞧瞧，还以为是真人真身。在烽火台举目眺望，武陵山绵延起伏，无数条溪流在沟壑中蜿蜒向东流，好一幅自然山水画。

正在我们感叹美景之时，一个清瘦而又神采飞扬的年轻人向我们走来，同行的刘华作了介绍。原来，他就是武隆区政协派驻青杠村的第一书记何军。对于何军这个名字，我并不陌生，记得2018年他获得优秀党务工作者称号，2019年他获得重庆市年度脱贫攻坚贡献奖，被评为第三届感动武隆人物。在武隆区政协扶贫集团里，他肯定算个人才！虽然我们从未谋面过。

我们交流的话还没有开始，一个村民从路边的一栋白色楼房里急匆匆跑出来，手里拿着一叠钱，不停地喊："何书记，何书记，等到，我还你的1000元！"

"哦，不急嘛，你先用到。"

"我的钱已经收回来了，而且也赚了，该还你了。谢谢了，何书记！"

一问才知道，这个村民叫李子树，是村里的农户，去年搞中药材前胡种植差点钱，何军知道后立即帮助他垫支了1000元。这个村民说："何书记给村里好几个农户都借了钱的，帮助我们发展产业。"

第一书记私人给农户无息借钱发展经济，雪中送炭，既可"取暖"，也可鼓舞志气。从李子树本真的笑容里，我猜想，这里的村民一定把何军当成了自己人。

2

2017年，青杠村依然是远近闻名的穷村。

也许，这个"穷"字不仅仅是青杠村身上的一个"毒疮"，也

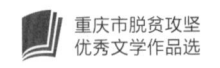

是沧沟乡内心深处一个日日疼痛的"伤口"!

如何割掉这个"毒疮"?是一道难题。

青杠村由原龙坝乡的五一村和沧沟乡的青杠村合并组建,海拔210米到950米,是原市级贫困村。青杠村位于沧沟乡南部,距乡场镇6公里,东临木棕河,与彭水相望,南靠乌江,西接火炉镇车坝村,北连沧沟乡沧沟村。全村辖4个村民小组,375户1241人。2014年,系统内建档贫困户62户210人,到2017年,还有9户32人未脱贫。

2017年,沧沟乡成为武隆区政协对口帮扶的乡,自然,青杠村也成为区政协帮扶的重点对象。12月22日,武隆区政协反复考量,最终选派1985年出生的年轻干部何军到青杠村担任第一书记。"沧沟乡青杠村戴着'后进村'和市级贫困村两顶'帽子',区位优势落后,村里没有像样的产业。"这是何军到青杠村的第一印象。

知道工作难度大,但是何军并没有退缩,因为他坚信青杠村一定会迎来发展机遇。

2017年青杠村当时的情况是有三个明显特点:一是三个区级深度贫困乡之一的沧沟乡唯一的"后进村";二是全村集体经济为零,无收入;三是社会矛盾突出,群众思想观念僵化。

到青杠村后,何军吃住都在村上,根本无法顾及家里的两个孩子,一个才5岁,一个才刚刚1岁。提起当时的情形,何军满怀愧疚,但是"军令"在身,只有出发!

他利用一个月时间逐户走访,了解贫困户情况。向全村发放"调查信封"(内装村民手册、致全村人民的一封信、征求村民建议意见表)300封,收集到群众反映的组织建设、基础设施、民生保障、产业发展、公序良俗等5个方面的问题40多个。

这让何军欣喜若狂,他发现这里的群众并不是传说中的甘于贫困,他们都有脱贫的强烈愿望,有奔小康的远大理想,就是不知道怎样去努力。

刚到村里，一个"扯皮"事件告到他那里。

有一个村民叫罗学伦，长期外出务工，突然想回老家把自己院坝到主干道的路修通，但是要经过另外两家人的"地盘"，这个"地盘"别人修路时花了钱的，那时罗学伦没有出钱，这次就遇到"拦路虎"了，一个要修，另外两家不准过路，互不相让。

何军详细了解情况后，分别找几家人单独沟通，动之以情，晓之以理，并宣讲了整个青杠村发展的构想，不久，几家人达成共识，合情合理化解了村民之间的矛盾。

青杠村没有特色产业，村民大都外出务工，大片土地荒废。沧沟乡区位优势不明显导致交通边缘化，以前从武隆城里到青杠村要2个小时左右的车程，村民出行很不方便。2018年，青杠村的发展迎来转机。一座新建的龙溪乌江大桥连通了青杠村和黄草村。江后（江口至后坪）旅游公路建成后，从武隆城里到青杠村仅需30分钟。

何军决定抓住这条致富路，大做土地文章。

3

2020年1月10日。

我们在野寒山下的青杠村漫步，参观焕然一新的青杠村。平整的蔬菜地里插着标签，每一块小格自留地上面写着名字，张某某、李某某、王某某等，这是怎么回事？"这些蔬菜都是真正的绿色食品，它们都名菜有主。"同行的何军指着一大块地说。它们早在网上就"卖"给了城里人，农户负责管理，顾客可随时上门体验，村里提供每年四次的送货上门服务。这，就是何军在网上走红的"城里人的开心农场"。

青杠村2/3的村民外出务工，村里留守的是老人和儿童，大片土地无人耕种撂了荒。何军发动大家：土地不能空，人不能闲！

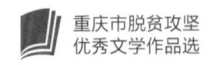

他带领青杠村集体成立了重庆野寒山旅游开发有限公司,并以专业合作社和农户联营的模式,发展集体经济。通过土地流转,发展了樱桃100亩、西瓜200亩、中药材200亩,并且打造100亩四季果园。把村民闲置的土地作为"网上自留地",单块土地价格为388元至588元。比如388套餐可为顾客提供三种不同选择:A套餐为"西瓜6个,时蔬40斤,农家土鸡1只,体验工具一套";B套餐"西瓜6个,时蔬40斤,手工苕粉8斤,体验工具一套";C套餐为"时蔬40斤,农家饭6人次,土鸡蛋60个,体验工具一套"。

有了网上的"火",何军决定打造一个让城里人可以体验的线下农场。他带领村民利用10亩成片林下土地,打造了23个蔬菜大棚和19个平均面积约60平方米至70平方米小地块,每块土地不仅有专属编号和二维码,而且还安装了监控。借助"寻味武隆"平台,何军还打造微信公众号"走,上野寒山",将"自留地"挂上网后,几天时间就被抢购一空。

"土地流转和就近务工,至少增加收入3000元以上。流转土地有流转费,还可以在地里种蔬菜,刨除供应的时蔬外,剩下的都是自己的,相当于农户经营自家的菜园子,还能分管理费。"村民杨天奎对这种新鲜的模式十分认可。

"有地种,有菜吃,还有钱收,比过去划算多了。"坐在村主任冉义贵的院坝里,几个村民都乐呵呵地说。

4

历史上,龙溪渡口是乌江流域重要货运中转码头,走茶贩盐的商贩络绎不绝,影响力甚远,当时是周边百姓生活物资的集散地。

据史料记载,唐武德年间武隆置县后,州郡为发展商贸,开始在艰险不畅的乌江航道开辟贯穿全境的大唐驿道。虽然,这已经成为历史,但是这恰恰是青杠村今天发展的一张文化底牌。

青杠村的脱贫攻坚时刻牵动武隆区政协领导的心。武隆区政协主席潘晓成多次带队调研青杠村脱贫攻坚及乡村振兴工作。2018年7月23日，他主持召开专题会议，专题研究审定青杠村乡村旅游"古渡驿站"规划，为其未来发展把脉，指引方向。

何军带领驻村工作队和村支"两委"班子在武隆区扶贫办和沧沟乡党委、政府指导和支持下，结合青杠村实际，深度挖掘驿道、盐道文化，打造乡村旅游吸引物，形成"驿文化+"的发展格局。

2019年8月，由驿站、驿园、驿市、烽火台等组成的"古渡驿站"景点顺利开园。

一个崭新的"古渡驿站"在青杠村仿佛一夜之间复活。

从烽火台进村，到驿站沿线，环境干净整洁；从驿站到驿市形成了一幅完整的乡村旅游画卷，有住宿，有饭馆，有茶铺，有农家乐，有美丽的田园风光。

特别是"古渡驿站"内每隔一定距离，就设置有文化墙，各种正能量标语劝化人们向上向善。在进村门户处，建有古盐道、古驿道大型浮雕文化墙，"文旅驿站，栖息乡愁"令人震撼。

在村里转悠，我边走边思考：曾经的一个"后进村"是如何在短短两年时间实现蜕变的？一个原市级贫困村突然华丽转身，背后究竟有多少我们不知道的故事？

俗话说："火车跑得快，全靠车头带。"可是，2017年底，当何军来到青杠村时，发现这个村问题很多。首先，党组织涣散，班子不齐，支部书记空缺1年多，根本没有"火车头"；其次，干部作风涣散，应付性对待工作；再次，在家党员年龄较大，党员作用没有发挥出来。

何军把这种情况如实向上级组织反映后，通过了解、物色，发现本村人冉圣元很适合当支部书记，但是他本人在城里上班，在中天电器公司当销售经理，每月工资5000元以上，收入丰厚，别个愿

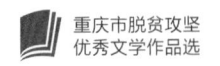

意回来吗？

2018年4月，何军怀着三顾茅庐的心态，找到冉圣元，针对村里发展面临的具体困难以及村支部基层组织建设问题与他仔细沟通，希望他回乡支持家乡建设。"冉圣元很有家乡情怀，看到自己土生土长的家乡贫穷落后，心里十分不是滋味。脱贫攻坚，有了区政协大力帮扶，有了国家好政策，村里发展的机遇来了！"何军说，"当时我们一谈话，很投机，有点相逢恨晚的感觉。"

2018年4月8日，缺岗1年多的村支部书记终于到位。同时，青杠村调整了村民小组长，成立了党小组，组建了党员先锋队，"乡村大讲堂"开讲，规范了流动党员管理和每月的主题党日活动，开展了如"三八"妇女节、端午节、"七一"支部联建、政协委员义诊、红十字应急培训等形式多样的活动；将每周一确定为村社干部周例会和集中办公日，对党员开展设岗定责亮身份。

冉圣元放弃城里工作，回到青杠村当起了村支部书记，带头发展林下土鸡养殖，当起了全村的致富"领头羊"。为改进工作作风，提升为民服务能力，他团结村支"两委"班子，强化队伍建设，严格值班制度，扎实开展"两学一做"学习教育，多次召开院坝会议，改善干群关系，积极发挥村支部的战斗力和党员干部的先锋模范作用。

修建大棚，村里钱不够，他与村主任一起商量，村社干部主动带头把大家存一年定期的10多万元钱取出来悄悄垫上。土地流转测量，他和村民们一起风雨无阻坚持在田间地头测量、统计。

通过几个月紧抓党建工作，夯实了青杠村党建基础，增强了村支"两委"班子的凝聚力，强化了党员干部纪律和作风，一改当初党组织涣散、班子队伍不齐的旧面貌。

围绕乡村旅游，青杠村开始产业布局。重庆野寒山旅游开发有限公司成立后，以专业合作社和农户联营的模式，大力发展集体经济。

公司由青杠村党支部书记冉圣元担任法人，村民可自愿入股，成为村集体经济股东。"2019年，已经有126户村民现金入股40万元。"冉圣元很有信心地介绍，"希望游客来了有好吃的、好看的，还有好玩的。"为了盘活林下土地资源，青杠村还成立了尖峰岭农业发展专业合作社，林下散养土鸡5000只，同时为村民提供统一技术和管理。

青杠村在第一书记何军的带领下，狠抓"过路经济"和"后备箱经济"，壮大村集体经济。

2018年，青杠村获得年度全乡干事创业先进集体，曾经的"后进村"帽子被狠狠甩掉。2019年，青杠集体经济收入近5万元，实现了昔日市级贫困村集体经济"破零"的目标。

5

在村里一棵巨大的黄桷树下，我遇见了75岁的老党员蒋成明。大树旁建有一个小亭子，亭子里摆有茶具，可以喝茶聊天。

75岁的老人，精神矍铄，能言善谈。听说我是作家，到村里采访，蒋大爷特别高兴。

"我从1972年到2003年一直任这个村的支部书记，当了31年的支书，我没能力改变贫穷落后的面貌。最近两年多，我们村真发生了翻天覆地的变化！不简单啊！"蒋大爷说，"以前公路没有硬化，村民们晴天一身灰，雨天一身泥，一下雨车子根本没法进来也没法出去。现在公路硬化了，路边有了排水沟，无论天晴落雨，我们的出行都没问题；以前大家都是挑水吃，现在水桶成了摆设，挑水的人不见了，家家都用自来水！"

这些变化，蒋大爷和村民们摸得着、看得见。

坐在一旁的村支书冉圣元打断蒋大爷的话说："这都是帮扶单

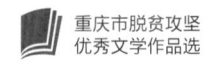

位给力啊！"

冉圣元向我们介绍，武隆区政协不仅为村里脱贫攻坚出谋划策，引领向前，还多方争取一系列项目资金。资金落地，青杠村基础设施建设才得以根本改观。这两年，青杠村先后投入200多万元资金用于硬化道路，投入400万元用于驿站建设项目，投入400万元用于土地整治工程……

我们在黄桷树下聊着，几个过路的村民见到老支书，赶忙过来打招呼。蒋大爷招呼他们坐下，大家一起喝茶、烤火、聊天。

一个村民的话，让我十分惊诧。

他叫冉义兵，50岁左右。他说，当初第一书记何军来村里，开了几次坝坝会，说了一些发展规划，我还以为是"吹牛"，根本没放在心上，哪知道，现在真的实现了，现在自己心里还有点惭愧。

村里打造"古渡驿站"，发展乡村旅游，必然涉及人居环境整治。怎么整治？除了改变一些生活陋习，还涉及农房风貌改造，门前院落改建，家禽圈养等等。

最主要的是驿园内景观沿线有23座坟墓需要迁移或者围圈、美化处理。在农村要动祖坟可是件大事，一些人纷纷阻挠，工程一时难以推进。"当时大家的思想观念还是有问题，主要是穷怕了、穷久了。"冉义兵坦言，幸好村支书和村主任想了妙招。

什么妙招？他们从附近请来村民信奉的"阴阳先生"，召开坝坝会议，让"阴阳先生"现身说法，村里要发展，祖先们肯定会支持，他们会给子孙后代让路、造福，他们也不想看到青杠村的亲人们一直穷下去！"信神信鬼，不如信党！相信共产党，青杠村发展的所有困难，共产党都可以解决！"院坝会议上，在家的共产党员首先站出来发言。

这些话很快说服了村民。

对于个别思想特别保守的人，村主任冉义贵亲自出马，在坟前

"打卦"，从心理上安慰村民，从形式上取得祖先同意搬迁。"这些土办法在农村很管用，既不激化矛盾，也可以解决难题，推动工作。"聊到"古渡驿站"建设中迁坟的喜剧故事，冉义贵笑得很开心。

最让大家刻骨铭心的是村支书冉圣元带头拆观音庙。

这是以前村民自发修建的一个小寺庙，里面塑有观音菩萨。因为脱贫攻坚打造乡村旅游，风格不一致，需要请观音让路。村里没有人敢动这个寺庙。上面通知必须3日内拆除非法建筑，因为没有民政和宗教管理机构批准，这里早就被定为非法活动场所。

80多岁的母亲听说儿子要拆香火鼎盛的观音庙，气得火冒三丈，千般阻止，甚至以死威胁冉圣元。

"当时我心里也很纠结，万一母亲有个不测，我岂不是落得个杀母之罪？"冉圣元一边找人细心照看母亲，一边开展拆违行动。

"母亲绝食，躺在床上三天不吃不喝！"冉圣元还是老办法，找来"阴阳先生"做母亲的思想工作。自己也不停地给母亲解释，村里要发展，旧思想必须破除。

最终，还是"阴阳先生"说服了母亲。他是怎么说的，冉圣元无从知道。反正，现在母亲看到青杠村的巨变，什么也没有说了。

她，应该是肯定了青杠村现在的美。

6

冉义生，64岁，区电力公司职工，退休后回老家青杠村居住。

作为群众代表，他曾受邀参加村支"两委"组织的到贵州湄潭、南川大观、黄莺复兴、羊角艳山红等区内外先进村考察学习。正是有了村支"两委"、村社干部、党员和群众代表等5批100多人次的外地考察，最终才确定了青杠村"一心一带三片"的区域规划和打造"古渡驿站"乡村旅游的发展思路。

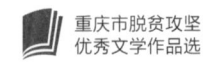

说到外出考察，冉义生说，那不是出去游玩，是真正的学习，收获很大，受到的启发很大。他认为有了别个村的样板，就有了青杠发展的底气。

外出考察的车辆交通是青杠村走出去的成功人士冉建华和冉建国等赞助的。

冉义生和村民们都知道，冉建华和冉建国他们很支持家乡发展。他们是运输公司的老板。脱贫攻坚以来，他们出资为村里修建了两个大水池，一个1200立方米，一个400立方米；捐献200万元用于江后路改道和堡坎修建；捐资5万元维修三坪塘；每年捐献2万元为村里70岁以上老人逢年过节买慰问品；为村里绿化捐赠价值23万元的大树20棵；驿站2000平方米提供给村里使用10年……

有了在外成功人士的大力支持，青杠村发展动力更足。2018年8月，村支"两委"邀请本村在外有识之士52人回村座谈，成立了青杠村村民理事会，12月29日理事会承办了首届青杠村迎春文艺演出和村集体经济组织相关活动，全村在家村民400多人欢聚一堂，其乐融融。

这是一个良好的开始。

"现在的青杠村，民主管理、爱护环境、团结邻里等观念已深入人心，若有村民不遵守，往往会受到其他村民的指责。"冉圣元表示，"通过修订村规民约，和谐了邻里关系，规范了乡村治理，凝聚了发展共识。"

为激发群众发展内生动力，青杠村组建了15人的党员先锋队和87人的志愿服务队，开展抗洪排危、清扫公路等志愿服务活动。

区政协帮扶集体组织了近50名政协委员，按组织建设、基础设施、乡风文明、公序良俗、产业发展5个分组开展脱贫攻坚助推，政协机关干部帮扶全覆盖。

青杠村上下合力，把脱贫攻坚战斗推向胜利。

冉义生是村里的十大"乡贤"之一，处处起到致富带头作用。2019年，他养了3000只土鸡，为村里发展林下产业拓展了一条出路。

"何书记来后，青杠村的的确确发生了天翻地覆的变化，这些变化有些我们可以看见，还有些我们根本无法看见。"村民们都这样说。

也许，看不见的风景更美！

2019年，全村实现脱贫。

现在，村民的思想观念完全转变了，一些人经营起了农家乐，土地也加入了合作社，对村支"两委"的工作再没有任何怨言、阻挠，大家一条心奔小康，阔步迈向美丽乡村。

退休前的"摩托书记"

1

徐喜寿今年59岁，面临退休。

他是城口县年龄最大的驻村第一书记。从2015年6月至今，他在城口县庙坝镇红岩村任第一书记，整整5年。

红岩村地处庙坝镇东南方向，东与高燕接壤，南与兴旺接壤，西与罗江河、坪坝河接界，北与黄泥洞接界，距离庙坝场镇1公里，幅员16.8平方公里，辖14个村民小组，总户数374户，总人数1501人，有建卡贫困户65户267人。

红岩村这个名字主要从两个方面而来：一是红岩村由过去的九红村和岩峰村合并而成，取九红村的"红"和岩峰村的"岩"来命名；二是红岩村有着光荣的革命传统和丰富的红色文化资源，庙坝是当时城口苏维埃政权的重要组成部分，红三十三军军部就设在红

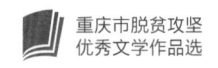

岩村，九十九师曾在黄鹰岩击溃白军进攻，从而保卫了庙坝新建的红色苏维埃政权。现在红岩村还留有硝洞岩、硝厂湾、袁家坪、老窝子、石鸡公等多处当年红军驻军和战斗的遗址，具有深厚的红色文化底蕴。

2015年6月初的一天，单位领导突然找到徐喜寿谈话，说："老徐，单位要选派一名精干的干部到庙坝镇红岩村担任驻村第一书记，这是一项艰巨任务。经过我们研究，认为只有派你去我们才放心。但不知你有什么想法？"

"我坚决服从单位安排就是。"看是一句简单的回答，充分体现了一个老党员，不为他念只为组织需要，就义无反顾！这就是一种精神，一种担当，一种情怀。

于是，本来等着退休，回家休养，与儿孙共享天伦之乐的徐喜寿，只有告别熟悉的机关工作，告别舒适的家居环境，踏上充满无数艰辛与坎坷的扶贫工作之路，与红岩村结下不解之缘。

徐喜寿说自己虽然过去做过农村工作，也有一定的基层工作经验，但深知精准扶贫是一项全新的工作，责任重大，必须提前作好充分的准备，成竹在胸才能干好这项工作。他说，自己年纪大了，办事效率比不得年轻人，必须笨鸟先飞。

组织上还没有正式确定，他人未到村心已往之。他白天忙于机关单位的业务，晚上熟悉相关的扶贫政策到深夜，星期天和节假日就到红岩村去收集一些情况。在县上还没有安排部署脱贫攻坚战工作之前，他已经多次向村红岩村党支部书记王成全了解该村的交通、饮水、产业发展等各方面的情况，使自己做到心中有数。到2015年8月，县上正式行文任命第一书记，徐喜寿已经是政策熟悉、情况清楚、目标明确了。

"像他这样在县上还没有正式下文任命，就率先冲向了脱贫攻坚战的主阵地的第一书记为数不多，像他这样大年纪的第一书记为数不多。"王成全说。

2

徐喜寿原来并不会驾驶摩托车，连自行车都骑不好。为了搞好扶贫工作，一个50多岁的人临时决定学驾驶摩托车。学车的勇气哪里来？不为别的，只是为了扶贫工作，为了乡亲们的生活！徐喜寿先花1000元考了驾照，随后又在自己经济并不宽裕的条件下，花7000多元购买了一台新摩托车。从此这台摩托车就成了他用于扶贫工作的专用交通工具。他说，这几年来，不论是春夏秋冬，晴天雨天，刮风下雪，他都和摩托车朝夕相伴，形影相随，比老婆还亲，老婆一年和我见不了几次面。由此，"摩托书记"的称呼诞生了。他和他的摩托车也留下许许多多看似平常，却能引人深思的故事。

2015年10月23日清晨6点30分左右，徐喜寿像往常一样驾驶着自己的"扶贫专用车"又开始走村串户了。因为天还没有完全亮，加上晚上下雨路面湿滑，前方路口又突然穿出一辆小车，他在紧急刹车时连人带车重重摔倒。也不知昏迷了多久，他醒来之后发现自己伤得很重，摩托车也没法骑了，过路的好心人及时拨打了120急救电话，并将他送到县人民医院。单位领导和同事们在早上8点多钟赶到医院时，看到他满身伤痕，浑身是血，衣服破烂不堪，面目全非。经医院检查，确诊两根肋骨折断，右手手腕粉碎性骨折，后来医疗鉴定为9级伤残，不得不在医院病床上躺上20多天。在医院这20多天里，他人躺在病床上，心却牵挂着扶贫工作，经常和村支"两委"干部在电话上商讨工作，询问脱贫攻坚工作的进展情况。

"摩托书记"很讲党性，很守纪律，很讲规矩。在自己受到如此重创，手不能动的情况下，还及时拜托他人，把自己因为受伤，暂时不能正常工作的情况写成书面材料送给了县脱贫攻坚领导小组和组织部等相关部门，并深表歉意。当时的某位县领导曾关切

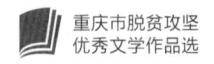

地问他："你还是要求单位换一个人去村里吧！"徐喜寿回答："当初我是单位派出来做第一书记的，换人也要单位决定，我估计不好安排，我也没有提出换人的要求。"这就是第一书记，一个快60岁的老同志朴实的话语。为工作而想，为单位而想，唯独不为自己想！他的回答，充分体现出老共产党员任劳任怨、不怕困难、敢于担当的高尚情怀。他用自己的实际言行践行自己在党旗下的庄严宣誓。

出院时医生一再叮嘱必须休养3个月以上，但才几天，这位"摩托书记"又出现在红岩村，又出现在贫困户的家门口和村民的田间地头，不同的是，这段时间的他没有再骑摩托车了，而是手腕上缠着绷带、上着夹板。很多老百姓非常感慨地说："徐书记到我们村上来工作，是我们红岩村村民的福气！"

3

徐喜寿心挂村民，点点滴滴深入人心。一个好人的形象，一个好书记的美誉，不是在口头，而是来自于村民的内心，来自于村民的拥护和爱戴。

2017年11月中旬的一天，徐喜寿驾驶摩托车，带着大学生村官阳琴去召开农村贫困人口动态调整工作会议，行驶到3社豌豆梁时，突然出现离合线断裂，一时无法行驶，只有将车停靠路边，开完会之后也只好步行回到村里。当地村民发现这是徐喜寿书记的摩托车，七八个人自发地将车从山上搬运到庙坝场镇修理店。修车师傅非常感慨地说："想不到徐书记在老百姓心目中的威信这样高，这么多人主动出力把车从山上搬到街上"。

每次提起老百姓帮忙搬运摩托车这件事，徐喜寿都非常感慨地说："老百姓的认可就是对我最大的褒奖，想起这些，什么辛苦都值得！"

多年来，徐喜寿骑着他的扶贫专用摩托车几乎每月都要到每户群众家中拜访一次或几次，几年累计下来行程达5万多公里，比长征路还远。

4

一个体弱多病、快退休的老同志能够把一个深度贫困村的扶贫工作搞得有声有色，难怪老百姓对他的评价如此之高。

经过我们的交谈，终于发现了其中端倪，那就是讲党性，敢担当，心系百姓，用心用情扶真贫，干一行爱一行、干好一行。

"从2015年8月，全县召开脱贫攻坚总动员大会，正式吹响脱贫攻坚进军号角开始，我们这些扶贫第一书记就正式踏上了漫长、艰辛而又饱含欣慰的扶贫之路。在这条路上，没有任何诀窍，唯一的办法就是不怕吃苦，不怕受累，沉下心来，用心用力用情地苦干。"徐喜寿说。

按照精准扶贫精准脱贫的工作要求，各类考核指标近几十个大项，涉及建卡贫困户的基础资料100多个小项。各方面都不允许出半点差错。从进村以后，他和村支"两委"干部及驻村工作队员们经常是白天走村入户，收集情况、调查摸底、分析问题、规划项目，晚上继续加班整理资料。有的家庭一连去几次都找不到人。徐喜寿很风趣地说，当初在机关工作时经常盼天晴，因为天气晴朗人的心情好，现在时常盼下雨，因为只有在雨天才好找人，虽然雨天经常被糊得一身泥，淋成落汤鸡，但能找到人，能落实好某项工作就是一件开心的事。

徐喜寿从2015年8月以来，除因车祸受伤住院和到市、县集中学习或开会之外，长年吃住在村、工作在村，没有请过一天事假，就连单位每年组织职工开展的健康体检他都因为工作忙而不得不放弃。

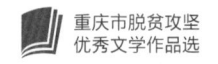

2017年刚过春节不久,他带领一个工作组下村搞农业普查,突然上吐下泻,吃药之后没有任何缓解,不但不能吃饭,连喝开水都会马上吐出来。即使在这种情况下,他还坚持工作了两天,待这项工作基本完成之后才住进了医院,这时候的他因为脱水,已经处于半休克状态。医生说他太不懂得爱护自己了,如果再拖两天人就完了。可是三天之后他又出现在扶贫工作第一线。

这就是红岩村的第一书记!

在他心中只有工作,只有责任,再大的困难也没有压倒他,但他对自己却太苛刻了。为了扶贫,他不但牺牲了自己的休息时间,牺牲自己的健康,也牺牲了对家人的关爱。他说:"我在儿子面前或许不是一个好父亲,这几年关心他太少;在妻子面前我也不是一个好丈夫,家中大小事情都是由她一个人操劳,我从来没管过,也没有精力去管;在父母面前我更不是一个好儿子!"

徐喜寿的父亲去世多年,最对不起的是2019年12月去世的老母亲。徐喜寿的母亲患肾癌5年多来,很希望徐喜寿能够多陪她说说话。但为了工作,徐喜寿只好把她送到老家幺兄弟家,连抽时间去看她一次都很困难。2019年10月以后,老人身体越来越差,这时候的扶贫工作已经没有星期天、节假日了,晚上也经常工作到深夜,根本没法照顾老人。

他好不容易抽出一个星期天回到城口县治平乡老家,看到母亲已经完全瘫痪,不能言语,全身肌肉消失得只剩下骨头了。当徐喜寿拉住母亲的手时,老母亲脸上很勉强地露出了一丝微笑,不知是高兴还是埋怨。即使在这种情况下,徐喜寿还是不得不在第二天早晨返回工作岗位,离去之时,母亲身体不能动,口不能言语,唯有老泪不停地往下流,徐喜寿只好背对着母亲,悄悄擦干眼泪,快步离开。

走出10多公里后,徐喜寿又驾车返回来到母亲床前,对她说到:"我给单位请假了、不走了,好好留下来陪你,这时母亲的脸上真的有了笑意。但她不知道,徐喜寿说完这话之后,就悄悄的开车回到了村上。"

这一去又是两个星期。那个周末,徐喜寿给领导讲,母亲时日不多,准备这个周末回去看望一下,领导也同意了。但因为事情太多,只好把回家的时间推到第二天早晨,谁也没有想到,那个周六早上6点10分,徐喜寿刚开车出发,他兄弟就打来电话,说母亲已经于半小时前去世了。

这是他最不愿意提到的事情,只要一想到这件事就心痛、就落泪!

5

他虽然对自己非常苛刻,对亲人没有完全尽到自己应尽的责任,但他对红岩村的村民们确实满怀深情,关怀备至。不论是贫困户还是非贫困户,只要有困难和问题,他都是从不马虎,有求必应,政策范围内能够解决的就及时解决,没有政策支撑不能解决的,及时做好解释工作,总之是件件有着落,事事有回音。

5年来,他的驻村工作笔记多达20本,每一本都密密麻麻记录着贫困户的情况、诉求和解决办法。

村民无小事,件件都是徐喜寿的大事。有一位非贫困户村民杨万平家住偏远的山上,他给徐喜寿发了一条信息,质问:"我家里穷,为什么不能成为建卡贫困户?为什么不能吃上低保?"接到这条信息后,徐喜寿冒着烈日,跋山涉水,步行2个多小时,到杨万平家进行了耐心细致的解释,最终用政策和真情赢得了他的理解。杨万平过去对干部意见很大,经常和政府及村上唱反调,现在非常支持村支"两委"的工作。在2017年农村贫困人口动态调整会上,他首先发言说:"我家目前虽然有很多困难,但根据标准我不够建

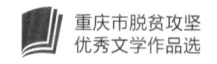

卡贫困户,我不会再无理要求当贫困户。"

以理服人,以情动人,是徐喜寿的工作常态。这不仅体现了徐喜寿的政策储备有强大的功效,更体现了一名扶贫干部的情怀,对百姓深厚的感情。

贫困户生病或遇上特殊困难,徐喜寿经常自掏腰包,每年用于这方面的支出都在数千元。

2018年3月10日是双休日,红岩村64岁的建卡贫困户杨庆山的女儿杨欢突然给徐喜寿打来电话,说她父亲患了严重的心脏病,目前在县人民医院,医生要求他们必须立刻转院到重庆安装心脏起搏器,否则会有生命危险。徐喜寿非常清楚这个家庭情况,60多岁的杨庆山,一直没有结过婚,40多岁的时候在路边捡回一个女弃婴,她就是杨欢。2017年秋季才进入大学,家里目前就靠老杨做小工维持正常开支和女儿上学。现在老杨病倒,如果发生意外这个家庭就彻底完了,杨欢也将面临辍学。

徐喜寿在电话里对杨欢说:"你不要哭,等着,办法总是有的。"随后毫不犹豫从家里拿出7000元现金就赶到杨庆山家里,5000元写了借条,另外2000元无偿捐赠,同行的庙坝镇纪委书记、负责联系红岩村的林美江也慷慨解囊,无偿捐赠2000元,当天就让杨庆山顺利住进了重庆医科大学第一附属医院,随后徐喜寿又多方筹措资金近20000元,彻底解决了杨庆山的住院医疗费用问题。

6

红岩村是庙坝镇数一数二的大村,又是一个深度贫困村,山高坡陡,资源匮乏,人均可耕种的土地不足半亩。经过徐喜寿、村支"两委"及驻村工作队的不懈努力,实现了全村农网升级改造,基本实现了社社通公路,不通公路的农户都修建了水泥人行便道,符合条件的农户危旧房改造全面完成。几年来,他们研究对策,因地制宜给每户贫困户出点子、找门路，户户都有比较稳定的增收产业。他所帮扶的红岩村也于2016年顺利通过市、县验收，实现整村脱贫，2019年，该村又顺利通过省际交叉大检查、国家成效考核和三方评估，实现了高质量脱贫。目前，红岩村已经是产业发展蒸蒸日上，贫困户赚得钵满盆盈，辛苦劳累的"摩托书记"露出了会心的笑容。

脱贫攻坚以来，在庙坝镇党委、政府的领导下，红岩村于2016年实现了整村脱贫，2017年红岩村建卡贫困户人均纯收入达到7686元，2018年红岩村成立了红岩村股份经济合作联合社，2019年66户建卡贫困户每人每股分得红利45元。

"摩托书记"徐喜寿是一位平凡得不能再平凡，普通得不能再普通的人，一生中没有轰轰烈烈，只有扎扎实实、勤勤恳恳，在平凡和普通之中见证了他对党的忠诚和对百姓的深情厚爱，见证了他的勇于担当，他用自己的实际行动诠释了党的先进性和一名共产党员的本色。

12位第一书记素描

1

他叫薛千万，是重庆市经信委直属单位四川仪表工业学校的财务科科长，2018年9月被组织选派到城口县鸡鸣乡金岩村担任驻村第一书记，当地群众习惯称他"千万书记"。

从他挑起金岩村"脱贫摘帽，实现同步小康"的担子开始，他就下定决心，用真情谋划金岩，用行动坚守初心，抓住发展产业的"牛鼻子"，出实招。2019年，金岩村被重庆市农业农村委评为"一村一品"示范村，村集体经济实现了首次分红22万多元。

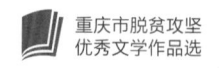

2019年，薛千万被市经信委党组授予优秀共产党员称号，并被推荐为重庆青年五四奖章候选人。

城口县鸡鸣乡金岩村有着几十年的中药材种植历史，6社到9社200多户药农在位于海拔2000米以上的山顶，种植云木香等中药材近1万亩。由于山势陡峭，一直不通公路，药农种植的中药材和生产生活物资等只能靠骡马等原始工具通过泥泞、陡峭的山道运送。每公斤药材增加了3元左右的运输成本，群众辛苦劳作了一年，纯收入仍很少。修通金岩村11.8公里中药产业公路（人们称"挂壁公路"）是大家的梦想。在乡党委、政府和驻乡工作队的领导下，薛千万参与多方协调，2018年10月，借道邻近咸宜镇洋溪河的"挂壁公路"正式动工修建，修路难度之大，前所未有。公路修通，但是不硬化，发挥的作用仍不大。薛千万积极向帮扶单位重庆高速集团寻求帮助，在各级领导的关心支持帮助下，高速集团承诺帮助硬化11.8公里，使硬化公路到达万亩药材基地的中心地带。

薛千万觉得高山土豆等农副产品被拿来喂猪很可惜，把农副产品卖出去能增加大家的收入。2018年，他找到本村"80后"年轻人范天喜，动员他把这个"担子"挑起来，指导组建了城口县喜娃农业开发有限公司，在场镇设置了1个农副产品收购销售点，并建立了与村集体经济组织的利益联结机制。为了助推农副产品卖得更好更远，2019年争取交通银行帮扶资金20万元发展农村电商，设计农副产品新包装30多款。在市经信扶贫集团以购代扶的政策支持下，已销售农副产品400多万元，为集体经济创收22万元。

金岩村3社贫困户谢晓红、本地匠人王祥令有发展民宿的设想，但是下不了决心。薛千万了解后，组织人员帮助选址资家丫口，并算了一笔"经济账"，使他们信心大增，打造民宿"伴山隆越"，同时在民宿旁边建起了生态鱼塘，带动5户贫困户及群众发展。之前，只有1家大巴山森林人家"西河农庄"，现在新增了"多味轩""锦衣味"等5家餐饮店，吸引周边乡镇人员到鸡鸣乡金岩村消费，带动就业20多人。

治贫先治愚、扶贫必扶智。薛千万对教育帮扶格外上心，无时无刻不在关注着青少年的成长成才。他牵头建立完善了金岩村助学金，2018年筹集助学金6万元，帮助解决了64名留守困难儿童及青少年生活中的实际困难。2019年，在驻乡工作队的指导下，与祝乐、双坪、茶坪、灯梁等村一起组建成立全乡助奖学金，进一步扩大帮扶的范围，已筹集助奖学金70多万元。他谈到，不单在物质上帮扶，更要在精神帮扶上想办法。联合四川外国语大学扬光社会工作室，在鸡鸣小学办起了"夜校"，实施陪伴教育，每周二晚上定时开始活动。为了建立长期帮助鸡鸣乡贫困家庭学生的长效机制，他倡导实施"1+1希望工程"，即一个党支部帮助一名留守儿童或青少年，邀请了市经信委扶贫集团成员单位34个党支部参与，量身定制帮扶内容，对接落实长期帮扶工作。他在走访中发现了8名初高中应届或往届毕业生，没有找到出路，推荐他们到四川仪表工业学校、重庆能源职业学院接受中高职教育，落实"技能培训就业一人、脱贫一家"的目标。

薛千万认为，群众家庭清洁卫生看似小事，实则影响群众的精、气、神。为了搞好美丽农家建设，他引入"5S"管理理念，助推美丽农家建设。把"5S"管理理念转换成"要用与不用的分开、不用的扔掉、要用的摆放整齐、把周围清扫干净、长期保持下去"五句通俗易懂的要领，大家乐于接受，进一步提高了群众热爱环境卫生的意识。组织妇联、扬光社工及志愿者，深入到贫困户和非贫困户家庭进行家居环境卫生指导。严格按照"五干净六整齐"的标准，定期开展检查评比活动，评比结果纳入爱心超市积分管理，进一步调动了大家的积极性。

坚持群众主体，激发内生动力。金岩村通过"一引导、二搭

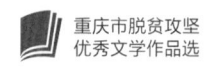

台、三榜样"的措施，群众自力更生、干事创业的信心决心更足了。金岩村2组建卡贫困户王世刚就是榜样之一，他通过学会理发手艺脱了贫。薛千万经常与他交心谈心，推荐他参加"鸡鸣人讲鸡鸣的故事"宣讲队。2019年初，他主动写了不再享受扶贫政策的申请书。2019年末，他又当选为茶业专业合作社的负责人。他不但自己对脱贫致富的信心更足了，还影响了一大批人。他的先进事迹被新华社等媒体宣传报道。这样的榜样不只王世刚一个，现在金岩村建卡贫困户主动申请不再享受政策帮扶的已有20多户，群众内生动力"活了起来"。

2

他叫张登国，是城口县鸡鸣乡祝乐村第一书记。自2019年9月3日选派至鸡鸣乡祝乐村担任第一书记以来，他认真学习《习近平扶贫论述摘编》和各项脱贫攻坚政策，与市级驻乡工作队干部和县、乡、村各级干部关系融洽，与祝乐村及周边村社群众打成一片，围绕驻村第一书记工作职责卓有成效地开展工作。祝乐村贫困发生率从4.6%降为零，从全乡唯一的未脱贫村蜕变为唯一贫困户为零的已脱贫村。祝乐村党支部头上的"软弱涣散党支部"的帽子，通过他牵头整改提升，经县委组织部检查后已顺利摘除。

城口县鸡鸣乡祝乐村山高坡陡弯急，地少人稀物乏，属于全市18个深度贫困乡镇——鸡鸣乡里唯一的未脱贫村。但2019年祝乐村集体经济组织为全村分红20多万元，一般农户每人分得215元，贫困户每人分得325元，最多一户贫困户分得2600元，居全乡各村之首。经省际交叉检查和第三方评估，2020年2月，全村实现整村脱贫摘帽。这些成绩的取得，与"智志双扶"工作有效开展密不可分。

为营造全村重教兴学的良好氛围，激发群众自治活力，让祝乐村全体学生树立远大志向，增强自我"造血"功能，彻底斩断穷根，助推经济社会长效发展。祝乐村建立了学生奖助学金制度,并制定了《祝乐村学生奖学金管理办法》。该奖学金主要通过帮扶单位专项帮扶资金,接受企业、爱心人士、本村成功人士及其他社会捐赠等方式筹集,在使用上坚持"全面覆盖、公开公正、自愿申报、民主评议、扶助为重"五个原则。通过"个人申请、村级初审、评选委员会复审、公示、发放"五个程序,每半年集中审定发放,对祝乐村取得校、县、市、国家级奖励的全日制在读学生和考取中职、高职、大学、研究生的学生按校级奖励 50 元/人·次、县级奖励 100 元/人·次、市级奖励 200 元/人·次、国家级奖励 500 元/人·次和考取中职奖励 300 元/人、高职 500 元/人、大学本科 800 元/人、研究生 1500 元/人标准进行奖励。目前已对祝乐村全村在读大中小学生奖励近 2 万元,逾 150 人次。该举措效果显著,现已在鸡鸣乡建立了面向全乡所有学生的"禅茶鸡鸣"奖学金。

2018 年伊始,祝乐村来了 4 拨大学生志愿者团队。他们进山入户,深入了解社情民意。向全村孩子们捐赠在学校募捐的衣物、书籍和玩具,丰富孩子们的物质和精神生活;前往敬老院看望慰问孤寡老人,与他们交心谈心。分组分社走访农户,摸清贫困现状;宣传国家扶贫政策,倾听群众心声,掌握精神扶贫第一手资料;参观祝乐村新建的通信基站、香菇种植基地、安全饮水工程等,积极为美丽乡村建设出谋划策。开办祝乐村新时代农民讲习所,让留守中小学生"谈谈我家乡的改变",鼓励孩子们树立远大志向,努力拼搏奋斗,争取幸福生活。以"互联网+扶贫"为主题,运用无人机航拍技术、单片机感应装置,拍摄收集当地香菇、中蜂、山地鸡等产业影片素材,结合全国大学生"互联网+"创新创业大赛资源优势,为鸡鸣乡祝乐村建立网络信息管理系统,探索祝乐村溯源农业、可视化农业和电商扶贫发展路径;利用互联网技术手段,与留守儿童交流互动,提高留守儿童安全防护能力,树立健康生活理念,建立

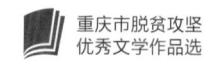

大学生与留守儿童结对帮扶机制。

祝乐村现有儿童107名,其中未与父母长期共同生活居住的留守儿童就有65名。他们虽然有学上,有饭吃,有衣穿,有人管,但他们内心的情感却没有得到太多的关注。祝乐村在年末岁尾时,会向全村留守儿童收集心愿,发动社会力量帮助他们完成心愿,比如2018年就帮助61名留守儿童实现买一个奥特曼、想与妈妈视频、获得一个新书包等"个性化"心愿。

大力弘扬爱老敬亲优良传统,构建和谐祝乐,让文明乡风成为助力脱贫攻坚的一股强大力量。祝乐村在2019年10月开展了庆祝第六个全国"扶贫日"暨"九九重阳"爱老敬亲主题活动。活动中,国药集团重庆医药设计院有限公司党委书记、总经理谢友强,市经信委副巡视员、驻乡工作队队长彭光荣,中共鸡鸣乡党委书记李明伟先后致辞,并与参加活动的有关单位领导,共同为祝乐村9位耄耋老人和7位"爱老敬亲"模范家庭代表送上节日的祝福和慰问。

乡亲们自编自演的舞蹈、独唱、朗诵等文艺节目,形式多样,内容丰富,为整个主题活动添上浓墨重彩的一笔,充分展示出当地干部群众不畏贫穷、乐观开朗、积极向上的精神状态,为打赢脱贫攻坚战注入强大精神动力,于润物细无声中描绘了一幅"村庄美、产业兴、乡风好"的美好画卷。

祝乐村多个项目如火如荼地开展,网络通了,水也全部到户了,路也硬化了……第一书记张登国与村民融为一体,老百姓脸上充满了笑容。

3

他叫孙培栋,来自重庆市水利局水文监测总站。2017年9月4日,他来到丰都县三建乡红旗寨村担任第一书记。两年多的脱贫攻坚，800多个日夜的驻村帮扶，让他逐渐由村民口中的"城里人"变成了"咱们村里的人"。他说，虽然脱贫攻坚路上障碍多难度大，但作为一名党员干部，只要不忘为人民谋幸福的初心，牢记为民族谋复兴的使命，真抓实干解难题，用情用力聚民心，就一定能带领全村干部群众攻坚克难，如期高质量打赢脱贫攻坚战。

没有情感交流，就无法建立信任。刚到红旗寨村，孙培栋的第一项工作就是走村串户，熟悉村情民情。起初，他听不懂当地的一些方言，他就一边问，一边学。一句句越来越正宗的丰都话，拉近了他与村民间的距离；一次次田间院坝里的交流，让村民打开了心扉。

红旗寨村2组有位贫困老党员名叫谭吉祥，他曾参加过西藏平叛战斗，是名老战士。谭吉祥在革命年代作为普通战士为国家浴血奋战，在建设时期作为党员干部，为村民办事服务。而今，耄耋之年的谭吉祥因病导致下肢瘫痪，儿子和儿媳经常在外务工，老人常常独自在家。孙培栋第一次走访谭吉祥家，看到老人坐在破旧的轮椅上，日常起居被困在一间屋子里，如果想到外面去，就只能用两手撑地拖着身子往外挪，心中无比难受。孙培栋想，现在老人生活上有困难，自己应该做点什么去帮助他呢？于是，孙培栋想到给老人争取无障碍化改造项目。经过努力，在县残联的帮助下，无障碍化改造项目顺利实施，并给老人送上了新的轮椅，家里配备了马桶和热水器，这样老人的生活就方便多了。后来，孙培栋和工作队员经常入户关心老人的身体状况，看看家里是否有足够的米面油，陪陪老人聊聊天，听他讲述曾经的战斗故事。老人从不抱怨生活的困难，每次见到孙培栋都会动情地说："感谢党，感谢政府！要不是党和政府我也活不到今天。"

2019年1月，正值寒冬腊月，孙培栋在开展退役军人信息采集工作时，想到老人行动不便，无法到乡民政办现场办理，就立

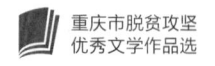

即与乡民政办沟通，让工作人员一起上门为老人采集信息。采集信息时，孙培栋发现老人的床边放着一个取暖的电烤炉，他就摸了摸床上的被子，发现被子很单薄且很久没有换洗了，考虑到老人行动不便，又怕他因疏忽大意将衣物或被子弄到电烤炉上引发火灾。于是，当天下午孙培栋就到乡场上给老人添置了一床棉被并到汽车修理店找到电焊师傅特制了一个铁笼子，来罩在电烤炉上，这样就安全多了。

"群众问题无小事，干好小事得民心。"这一句话，孙培栋一直铭记在心。

2017年9月，孙培栋在走访3组的过程中，曾经担任过村党支部书记的董大堂拉着孙培栋小声地说有事情跟他反映。老支书跟孙培栋说："村里有笔近50万元的补偿款，四年了还没发给大家，可能早就被干部用了哦。孙书记你一定要去查一哈，帮我们解决这个问题。"孙培栋当时也怀疑这个事情的真实性，因为他在3组走访了很多户，从来没人反映过这个问题，于是孙培栋记下了这件事。回去后，他立即与队员商量就欠村民补偿款的问题专门到3组进行调查，核实问题真实性，听听3组村民的心声。通过调查，孙培栋了解到在修建渝利铁路时为支持铁路建设，将红旗寨村3组的两块土地作为渣场临时占用，涉及3组66户，临时占地补偿金共计47万元，就是这笔早应在2013年底发放的补偿金，到2017年9月还没发到村民手中，但这笔钱并没有被干部挪用，钱一直都在乡财政所账户上。是什么导致补偿款一直未能发放？问题到底出在哪？经过调查分析孙培栋找到了症结所在：部分农户对补偿面积存有异议，村干部算账过程不透明，导致3组村民不信任干部，不配合解决。这时候，孙培栋也在反思，从自己来到村子后，没有村民跟他反映过这个问题，说明大多数村民依然是不信任自己，为了在村子里打开工作局面，孙培栋和工作队员决心啃下这个"硬骨头"。

找到问题的症结就好办了，既然不信任村组干部，那就由驻村工作队出面协调解决，既然有的农户对面积有争议，那就再次核实面积。在面积核定后，孙培栋立即召集党员代表、村组干部到3组召开社员大会，邀请乡财政所工作人员到现场计算补偿金，给66户村民当场逐户核算补偿金额，村民现场确认，然后将临时占地补偿情况进行集中公示，公示无异议后，立即打款支付补偿金。就这样，孙培栋一鼓作气啃下了这块"硬骨头"。

在红旗寨村这两年多时间里，虽然困难重重，但孙培栋从未后悔自己的选择。2018年7月，孙培栋的母亲在达州老家摔伤了，身在村里的他听到消息后只能握着手机干着急，妻子一人把母亲送到医院，经检查母亲双手骨折、坐骨骨折，虽然没有生命危险，但需要在医院卧床治疗。于是，他请假回家照顾母亲，在病房里，看到孙培栋因为村里的事经常接打电话，母亲语重心长跟孙培栋说："你在村头当书记，大家找你办的事情多，我们也是农村人，一定要将心比心把事情帮别个办好，现在找份工作不容易，一定要踏踏实实把工作做好。你回去，我这里没得大问题，有儿媳在这就行了。"

2019年8月底，孙培栋挂职两年的期限就要到了。驻乡工作队领导找他谈话希望他留下来，打完脱贫攻坚战再回去。回顾自己在红旗寨村的点点滴滴，看着已经发生变化的村子，想到村民喊的那一声声"孙书记"，心中充满了对村子的眷恋和不舍。最终，在家人的支持下孙培栋选择了留下来，再干一年。

2019年9月23日，正当孙培栋同民生专干一起梳理红旗寨村"两不愁三保障"突出问题的解决情况时，他的妻子打来电话哭着说："妈妈昏迷不醒了，情况很严重，现在正在送往县人民医院抢救，快点回来！"还没等他问清楚情况，妻子的电话就挂了，于是孙培栋把村上的工作交代后，马上启程回达州。到医院后，看到躺

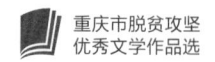

在重症监护室的母亲已经没有了意识,医生说母亲突发脑溢血出血量太多,没希望了。就这样母亲走了,没有跟孙培栋说上一句话,没有看上孙培栋一眼就走了,这是孙培栋一辈子的遗憾。

4

他叫余劲军,丰都县三建乡鱼泉子村第一书记兼驻村工作队队长。余劲军是县交通局交通执法大队的办公室主任。

宽敞的水泥路,直通家家户户,农家房屋错落有致……看着眼前的景象,丰都县三建乡鱼泉子村党支部书记秦勤脸上挂满了笑容:"村里发生的可喜变化,多亏了驻村工作队的余队长。他驻村扶贫后一直在帮我们出谋划策,强基础,兴产业。现在村民干劲足了,村民的日子越过越红火了。"

2018年4月,余劲军主动申请前往市级深度贫困乡镇的三建乡鱼泉子村驻村扶贫。

鱼泉子村位于龙河流域,自然条件恶劣,产业发展基础薄弱。该村辖5个组,户籍人口480户1562人。

"刚进村时,我们持续开展了3个月的走访调研,走遍了村里的各个角落,基本摸清楚了贫困户贫穷的根源。"余劲军说。1年多时间来他们共跋涉3000多公里山路持续开展走访调研,对全村的贫困户和非贫困户多次进行实地走访。

在余劲军的带领下,驻村工作队一方面积极和村支"两委"成员促膝谈心,了解情况,融洽关系;另一方面坚持吃住在村,怀着"进农家门、听农家言、干农家活、解农家难、助农家富"的真心,挨家挨户走访,与群众谈心,与老党员座谈,分析制约发展的原因,理清工作思路;同时,还结合入户走访情况,对照"两不愁三保障",开展动态管理"回头看",确保错评、漏评、错退"零目标"。

驻村工作队严格落实"三在村"和结对帮扶工作要求,乡村干部、驻村工作队和帮扶干部入户走访共计4000人次，开展政策宣传30场次，帮助建卡贫困群众落实医疗、教育、住房等民生政策100多户次。

在驻村工作队和村支"两委"的共同努力下，完成"两不愁三保障"基本情况入户调查工作，全村排查农户480户，其中贫困户111户，非贫困户369户；发现"两不愁三保障"未解决的疑似问题184个，其中义务教育保障类问题2个（其中建卡贫困户家庭适龄儿童1人），基本医疗保障类问题30个（主要为非贫困户未参保11户30人），住房保障类问题61个（其中建卡贫困户14户），饮水安全类问题91个（其中建卡贫困户36户）。

掌握情况后，余劲军带领驻村工作队严格按照中央巡视整改反馈意见和市、县领导"促改督战"要求，按照"问题清单"逐一销号。

"余书记，你们总是经常来看望和关心我们，都不知道怎么感谢你们！"余劲军和队员们因为多次到村民家走访，并为当地很多村民解决了实际困难，村民们和他建立了深厚的感情，都喜欢和他们拉家常、谋发展。

驻村工作队在走访中发现，有不少贫困户是因病、因灾等原因致贫。扶贫先扶志智，提振他们的内生动力非常有必要。

54岁的曹成香是鱼泉子村5组村民，几年前，她丈夫已经去世，作为家中主劳力的儿子因为患肺结核病，不仅花光了家里的积蓄，还直接导致了家里没有了收入来源，家里非常贫困。

得知情况后，驻村工作队和乡村干部在2018年扶贫对象动态管理中入户宣传政策，曹成香自愿申请，并按照扶贫对象动态管理办法进入了建卡贫困户，为她家申请了低保。同时，经常到她家中走访，送上物资帮助改善生活，与她和儿子谈心释放心理压力，帮助他儿子积极治疗。针对曹成香家的实际情况，驻村工作队给曹成香

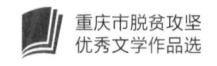

在村里安排了公益性岗位，每月有1700元的固定收入，并鼓励她家发展养猪、养鸡等产业。

自开展脱贫攻坚工作以来，余劲军成立一支宣讲队，利用工作例会、院坝会、微信群等形式，经常性地宣讲中央、市、县、乡脱贫攻坚形势、政策，完成多轮在家村民入户走访，其中涵盖医疗救助，教育，C级、D级危房改造，农房"四改"，易地扶贫搬迁等，做到让农户知道政策、了解政策，帮助他们真正实现脱贫致富。

激发群众脱贫内生动力，就要让群众明白，幸福是奋斗出来的。驻村工作队多次组织开展雷竹、青脆李、桃子等种植技术培训，当地群众受训500多人次。通过培训，切实提高了群众种植技能。

"自从驻村工作队来到村里，我们心里就有了底气，脱贫增收的信心更足了。"村民秦勤一提起驻村工作队给村里带来的变化，就滔滔不绝。

"在推进鱼泉子村脱贫攻坚工作过程中，我们妥善处理好外部'输血'与自我'造血'、精准扶贫与区域发展、当期脱贫与可持续发展的关系，摸清现状对症下药。"余劲军说。

"授人以鱼，不如授人以渔。"驻村工作队坚持分类指导，因地制宜，根据致贫原因和发展短板，强化资源整合，全力推进脱贫项目建设。

"以前这条公路很窄，路面坑坑洼洼，下雨天连摩托车都不敢开行，现在整修好了，经常有小车、货车跑来跑去。"当地村民感叹到。

以前，鱼泉子村基础设施较为薄弱，全村村道路近20公里，只硬化50%左右，饮水问题也是该村最大的问题。

针对该村的具体情况，余劲军带领驻村工作队积极向驻乡工作队和乡党委政府及相关部门汇报，并协调相关部门及时解决；同时，大力实施基础设施提升行动，从2018年开始全面启动基础设施建设，先后建设村道公路、人行便道、泥结石路、人畜饮水等项目。

在队长余劲军的带领下，驻村工作队通过多种渠道协调相关帮扶部门，为鱼泉子村的基础设施建设、产业发展、公共服务和环境整治等提供了强有力的保障。全村道路全部实现硬化，山坪塘整治、水池整修基本完成，村民饮水安全问题也即将解决。

余劲军抓住三建乡全域农村"三变"改革的东风，在鱼泉子村严格落实政策，在辖区内快速推进农村"三变"改革，由村里组建的专业合作社全域链接农户，由国有企业与村专业合作社按现代企业法人治理结构，共同组建农业综合开发有限责任公司，负责产业的经营管理，按"334"比例持股投资并分红，即农户占30%、村集体占30%（其中村集体分配10%、建卡贫困户等"四类人群"分配10%、所有户籍人口分配10%）、企业占40%，切实保障群众利益。

在鱼泉子村全域实施农村"三变"改革后，新成立股份合作公司，前三年按照240元/年·亩向村民发放保底收益，此后保底收益逐年递增并开始分红分利，第六年起保底收益将达到500元/年·亩，户均预计增收1万元以上。

2019年6月20日，三建乡农村"三变"改革产业项目首期保底收益兑现大会，在鱼泉子村打响了第一炮。全村411户股东共领取现金49.64万元。

"我家10亩地5口人，其中两个劳动力，因为农村'三变'改革，今年就要多得1万块钱哟。"村民向后华领过"红本本"（股权证）和保底收益2400元现金，喜笑颜开。2019年，向后华家流转的10亩地全部改种青脆李，保底收益之外，下地劳动还可获得

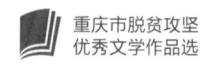

80元/天的务工收入。

鱼泉子村共流转土地2060亩，共发展青脆李产业300亩、笋竹产业1500亩、桃子产业260亩。产业对于当地村民的收益覆盖率达90%以上。

5

他叫彭明涌，是酉阳县车田乡车田村第一书记。驻村两年时间里，他坚持吃在村、住在村、干在村，近50%的时间晚上11点后睡觉，近30%的时间是超过凌晨入睡，最晚是凌晨3点30分才睡觉。

他组织党员和村组干部学习党的十九大报告原文、《习近平扶贫论述摘编》、习近平总书记关于脱贫攻坚六次座谈会等系列重要讲话精神，观看电视专题片《社会主义核心价值观》《榜样》《永远在路上》等。撰写心得体会15篇，上专题党课10次，宣讲十九大精神22场。组织村组干部、驻村工作队员反复学习金融扶贫、教育资助、健康扶贫、医疗救助、易地扶贫搬迁等15个共42项扶贫政策，提升村组干部政策理论水平，增强为民服务能力。

要想富，先修路！作为交通人，改善村内交通条件责无旁贷。他现场踏勘，参与编制的150多公里的车田乡公路网建设规划，已全部启动。为加强"四好农村路"质量管理，彭明涌经常深入施工现场查看、指导。

车田乡位于酉阳县东北方的一偏远山上，平均海拔高度750米，距酉阳县城75公里。村内仅有一条2010年油化的连接县城的过境乡道（部分路段仅容一车通行），通组公路全为泥土路，坡陡弯急，路面受雨水冲刷成沟，部分道路雨天连摩托车都无法安全行驶，交通条件很差。要打好这场脱贫攻坚战，为乡村振兴奠定基础，改善交通条件是关键。于是，彭明涌到村了解情况后，主动协助县交通局编制了车田乡"四好农村路"建设规划：1条进城出省主干道39

公里，8条6.5米宽乡村旅游产业路40公里，16条组通畅公路70公里。

然而，在实施过程中，遇见的困难是彭明涌始料未及的。车田村村委会至梨子坪段的路在开工之时，遭到村民们阻工，村民们不愿无偿占地修路。于是，彭明涌带领驻村工作队员、村组干部陪同乡镇分管领导入户做群众思想工作，连续两天走访了十来户，村民还是不愿出地。咋办？没有地如何修路？村民不愿出地，难道就此放弃吗？如果放弃这一段路，梨子坪住着的车田村一个组50户240多人，他们出行怎么办？同时，其他小组修建道路也需要占地，也一样无补偿，难道也放弃不修吗？不修路不改善村内交通条件，村民出行受阻，与外界的交流就不顺畅，发展乡村旅游也好，推广原生态农特产品也罢，将是一句空话。不行，路一定要修！下定决心后，彭明涌对阻工的村民情况进行分析，找出关键人物，然后，分组入户找村民拉家常，谈发展前景，谈现实困难，动之以情，晓之以理，村民们一天不同意，彭明涌第二天又继续找他们做工作，村民白天忙农活，彭明涌就晚上去。经过努力，村民们终于同意占地修路。

彭明涌经常入户走访百姓，宣讲扶贫政策，宣讲身边的勤劳致富、孝老爱亲、模范夫妻榜样故事，传递正能量，激发村民内生动力。车田村2组贫困户（未脱贫）吴廷福家是一个重组家庭，其本人56岁，无技术，大女儿15岁念初中，二女儿4岁，小儿子2岁。吴廷福整天闲在家睡觉，精神不振，意志消沉，不愿送大女儿上学。于是，彭明涌多次找他谈心、拉家常，宣讲扶贫政策，宣讲勤劳致富典型，帮助其分析家庭增收项目。经多次入户耐心做工作，成功劝说吴廷福继续送女儿上学，并帮助申请小额贷款5万元发展养殖业，养母猪11头，架子猪40多头，已为家庭创收1万元。说到养殖前景和全家脱贫，吴廷福及其妻子信心满满，脸上堆满了甜蜜

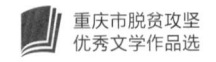

的笑容。2组村民杨素兰，51岁，患糖尿病，育有一子8岁，上小学二年级。其前夫因工伤去世三年，得到抚恤赔偿款120万元，除去各种花费，现余70余万元存于银行。杨素兰现与邻村一男子重组家庭。杨素兰向村委提出低保申请后，村委通过村民小组会议民主评议、干部入户调查等程序，认定不符合低保政策，并将情况反馈给对方，但她不接受，并不停向各级领导"要"政策，视村组干部为"敌人"。彭明涌了解情况后，在一次入户走访中讲了本村一残疾妇女（右手整个手掌截掉）身残志不残、一只手撑起半边天的榜样故事。第二天，彭明涌走访路过杨素兰家时，她把彭明涌叫住，并热情地招呼他坐，然后说："彭书记，昨天你讲了那个榜样人物，我给我那位也讲了，我们都觉得你说得对，别人的帮助只是暂时的，自力更生、勤耕苦做才是最好的。"自此，杨素兰再也不提低保的事了。

两年来，彭明涌累计走访群众4000多人次，收集问题建议62条，涉及种粮直补、医疗报销、用水、用电、房屋受损、民事纠纷、政策落实等方面，已跟踪督促落实58条。3组享受搬迁建房的78岁贫困户杨绪茂老大爷独居在临时搭建的木板房内，墙面四处漏风，屋顶盖着塑料薄膜，既不暖和，又不安全，其新房建设速度慢，按计划要春节才能搬迁入住。于是，彭明涌找到承建人，介绍了杨大爷的居住情况，并督促对方在保证质量、安全的前提下，抓紧时间施工，较原计划提前2个月完工，让老人家在下雪天来临前顺利搬进了新房。2组村民吴庆廷，因邻村修建公路未处理好排水，致房屋受损的问题拖了4年没得到解决，经多方了解核实情况后，彭明涌召集村干部开会商议，并主动同邻村支部书记联系，积极协调处理该事宜。由于所需费用金额较大，彭明涌将此事向车田乡党委书记进行汇报，后经多方努力协调，终为村民吴庆廷解决了房屋受损赔偿问题，根治了多年的心病。2组贫困户吴廷远之女吴馨怡（6岁）患有严重的癫痫病，一天发病两三次，吴廷远为挣钱给女儿治病外出务工，留下其妻在家照顾小孩（病情严重，无法上学）。吴廷远曾携女到重庆儿童医院就医，因情况不熟未挂到号（排队一天），无功而返。彭明涌得知该情况后，托人到重庆儿童医院为其挂号，并亲自陪同他们到重庆儿童医院就医。经一年治疗，病情明显好转，一个月最多发病一次，有时连续3个月未发病。后来已正式到幼儿园入学。

彭明涌舍小家为大家，坚守岗位讲奉献。2017年，他妻子怀二胎，一家大小都需要彭明涌照顾，但面对组织需要，彭明涌主动请缨到市18个深度贫困乡镇之一的酉阳县车田乡车田村任驻村第一书记。2018年3月19日，妻子提前生产，前置胎盘大出血，彭明涌凌晨3点接到电话，从村里赶回重庆（单程450公里，开车至少6小时），当天就进行了剖腹产手术，小孩刚出娘胎就送儿童医院，治疗11天，把母子接回家后，又返回村里继续工作。2018年5月初，妻子患胃病，疼痛难忍，吃不下睡不着，小孩吃奶粉又不适应，一吃就吐，整天哭闹。母亲打来电话催促他回家，时值村里开展"地毯式"走访大排查工作，时间紧，任务重，于是，彭明涌让妻子暂时就近输液治疗，早上6点入户走访排查，晚上12点返回住处。5天后，圆满完成任务，他才利用周末时间，回家送妻就医。

6

他叫罗强，云阳县泥溪镇协合村第一书记，来自重庆市轨道交通集团有限公司。

2018年，云阳县泥溪镇协合村村民张帮成高高兴兴地领到了1300元，这是他们一家在种植黑木耳上的增收，除了这一项，还有集体经济分红、务工收入。

张帮成收入的增加，是在罗强来了之后。

2019年9月，罗强驻村工作已满两年，本应回到原单位。但是

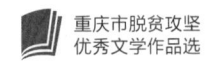

扶贫任务还没结束，他又选择继续留下来，帮助村民增收，巩固脱贫攻坚成果。

在《重庆市2019年度脱贫攻坚奖先进集体和先进个人名单》里罗强获得的是先进个人的荣誉。这个驻村前看了三遍《马向阳下乡记》的第一书记，如今，真的成了"马向阳"，为村民创造着一个又一个惊喜。

罗强说，来驻村临行前，自己多少有些忐忑和不安，毕竟在主城生活了30多年，没有农村生活和工作经历。为了让自己更快适应角色转变，他将电视连续剧《马向阳下乡记》找出来，反复看了三遍。

"男主角马向阳起初是一名科长，也是毫无农村生活和工作经历。工作调动后，他成为了村里的第一书记。从城市到农村，一开始，他格格不入，经过努力，他蜕变得踏实肯干又靠谱，为村里创造了一个又一个惊喜，带领村民集体奔小康。"罗强觉得，自己看剧，就是为了学习对方从陌生到融合的转变，以及取经第一书记工作的方式方法，提前给自己打好强心针。

"当然，电视剧有一定虚构成分。"罗强说。为此，他还向以前当过村官的同学请教，让对方传授与村民们打交道的秘诀。

协合村距离主城400多公里，虽然有所准备，可刚到村上，他还是两眼一抹黑，与村民交流起来十分困难。为此，他尽可能多地参加一些村民会、院坝会或干群交流会，但始终觉得自己与村民之间隔了一层。

每周二或每周四，协合村教学点的教室里，总能传来阵阵歌声。在以前，这样的场景可没有。驻村后，罗强成了这里的"音乐老师"，只要有空，他都要去教学点教孩子们学音乐。

"因为协合村村委会在附近的缘故，我工作时，常常能听到琅琅书声，但听久了就好奇了，怎么只有读书声没有音乐声。"罗强说，后来自己才了解到，教学点的老师年龄都偏大，无法教孩子们音乐。因为具备一定的乐理知识，他就主动走进教室，当起了"音乐老师"。虽然有时工作忙碌会打乱计划，但他给学生保证，每周至少要有一堂音乐课。

两年多时间里，在罗强教授下，教学点的孩子们先后学会了《童年》《少年先锋队队歌》《歌声与微笑》《当我轻轻走过你的窗前》等歌曲。

因为孩子们喜欢，家长们也对这位罗老师很满意。就这样，他与村民的距离渐渐拉近。"全村364户，一共989人，建档立卡贫困户29户。"介绍起全村情况，罗强如数家珍。本以为和村民打交道是一件很难的事，没想到却因为自己这个"音乐老师"的身份，让他和村民打成了一片。他说："到农户家里摸情况，一见是我这个'罗老师'来了，他们就会把我请进屋里，家长里短地说个没完。"

与村民熟悉，摸清村民全部家底，熟悉农村工作后，罗强一直在同当地村干部想办法，并邀请重庆市轨道交通集团专家进村实地考察。多方探索下，协合村找到了一条"农旅结合、药旅结合"的新路子。

协合村位于国家5A级旅游景区——云阳龙缸景区的边缘，"南三峡""吴家洞"景点就在该村，可以说是"得天独厚"。罗强与重庆市轨道交通集团加强联系沟通，在集团大力支持下，将村里的旅游资源及景点搬上重庆轨道交通车身、车厢及各大窗口，让这个僻野小山村成为一道"流动的风景画"，进入重庆都市人的视野，以此吸引游客。他还牵线搭桥将当地生产的高山土豆、黑木耳、羊肚菌等特色农副土特产品，通过集团的帮扶，进入集团小卖部代售代销，或是直接进入员工食堂，以此增加当地人的收入。来自重庆市轨道交通集团的数据显示，2018年，集团向泥溪镇采购大宗农特产品187万余元。

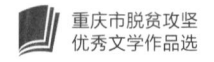

在旅游观光、定向采购、网点销售的支持下,村集体经济有了盈利。2019年6月,在该村举办的集体经济分红大会上,村民们领到了分红。据介绍,协合村集体经济实现盈利20多万元,其中红利派发覆盖全村,真正让村民共享发展成果。

村里产业做大做强,除了牡丹园,还有蜜源景观带、乌梅园、石榴园、两个黑木耳基地。如今,更多的产业开始在协合村发展了起来。村民不用外出务工,家门口就可以打工赚钱。

发展产业帮村民增收的同时,他也在想着如何改善村民的生活环境。村里即将开建的美丽宜居村庄项目,是他向中国银行重庆分行争取的建设项目,通过打造一个院落形成一个示范点,以期产生更好的带动效果。

安全是幸福的保障。罗强想到了农民的人生财产安全,所以他又努力开展安全建设,在2019年8月14号成功建立了一个云阳乃至渝东北片区第一个村级消防站。

7

他叫向林,黔江区中塘乡兴泉社区第一书记,来自黔江区农业农村委。

2015年向林初到社区的时候,通过调查走访了解到,全社区11个村民小组,1210户4303人,耕地面积9600亩,有143户525人未脱贫,农业生产以粮食、生猪为主。80%的村道公路为泥石路面。9组有90%的农户居住地不通村道公路,长期过着肩挑背扛的日子。1/3的贫困户房屋处于危旧房状态,风不遮雨。全社区有3200人存在饮水困难,贫困户人均收入不到2500元。社区群众强烈要求发展产业,改善生产生活条件。每当群众看到扶贫工作队时,就说:"扶贫工作队来给我们帮助解决问题来了。"看到这些情况,作为扶贫第一书记的向林看在眼里,急在心里,深感责任重大,如不真心做好脱贫攻坚工作，对不起群众的一片希望，也对不起组织对自己的重托。

扶贫就是要让老百姓富起来，生活条件好起来。扶贫工作队决定从群众最期盼的事情做起，依托农业农村委的帮扶优势，依靠乡村的大力支持，上跑项目资金，下抓脱贫攻坚工作整体推进。第一，从基础设施建设入手，改善群众生产生活条件。4年多来，向林紧紧依靠群众，制定建设规划，解决一个又一个问题。完成了村级公路硬化、油化30公里。新修、维修村级公路18公里，人行便道11.5公里。实施整村人饮工程并升级改造，纳入了城市供水管理范围，改变全社区吃水困难的处境。同时实施易地扶贫搬迁8户，农村C级、D级危房改造31户，改建卫生厕所87个，实施4个组天然气入户工程，新建文化广场1个，全社区基础建设大为改观。第二，重抓产业扶贫，推进脱贫攻坚。工作队将扶贫工作的重心放在抓产业扶贫上来。以"龙头企业+基地+农户"的发展模式，突出两大特色产业，助推脱贫攻坚。一是以打造三磊企业为主的猕猴桃现代农业示范基地。规模种植面积4000亩。鉴于群众除每亩600元土地流转费外，没有多少稳定收入，园区管理也存在不少困难的现状，向林经过调研，与三磊园区推出"反承包"模式。农户可以向园区承包果园，公司每亩每月支付60元劳务报酬，另加猕猴桃果品质量奖每斤0.3元。这样既解决了果园管理问题，也增加了农户的收入。1组贫困户华秀梅，2019年承包公司果园27亩，获得承包管理劳务收入19440元，果质奖4800元。二是打造了以农户为主的脆红李基地，形成规模面积2000亩。2019年实现脆红李产量200万斤，收入500万元，人均收入1160元，75%的贫困户栽有2亩以上脆红李。8组贫困户向荣平栽植脆红李4亩，2019年脆红李收入4万多元。三是以订单农业方式，引导贫困户种植蔬菜中药材。建立兴泉6组、7组蔬菜、中药材基地，贫困户积极参与。2016年销售蔬菜50万斤，

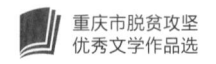

2017年销售70万斤，带动32户贫困户增收25万元。2019年又有38户贫困户种植中药材100亩。第三，强抓技术培训，提升贫困群众脱贫致富能力。几年来，社区和扶贫工作队开展了猕猴桃、脆红李、中药材、乡村旅游、厨师等技术培训达3000人次，收到较好效果。

向林把群众当亲人，真心实意为困难群众办实事。11组贫困户汪治文，2015年打算通过发展生猪脱贫致富，但因缺乏启动资金陷入困境。向林积极与相关部门协调，帮助汪治文获得了金融扶贫贷款5万元，从此汪治文养猪规模越做越大，2018年出栏生猪220余头，年收入25万元，同时也带动周围群众脱贫致富。3组贫困户李志旺、李志飞两兄弟，65岁的母亲长期瘫痪在床，全家住在一个面积只有45平方米的破旧木房中，兄弟俩身高为1.5米左右，身体单薄，2个媳妇都是外省人，其中一个媳妇是严重残疾人，全家生活极其困难。2017年腊月二十五，当向林踏进门，看到一家人围在破烂屋子里，用3块石头搁着小锅煮饭时，向林落泪了，发誓不解决他家的问题绝不罢休。于是，向林向区相关部门汇报申请，将他们一家纳入了城区李家溪易地扶贫搬迁计划。当兄弟俩得知住房问题得到解决后，激动得流下眼泪说："感谢党！感谢政府！感谢向书记！没有党的扶贫政策，不知我家何时才能摆脱贫困？"

4年多来，向林走进了千家万户，踏遍了社区山山水水，攻克了一个又一个难关，取得了较好的成绩。社区的产业迅猛发展起来，道路变宽了，村庄变美了，环境变优了，村民的生活也逐渐富裕起来了。全社区已实现全部脱贫，贫困发生率为零。社区农民人均纯收入由2014年7600元，上升到2018年12880元，增长69.4%，实现了整村脱贫摘帽，并成为全市市级乡村振兴试验示范点之一。

2017年，向林被评为重庆市扶贫先进个人；2018年，所在的驻村工作队被评为重庆市扶贫先进集体；2019年，向林被评选为黔江区"最美扶贫人"。

8

他叫喻长友，巫溪县宁厂镇邓家村第一书记。

巫溪县宁厂镇邓家村荆竹社，几个工人正忙碌着为贫困户王成贵改换室内老化电线，其中有位特别的"工人"一边给电工师傅递材料，一边强调各位要注意安全施工。

这个特别的"工人"就是喻长友，他是2015年7月由县委组织部选派的第一书记，在这里整整驻扎了5年。

在上半年大走访大排查工作中，第一书记喻长友就发现了邓家村农户住房有一个比较普遍的现象——大多数室内电线凌乱不堪，成了"蜘蛛网"，同时电线老化严重，随着用电负荷加重，原来的铝芯线越来越不能满足用电需要了，存在用电安全隐患。这个问题必须想办法解决，为老百姓要做实事！喻书记一直这样想着，并给组织部相关领导汇报了自己的想法，请求支持。经过组织部相关领导多次调研后，一个在全村范围内对所有农户住房室内老化电线改换的方案终于敲定。

经过多次走访了解老百姓的意愿后，喻书记拿出了改电方案。方案规定凡是邓家村辖区内所有安全住房，凡是电线老化和原来安装不合理、凌乱不堪的都进行室内电线改换，预计80户，每户可以享受1000元的改电材料，同时支付给专业电工安装费500元，每一户总开支1500元。在确保改电范围全覆盖，确保老百姓享受到的利益最大化，确保安全施工，确保改电质量合格，确保老百姓家家满意原则下，9月13日起，电工进场逐户施工，10月中旬全面完成。

他与妻子签订"君子协议"：不脱贫不回城。

2015年7月，新一轮脱贫攻坚工作开始了。单位要选派一名第一书记下村开展脱贫攻坚工作，在县委组织部担任干部培训科科长

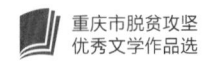

的喻长友，心里寻思着：农村是生我养我的地方，我虽然没有基层工作经验，但是我听得懂老百姓的语言，吃得惯老百姓的饭，我一定要争取下村去锻炼几年，为老百姓办些实事。最终，这个大胆的想法得到了领导认可，喻长友被选派到宁厂镇邓家村担任第一书记。

下村当第一书记，是件大事，喻长友回家和妻子商量，并做好了说服妻子的准备。妻子在白鹿初中任教，女儿7岁，小学二年级。下村了谁给孩子辅导作业？爷爷奶奶带着毕竟没有父母带着合适，必然成为"半留守"儿童。一系列的困难摆在他面前，既然下定决心要选择下村挂职，就必须要想尽一切办法，克服一切困难。经过和妻子几天的"斗争"，最终妻子给予了极大的支持，鼓励喻长友下村去当第一书记，并与妻子签订了一份"君子协议"。妻子嘱托喻长友，要努力工作，千万不能辜负领导的期望，要为村里的老百姓去办几件实事！喻长友表示，一定要让邓家村早日脱贫，不脱贫，就不回城！妻子表示赞同，于是这一纸"君子协议"就成了喻长友开展脱贫攻坚工作最原始的动力和支持。

2016年底邓家村成功如期脱贫，2017年3月，妻子从抽屉里找出"君子协议"，问喻长友，邓家村脱贫了，你咋不去给领导申请，回组织部上班呢？喻长友一愣，对啊，两个年头了，邓家村也脱贫了，是不是去给领导申请呢？但是，看看脱贫攻坚工作的氛围越来越浓烈，巫溪县要2019年才全县摘帽，摘帽后才可能撤回所有第一书记。邓家村虽然县上验收脱贫了，但是巩固之路还很漫长，国家验收过关，邓家村才算真正脱贫！于是那份"君子协议"被迫延续，妻子选择了继续支持。

于是，喻长友夫妻在那份"君子协议"里面补了一句话："等巫溪县通过国家验收后，再向组织申请，不再担任第一书记！"5年坚守第一书记这个岗位！不仅仅是一份工作，更重要的是一份执着、一份责任、一份感情!

忠孝难两全。父亲弥留之际,他在走访贫困户。

2018年4月底,全县正在开展大走访大排查工作。喻长友每年都要走访邓家村35户贫困户4遍,所有常住村里的非贫困户2遍。每次走访,喻长友都要带好标配的"三大件":一个笔记本、一份"邓家村贫困户政策享受一表清"和"邓家村人口基础信息表册"。

4月30日中午,喻长友同村主任张帮福正在邓家村长流水片区走访贫困户胡后林、胡后润时,突然接到家人电话:父亲病危!

原来,喻长友父亲2016年确诊为食道癌,5月中旬在重庆医科大学附一院接受手术治疗,同年接受了3次化疗,因为驻村工作繁忙,喻长友除他父亲手术治疗请假了3天,其他治疗时间均在下村开展工作,由妹妹在重庆照顾父亲。虽然家里人都很理解驻村工作的繁忙,但是母亲也偶尔抱怨:"女儿比娃娃还有孝心些!"喻长友自从父亲得了大病,在可以想到办法的情况下,始终坚持以工作为重,轻易不下"火线",也许在他眼中,邓家村的各项工作耽误不得,没有陪伴和照顾重病的父亲,家里人都会谅解和支持的!父亲的病情最终得不到控制,2018年4月初住进巫溪人民医院保守治疗。

经过1个小时开车到医院,父亲已经紧闭双眼,早已喊不答应了!早上下村前,父亲还叮嘱喻长友,下村开车慢一点!半天时间,父亲就无法说话了,喻长友就在病房,用无助而愧疚的泪眼无声地陪伴了父亲最后几个小时,当天晚上,父亲被病魔带走了!

父亲弥留之际,喻长友在走访贫困户!如果他当天上午不急着走访贫困户,虽然结果始终无法改变,但是他能多陪伴亲人半天,能和父亲多说几句话——那是人一辈子的最后几句话,他心里会好受一点,对亲人的愧疚少一点!

2018年6月底,邓家村的脱贫攻坚工作正忙着接受半年考核,喻长友吃住在村,连续三天没有回家,和村里干部准备着这样那样

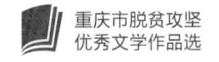

的资料，开一个又一个的院坝会……

一天晚上，邓家村肖家片区院坝会，喻长友正在给贫困户宣传小额信贷最新政策的时候，突然接到孩子老师的电话，虽然会场一片安静，喻长友还是怕听不清楚，把电话声音开到免提状态。孩子老师在电话那头责问："我记得你们是双职工家庭，你最近监督过你女儿的学习吗？怎么感觉你女儿成了留守儿童呢？她成绩下降严重，这几次都没进入前10名了……"被孩子老师一顿"批评"，全场都一阵笑，喻长友脸红到了脖子根，心里泛起深深的愧疚！的确，自己已经好几天没有回家，孩子寄住在外婆家，外公外婆只能保障她吃饭穿衣，没有能力辅导和监督她的学习，这明明就已经是留守儿童了！

扶贫就要为老百姓办实事：抓基础、抓产业、抓环境、促内生动力……

喻长友担任第一书记以来，邓家村脱贫攻坚工作效果明显。他常常对自己的工作要求就是：扶贫就要为老百姓办实事、办好事！结合邓家村实际情况，喻长友协助村支"两委"始终坚持以基础设施建设、产业发展、环境卫生整治、激发干部和群众的内生动力等为工作重点。5年来，邓家村加宽并硬化了一条宽6.5米、长6公里的村级道路；农业综合服务中心斥资600万对邓家村农田基础设施进行改造；农委支持130万修建香菇种植园；工商局支持邓家村乡村旅游"微企村"建设；组织部筹集12万元对所有农户改电；每一季度评选"清洁文明户"；结合村情编辑《邓家村精准扶贫资料汇编》；坚持以"五步感恩互动法"激发贫困户内生动力……特别是因地制宜发展中蜂养殖产业，壮大了村集体经济。

喻长友坚信，且始终坚持为老百姓办实事、办好事。他以老百姓满意为衡量工作的标准，努力工作，巩固好脱贫成效，以经得起历史检验的工作绩效助力全县脱贫攻坚工作，为全县顺利实现摘帽贡献一份力量！他要为在第一书记岗位上5年的坚守，画一个圆满的句号。

9

她叫任彩英，是巫溪县农业农村委派驻蒲莲镇双安村第一书记兼驻村工作队队长，被称为"带着娃娃去扶贫的第一书记"。

2018年10月初，借调到巫溪县农综办工作的任彩英生下二胎两个多月，宝宝可爱、健康，但她却因为孩子有了些愁容。

原来，蒲莲镇双安村的第一书记生病了，出现了空缺。单位人手少、符合条件的更少，领导打来了一个电话，询问她的意见。一头是需要精心呵护的小婴儿，一头是单位缺人、村上等人，而自己有着8年的基层工作经验，对扶贫工作较为熟悉，是最为适合的"接棒者"。纠结、惆怅围绕心头。

"我们同事生病了，村上差一个第一书记，你们说我去还是不去呢？"一天晚上，家庭会议就此召开。丈夫、婆婆、公公，出乎意料的都同意去。"我丈夫是第一书记，公公是扶贫专干，婆婆也在社区任职，对组织上交办的活，都是积极接手。"但，小婴儿怎么办？大女儿又怎么办？于是，"全家总动员"：自家母亲及襁褓中的婴儿跟着任彩英到双安村；婆婆每天早上送完大女儿后，再乘公交到镇里上班，下班后再回县城照看大女儿。

为了不让双安村第一书记的空岗时间太长，2018年10月30日，任彩英主动提前1个月结束了产假，带着老小到双安村报到。"单家独户"村服务中心，看见简陋的房间和厨房，本有心理准备的任彩英，还是一阵泛酸，但既然选择，便风雨兼程。

当母爱与工作不能分割时，她抱着奶娃驻村扶贫，收拾房屋，安营扎寨，开启一家三代人的扶贫之路。

双安村地广人稀，居住较为分散。下一次村少则半天，多则一

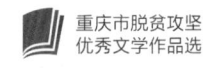

整天，襁褓中的小女儿要哺乳，怎么办？任彩英把心一横，决定带着母亲和小宝一起下村。

意外之喜，见到生人不哭闹的萌宝，成了"开心果"。有的村民不喜言语，但看见小宝，会逗一逗，打开话匣子；干农活的村民，想抱孩子又担心衣服脏，任彩英就主动将孩子递过去，缩短心与心的距离；家有小孩的妇女，更是交流"育儿心得"……

只是因没时间做辅食，小宝至今只能吃母乳；为配合村民的空闲时间，常常大中午走村入户，小孩也跟着晒黑了。当一些村民还专程专门来村里给小宝送土鸡蛋、柑橘、蜜柚时，任彩英感动不已。

扶贫，急民之所急，办民之所盼。贫困户龚益均患病不能出门打工，儿子又没找到工作。任彩英了解后便按政策为他申请了每年6000元补贴的公益岗位，以解龚家燃眉之急。廖书国的老伴提到屋顶漏水，任彩英便立刻组织驻村工作队申请补助政策、找工人，帮老人解决了问题。

帮扶到人，更帮扶着村。前期的帮扶工作，双安村的主导产业蜜柚，已扩至1600亩，贫困户全覆盖，挂果800多亩，2018年户均增收入1000多元。

发展势头令人欣喜，但任彩英也看到不足。她认为，现在的柚农们还是在单打独斗，还得让大家抱团发展，增强市场竞争力。如何抱团？任彩英说，如今的村庄，柏油公路贯穿全村，人居环境明显提升，隔县城也就1小时的车距，采摘游或许是一大出路。她也努力着把农旅融合的想法变为现实。

任彩英和其他战斗在脱贫攻坚一线的基层工作人员一样，虽然没有惊天动地的壮举，没有感人至深的事迹，但他们忠诚于党的事业，诚恳踏实，对工作尽职尽责、尽心尽力，展示着新时代基层党员干部的风采。

10

他叫傅伟，巫溪县香源村驻村第一书记，来自重庆城市管理职业学院健康与老年服务学院。

2017年9月，傅伟被市教委扶贫集团派驻香源村，和村干部一起吃住在村，并肩战斗在脱贫攻坚第一线。

担任巫溪县天元乡香源村第一书记后，傅伟将互联网思维和脱贫攻坚工作有机结合，充分发挥专业特长优势，结合天元乡脱贫攻坚工作实际，自主开发了脱贫攻坚信息管理系统，构建智慧扶贫大数据平台，走出了一条信息化扶贫的特色之路。

初到香源村，傅伟就迅速转变角色，积极开展扶贫工作。白天，他深入贫困户家中看民情、听民意，广泛开展前期调研工作；晚上就建立贫困户台账、梳理产业发展方向、记录扶贫走访情况……刚开始，他兜里每天都揣着笔记本，各种信息密密麻麻记了好几十页。但时间一长，很多数据和信息发生了变化，在本子上勾勾画画很是不便。有着软件编程经历的他，决定开发一套脱贫攻坚信息管理系统，用信息化手段助推脱贫攻坚。

接下来的一段时间，傅伟充分利用晚上及周末时间，结合脱贫攻坚工作实际，广泛征求意见、构思系统模块、编写程序代码、测试程序功能……卧室的灯常常亮到深夜。

一个月后，他开发出电脑版的"天元乡脱贫攻坚信息管理系统"。该系统的上线引起了乡领导及重庆市教委扶贫集团驻乡工作队领导的高度重视。上级向傅伟提出了更高的要求，希望在此基础上构建智慧扶贫信息化平台，让扶贫更精准更高效。傅伟爽快地答应了。

为此，天元乡政府组织了多次系统功能征求意见座谈会，各级扶贫干部各抒己见，提出了许多好的建议及意见，傅伟也获得了很好的系统开发第一手调研资料。

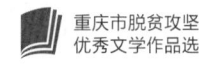

又经过一段时间的开发，天元乡脱贫攻坚信息管理系统终于有了更加完善的功能。

该系统集成了贫困数据收集、产业统计、结对帮扶、收支管理、扶贫项目进度管理、天元扶贫大事记、扶贫政策宣传、扶贫网校、走访记录等十余个模块，在贫困户的致贫原因、产业发展情况、扶贫项目的实施情况、帮扶人对贫困户的帮扶措施等方面一目了然。

为了让系统的运行更加稳定可靠，傅伟还向派出单位重庆城市管理职业学院寻求支持，申请了一台高速服务器用于系统的运行。高带宽、零故障，高速服务器的使用让系统运行如虎添翼、十分顺畅。

为了让系统使用更加方便快捷，傅伟还在电脑版的基础上开发出了手机版APP，实现了手机版与电脑版的数据互联共享，干部群众通过APP可以全时段进入管理系统浏览信息和录入数据，实现了全乡扶贫信息掌上通。同时，该系统还利用二维码技术将各模块生成了"精准扶贫码"，实现了用手机扫一扫贫困信息码，就知道具体情况的功能。目前，在天元乡每个村的便民服务中心和每户贫困户屋门口，全都张贴着二维码。扫码后，手机屏幕弹出一个页面，贫困户的家庭情况、致贫原因、产业情况、家庭收支情况、市县结对帮扶情况、扶贫项目实施情况等均可快速查询。

脱贫攻坚信息管理系统除了实现手机移动查询外，天元乡9个村委会办公室还设有触摸显示屏，实现了管理系统的定点展示。同时，广大干部群众也可以通过电脑、手机等移动终端实现信息的采集、查询和全乡扶贫数据的动态管理。

该系统的建成和使用，实现了大数据融合，打通了各类扶贫数据间的壁垒，消除了信息孤岛，实现了数据共享，提高了工作效率，为天元乡脱贫攻坚的科学决策、精准施策提供了有力依据，也进一步提升了扶贫过程的透明化、数据统计的精确化、项目管理的精细化、结对帮扶的精准化。

为了保证农产品的质量可追溯，提高天元乡村民的质量意识，提升农产品的竞争力，傅伟还在"天元乡脱贫攻坚信息管理系统"中集成了农产品溯源模块，实现了农产品的身份认证。该农产品溯源模块实现了"一品一码、一户多码"，即每一件农产品都可以在线生成溯源二维码，每一户农户都可以根据农产品品种的不同，生成多个专属溯源二维码，这有力地保证了溯源二维码的唯一性和多样性。通过扫描溯源二维码即可知道产品的生产农户、产品特点、产品照片、农户照片、购买联系方式等，让产品源头可寻、质量责任到人，提高了农产品的信誉度，增加了消费者的满意度，也进一步提高了农产品的竞争力。2019年，农业专业合作社也陆续获得了多家"回头客"的订单，促进了当地农产品的销售。

精准扶贫精准脱贫重在"精准"二字，每个贫困户的贫困状况各有不同，扶贫要真正取得实效，不能一个方案、一个模式，要因地制宜、因户施策。在系统中，可以看到由村支"两委"、第一书记、帮扶人为贫困户量身定做的脱贫方案。每家贫困户种什么、养什么、增收措施是什么，都有具体体现。

有了脱贫方案，贫困户的产业发展情况又如何呢？扶贫干部在走访贫困户的时候会将贫困户的产业信息采集并录入到系统，通过比对可以找出扶贫方案与扶贫成效之间的差距，以便及时发现问题，解决问题。有了每户的产业发展数据，系统后台可以在线生成全乡的产业发展数据，通过产业数据的管理、共享、统计，实现了贫困数据的精准化、实时化，为精准扶贫精准脱贫打下了良好的基础。

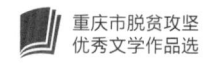

11

他叫王旭东，城口县高燕镇红军村第一书记，来自重庆两江产业集团。

直到2019年初，红军村还是城口县仅剩的十个未脱贫村之一。

红军村海拔700米至2100米，距离城口县城12公里。脱贫攻坚之前，这里道路陡窄、土地贫瘠、严重缺水、基础设施滞后、产业发展空白、村民房屋破旧。

2019年3月，王旭东到任红军村第一书记后，克服环境差异，创新工作方法。从城里来的他发现白天走访找不到人，于是利用晨跑时间去村民家早访，在工作时间去田间地头找人访谈，提高了工作效率，仅仅一个月时间，他就跟在家的村民们聊了个遍。

王旭东初到红军村，发现除了贫困，既没看到红军战斗遗址，也很少听到红军故事。难道红军村仅仅是个名字？他心里嘀咕，决定亲自重走红军路，挖掘红军文化，弘扬红军精神脱贫攻坚。

王旭东查阅资料了解到，1934年2月，红军进入城口县双河、庙坝，最后攻占县城。红军村因地势险要，易守难攻，地处坪坝、庙坝和县城之间，是国民党反攻必经之路。同年7月，红军在5社老窝子（土地名）和国民党军队展开激烈的战斗，成功打败了敌人的进攻。

钻丛林、斩荆棘，王旭东与村支"两委"成员沿着廖家坡（土地名）翻山越岭，走黄泥洞、爬寿身洞、登老窝子，一路走来，他们发现了密林覆盖下的红军医院、战壕、哨卡、坟墓等遗址，一个个红军战斗的故事又被挖掘了出来。

红军精神不能丢！80多年前，红军将士在悬崖绝壁、荆棘丛中开辟道路，顽强作战，最终打退了敌人。这种不畏艰险、勇于开拓的精神同样适合今天的脱贫攻坚和乡村振兴。"

于是，他提出大力发展红色乡村旅游，提出打造"云上红村"

景区，通过跟下派单位重庆两江产业集团的领导们多次汇报，请他们来村调研，争取到资金1400多万元。

2019年，重庆市两江新区管委会、两江产业集团筹资约1300万元，为红军村落实引水工程，实施电网改造，推进道路拓宽，打造景观林，新建村级公路3.5公里、生产步道5公里，加固维修木旺坪水库，新建山坪塘1个、饮水池12口，铺设入户自来水管道8千米，引入4G信号，新建便民服务中心、村卫生室来。村民生产生活条件得到改善。

王旭东在扶贫路上演绎"父子上阵"故事，激发村民内生动力。他规划了一些"既有乡土气息又功能齐全"的民宿，很多村民有意向，却遇到设计难题。于是，他就让学建筑专业的儿子利用暑假时间到村作设计，解决难题，受到村民普遍欢迎。

王旭东带领村民转变思路，销售农特产品。他策划建立了扶贫加工车间，将村里的新鲜中药材和土特产烘干再精包装；组织成立了电商公司，申请了注册商标，让农特产品有了自己的品牌，提高了附加值。

在王旭东的带领下，2019年底，红军村顺利通过城口县的脱贫验收，整村摘掉了"贫困帽"。

12

他叫李宗政，是奉节县平安乡驻咏梧村第一书记，来自市政府办公厅扶贫集团成员单位——市红十字会。

他常说："不要在该奋斗的年纪选择去偷懒，只有度过了一段连自己都被感动了的日子才会变成那个最好的自己。"李宗政从2017年9月担任驻村第一书记以来，坚持用情走访农户，用心服务群众，千方百计谋发展，多措并举做实事。

"身上没有土、脚上没有泥，就不是一名合格的驻村第一书记。

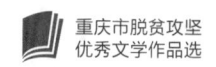

作为一个人，要讲人性；作为一名党员，要讲党性；作为一名领导干部，要讲原则。"他是这样说的，也是这样做的。为掌握第一手资料，摸清贫困农户的底数，他带着队员走村入户，爬山头、坐院头、拉家常、聊发展，通过实地察看人畜饮水、村组道路、牛羊圈舍、危房改造、产业发展等情况，掌握了全村的基本情况，特别是50户建档立卡户的现状和困难。

他与农户真诚沟通，听民声，传民意，解民忧，切身体验困难群众的生产生活，感受困难群众的酸甜苦辣，真正在情感上贴近群众。他通过入户宣传、村民大会集中宣讲、微信平台传播等多种形式，大力宣传党和国家的方针、政策，特别是宣传强农惠农政策，让群众了解政策、使用政策、享受政策，真正让政策落实到实处，确保惠民利民政策惠及困难群众。驻村第一书记帮扶的关键是要下得去、待得住、找得着，为方便与村民沟通联系，他制作了联系卡，让困难群众在需要时想得到、看得见、联系得上；同时，建立信访登记制度，将群众反映的问题，逐一进行登记、跟踪服务、协调解决，确保事事有回音、件件有着落。近半年来，先后帮助村民协调解决困难10多件。

为提升贫困乡村医生的医疗水平，积极协调市卫健委和市红十字会开展乡村医生培训，特别是针对咏梧村小学生上学和群众赶场不便的实际困难，他积极争取市红十字会项目资金20万元修建了一条跨村便民路，同时联系社会爱心人士对10多名困难学生进行一对一的结对帮扶，为6户遭受火灾、39户遭受洪灾损失的困难群众及时协调市红十字会进行了救助，把党的关怀和社会的温暖第一时间送到灾民手中。

第五章

脱贫致富路上的先进模范

尘劳迥脱事非常，

紧把绳头做一场。

不经一番寒彻骨，

怎得梅花扑鼻香。

——（唐）黄蘗禅师《上堂开示颂》

轮椅上的工艺大师

1

抵达奉节县城的当天下午，县扶贫办的年轻干部龙怀楚就急匆匆带我去采访一个叫石胜兰的刺绣姑娘。

小龙在路上给我介绍，石胜兰是县里有名的"夔州工匠"，2018年被全国总工会授予全国五一劳动奖章，2019年5月16日被评为全国自强模范，在北京人民大会堂，受到习近平总书记的亲切接见。

她身残志不残，是致富带头人。

经过小龙这么一介绍，我不禁对石胜兰产生了敬佩之意，但心里又出现了很多怪怪的问题：她那么年轻是怎么残疾的？在轮椅上她是怎么学习刺绣的？她是怎么当上致富带头人的？

我们到达石胜兰家里，正巧中新社的记者也来采访她，石胜兰的妈妈热情接待了我们。石胜兰家客厅里堆放着各种各样、大小不一的手工刺绣，尤其是具有奉节特色的夔门、白帝城、脐橙等图案的刺绣最引人注目。

石胜兰正坐在轮椅上忙着刺绣，我真不忍心打扰她，但是为了宣传一个自强不息的模范，又不得不打扰她。

1986年，石胜兰出生在脐橙之乡的奉节县安坪乡一户普通的农民家庭，家里有两个姐姐和对三个女儿寄予厚望的勤劳善良的父母。石胜兰的爸妈勤耙苦做，省吃俭用，一分一角地攒钱，送她们到县城里最好的中学去读书，希望孩子们可以在最好的学校里健康快乐地成长，将来有好的前途。

然而天有不测风云，一场意外破坏了她们的健康幸福。

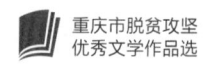

石胜兰12岁那年，刚读完初中一年级，放暑假的一天，她从自家田坎边摔落下百米悬崖的深沟，经过医生全力抢救，侥幸保住了生命，但却成为了一半身体再也无法动弹的终身残疾人。

她全身伤口缝合了100多针，第二天在医院醒过来，接着又不停呕吐和昏睡了三天。她的母亲在旁边一直不停地叫她的名字"兰兰、兰兰……"想把她从昏睡中叫醒。

后来，第二次CT检查，确认她的脊椎骨第十节到第十二节粉碎爆裂性骨折，里面的脊髓神经完全损伤，腰部以下失去所有的知觉反应，这被称为截瘫。从此，她活蹦乱跳健康的生命形态就在12岁时戛然而止了。

2

开学时间一到，她的两个姐姐去上了大学和中专，她的同学们都回到了学校继续一起快乐地成长。她一个人躺在房间里小床上，爸妈有忙不完的农活，干完活一回家就赶紧过来端水给她喝，给她翻身。她的同学们每个周末从她家门前过路，有时也进门来看看躺在床上的她，但是也不知道可以说什么好，总是相对无言，后来就不进来了，渐渐也失去了联系。天热的时候，爸妈把她放在阴凉的房门口，天冷了，爸妈把她的小床抬到外面太阳底下晒晒太阳。只有她的两个姐姐每周一封书信，关心着妹妹的身体状况和家里的一切变化。

姐姐们的学费和她的医药费欠账是压在爸妈身上沉重的负担，爸妈不分白天黑夜地干活，冬季多种植平菇增加点收入。他们忙得累得自己都顾不上吃饭喝水，还要来照顾她，她心里想，一定要爬起来，要能给爸妈减少一点麻烦就好了。

于是，爸妈不在的时候，她就一个人试着使劲把头往上抬高，抬高一点就会突然头晕目眩，停顿一会儿，再慢慢动。忍着说不清楚的难受，每天把自己一点一点往上挪、往上爬。过了些日子，她就可以叫妈妈把她抱着抬高上半身，半坐半靠着了，一天一天坚持，一点一点抬高，终于在半年之后，她成功地学会自己爬起来坐着了，再也不用晚上半夜还喊妈妈来帮她翻身了。医生不是说她只能一辈子躺在床上吗？看，没想到她还能坐起来，那她还能不能做得更多呢？爸妈看她能坐起来了，都很高兴，到处托人打听，从武汉给她买回来了她的第一台轮椅。

当轮椅推到她床边，妈妈把她抱上轮椅的那一刻，她是特别高兴的。她终于可以坐上轮椅了，可以自己滚动轮椅，看到房间外面的世界了。爸妈把每个房间的门槛都拆了，她可以在每个房间里穿行。她又尝试各种办法，想帮爸妈做做家务。她扭着身体，侧身趴在轮椅扶手上，虽然这样有些难受，但学会了自己洗漱，还学会了切菜、做饭、剁猪草、搓衣服。她的轮椅上长期挂着一把火钳，拿不到的东西她用火钳去夹，桌椅上打扫不到的灰尘就把毛巾绑在长棍子上去擦。她还可以看看书，学做针线活儿，就是在那时候学会了传统的民间刺绣，同时还成了爸妈种植平菇的小帮手。每当有人摇头叹气说她是残废的时候，她妈妈总是向别人说，她没吃闲饭呢，她可以帮家里做这做那……听到妈妈的夸奖她也很开心，终于她也能帮上爸妈一点点了！

但是，还有很多的无可奈何随时随地伴随着她，比如不小心摔下轮椅，她只能趴在地上等着家门口路过的人或爸妈回家把她抱上去，身体不小心被烫伤，褥疮很严重，自己不能处理自己的大小便……一次又一次的尝试，一次又一次的打击！那时候信息闭塞，谁也不知道康复是什么，谁也没办法想得更长远一些，她只是希望自己能多一些自理能力。她相信自己咬牙坚持挺过来，总会有改变的希望。就这样一年年过去，她在家里独自渐渐长大。

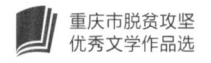

3

有记者看到现在绣出美美的刺绣作品的她，会问，你当初是怎么会想到要去学刺绣的呢？她说，学刺绣，也不是她想要学就能学的，更不是像高考填志愿，可选择自己的想要的专业，选择自己喜欢的一个行业。她说，也许是老天爷听到了她心里的声音之后，给她的命运一个转折和人生一份担当吧！

爸妈一天天地在变老，姐姐们毕业后也都开始工作了，她们凑钱买了一台旧电脑让她在家里学打字，可是，即便学到了什么技术，又有哪个公司哪个单位会聘用她呢！爸妈带着她出去打工。爸妈都没有文化，只有做最苦最累的搬运工、钟点工、环卫工、洗碗洗菜工。

在重庆主城的公交车上，一位非常热心的老奶奶，看石胜兰妈妈艰难地背她上公交车，很关心地对她说，你的手可以动，一定要学点什么手上的手艺，要争取自食其力。自食其力，这正是她心里的最痛的渴望啊！历尽艰难困苦，石胜兰的妈妈和姐姐带着她终于找到了老奶奶所说的学刺绣的地方。她第一眼看到那些精美的蜀绣，就被深深地震撼了。她想，只要老师不嫌弃她的轮椅碍事，只要老师肯教她，自己一定要好好学。巧的是，这家蜀绣店铺的店主单大琼老师，也是奉节人，她从她们的口音听出来了她们是老乡，很爽快答应说，只要她能坐得住，就可以教她。那时她妈妈笑着说，她只能坐啊。就这样，她怀着无比感激和兴奋的心情，像是抓住救命稻草一样地紧紧抓住这个来之不易的机会，每天在师傅的指导下勤奋学习，埋头苦练，风雨无阻，就此进入了刺绣技艺的大门。

刺绣学习的开始，是基础针法的练习，说简单也简单，就如写毛笔字，写一二三都能写，难的是写好，难的是长时间练习的坚持。刺绣，这项看似与石盛兰相符合的手工劳动，其实也不那么适合长时间来做，因为坐着不能活动的下肢，更容易发生褥疮和血栓。可她顾不了那么多，她一心只想尽早学会。每天家人把她一送到师傅店里，就固定在一个角落的位置上，一整天，埋头苦练。姐姐每天要把她和轮椅搬运上下五楼，推近一个小时的盘山公路才能到师傅的店铺。

学习刺绣一个多月后，老师推荐她参加了重庆市举办的职业技能大赛的刺绣大赛，石胜兰的姐姐又每天把她背上通远门城楼上三楼的赛场，一个星期的现场刺绣比赛结束，学习刺绣时间最短的她获得了优秀奖。她又被推荐加入重庆市工艺美术行业协会。她还知道了，蜀绣是我们国家的非物质文化遗产。她没有想到，自己的轮椅人生还这么幸运，可以承载这么有意义的非遗技艺。那时候，她有一种自豪感，并想要尽自己最大的努力来传承好它，让更多人知道它。

一个多月的学绣和比赛下来，她的腿脚虽然依然肿胀厉害，但她发现，以前一边臀部一处最为顽固褥疮没有发生了，原来，正是上次的骨头错位让这块皮肤不再被坚硬的骨节磨压得那么厉害，就减少了褥疮的侵袭。回头再看，她经常笑着说，这是不是就是如孟子所说的，天将降大任于斯人也，必将劳其筋骨，饿其体肤。原来受那么多的苦，是要让她来承担非遗技艺的这项大任呢。接着，苦其心志又才刚刚开始。

学习刺绣两个多月后，家里没有条件让她继续再学下去，她只能依依不舍地离开师傅，离开在一起开心学习一起进步的师姐师妹们，回家继续自己边绣边自学。妈妈不再出门打工，全力照顾她的生活，就好比代替了她的双腿。

刺绣的针法有上百种之多，各种不同的物体需要不同的针法来绣，需要漫长的时间来磨练。

石胜兰的家乡有著名的壮美的人文风景。她最熟悉热爱，也想

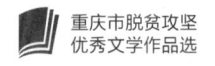

用她的针线把它们表达出来。可这些都是前人没有绣过的，怎样配色，怎样运针，怎样把照片转换为针法，她只能自己慢慢琢磨。她妈妈说，功夫不负有心人，一点一点地啃，一点一点地试吧！

石胜兰几乎不分白天黑夜地绣，绣得不对又拆，拆了又绣。她窗户对面楼上的一位上夜班的邻居，每天晚上很晚才回家，每次上楼他都看到她窗户的灯还亮着，她坐在那儿，手在扬，不知道她在干什么。后来他跟她妈妈说了之后，才知道她是通宵在刺绣。

带着对刺绣的热爱，一天天坚持，她终于绣出了作品《夔门红叶》。作品获得重庆市第三届工艺美术展银奖。付出的努力得到了认可，她对追求和钻研刺绣技艺、努力创新又多了一份执着。

4

在她生活最困难的时候，她得到了很多好心人的帮助，有人给她写了报道发表在报纸上，有女企业家赠送了她一台笔记本电脑，还有好多好心人一起帮她筹集去重庆参展的路费。好心人对她说，天道酬勤。

渐渐地，她的刺绣作品也可以每年卖出几幅，补贴一下家里的基本生活了。2008年汶川地震时她也捐出了她的一幅作品《金鸡独立》，拍卖所得600元全部捐给了地震灾区。好心人对她各种方式的帮助支持，都像是太阳一样温暖着她、鼓励着她。她曾暗下决心：无论有多么困难都要不断前行。

她就这样在家继续创作着。每一幅作品都是千针万线，每一针都浸润着她的心血。除了刺绣，她的生活中没有其他爱好以及朋友、娱乐，刺绣成了她生命的全部。

然而几年过去，长时间封闭孤独的刺绣，过度消耗身体，家里出行不方便，每天的生活都是在阴暗的房间里面，可以说话的人就只有爸妈。但是，刺绣也让她偶尔与外界有了接触，这却让她深深体验到了自身与外界的差距。她意识到了自己过早地坐上轮椅，不懂得如何适应社会，缺乏人际沟通交流，缺失了构建正常人长大成熟的很多基础元素。为此，她感到很痛苦。她希望自己可以做得更好一些，多实现一些逐渐清晰起来的梦想，可又感到很慌张、迷茫，很多矛盾、忧虑困扰着她。她知道，她又遇到了成长路上的大难题，她想要自己的状态好起来。

通过网络，她认识了很多全国各地的脊髓损伤者，这是一个极大的特殊群体。她们普遍都是常年待在家里的四面墙壁之内，有出行环境障碍的局限，也有因脊髓损伤后身体上生理上巨大变化后心理障碍的困扰，不愿意再出门，逐渐与社会脱节。她们怎样才能走出来呢？

她无比感谢自己的国家，感谢社会文明的进步，对残疾人的各项保障和社会大环境的无障碍建设方面在不断提高。她感谢上海阳光康复中心。康复中心内专门为脊髓损伤者成立了帮助她们走向社会的康复培训团体——"希望之家"。一位上海的朋友被石胜兰的拼搏所打动，了解到她的实际困难后，向"希望之家"的负责人推荐了石胜兰，帮助她争取到了在那里免费康复培训一个月的机会。她非常感谢那里的老师们，从身体在轮椅上的自理，到让心理重新面对外界的勇气，都给予了她最贴切的关怀辅导，最实际的康复锻炼。

有些朋友在脊髓损伤之前都是特别优秀的人才，她们相互鼓励、共同进步。一个月的培训后，她学习到了更加科学合理的轮椅上的生活自理技能，不再害怕从轮椅上摔倒，每天都在练习怎样从地上爬到轮椅上，摔倒了也有办法自己再爬起来；她不再害怕出门，不再害怕与人交流，只要没有台阶，她的轮椅滑得比谁都快，还把轮椅玩出了"杂技"。这一个月的康复训练，是她终身不忘的经历。

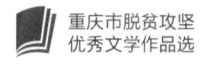

有个小插曲，石胜兰结业走出康复中心后的第一天，她就去完成了自己坐轮椅后的首次单独出行。她像鸟儿飞出笼一样，自由地飞向了自己向往已久的景点，世博会里面的中国馆——那时候已经改名为中华艺术宫。因为无障碍建设的完善，她成功地独自一人游览了一整天，又累又开心，很晚才回到姐姐家。姐姐已经在床上放好了热水袋，她钻进暖暖的被窝，一觉睡到第二天大亮。

没想到一醒过来，掀开被子，她侄女就惊叫着指着她的左脚说，小姨，这是什么？这时候她们才发现她的左脚晚上被热水袋烫起了一个馒头大的大泡。没办法，后面几天她又只能乖乖待在屋里养伤了。

轮椅人生路上的每一步，都很艰难。面对困难，如果是无法改变的限制，她需要学习如何接受；如果是可以通过自身的努力，通过学习，去改变的，那就努力去突破困难。虽然她的身体因为残疾也许不那么美了，但她想用她的刺绣美，弥补她身体的缺陷。她相信美是人人都喜爱的，怎样把作品做到更美，怎样把自己的生活变得更美，唯有继续坚守、学习、奋斗，人生才能绽放自己的精彩！

随着她自理能力和出行能力的增强，她的刺绣技艺的提升迎来新的契机。2015年7月，她代表重庆参加了中国职业技能大赛——第五届残疾人职业技能竞赛的刺绣项目，获得了拼搏奖。最幸运的是认识了大赛裁判长——中国工艺美术大师、乱针绣第三代传人吕存。赛后，吕存经过对她的耐心了解，主动提出收她为徒。师父在刺绣方面给予她特别悉心的指导！2015年第五届四川省工艺美术精品展，她的作品《荷花》获得了金奖。这是她的第一个金奖。

凡是与工艺美术相关、与刺绣交流学习相关的活动，她都克服困难，尽量积极参加。2015年和2016年她还两次参加了重庆市文化委举办的中国非物质文化遗产传承人培训班，增强了创作创新的信心。两次培训结业时她都获得优秀学员证书。2016年和2017年两届重庆国际博览中心文化产业博览会上的工艺美术大师作品暨国际艺术精品展上,她的作品都获得了国家级"工匠杯"金奖。

2017年8月,她参加重庆市渝东北片区刺绣大赛,获得一等奖。2018年,她获得全国五一劳动奖章,2019年她获得全国自强模范荣誉称号。

石胜兰一门心思扑在刺绣上。"大一点的刺绣作品,可能一年能绣出一幅。"石胜兰说。一幅完整的刺绣,至少需要200多种颜色的丝线,并且刺绣过程也不能一气呵成,有时还需要返工。从山水风景到花鸟虫鱼,题材多种多样,也复杂多变,石胜兰力求做到最好。"刺绣让我找回生活的意义,对它的追求也不会停止,最满意的作品永远是下一幅!"

返乡创业的"辣媳妇"

在黔江区石会镇采访结束已经是晚上7点多钟了,镇党委书记涂奎不好意思地说:"周作家,今天忙了一整天,还是吃了便饭再回黔江城里吧。"

好意难却,加之,肚子也在唱"空城计"了,回城的路还需要一个多小时,我们合计了一下,留了下来。

桌子上几盘特色油辣子,引起了我的注意。涂奎说,这是镇上自己的企业生产的,企业叫重庆深耕食品有限公司,老板是返乡创业人士蒲克艳。

"她创办过橱柜加工点、家具厂和深耕食品有限公司,用不怕苦、不怕累的顽强拼搏精神带动农民产业加工和种植致富,有力带动了农民共同致富发展。"涂奎书记对致富不忘乡亲的蒲克艳进行了表扬。

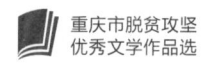

坐在旁边的蒲克艳立即给我们介绍自己加工的食品:"我们常年在外打工,最想念的就是家里的味道。黔江的美食鲜、香、麻、辣,别具特色,想要留住家乡的味道实际上并不容易。我们和西南大学教授一道进行研发,最终调配出带有浓郁黔江风味的独家秘方,产品包括小面调料、下饭菜调料、油辣子、川菜调料等系列。"

我尝了,味道醇香甜美,香而不辣,不燥不腻。

蒲克艳是四川省射洪县人。1993年,蒲克艳随着进城打工的人流来到重庆上桥丝厂务工。来到城市务工,出身农村的蒲克艳性子不卑不亢,做事踏实心细,手脚又麻利,一起务工的老乡一天才能干完的活,她只需要半天。再加上她为人古道热肠,但凡同事、老乡、街坊邻里,哪怕是萍水相逢的陌生人,谁有困难,她都热心地伸出援手,很快就建立起好名声,人人见她都愿意亲切地叫她一声"燕子"。当时一个月只有86元的收入,虽然不高,维持温饱却不用愁,甚至还能存上一笔钱为将来做打算……

后来,她与一起打工的黔江石会镇会溪村村民何泽彬相爱并结婚。

第一次相见后,就遭遇一件让何泽彬始料未及的事——在送何泽彬去车站的过程中,蒲克艳遭遇了车祸,粉碎性骨折。常言道,患难见真情。当大家都认为蒲克艳的脚无法恢复时,何泽彬并没有放弃这个女孩,用真心抹平了女孩的创伤。经过一年多的精心照料,蒲克艳的身体基本康复。从那以后,她就下定决心要成就一番事业,让全家过上好日子。那时,她想到了创业。

首次创业,她创办橱柜加工点和家具厂。

1996年,在朋友的帮助下,夫妻俩东拼西凑,在重庆开了自己的第一家橱柜加工点。凭借一腔创业激情和农村人的吃苦精神,店里的生意越来越好,2001年借助政府的帮扶又扩大公司规模,成立格兰迪家具厂,在重庆家具行业里挣得一席之地。

蒲克艳夫妇对家乡黔江石会一直非常挂念，恰逢政府大力提倡返乡创业，2016年初，带着对家乡建设的赤子之心，他们踏上了返乡创业之路。

谈及回黔江为何不继续从事家具行业，而是改行做食品调料时，蒲克艳说，老家一直有做食品调料的传统，自己也有一手制作调料的好技艺。把食品调料制作这一祖传秘方发扬光大，这也是蒲克艳一直以来的愿望，亲朋好友一直以来对她手艺的肯定也坚定了她做食品调料的决心。

2016年，黔江区出台返乡创业扶持政策后，在区政府和区科协等部门的帮助下，蒲克艳让丈夫照看家具厂和儿女，单身回到石会投资500多万元正式成立重庆深耕食品有限公司，同时与西南大学食品科学院联合研发产品，开发了深耕调料系列产品。

作为新产品，要让消费者相信接受并乐于购买是个难题。刚开始，她生产的产品只是通过以前自己积攒的口碑，卖给一些老客户，但这并不能有效打开销路。为解决企业初期的销售瓶颈，蒲克艳积极组织产品免费试吃等活动，因为口感好，很快便得到消费者的青睐。为了更好地打开市场销路，她加大广告宣传投入，利用互联网等新媒体线上线下宣传企业品牌，让更多的人知晓深耕食品公司的产品。

为保证生产质量，蒲克艳直接从产品源头进行控制，建起1000亩辣椒、花椒等种植生产原料基地，带动基地附近的60多户村民种植辣椒增收，并将40多户土地流转户吸收到基地和调料生产车间务工。

蒲克艳吃住在公司，一边照顾公婆，一边创业。如今，公司年产值近500万元，40多户村民不仅每年有土地流转费，每月还有劳务工资，种植辣椒的60户村民也实现了增收。蒲克艳被大伙称为带领村民增收致富的"辣媳妇"。

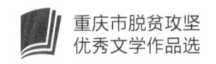

在接下来的规划中，蒲克艳还想把深耕食品引进正阳工业园区，继续扩大公司规模，标准化生产，带动广大村民在乡村振兴计划中发家致富。深耕食品，在蒲克艳以"公司+农户+订单"的经营模式下，已经深入各大学校、企业食堂、酒店等，也为当地贫困户提供更多家门口的就业岗位，成为既播撒乡愁，又耕耘乡村的惠农企业。

放眼望去，7月火辣的阳光下面，农民在田里忙农活，几个小孩坐在田坎上观望。一代又一代人经历传统农业和现代思想的洗礼与熏陶，成为既留住乡愁又不乏现代化的"新农人"。

经过蒲克艳不断努力，公司终于有了完整的体制，成熟的工艺车间里，20名员工在车间辛勤的劳作着；成功流转农民土地千余亩，建立了公司直控的原材料基地。

"公司终于上了正轨，接下来我们要做的是能让消费者信得过的产品。"蒲克艳开始着力研究深耕调料的产品特色。

每一位创业者都是产品经理，而你需要创造的产品就是你事业的全部。创新改变应该是创业者的内核。对于产品，要像雕刻家一样，精雕细琢，赋予匠心，产品才能深得人心。

蒲克艳通过不断的努力与探索，终于探索出深耕调料产品的发展之道：创新加工工艺，沿袭祖传秘方，保持原汁原味！从基地采选原材料开始到配料的拣选，初制采用最先进的高科技设备，保证每一个辣椒、每一个大蒜等都是最优质的，摒弃传统人工挑选、初制的疏漏弊端；在深度加工方面，她聘请民间经验丰富的大师来严格控制调料成品的颜色、口感，保证每一罐都能带给消费者对辣椒酱最原始的记忆！

"终于做出了我小时候吃的辣椒的味道。"这是蒲克艳20年调料梦内心的释放，更是尝过深耕调料的每一位消费者由衷的赞叹！区别于市面上的调料，深耕调料辣而不燥的特点更是走出了一条属于自己的品牌之道！

这个时代，是创业者最好的时代，蒲克艳只是这个创业时代大戏里的一位主角。

蒲克艳的生产车间，也被评为扶贫车间，得到政府的政策支持。

2020年，中国脱贫攻坚决胜年！蒲克艳的深耕食品有限公司得到良性发展。

乡村振兴，关键在人。蒲克艳说："随着农业农村、户籍制度等方面改革的加速推进，劳动力城乡大流动的壁垒正在逐渐消失。活跃于田间地头的年轻人越来越少，'70后'不愿种地，'80后'不会种地，'90后'不谈种地的现实，让'谁来种地'成为'时代之问'。发展一大批懂农业、懂技术、懂市场的农民，是破解问题的关键之道。我们深耕食品也是在解决农村农业问题，引领老百姓奔向小康社会！"

而这些懂农业的农民就是农村伟大的创业者！他们改变着农村，改变着中国……

"创"与"闯"需要顽强的毅力，更需要创新的精神！这样的精神将会永远盛开在这片神奇伟大的地上。

人生是一场修行，注定经历千回百转，经历浮浮沉沉，才能领会生命的涵义。但蒲克艳的这场修行，和同龄女人相比，显得更为"波澜壮阔"。

三个老汉一本经

1

2019年12月23日，隆冬时节，我来到重庆市黔江区金溪镇长

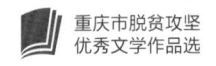

春村4组滕家院子。我要采访的人不是驻村干部,也不是企业家,而是三个65岁以上的老人。

他们是三个共产党员。

一个叫滕树文,65岁,长春村4组农民;一个叫滕树长,退役军人,乡政府退休干部,68岁;一个叫陈正文,长春村4组贫困户,72岁。

黔江区扶贫办干部聂鑫向我推荐,说这三个老人身上有新时代的"黔江精神",在大山里兴办专业合作社,带领乡亲们脱贫致富。

到了村里,几个高大的钢结构琉璃瓦车间吸引了我,一问才知道这是养蚕用的。这些都是三个老人的作品。

因为是冬天,已经看不到绿油油的桑叶了,漫山遍野光秃秃的桑树,等待来年发出新绿。

在黔江区扶贫办脱贫攻坚的总结材料里,我看到了这样一首"打油诗":

茅草盖瓦泥巴墙,
三脚架起算灶房。
门前落脚粘粪泥,
进屋同居猪和羊。
家徒四壁空荡荡,
人气没得畜气旺。

这大约就是形容长春村以前的状况,青壮年都去打工了,村里剩下的都是老、弱、病、残、妇、幼,符合当下边远农村的实情。

坐在陈正文老人家里的火塘边,我们聊起了他们的创业史。

"我们要把撂荒10多年的田土变成绿油油的桑园,组织大家种桑养蚕。"最初的想法是滕树文提出来的。有了这个想法,他连忙给镇上的杨胜乾副镇长打电话告诉自己的打算,接着他又与自己的堂兄滕树长、邻居陈正文商量。

"干!我们4组必须干。全国、全市、全区的脱贫战役已进入攻坚阶段,我们区走在了全国的前面,我们金溪镇深度贫困,大战仍酣。我们长春村其他组都干起来了,我们必须干,再不干就没机会了。"滕树文说,"干,既然其他组都敢干,我们为何不敢干?"

滕树文说的"其他组都在干",指的是长春村发展专业合作社的事,是长春村按照全区脱贫攻坚的统一部署策划的一场代号为"一点引爆,全村开花"的联合行动。

长春村以土家族、苗族为主,少数民族人口占97.5%。2014年纳入新一轮贫困村,虽然2015年实现了整村脱贫,但脱贫质量不高,仍然存在基层党组织软弱涣散,党支部书记、村委会主任长期缺位,产业发展基础薄弱,集体经济增收无门,老、弱、病、残特征明显,群众内生动力不足,"等、靠、要"思想较为严重等问题。2017年金溪镇又被确定为市级深度贫困乡镇,长春村又被确定为市级深度贫困村。

2017年9月10日,长春村脱贫攻坚联合作战指挥部召开第一次会议,出任总指挥的金溪镇副镇长杨胜乾高声宣布:"从今日起,人员统一指挥,政策统一安排,资金统一调度,各块政策高度整合,各块资金高度整合,各块人员高度整合。任何单位和个人不得私自向农户表态。每一项政策、每一分钱、每一点力量都必须用在刀刃上。"

不久,村里制定了改革方案,实行"三变"(变土地为股权、变资金为股金、变农民为股民),以及"三确一建"(确权定资产、确权定股东、确权定归属,组建专业合作社),经营主导产业(蚕

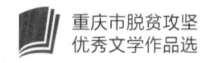

桑），实施方式"一点开花，全村引爆"。先在有积极性的1组吕家沟试点，然后全村推开。

有了这样的背景，才有了三个老人敢干的底气。

2

长春1组吕家沟的"80后"年轻党员退役军人吕德甫认定"三确一建"改革对吕家沟脱贫非常有利，当即召集吕家沟20多户村民商量，建立专业合作社。

2019年10月8日，大山层林尽染，红叶正艳。珍卓果蔬股份合作社在隆隆的挖机声中挂牌成立。20多个扛着锄头的股东像训练有素的兵士，随着吕德甫一声令下，甩开膀子轮圆锄头，向荒地开挖。一时间人声鼎沸，挖机轰鸣，赶来看热闹的人或坐或站挤满了山坡。

有个老汉坐不住了，从看闹热的人群中挤出来径直走到吕家沟珍卓果蔬股份合作社办公室，态度谦卑地向吕德甫讨教。

这个老汉不是别人，就是前面写到的滕树文，就是说"其他组都干起来了，我们必须干"的滕树文。

用当地村民的话说，滕树文上懂天文地理，下懂人情世故，在当地是个很吃得开的人物（土家方言：受人尊重，说话做事有人听）。

军人出身的吕德甫性格直率，对滕树文讨教的股份合作社核心问题和盘托出：成立股份合作社，核心是"三变"。操作的关键是土地入股，田按每亩300元折算，计1.5股；土地和林地按每亩200元折算，计1股。启动资金怎么解决？整合上级支持的财政资金和市、区帮扶部门的帮扶资金。理事长和监事长怎么产生？股民无记名投票选举产生。入股是自愿还是采取强制的办法？完全取决老百姓自愿。

从吕家沟回来，已是深夜，但滕树文一夜无眠。想往日战天斗地荒山野岭变梯田,看如今大燕南飞良田肥土变荒山,作为一个老党员,心里实在不是滋味。等不及天亮,滕树文就披衣起床,深一脚浅一脚地爬上位于山顶的滕家院子和魏家塘院子,叫醒正在酣睡的滕树长、陈正文两个老党员。

"两位哥,吕家沟的专业合作社动起来了,我去看了,有搞头。隔壁5组马上又要成立露菲专业合作社,那个'背包书记'说'一点引爆,全村开花',我们组总不能花开后面吧?今天我们三个商量下,由我们几个承头,把在家的这些老、弱、病、残组织起来,搞个蚕桑专业合作社,把撂荒的这些土地翻耕出来栽桑养蚕,既保护了耕地,又能让在家的人有事干,还能永久地赚钱,你们看搞得不?"

"搞得!你承头,我们一起干!"两个睡眼惺忪的老汉顿时睡意全消,一拍即合。

3

计划报给村里,杨胜乾副镇长当即表态支持,"背包书记"田杰立马赞许,村支书万书勤和村主任田景阳毫不犹豫地签字同意。

时令已是寒冬,滕家院子却如春天般的温暖。三个老汉倡导的专业合作社会议在滕树长家中如期进行,杨胜乾副镇长、"背包书记"田杰、村支书万书勤、村主任田景阳全都赶了过来。

四个镇村干部进来的时候,围坐在火塘边的20多个老、弱、病、残全都满面红光,选举以最原始的方式进行,每个人在自己认可的候选人碗里放进一粒黄豆,最后以得黄豆多少来决定谁当选。公道自在人心,滕树文、滕树长、陈正文三个老汉当选,滕树文出任理事长。

山里人凡事总爱讨个好兆头,理事会、监事会选出来了,合作社取名又成了大家的兴奋点。经过一番七嘴八舌的讨论,最后取名

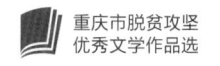

顺青颉股份合作社。

一个简单的取名，却要大家共同讨论，在一些人眼里觉得是大可不必，但在三个老汉看来很有必要。"既然是合作社，凡事就得商量着办，让大家商量取名字就是让大家明白，专业合作社的事是大家的事，不能个人说了算。"滕树文说。

一点小事，隐藏着巨大的玄机。从商量合作社取名，可以看到三个老汉凡事商量着办的态度。

顺青颉股份合作社在滕家院子正式成立。

重庆医科大学附属第一医院党委副书记许建平闻讯赶来，顾不上拍掉身上的尘土，也不顾忌山路的泥泞，便开始对顺青颉股份合作社调研，看到20多个农民正在三位精神矍铄的土家族老汉带领下有说有笑地除草、挖坑、栽树、覆膜，在平整出的陡坡上栽下一株株桑树，当即表态从资金上给予大力支持，并亲自主持讨论在自己领导下制定的包含党建帮扶16个项目的扶贫方案。从早上出发到次日凌晨2时回到重庆，许建平书记和队友整整工作了16个小时。三个老汉异常激动。滕树文兴奋地说："《增广贤文》上说的富在深山有远亲，这话过时了，现在是穷在深山也有远亲。"

滕树文的话一点不假。没过几天，重庆医科大学附属第一医院送来了产业发展帮扶资金，区财政拨来了财政支持资金……

主管财务的滕树长一点都不敢马虎，每一笔扶持资金他都记得清清楚楚，每笔开支都记得明明白白。重庆医科大学附属第一医院225万元、区财政拨来了财政支持资金16万元、区农投公司投入120多万元……从合作社成立以来到2019年10月，累计获得各种帮扶资金820多万元。2017年底种下的近400亩桑树已初见效益，合作社第二年就收入10多万元，农户多的能分到四五千元。2019年集体经济收入30万元。

腾树文估计，等到丰产时，合作社收入能上百万元。

相邻的3组村民悄悄问:"老滕,我们的土地也入到你们合作社,你们要吗?"

滕树文回答很干脆:"怎么不要呢?都是乡里乡亲的。有钱大家一起赚。"

2018年初,1组、2组、3组相邻的65户农户335人带着380亩土地加入顺青颉股份合作社。合作社规模一下扩大到135户669人,涉及贫困户22户69人。桑园面积从2017年的400亩发展到3400亩,桑树成型,外地打工的娃娃崽崽们陆续回来了。

三个老汉引领创办顺青颉股份合作社,一花接着一花开。一直处在观望中的4组高石砍片区和2组红砖厂片区突然发飙,4组高田坎的村民推举曾担任过村支书的李闯带领大家成立了翼馨恒股份合作社,2组红砖厂片区的村民推举畜牧兽医站退休干部、老党员陈国光组建了期盼股份合作社。至此,专业合作社全村覆盖,5个专业合作社有如5朵金花,竞相开放在长春村的山山岭岭。

合作社的蚕丝质量好,供不应求。撂荒地盘活了,留守老人、妇女有了新出路,降低了新生贫困风险。昔日的"落后村"成了重庆市的"三变"改革试点村。

"背包书记"田杰笑了,村支书万书勤笑了,村主任田景阳笑了。

最应该笑的是滕树文、滕树长、陈正文这三个老汉!

乡村电商的拓荒者

在城口县岚天乡场镇的小道上,人们总能看到一个熟悉的身影在农村淘宝的店面前忙进忙出。天还未破晓,她便早早出了门,开始一天的农产品代购代销工作,当月光洒在田间地头时,她才缓缓

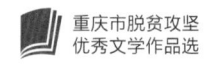

归去。从岚天乡电商服务站到农村淘宝这段路她竟走了六年。她就是岚天乡电商致富带头人,岚天巾帼陈秋菊。

陈秋菊个头不大,黝黑的脸上总挂着灿烂的笑容。自2009年,26岁的陈秋菊便外出打工,在广西积累了一身经验的她于2012年返回城口创业,在县城做起了瓷砖、家具生意。两年间,她的生意做得风生水起,两口子的生活也过得有滋有味。然而2014年,当她得知岚天乡电商服务站负责人因工作原因无暇顾及经营管理,需申报转让时,在外打拼多年的她看见了商机,立刻转让了经营得风生水起的瓷砖店,回到老家接手濒临倒闭的服务站。她深知,当下正值"互联网+电商"高速发展期,谁掌握了电商,谁就握住了时代的主动权。

2014年9月,陈秋菊正式接手岚天乡电商服务站。她下定决心要让穷山沟的农副产品变成"金宝贝",让家乡的父老乡亲脱贫致富,从此"电子商务+农户"的新兴购销模式在岚天铺展开来,村民们的购货卖货方式得到全面改变。

接手伊始,陈秋菊探索发展电商"下行"业务。在乡党委、政府的帮助下,她参加了重庆度牛电子商务有限公司城口分部第一期电商培训。培训刚结束,她便火急火燎地规划出了岚天电商"下行"业务工作方案。可是,一个问题刚解决,另一个问题又如期而至。面上的规划倒是有了方向,那实际生活中该如何与老百姓们对接呢?

家有大片农产品资源的村民们大都居住遥远偏僻、地势崎岖的地方,并且他们大多思想老化,那么前期的销货沟通、中途的货物转运就成了摆在陈秋菊眼前的大考题。

陈秋菊是个真情人,她热爱这片生她养她的土地以及这里可爱的乡亲邻里。从不认输认命的陈秋菊花了两个星期时间硬是把这道考题解出来了!她咧开嘴笑着说:"山路崎岖,那些吊远户下山实属不易，他们用脚，我是用车，我拉货物划算些。"就这样，她带着热诚、善良、不计得失和坐不住的责任感，走进了计划中的农产品供应商第一人选贫困户陈益秀的家中。

居住在三河5社的周先友是陈秋菊的多年密友，她们俩从小一起长大，感情甚好，当年听着陈秋菊说想去外边的世界闯荡一番，便毅然决然同着她去了广西，两年间患难与共，然而当听到陈秋菊说想要做电商的"下行"业务，邀请自己加入，成为农产品供应商时，周先友竟迟疑了。"电商这东西太缥缈，他们乡下人怕是学不会。"周先友向坐在一旁默不作声的老公吞吞吐吐地说着，眼神丝毫不敢向上抬。

感受到周先友的担心，陈秋菊握着她的手说："没关系，先友，电商说白了就是卖东西的一种新兴手段，把你的农产品发到网上去，让咱岚天以外的人都能买你的产品，你既不用讨价还价，又不用肩挑背扛，这多划算哪。"

"可是，我能成为农产品供应商吗？这要是囤货堆积太多销售不出去咋办？"周先友渐渐望向陈秋菊，言语里却还是透露着隐隐的担忧。

"这你就别担心啦，我早就与部分市场客源做好了联系，他们有需求就给我打电话，他们要10斤洋芋你就只挖10斤，要20斤核桃咱就只拿出20斤的量，决不让你的货堆在家里！"陈秋菊信心百倍，振振有词地说道。而后她又给周先友讲述了当下中国发展的机遇点，电商的关键点，未来岚天乡电商服务站的着力点。

周先友听后紧皱的眉头终于舒展开来，转头望向坐在一旁的老公，微笑着说道："或许这真是个咱家奔小康的好机会呢，不如咱试试。"

周先友的老公缓缓站起来，听了陈秋菊的话，他的顾虑、心结也打开了，说："秋菊总不会害你，以前她能带你到广西挣钱，现

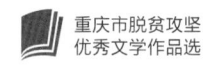

在能坐在家里挣钱，你该偷着乐了！"

就这样，周先友加入到了陈秋菊的电商团队中，并同她一起并肩招揽来了越来越多的农产品资源户。

两个星期里，她们走遍了岚天乡的山山岭岭，说服了十多户农产品资源户，告诉他们互联网是什么，电商是什么，他们做什么。如今，她已然走出了属于她自己的岚天电商路！

你看今天岚天乡场镇的农村淘宝店，生意红红火火，店面整洁干净，产品堆放整齐，有腊肉、核桃、荞面、天麻、党参、蜂蜜等，还有精心编制的竹家居工艺品，筲箕、竹篮、簸箕，一应俱全。每年的特产供不应求，仅腊肉的成交量就在4万多斤，来往的包裹堆积如山，一月的快递单就有厚厚一沓。陈秋菊看着满屋子陈列的农产品，欣慰地说："岚天的'电商+农户'购销模式终于成型了，这都是大家努力的结果！"2019年，陈秋菊的电商业务实现线上收入近50万元，线下收入约20万元，带动贫困户180多户，增收30万元。如今，以前不理解、时常质疑陈秋菊的村民们现在都把她当成了发家致富的宝贝。

"我只是一个普通人。"陈秋菊每每听到有人夸奖她都会谦虚地说，"我只是做了该做的事。"

巴山扶志先锋

张从平，现担任城口县鲲鹏食用菌股份合作社法人代表。市委常委、常务副市长吴存荣，市经信委副主任涂兴永，城口县县委书记阚吉林、县长黄宗林等市、县领导先后到其菌袋加工厂和食用菌生产基地视察，对张从平为全县脱贫事业的辛勤付出给予了充分肯定和赞赏。

2019年9月，习近平总书记在河南省光山县考察时再次强调了扶贫同扶智扶志相结合。他说，我一直强调扶贫既要扶智，又要扶志，一个是智慧，一个是志气。不光是输血，还要建立造血机制，脱贫后生活还要不断芝麻开花节节高。城口县鲲鹏食用菌股份合作社法人代表张从平就是这样一位扶贫工作中的扶智扶志先锋。

大家富才是真的富。张从平是一名土生土长的农村人，小时候，因为家境贫寒，没有读多少书；结婚后，与丈夫一起凭着城口人不怕累、能吃苦的精神，奋斗10年，终于把全家老小安顿在县城，过上了有房有车、衣食无忧的生活。

党的十八大以来，她从电视、网络上看到习近平总书记访贫问苦的脚步遍布全国14个集中连片特困地区，觉得自己也应该为家乡的脱贫事业尽一份力。她从来不认同农村挣不到钱这一说法，日思夜想怎么才能在农村站稳脚跟，让贫穷的乡亲尽快都富裕起来。

食用菌是城口县大力支持发展的扶贫产业。通过一年多时间在市内外的全面考察，张从平在鸡鸣乡政府的积极支持下，结合家乡地理环境条件，决定在鸡鸣乡祝乐村种植食用菌（香菇）。2018年3月，她牵头成立了鸡鸣乡祝乐村股份合作社食用菌菌袋加工厂，还特别组建了"巾帼扶贫车间"，将部分留守妇女集中到菌袋加工厂内务工，让她们通过自己的双手获得经济收入，减轻家庭经济负担。

2018年建厂，从最初的1个生产基地到现在的3个基地，食用菌生产基地面积从5亩增加到60亩，解决了200多人的务工问题，其中有100多人来自建卡贫困家庭，人均增收1万多元。她让贫困群众获得了实实在在的效益，看到了脱贫致富的希望。

扶贫先扶志。城口县鸡鸣乡祝乐村村民程能培，因先天残疾导致腿脚不太灵活（俗称"罗圈腿"），经她本人申请后被识别为建

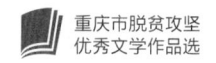

卡贫困户，但"等、靠、要"思想比较严重，只要有人问她家经济是否有困难，她都说"困难大得很"，问她走路有无太大的障碍，她说"路都走不了"，一个劲儿地诉苦，她家的脱贫工作让帮扶人和各级干部都伤透了脑筋。其实，她虽然腿脚不太灵活，但行走没有问题，并且双手是健全的。

张从平得知这一情况后，独自一人先后7次到程能培家中走访了解情况，做思想工作。她积极鼓励程能培要不等不靠、自强不息，真诚欢迎她来"巾帼扶贫车间"工作。在张从平不厌其烦、数次到户劝说下，程能培抱着试一试的心态去食用菌加工厂工作了一天，发现自己完全能够胜任择选香菇的工作，同时每小时10块钱的收入，工作一天就有七八十块钱，每个月差不多有将近2000元，这比之前整天待在家里划算多了，也能为家庭带来一笔不小的收入，减轻整个家庭的经济负担。从那以后，程能培便成了张从平所建立的"巾帼扶贫车间"的常客了，随时可见她在车间里忙碌的身影。

城口县鸡鸣乡金岩村村民刘道碧，因为其中一只眼睛没有眼球，特别害怕陌生人异样的眼光，长期待在家里不出门，也几乎没有任何收入来源。张从平得知这一情况后，先后多次到刘道碧家中，和她交心谈心，做思想工作，解开心结，并邀请她来"巾帼扶贫车间"，做一些为菌袋填充菌丝的简单工作。在张从平的鼓励下，刘道碧终于走出了家门，来到了菌袋加工厂试着做一些简单的工作。最初，由于刘道碧视力不佳，其他人填充了3袋菌丝，她只能勉强做好1袋，她怕别人看不起她，就多次要求辞职回家。张从平看穿了她的"小心思"，告诉她熟能生巧的道理，手把手教她，并将工资亲手拿到她手里，鼓励她继续坚持下去。如今，刘道碧已经能够非常熟练地完成菌丝的填充了，并且效率一点也不比其他人低，她再也不在意别人的指指点点了，每天在"巾帼扶贫车间"有说有笑，和其他人打成了一片。

张从平是一朵绽放的铿锵玫瑰，有老板的气质，却没有老板的架子。2018年合作社成立以来，她不分白天黑夜地工作，白天亲力亲为，带领工人一起干活，晚饭后还要详细核算一天的成本投入和收入，全面规划第二天的工作安排，半夜里还要与工人一起过秤装车，让当天采摘的鲜香菇以最快的速度在早市之前运送至开州、宣汉等地的菜市场，让当地群众每天都可以吃到新鲜的香菇。

张从平不但关心留守在家的妇女姐妹，还时常惦记着儿女不在身边的老人。2019年重阳节，她将价值4000多元的200多袋干香菇无偿送给祝乐村60岁以上的老人，用自己的实际行动践行尊老敬老爱老传统美德。

张从平曾自豪地说："为留守在家的妇女同胞提供挣钱的渠道，让她们不再是整天在家相夫教子，让她们也能够靠自己的双手赚取经济收入补贴家用，同时，吸纳贫困户到厂里面打工挣钱，能够让他们不再'等、靠、要'，并且能够通过自己的努力实现脱贫致富，主动提交脱贫申请书，我也为自己家乡的脱贫事业作了一点贡献，我感到非常自豪和骄傲！"

张从平现在正在积极推进食用菌到户发展产业项目，将食用菌生产大棚建到贫困群众家门口，让贫困群众在家就可以创业增收致富。

"蔬菜书记"林桥

他坚守大山15年，从一名返乡创业人员逐渐成为远近闻名的"蔬菜书记"；引领组织1500多户村民发展高山反季节蔬菜12000多亩，实现年产值5000万元以上，让绿色蔬菜成为高山地区的支柱产

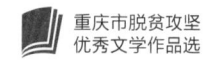

业；示范带动305户贫困群众种植蔬菜，真情帮扶贫困家庭每年户均稳定增收1万元以上。

他就是奉节县龙桥土家族乡致富带头人林桥，现任奉节县鑫桥农业开发有限公司董事长、龙桥土家族乡瑞丰社区支部书记。

2003年，在外打拼了10年的林桥回到家乡，利用务工期间学到的蔬菜种植经验和技术，个人投资150万元承包土地300多亩，利用龙桥土家族乡海拔1200米至1800米的独特气候，发展高山无公害反季节蔬菜，获得成功的林桥于2005年成立了鑫桥农业开发有限公司。

在林桥的倡导下，公司积极履行企业帮村产业带动责任，采取"公司+基地+专业合作社+农户"的发展模式，按照"产前投入、产中技术指导、产后合同价回收"的"订单农业"方式，示范带动当地村民发展绿色蔬菜。2006年，受市场波动的影响，公司种植的1000亩蔬菜严重滞销，其中400亩低价处理，600亩烂在地里充肥料，净亏200万元。但公司积极履行承诺，所有和公司签订合同的村民没有因公司的亏损影响收入。

脱贫攻坚以来，公司不断发展壮大，种植范围由过去的龙桥、蜀鄂2个村拓展到瑞丰、阳坝、金龙等5个村以及太和土家族乡、兴隆镇和平安乡等乡镇，带动发展专业合作社3家、家庭农场7户、种植规模200亩以上大户30多户，推动高山地区形成"一村一品"蔬菜产业发展格局。

由于尝到了种植蔬菜的甜头，龙桥土家族乡家家户户种植蔬菜，积极性空前高涨，很多贫困户因此逐渐摆脱了贫困。在公司帮带的村民中还有不少户属于贫困家庭，其中一部分贫困户增收脱贫十分困难。林桥看在眼里，急在心里。2016年初，公司决定对所有贫困户交售的蔬菜给予40元/吨的额外补助，按户均种植5亩蔬菜、产量5吨/亩计算，贫困户将额外获得200元/亩的补助，户均可额外获得1000多元产业补助。

2019年，鑫桥公司帮带从事蔬菜种植的300多户贫困户已从公司领到了80多万元额外补助，这笔资金对贫困家庭来说无疑是雪中送炭，乡亲们都亲切地称林桥为"好老板""贴心人"。

自脱贫攻坚战打响以后，林桥在蜀鄂、龙桥、瑞丰等村选择21户深度贫困户，采取"无形股份"的方式进行重点帮扶。林桥有信心通过一年时间的努力让他们实现脱贫。

林桥给予这些重点贫困户每户15000元的"无形股份"进行帮扶，每户贫困户每年享受不低于10%的股份红利，分配方式为不支付现金，直接转换为生产资料，在产前提前兑现，以解决贫困户资金短缺问题。按每户贫困户每年可享受最低红利1500元计算，种植蔬菜每亩需要500元投入，1500元红利折合可种3亩蔬菜，每亩蔬菜按3000元收入计算，贫困户每年最低能享受红利投入所得蔬菜收益9000元。享受股份收益的贫困户脱贫后，将自动退出股份，由新增贫困户进行递补，以充分发挥"无形股份"持续性扶贫效益。

龙桥村贫困户黄思波一家5口人，因地处偏僻无增收产业，加上两个女儿一个上大学，一个读高中，生活一直过得非常艰难。近三年通过"无形股份"帮扶，他家已累计种植蔬菜60多亩，目前已经交售蔬菜200多吨，实现销售收入近18万元，这个贫困家庭终于走上了脱贫奔小康的大道。

经过十多年的摸爬滚打，"蔬菜大王"林桥将蔬菜产业越做越大，当地党委、政府、干部群众对林桥的期望也越来越高。2016年，龙桥土家族乡瑞丰社区换届，林桥被村民一致推选为社区支部书记。他义不容辞扛起了带领乡亲们脱贫奔小康的责任。

瑞丰社区虽然是非贫困社区，但产业发展基础不牢，群众仍以种植红薯、土豆、玉米和烟叶为主，收入不高，社区里有141户贫困户，贫困人口占了社区人口的近1/8，加之脱贫攻坚时间紧、任务

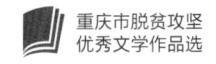

重，林桥针对瑞丰社区的现状，采取了调整产业结构的办法让贫困群众如期脱贫。首先调整蔬菜种植结构，因地制宜发展甜玉米、辣椒、卷心菜、萝卜等蔬菜，扩大蔬菜种植面积2000亩；其次是利用高山地理优势和种植习惯，着力发展大黄、贝母、党参等中药材种植1500亩。

林桥和公司职工结对帮扶了13户贫困户，指导他们种植5亩以上的蔬菜，为他们提供种子、技术、资金扶持，帮助让贫困户持续稳定增加收入。同时，公司履行社会责任，主动承担起41户深度贫困户的结对帮扶任务，每年通过订单种植、二次分红和生产资料扶持等方式带动贫困户增收脱贫。

一分耕耘，一分收获。林桥将公司发展植根于家乡广袤的田野，将个人追求融入到广大群众脱贫致富的梦想，走出了一条为民兴业之路，受到当地党委、政府和社会各界的高度肯定。

公司获得重庆市农业产业化重点龙头企业、重庆市民族团结先进集体等称号。林桥当选为重庆市第三届劳动模范，重庆市第三届、第四届人大代表，被评为重庆市优秀共产党员，重庆市首届"十佳"返乡创业明星，重庆市种菜能手。

"草莓哥"陈兴奎

陈兴奎，男，现年33岁，重庆市巫溪县徐家镇大宝村2014年首批建卡贫困户，于2016年底主动脱贫。

自主创业、不等不靠的陈兴奎，不仅是巫溪远近闻名的草莓种植能手，也是徐家镇大宝村做大做强林果产业，帮助农户共同致富的先进典型。

陈兴奎致富不忘乡亲。他注册成立的永聚种植专业合作社，

2019年预计草莓销售额达到30万元，葡萄产量将增加到3万多斤，年支付发放工人工资约15万元，带动10名贫困户增收。随着草莓、葡萄产量不断增加，合作社用工量大增。如今，信心满满的陈兴奎在稳定现有10名贫困户就业基础上，每年可新增2个至5个就业岗位，实现了务工群众在家务工就业增收5000元以上。

陈兴奎一家，户籍人口7人，在弟兄姊妹中他排行老三。除了年过六旬、体弱多病的父母和外出打工的大哥，家里还有一个肢体严重残疾的二哥。根据脱贫攻坚惠民政策，2014年，陈兴奎家被徐家镇大宝村确定为建卡贫困户。这位在巫溪县徐家镇大宝村土生土长的年轻后生，自2005年在重庆信息职业学院毕业后，曾在福建、广东、江苏等地进过工厂、搞过建筑、摆过地摊、跑过销售。

为改变家里的落后状况，为了更好地照顾年迈的父母和残疾二哥，一波三折的陈兴奎结束了在沿海一带的打工生活，回家购买了3万多元的设备开办了食用平菇菌种植。由于当时缺乏原材料，加上平菇市场价格不高、不耐运输，半年下来亏得血本无归。

2015年，受巫溪全县大范围新建河堤保护农田、新修道路、改善农村交通条件的启发，陈兴奎思来想去，觉得建水果采摘园是不错的选择。他在大宝村一社流转了3亩闲置土地，投入8万多元搭建了5个温室大棚种植草莓，开始了他人生第二次创业。

创业之初，陈兴奎由于缺乏种植培育、管护经验，初冬一阵大风，将他投资8万多元兴建的5个草莓大棚全部掀翻，刚开花的草莓被全部冻死，他的创业激情和投资又一次付诸东流。

俗话说，好事多磨。面对困难，陈兴奎没有灰心、没有气馁。在各级领导和村支"两委"支持下，他适时而进、总结经验，将原来的5个草莓大棚扩大到16个。在精心管理16个草莓大棚的同时，2016年秋他新增种植葡萄20亩。经过不断学习，在种植草莓的实践中多方探索，终于年收入10万元，并于2016年底实现全家脱贫

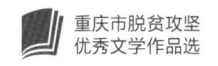

销号。

陈兴奎脱贫了，他种植冬、春草莓成功了。

陈兴奎培育种植的"红颜""章姬""醉侠""随株""红玉"五种高端优质草莓的成功，打破了东溪河畔低海拔区域，冬、春草莓难以存活的"神话"。

2017年，陈兴奎投资150万元，注册组建了巫溪县永聚种植专业合作社，吸收35岁的残疾哥哥陈兴元和本村建卡贫困户为合作社种植基地工作人员，负责冬、春草莓及葡萄种植的田间管护和就地销售。

大宝村1社建卡农户王永波及妻子张英、村民王明俊、刑满释放人员刘文科，成了种植葡萄、草莓的专门技师；同时体验了足不出村，就地生财的人生乐趣。仅王永波的妻子张英，一年在草莓园的收入就达到6万多元。

世间自有公道，付出总有回报。陈兴奎成功致富的脱贫故事，成了左邻右舍的街谈巷议，他也因此成为群众心中脱贫致富的先进典型。

2018年，陈兴奎草莓销售额达到30万元，毛利近15万元，20亩葡萄也挂果成功，销售额达到10多万元，先期参与葡萄种植的贫困户也实现每户增收1万多元。

为扩大和推广种植经验，帮助群众更多更好地发家致富，陈兴奎成了鱼鳞、乌龙等地干部的座上宾。鱼鳞乡一位姓鲁的主任多次上门，向他咨询葡萄、草莓种植技术。

每年冬、春，陈兴奎都要去邻近的乡村讲解种植技术，示范田间管理，并于2019年投资15万元，在文峰镇长兴村建成了占地20亩的草莓育苗良种基地，为邻县草莓种植户培育和提供"白雪公主""章姬""京郊小白""红颜"等优质草莓种苗，让清新甜美的红红草莓，成为致富带贫增收的重要产业。

养牛大学生

他叫吴广廷，今年26岁，是酉阳县车田乡车田村的一户贫困户。2014年，他家因为他上大学，教育支出巨大，家中又没有什么产业，收入很少，生活入不敷出，被评为贫困户。想想那时，在学校读书，每天为自己生活费发愁，他不禁有些心酸。

2016年，他毕业于中南民族大学。毕业后，他满怀信心地跟朋友一起在石家庄做服装生意，希望能够通过自己的努力增加收入，改变自己的生活。

但是，往往天不遂人愿，生意远远没有他想象的那么简单。没过多久，他们生意几乎难以维持。曾想过回老家发展，但是家乡交通不便，生产效率低下，非常贫穷落后，便打消了回家发展的念头，感觉自己的生活一片迷茫，看不清楚自己发展的方向。

2017年，一个从家乡传来的消息引起了他的注意，那就是他的老家车田乡被列为了重庆市18个深度贫困乡镇之一。他激动不已，家乡非常严重的贫困状况，终于引起了国家和市委、市政府、县委、县政府的重视。一个星期后，他便接到了来自他的帮扶人的电话。帮扶人亲切地说："小吴啊，你是大学毕业生，是乡里的人才，希望你能回乡发展，带领乡亲们脱贫致富。"当时，他的生意正亏得难以为继，他暗自想：我生意亏成这样，我算什么人才？就我现在的情况，自己脱贫都成问题，还怎么带领别人致富？他犹犹豫豫、吞吞吐吐地不知道怎么拒绝帮扶人的好意。但是，帮扶人还是不厌其烦地给他宣传着家乡的政策，什么特色效益农业、利益链接、村集体经济等，最终他无法拒绝，只好回答："我试一试吧。"

回来后，在村支"两委"和帮扶人的引导下，他开始了自己的产业，说实话，当时他是真没什么信心，就抱着试一试的态度去干。一段时间之后，他被家乡热火朝天的脱贫攻坚形势感染了，二

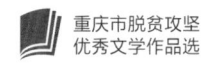

级路、三级路、各类产业、旅游度假区建设等项目纷纷落在车田大地，驻乡工作队来了、驻村工作队来了，让他看到了车田乡的希望。他意识到，车田乡的发展机遇来了，他的机遇也来了。

乡党委、政府的支持，以及村支"两委"和帮扶人的鼓励让他坚定了信心。他下定决心：一定要抓住机会，努力奋斗，改变自己家里的贫困状况。

吴广廷当时选择做肉牛养殖。之所以选择养牛，是因为他家之前一直都在养牛，而且父亲是做活牛买卖生意的，对肉牛价格和市场都比较熟悉，给了他技术和市场经营的基础。

开始创业后，第一个困难来了。他的启动资金在哪里？这个困难困扰得他睡不着觉。他连夜找这家借钱、那家借钱，可是，就借来这几千块钱怎么够？就这样他的产业一直拖着迟迟未动。过了几天，帮扶人来告诉他，国家有产业发展相关政策支持。原来现在有贫困户小额信贷政策，并且3年无息，在帮扶人的帮助下，吴广廷毫不犹豫地就完成了贷款手续。

通过贷款，他的启动资金有了，买了15头小牛。2017年，在乡党委、政府的支持下，他免费参加了3次养殖技术培训，让老一辈的传统养殖变得更科学、更高效。他的产业也逐步壮大起来，并在当年实现了增收脱贫。

2018年，吴广廷的养殖规模达到了50多头，还扩充了其他产业。当年底，他仅靠养牛就收入10多万，并且还带动了当地两户贫困户脱贫。"我深感荣幸，这一切在当时都是我想不到的。"吴广廷说。

2019年12月29日，我们在吴广廷家中做客，一家人高高兴兴，正在准备吴广廷的结婚喜事。

我问他："今后还有什么打算？"

这个年轻的小伙子回答说："在发展产业路上，我还要积极参与村集体经济发展,协助村上做事,积极跟着党指引的方向走,我每天都做好自己的规划,充实着自己的生活,希望通过自己的奋斗,带领更多的贫困群众走出贫困,走向幸福!我坚信习总书记说过的一句话:幸福是奋斗出来的!"

第六章

乡村振兴的精神家园

咬定青山不放松,
立根原在破岩中。
千磨万击还坚劲,
任尔东西南北风。

——(清)郑燮《竹石》

党旗下的嬗变

1

这里山峦叠嶂，道路崎岖。

这里水路连环，云蒸霞蔚。

在渝东七曜山腹地的群峰之间，有一个古老而又美丽的村庄，在金溪河畔悠悠诉说千年故事。

这个村叫坪坝，在石柱县中益乡。

让人十分揪心的是，这里被烙上了一个特殊的标签：重庆市18个深度贫困乡镇之一。

深度贫困，贫困中的"硬骨头"！

让人十分欣喜的是，这里被烙上特殊标签的同时也迎来了一个大好发展机遇：脱贫攻坚冲锋号吹响，市委办公厅帮扶集团对口帮扶这里。

高位推动，在贫困的"虎口"中攻坚拔寨！

坪坝村距石柱县城55公里，距中益乡政府9公里，平均海拔1000米，幅员29平方公里。2017年8月之前，一组数字让人吃惊：全村共有525户1376人，其中农村人口420户1163人，贫困发生率为21.4%。

一个现实让人羞愧：虽然坪坝村是全乡人口最多、面积最大的村，但村党支部却是全县15个后进党支部之一！

因为贫困，人们指责土地贫瘠；因为后进，人们不再相信村干部；因为帮扶，人们期待"上帝"来打开另一扇窗。这是坪坝村当时面临的现状：村里各项工作推进困难重重，干群关系非常紧张，村民"等、靠、要"的思想十分严重。

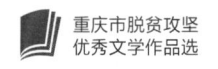

沧海横流，方显英雄本色。

2017年9月3日，中益，天气格外晴朗。

一辆汽车从石柱县中益乡政府大院驶出，在乡间公路上颠簸、蜿蜒前行，开往坪坝村委会。

车上坐着一个年轻人，思绪飘飘。他是一个"异乡人"，但从今天起，他将在这里开启自己的脱贫攻坚之旅。

汽车进入了高台桥水库尾端，向家坝村民院落，30多栋农舍闪耀在眼前，保存较好的土家吊脚楼院落——大湾、冉家坝和白果坝，一一映入他的眼帘。

多好的地方啊！

他在思索，他在谋划……他在想怎样才能兑现自己对组织的承诺：坚决打赢脱贫攻坚战，不获全胜，决不收兵。

他，就是市委办公厅扶贫集团派驻到坪坝村，担任驻村扶贫第一书记、工作队队长的韦永胜。

2

到坪坝村第二天，韦永胜就开始了解村情，并和工作队、村干部一起，研究如何着手走进7个村民小组分别向村民宣传扶贫政策和鼓励大家紧抓机遇大发展。

第一次，韦永胜来到坪坝村石桥组，与群众集中见面，心中充满着期待，更憧憬着未来。

可是这一次，村民并没有给这位刚上任的"新官"好脸色看。

2017年9月12日下午，韦永胜和驻村第一副书记谭华祥、驻村队员罗洪旭、县人大对口帮扶坪坝村的干部冉杰元、乡干部向明锋以及村干部一起到了会议地点。

石桥组组长马勤安说，石桥组群众开会一般只有20人左右参加。韦永胜很纳闷：石桥组105户270人，在家至少有一半的人，也就是50户左右，怎么就20户左右参会呢？

原来是很多人不愿意参加，觉得开会没有意义，都是走过场又耽搁干活，不划算。

这一次在意料之外，到了下午2点，竟来了40多人，或许是听说驻村工作队来了，大家怀着好奇的心态来看看热闹吧。板凳不够，个别群众就坐在石头上或摩托车上。

驻村队员逐一作自我介绍，群众眼神不屑一顾，有人说："你们又是来镀金的，来晃一晃就走了！"

"鬼才相信，扶贫！"有人低声嘀咕。

会议议程按步推进。轮到向明锋讲解低保户动态调整的政策。他开口说："今天很不错，该来的都来了，平时没有来的今天也到了很多！"

此话一出，坐在摩托车上的一个村民突然冲进会场来："意思是我不该来？我来了，怎么的？"

"我是表扬今天来参会的，你误会了。"

俩人你一言我一语，吵得不可开交。村民火气大，越说越来劲，突然一气之下竟把会议桌给掀翻了，吓得会议记录员罗洪旭连忙退让。

韦永胜见势不对，赶快上前劝止。然后，他把这个村民喊在一边，给他做思想疏通工作。

"村上工作乱搞，还不是你们说了算！"

"开啥子会哟，还不如去挣两个钱。"

村民一脸气愤，韦永胜却耐心讲解："驻村工作队刚来不久，村上以前做得不周到的地方，你们多提提意见，我们会尽快核查落实。"

同时，韦永胜也严肃指出了村民的错误："从今天起，你有什么事情，可以先和驻村工作队沟通，再大的事情也要协商，砸会

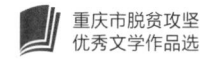

场、生事端是违法的，对自己也不好。"

一番劝解之后，村民慢慢平静下来。

回到会场，韦永胜向群众深深鞠躬，说："我叫韦永胜，来自重庆市教育科学研究院，受市委办公厅扶贫集团的派遣，做咱们村驻村第一书记。我的党组织关系已转到坪坝村党支部，也就是说，从今以后，我就是坪坝村的一员，要和大家一起在这里共同生活两年以上。

老乡们，中益乡由市委书记陈敏尔亲自定点包干，我们村又是县委书记蹇泽西定点包干。精准扶贫是我们千年难逢的发展机遇，也是咱们老百姓的福祉啊。以前所有不周全或不满意的事情，将以今天为界画上句号。从今天起，坪坝村的发展将会进入一个高速期，坪坝村村委会和驻村工作队都是为大家服务的、为坪坝村的发展服务的！但也需要大家齐心协力、一起努力哟！"

"韦书记，你说话作数不？"有村民笑问。

韦永胜郑重承诺：在工作中，一定会坚持"四议两公开"原则（"四议"即村党支部提议、村支"两委"会商议、党员大会审议、村民代表会议或村民会议决议，"两公开"即决议公开、实施结果公开），公开公平公正的办理事情，随时接受大家的监督。一定做到让群众好办事，为群众办好事。

……

那一天，或许有人在心里暗暗地想，他在吹牛，只是说说而已。

那一天，或许有人在期盼，韦书记您说了可要算数哟，群众拭目以待。

3

坪坝的9月，秋高气爽，仰望星空，韦永胜久久不能入睡。

坪坝村为什么这样穷？

坪坝村为什么是深度贫困村？

不融洽、不支持、不配合，好一个见面礼！

公开唱反调，公然掀翻桌子，好一个下马威！

腹中有雄心万般，脚下却路长道阻。为什么会这样？这个村的干群关系已经紧张到何等地步？

困难可想而知。

其实，前几天韦永胜一进村子，便挨家挨户开展走访调研工作，他下决心要干一番事业。然而，在韩杨组走访时，韦永胜却被当地农户向朝琼拦了下来。理由是，村子修建通村公路时，施工方破坏了向朝琼家的部分黄连地，为此，她曾多次找到村干部，希望能够协调解决，但都没有结果。

了解情况后，韦永胜立即联系了村干部，商量怎么尽快处理，没想到几天后，向朝琼又找上了门。见事情久拖未决，韦永胜直接叫来了施工方，现场处理了该问题。

此刻，韦永胜已经深深地明白，没有一个具有强大组织力、行动力、执行力的党支部，坪坝村的脱贫攻坚之路将会异常艰难。

难怪！过去在县、乡两级党委的年度考核中，坪坝村党支部被确定为后进基层党组织市级整顿对象。

村党支部为什么是石柱县15个后进党支部之一？

坪坝村千头万绪的工作该从哪里着手？

……

那一夜，他想了无数个"为什么"。

有人说，阻碍一个地方经济发展的不是蛮荒地偏，而是缺乏破茧成蝶的心性。

从那以后，韦永胜深入走访，了解情况。与干部交心，与群众

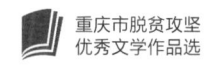

交心，发现村党支部确实存在一些问题，难怪以往工作开展困难。

箭在弦上，不得不发。将这支利箭射向问题深处：就坪坝村村支"两委"5个人来说，年龄偏大，思想意识落后，发展意识不强。全村在家党员年龄超过60岁，年轻党员全部外出务工。本土人才缺乏，岗位人员不稳定。村里办事也不靠谱，群众意见较大。

鉴于此，韦永胜和工作队将原来的贫困户重新识别为20户，原有的低保户数也大幅度削减。这样有效避免了"关系户"。

贫困户和低保户数量减少了，村民却更加拥护了，即使没有吃到低保的人，也认为这次贫困户识别和低保护评定是最公正的。就这样，群众开始信任了。

因为贫穷落后，导致坪坝村青壮年全部外出务工经商，年富力强的党员也不例外。村支部千方百计联系、动员年富力强的党员回归家乡党支部，为家乡的党建工作和经济建设作贡献。

韦永胜深刻意识到，在深度贫困乡镇脱贫攻坚工作指挥部及其驻乡工作队领导和指导下，驻村第一书记应该紧紧依靠村党组织，带领村支"两委"成员开展工作。作为驻村第一书记第一个任务就是协助村党支部加强基层党组织建设。

明确目标和任务后，重点是抓好村组织整顿转化工作，协助乡党委、政府选好配强村支"两委"班子特别是党支部书记，下决心解决班子不团结、软弱涣散、工作不在状态等问题。

韦永胜三顾茅庐，从小在坝坪长大的沙子镇派出所协警刘成勇最终答应回老家任村干部。他回村之后，坪坝村整体工作起色很大。驻村工作队为了提高村干部在脱贫攻坚中的战斗力、引领力和发展力，着力将致富能手培养成党员，将党员致富能手培养成村组干部，先后培养了向斌、陈秀芬、马茂箫等后备干部，发展了林茂、向斌、陈秀芬3名年轻党员。本土人才陈秀芬成了村里电商负责人，向斌兴办起了野鸡养殖场和养鱼场。根据党员结对帮扶计划，在家24名党员分别帮扶多个贫困户发展产业。

2018年2月，原老支书因为年龄和身体原因主动请求辞去支部书记职务。回归坪坝村之后，跟老支书和韦永胜学习、锻炼了3个月的刘成勇，被全村党员选举为村党支部书记。

从此，"外来书记"韦永胜与"本土书记"刘成勇联手，将党支部整顿、脱贫攻坚、集体经济建设工作推向高峰。

4

一个党员就是一面旗帜，一个支部就是一个堡垒。

2019年12月29日，我们来到坪坝村新落成的村委会。便民服务中心十分气派，让人震撼；亭台楼阁，像公园，像度假山庄；偌大的操场，面积比一般的乡镇政府要大；宣传栏上是扶贫政策，办事指南，党建知识。过道里，楼层上，文化墙，让人眼见熟知……这样修建是为了提升和打造坪坝乡村旅游发展。

一位村民正从村委会走出来，满含笑容，边走边说："变了！真的变了！"

我忙问："老乡，什么变了？"

"他们的工作作风变了！我感觉和以前完全不一样了。"

"有啥不一样？"

"以前是踢皮球；一天等一天。现在是说办就办。几分钟就搞好，不影响我回去干活。"

老百姓乐了，"扯皮"的事自然就少了。

坪坝村党支部的凝聚力和战斗力增强了，群众满意度和幸福指数不断攀升。

为了整顿后进基层党组织，摘掉头上的"耻辱帽"，刘成勇一上任就夜以继日、超负荷工作。

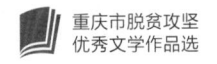

他舍小家顾大家的感人事迹在村民中广为流传。

2018年，刘成勇妻子生孩子，通常人家肯定是天天照顾，可是刘成勇为了工作，几乎是"三过家门而不入"。家里人取笑他："你嫁给村里了还是卖给支部了？"

2019年9月初，刘成勇高烧40度，到医院检查，是因为鼻炎引起的鼻中隔严重偏曲，必须及时动手术。但是，那么多工作，脱贫攻坚任务那么重，他哪里有时间去住院。刘成勇凭借自己顽强的毅力，坚持到国庆放假才去动了手术，没有耽误村里的脱贫攻坚工作，却耽误了鼻炎的治疗。

这就是刘成勇。

但是，他不后悔，反而自豪地说："市委书记陈敏尔用石柱土特产的特点激励广大干群，要吃得黄连苦，不怕辣椒辣，后享蜂蜜甜。"

通过整顿，坪坝村的面貌发生日新月异的变化。

2018年底，坪坝村贫困发生率降为1.5%，整村脱贫。村集体经济从无到有，实现10万元收入。

2019年4月15日，习近平总书记到中益乡考察，坪坝村就有8名贫困村民参与欢送总书记，并与总书记握手。

2019年8月，坪坝村获得重庆市文明村镇称号。

2019年，坪坝村纳入第五批中国传统村落，同时被定为全市美丽乡村试点村。

5

只要有信心，黄土变黄金。

韦永胜的信心是什么？刘成勇的信心是什么？

群众要脱贫，党建必先行。这句话说起容易，做起来却要费一番功夫。

为此，他们拟定了坪坝村党建工作的"三三"法宝行动。

在他们的带动下，一场"三三"联动抓党建促脱贫活动在坪坝村轰轰烈烈开展起来。

"三三"是什么意思？就是"三力"并举，促进"三链"共生，实现"三甜"齐建。

"三力"并举提升党组织"硬实力"。

提升支部组织力，严肃做实党组织政治生活，选优配强驻村及帮扶干部10名，搭建新的支部班子。强化党员带动力，党支部深入开展"双带"党建主题活动和亮身份、亮承诺、亮职责"三亮"行动，以"先富党员带头扶贫、贫困党员带头脱贫"为抓手，强化党员在脱贫攻坚中的先锋模范带头作用。

事例很多，比如村里老党员曹德成，用双手为独居的两位老人疏通厕所下水道，让所有群众为之感动，为之称赞；石桥组党员谭海庭，在发展农家乐和盆景产业中，主动帮扶带动马泽平、向大忠、向瑞华等贫困户，帮助他们每年增收1万元以上，实现脱贫致富；中坪组贫困党员谭显祥不等不靠，自力更生，养殖中蜂120群，年产蜂蜜500余斤，产值6万元左右，在他的带领下，贫困户岳良元、余世海等发展中蜂养殖40余群，户均增收2万元以上。

脱贫攻坚中，群众才是主体，要激发群众内生动力。"干部在干，群众在看"这样的扶贫是"要我脱贫"，而不是"我要脱贫"。如何消除群众"等、靠、要"的依赖思想？坪坝村通过扶贫夜校、微访谈宣传优民惠民政策，评选"勤劳致富带头人""邻里和谐家庭"等坪坝榜样人物，激励群众从酒桌牌桌走到田间地头，让群众真正成为脱贫攻坚和乡村振兴的主力军。

2017年9月，韦永胜刚到坪坝村的时候，发现遍地都是玉米秆，大多数群众都围着烤火、打牌、摆龙门阵；通过整顿党支部，发挥

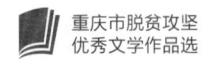

党员干部作用，激发群众内生动力，不到一年时间，这个情形就没有了，除了大雨等恶劣天气外，大多数人都去田间地头或工地上了。

"三链"共生结成贫困户"共富链"。

一是压实责任链。坪坝村党支部定期向中益乡党委汇报抓党建促脱贫的工作情况；党员每月要向党支部汇报帮扶工作落实情况；同时完善了村规民约，开展了"四讲十治"活动，进一步明确了群众的责任和义务。

二是建立利益链。为给群众带来实际利益，坪坝村成立了集体经济组织，建立"龙头企业+集体经济+农户"的利益联结机制，业务项目涵盖了中药材种植、中蜂养殖、电商发展、乡村旅游等，2018年村集体经济收入突破10万元，彻底改变了"空壳村"的现状。2019年，在原有集体经济的基础上，坪坝村种植了76亩彩色有机水稻，扩种了羊肚菌12亩。

三是建立亲情链。党员干部在帮扶过程中，真心实意帮扶群众，把群众的事当自己的事办，就没有办不了的事；把贫困户的困难当自己的困难解决，也没有解决不了的困难。坪坝村驻村第一副书记谭笑，经常和他帮扶的贫困户马世华一起做卫生、干农活，还经常买肉买米送去。马世华开心地讲："我没有儿子，你就给我当儿子吧！"在帮扶过程中，干部和群众真正成为了朋友，成为了一家人。

"三甜"行动提振群众精、气、神。

一是建甜蜜家庭。家庭是人生的第一个课堂，家风是一个家庭的精神内核，家风是社会风气的重要组成部分。引导群众树立良好家风，弘扬正能量，对于形成文明乡风有着重要作用。同时，坪坝村以"梦想课堂"为载体，开展挖机、厨师、中蜂养殖、中药材种植等系列实用技术培训，助推群众增收。让群众从传统的体力劳动向技术型劳动转变，从而不断提高劳动收入。

二是建甜净院落。建设美丽乡村，提高群众的生活质量，人居环境整治是工作重点。坪坝村以院落为单元，党员干部带领群众一起开展人居环境综合整治，重点引导教育群众除陋习改习惯。做好环境卫生，减少疾病，住着舒适，更为发展乡村旅游打下坚实基础。

三是建甜美乡村。坪坝村在每个院落设立文化中心户，组建坝坝舞团，开办流动电影院，不断丰富和满足群众对文化生活的需求。坪坝村建立积分诚信体系，群众用积分到超市兑换礼品，逐步营造和形成乡风文明的社会氛围。

一系列活动的举行，坪坝基本上是"倾巢而动"，个个积极参加，人人欢欣鼓舞。

农村要发展，农民要致富，关键靠支部。

这是韦永胜在他的日记《坪坝花开》里的一段感悟：

> 如果你真正把群众的事情当作自己的事情办，就没有办不好的事。群众的眼睛是雪亮的，你的一举一动，所思所想，都在群众眼中、心中。做一个没有私心私利的干部，做一个群众满意的干部，做一个经得起党性考验的干部，必须要心中"少我"甚至"无我"。

在一个深度贫困村抓基层组织建设，怎能不会有这样深刻的感受？！

6

还是在 2017 年 9 月韦永胜刚来坪坝时，他对老百姓说："两年时间，坪坝村肯定将发生天翻地覆的变化，咱们共同努力，一起参

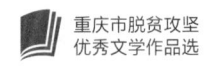

与,一起见证。"

其实,那时,坪坝村2017年至2020年脱贫攻坚发展方案早已完成。他早有信心将这幅蓝图绘就在坪坝的山水之间。只是,一些人当时还半信半疑,一些人处于观望。

但是随着时间的推移,韦永胜从整顿涣散党支部着手,大手笔开展一系列活动,出台一系列措施,效果出来了,老百姓信了。

两年多时间,从基础设施建设到产业发展再到人居环境治理,坪坝村完全是脱胎换骨,一个产业兴旺、生态宜居、乡风文明、治理有效、生活富裕的美丽小康村正在七曜山下冉冉升起!

但这背后,不知道有多少辛酸的故事。

有一天,一个特别的篝火院坝会在向家院子召开,主题是"坪坝发展我来说"。参会群众可以畅所欲言,各抒己见。

"现在,国家政策就是好。以前的向家坝是什么样子,现在的向家坝是什么样子,大家心中都有一杆秤。扶贫干部好心帮我们,我们应该更加努力向前跑。"村民刘兴林第一个站出来发言。话未说完,场上就响起了热烈的掌声。

李树金非常感慨:"向家坝大变样了!村上的干部作风大变样啦!我们作为向家坝的主人,就应该有主人的样子。向家坝的发展,我们都全力支持,积极参与建设!"

会场却传来一个坏消息:向家坝的建设项目被暂停了,原计划的路灯项目被取消了。大家都知道这其中的缘由,只是不语。

瞬间,会场变得鸦雀无声。

为什么被取消了呢?因为前段时间,一位姓唐的村民恶意闹事,严重违反《坪坝村红九条》的第四条"不支持村上发展,影响集体声誉"。

扶贫工作的纵深推进,国家在不断加大扶贫工作力度的同时,惠民政策不断出台,部分群众的期盼越来越高、胃口越来越大,

"等、靠、要"的思想开始凸显，私欲膨胀，侵占他人利益和集体利益的现象时有发生，纠纷不断。为了坪坝的大发展，坪坝村在县公安部门的支持下，坚持以德治净化心灵、春风化雨，以法治规范行为、定纷止争，以自治凝聚人心、消化矛盾，创新开展了社会治理工作。2019年初，坪坝村在全县率先推行"贵和工作法"，不断修正和完善了《坪坝村村规民约》，实施了《坪坝村红九条》。

经过群众的讨论，最后大家一直认为，这位村民不了解情况，无理大闹会场事件性质恶劣，且教育不改，将其纳入黑名单。纳入黑名单期间，他将被取消除国家法定享受的政策外的一切优惠政策，考察期为三个月，通报将在宣传栏公示五个工作日后生效。

这是坪坝村实施"德治、法治、自治"以来，通报的第一个黑名单。

7

阳春三月，坪坝的清晨，凉风习习。

一群村民在村委会门口徘徊，动作和神情有点异样。韦永胜正要到向家坝协调一些事情，结果被其中老党员谭本权拦了下来。

然后，他从人群中拿出一个盒子递给了韦永胜。韦永胜打开才知道他们送了一面"一心为民的好书记"锦旗，韦永胜的双眼一下湿润了。

两年多时间，有多少感动难以忘怀。

晨跑路上，韦永胜与谭弟槐夫妇在石桥组小坝子相遇。谭弟槐说："听说韦书记您要回去了，您对我们帮助这么大，我们怎么来感激您的这份情哟！我和向大忠一起给您做了一个东西，改天给您送过来！"

"做啥子东西！不要破费。"韦永胜边走边说，"你们能够靠自己、靠劳动脱贫致富才是我最大的心愿。"

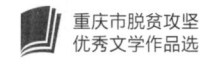

当初，谭弟槐经常抬杠甚至找韦永胜的麻烦，是因为他享受多年的低保被评议取消。他一家三口，夫妻二人劳动力弱，不愿劳动；儿子谭运平劳动力强，吃不了苦，受不了累，非常懒惰。他们最大的希望就是坐吃低保金。低保取消后，经过多次"回头看"，这一家被识别为贫困户。

无独有偶，韦永胜又成了他家的结对帮扶人。在这两年多的时间里，韦永胜所做的一切，谭弟槐都铭记于心：诊断家庭现状，谋划家庭发展，落实发展举措。落实谭运平挖机技术培训，谭弟槐治疗胆结石并享受医疗救助，实现高山易地扶贫搬迁，指导发展中药材和蔬菜等产业。

每一个举措的落实，都给这个小家庭带来发展机遇，让这个小家庭产生不小的变化。

帮扶户向大忠的妻子邹小珍，在微信中发给韦永胜一张图片，说和谭弟槐一起做的一个礼物要送给他。图片中"精准帮扶办实事，结对帮扶暖人心"几个大字格外醒目，看完之后一股暖流遍及韦永胜全身，平时相处的点点滴滴不断在他脑海闪现。

向大忠夫妇俩是非常勤快的人。韦永胜一边引导他们俩就地务工和种植中药材，一边指导他们发展农家乐，给他们带客源。邹小珍来自金沙江边的四川凉山地区，早年外出打工，因为种种原因，导致身份证遗失后，一直没有补办。韦永胜帮助邹小珍解决了十余年都没有落实的户口问题。向大忠家的"飘香里"农家乐在中益乡小有名气。夫妇二人成了中益乡脱贫攻坚的名人。2018年12月，市委书记陈敏尔在石柱中益乡坪坝村小坝子组织召开座谈会，邹小珍参加了座谈会，会上她讲述了脱贫的经历和变化。

2019年4月15日下午4时许，习近平总书记视察重庆亲临中益乡。韦永胜得到与总书记见面的机会，总书记还亲切地与韦永胜握了手。

"握了总书记的手,我要努力往前走。"这是韦永胜一生都感到最荣幸和最幸福的事。

"没有理由不建设好坪坝的基层组织,没有理由不搞好坪坝的发展!"韦永胜说。蓦然回首,在坪坝村的点点滴滴,在坪坝村的日日夜夜,在坪坝村的酸甜苦辣,是那么真切,是那么让人心动,又是那么让人难以忘怀。

这,就是一个共产党员的崇高情怀。

这,就是一个涣散基层党支部整顿后散发出来的光芒。

8

坪坝村每一天都是新的,沧海桑田。

村党支部变了!从全县15个后进党支部转变为优秀党支部。2018年底坪坝村党支部作为脱贫攻坚涌现的一批优秀党支部,写入市委、市政府的年度报告中。

村容村貌变了!水、电、路、讯、房等基础设施逐步完善,乳黄色的房屋和青山绿水相互辉映。

村干部的工作作风变了!办事不再推诿拖拉,服务能力不断提升。

群众的精、气、神变了!不再是成天打牌喝酒,他们脱贫致富的内生动力更足,信心更满。

坪坝像一只美丽的蝴蝶破茧而出。

眺望坪坝:一个独具土家风情的牌坊矗立在高台桥水库坝;一条红色跑道像腰带紧紧系在水库中腰;五公里的路灯像守卫的士兵整齐排列,隆重地迎接远方宾客的到来和外出人员的回归。

向家坝,小院舒适、干净、清爽。

开满荷花的层层梯田绽放出江南风光,两旁青山的倒影让湖面更加青翠。踏过潺潺流水,就是坪坝村"两坝一湾"的民宿院落,

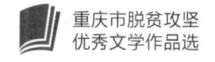

古色古香。

冉家坝，花院子，200年建筑历史，每周都有土家戏的表演，展现土家族风情。

在这里听潺潺水声和鸟鸣，回归自然。

……

这只是一点点缩影而已，坪坝的山山水水、风土人情正在安静中走向世界。

鲜红的党旗飘飘，党旗背后，坪坝彩色的翅膀正向着太阳翩跹起舞。

多么美！

多么好！

钱棍舞舞出幸福生活

1

2018年1月10日，城口县岚天乡场镇上。

"快来看啊，快来看！好多美女。"人们奔走相告。这里，锣鼓喧天，人山人海，一场别开生面的演出正在这里举行。

演出是为了庆祝岚天第一家文化主题酒店开业，这家酒店就叫钱棍舞酒店，以钱棍舞各种元素为底色，为前来休闲度假的人提供餐饮住宿和艺术享受。

有人呼喊的"美女"其实就是打钱棍舞的7位表演者。她们是本乡各村各社组织起来的群众，有十七八岁的少女，也有中年妇女，她们服装一致，动作整齐，身材高挑，钱棍发出铿锵之声，响彻巍巍巴山。

这一切，还得从一个回乡创业的巾帼企业家吴红令说起。

2018年6月,我们去采访城口的森林人家,决定去看一下钱棍舞酒店,我们见到吴红令时,她正在筛土——用于养花的土。吴红令,40多岁,她的全身不沾任何金银首饰,朴素唯美。她的手并不像一些女性老板那样纤细、光滑,相反我们握到的是一双粗糙的劳动之手。

吴红令,本土本乡人,18岁高中毕业就远去广东打工。她当过纸箱厂普工,有底层劳动的经历;当过公司职员,有城市白领的小资生活;干过销售业务,有搏击市场的勇气。20年在外打拼,积蓄达到400多万。2016年在当地政府的鼓励下她决定回乡创业。如今她是钱棍舞酒店的创办者,是董事长,做起了真资格的老板。采访结束后,我写了一首诗给她,后来这首诗被书法家吴丹先生写成书法作品。

岚天有乡不称大,
城口往东一酒家。
巴山深处多风云,
岚溪河畔最数她。
十八去粤形单只,
今日回乡影丽娜。
都说钱棍风光好,
只有此女泯春花。

"岚生风光,天生美景。巴山原乡,源在岚天。我回乡创业也是为了帮助更多老乡脱贫致富。这里,除可以欣赏钱棍舞表演、参与山歌传唱,还可以享受乡村美妙的生活。这里,夏无酷暑,冬无严寒。"吴红令说话时总带微笑。

从那一刻开始,钱棍舞酒店不断地组织钱棍舞表演;从那一刻

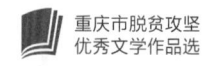

开始，钱棍舞酒店不断地开展山歌传唱活动；从那一刻开始，钱棍舞酒店不断地渲染民俗文化！

都说无奸不商，都说这些是促销手段。可是又有谁知道吴红令的苦楚？在这样一个小小场镇上投资400万，搞一个面积1500平方米，装修豪华的民俗酒店，生意何来？经营何从？吴红令的钱棍舞酒店被装修为川东民居外饰，内装也十分精致。吴红令在酒店管理上，除重视文化外，还不断提升服务水平，食材全部取源于本地，经过名厨之手，焕发新意，如特色石锅鱼、鲜椒过水鱼。

她为什么要把酒店取名为钱棍舞酒店呢？

"钱棍舞是从岚天走出去的，是岚天的文化名片，是城口的精神堡垒，用它命名是我们对传统民俗文化的发扬和宣传。钱棍舞正在有力推动岚天乃至城口旅游事业的蓬勃发展。"吴红令信心十足。

这是2018年6月12日傍晚，天公作美，霞光万丈，岚天乡政府外的小坝子里歌声阵阵。

虽然夏天已经来临，但是这里依然凉风习习，街上的居民有的在忙着晚归，有的在夕阳中漫游、散步。这时有一群人陆续聚集起来，他们穿着工作服、职业装，整齐列队。他们在共同演唱一首歌曲——《山风化为岚》，歌声雄壮，充满力量。正在岚天乡采访的我从钱棍舞酒店出来，正好听到。

> 枫林秀水，满目青山。小伙唱着山歌，姑娘红着小脸，老叟跳起钱棍舞，婆姨划起彩龙船。钟灵毓秀时运好，天造地设在岚天。

原来，这是乡里干部和工作人员在练习大合唱，明天准备去参加一个唱歌比赛。就是在这首"乡歌"里，作词者也没有忘记钱棍舞这个重要的文化符号。

这就是岚天乡从大环境着眼小家庭，着力全面激发贫困群众脱贫志气的风范。

2

这是一方怎样的人文？女人们跳着钱棍舞，男人们在山林里寻找天麻、党参，白发老人讲述着"雷打天星桥""火烧洪恩寺"的神秘故事，包谷酒醉了一代又一代人……

春风化雨，经过近年的脱贫攻坚战，一座现代化气息小镇，打破了丛林深处的原始平静，3500多人基本实现了集中居住。这里，正在进行一场轰轰烈烈的变革：人口下山、产业上山、游客进山、产品出山！

岚天的发展不仅仅是食饱衣暖，还有诗和远方！

百岁老人刘远昌是钱棍舞的传承人。

对刘远昌老人印象最深的是他说的一句话："一辈子一支舞，一支舞五代人。"

和他交流，我们并没有半分吃力的感觉。他思路清晰，思维敏捷，记忆力超好。他出生在民国时期，已经90多岁了。近百年岁月沧桑，反让这个耄耋老人鹤发童颜，精神矍铄，看上去不过年近花甲。

在岚天，他是一个传奇。

在城口，他是一个名人。

他说的"一辈子一支舞"，道理在不仅仅因为他是钱棍舞第三代传承人，一生爱好表演，从青春年少开始，一直不间断学习传授钱棍技艺，70年坚持不懈传承非物质文化，还因为他一生正直，学徒无数，帮人无数，行善积德无数。

他说的"一支舞五代人"，"舞"是钱棍舞，"五代人"是刘氏一族五代人薪火相传，把钱棍舞发扬光大，在城口大力推广、

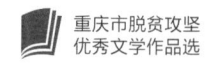

普及。

要讲城口的钱棍舞现在为什么影响这么大,他算功臣一个!

要讲城口脱贫攻坚的精神扶贫成绩显著,他算杰出代表一个!

钱棍舞又称"连霄",明末清初,由湖广填四川的移民带入城口,最初用来驱邪避魔,后来发现钱棍一摇动能发出悦耳的有规律的响声,配上音乐、曲调,发展成为逢年过节、喜庆日子必不可少的娱乐舞蹈。钱棍一般是由一米长的竹棍,两端嵌上数枚铜钱,再缀以流苏做成。表演者随着音乐的节拍,用钱棍敲击全身关节,平稳流畅,活泼轻快,老少皆宜。

刘远昌的祖父和父亲都是钱棍舞迷,耳濡目染,刘远昌从小就喜欢上了钱棍舞。

革命时期,钱棍舞一度成为红军在城口宣传革命道理,撒播革命火种的重要宣传形式之一。城口解放时,当地群众跳钱棍舞欢迎解放军入城,刘远昌就是当时的领舞者之一。

这些记忆,他历历在目。

他从来没有忘记岚天乡是原生态钱棍舞的发源地,以及自己肩负的责任和使命。

他从来没有停止过对钱棍舞的传授。他和老伴先后教会自己的几个儿女和孙子、孙女,然后"全家总动员"义务传授舞艺。只有3500多人的岚天乡,刘远昌一家就教出了2000多人的钱棍舞队伍!

2009年9月,一个大好消息传来:钱棍舞被列入重庆市第二批市级非物质文化遗产名录。同年,县委、县政府把每年10月26日定为"钱棍舞日",县里还定期开展"民俗文化展演""千人钱棍舞表演""钱棍舞大赛"等大型活动。

这让刘远昌一家人激动不已。

他们的努力没白费。

3

每个人都有一个童年，要么快乐要么悲惨。

而刘远昌的童年记忆是从一个箩筐开始的。那是的民国三十四年，刘远昌的父亲带领一家人逃难，用一个竹子编的箩筐把几个孩子摇摇晃晃担到城口深山的一个小村子里。从此，刘氏一家便在这里生息繁衍。

刘远昌8岁时便跟着教师罗少武学习文化和打钱棍，12岁跟老中医刘德贵学医，同时也学习打钱棍，又跟着爷爷刘大常、父亲刘荣光逢年过节学习打钱棍。经过四个老师的传授，自己认真领悟，吸取了钱棍舞的精华。他渐渐发现钱棍舞不但具有较高的艺术性，是民间文化中的一朵奇葩，而且更有强身健体的功效。从此，他暗下决心：不但要把这门艺术在家族中传承下去，而且要在民间发扬光大，让更多的人享受这一艺术真谛。为此，他不断研究总结，经常摸索，发现其规律。

他年轻时的理想得到了祖父、父亲和家人的全力支持。很快，他的钱棍舞表演技术就能独当一面了。

刘远昌一如既往地发展钱棍舞，每逢过节和各种庆典及慰问军烈属等都要亲自带领钱棍舞队员下村宣传表演，并成立了岚天乡钱棍舞艺术团，任团长，坚持不懈地挖掘、发扬钱棍舞之精髓，做到了将钱棍舞常态化。

刘远昌在1989年退休后本应安享晚年，但他不畏年事已高，不怕苦不怕累，继续坚持传承钱棍舞，常常与队员一起切磋技艺，将钱棍舞艺术上升到新的高度。传承钱棍舞，绝不是一件轻松的事情，不仅仅需要人力、物力、精力，还需要财力，特别是上舞台表演，需要服装、道具、音响等。国家没有专项资金，怎么办？他从自己微薄的退休工资中拿出3000元资助钱棍舞艺术团，置办服装和道具。

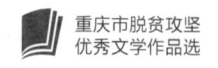

2012年11月25日《光明日报》以《五代人一支舞》为标题专题报道了刘远昌的感人事迹。

这篇报道有这样一段话,至今人们记忆犹新:

在大巴山晴朗深秋的映照下,盆景似的城口县城美得让人有些感动。85岁的刘远昌穿过蝴蝶般飘飞的彩叶,每天两次准时到达红军公园。他是"红军公园夕阳红钱棍舞艺术队"的组织者和"总教练",正在县文广新局的帮助下编写宣传十八大精神的唱词。公园里上午大约有100来个艺术队队员,下午会来四五十位。不管人数多少,刘远昌都会兴致勃勃地当好自己的"总教练"。"要不了几天,我们就可以用钱棍舞宣传十八大精神了!"刘远昌幽默地拉开架势,老小孩一般调皮地笑了……

2013年,在他86岁的时候,他在城口县玉碑公园里,组织120多人打钱棍,成立了"钱棍舞天天乐"健身队,并捐资1000元购置音响一套,满足了全民健身、老有所乐的情趣。在这个老艺人的传承下,钱棍舞蓬勃发展,在城口县掀起了学习高潮,成为了全民休闲娱乐及健身不可缺少的重要形式。

刘远昌说:"多年坚持打钱棍,确实起到了非常好的健身效果。今年我90多岁了,头不晕、眼不花、耳不聋、腰不痛、腿不软,还能天天晚上与年轻人一起跳坝坝舞,还能写作钱棍舞舞曲歌词,无忧无虑轻松地生活。"

在岚天乡、在城口无论哪里需要刘远昌指导钱棍舞,他都会亲自前往悉心指导。"虽然我老了,但看今朝社会好、政策好,人民丰衣足食,祖国一片繁荣景象、国泰民安,我作为一名中共党员,70年的坚持,再苦再累也值得!"这样的表态振奋人心,让人热泪盈眶。

4

大巴山秋高气爽，彩叶飘飞。

在离岚天乡场镇不远的一个小院子里，有一位老人正在家里伏案写作，时而停笔，时而站起来手舞足蹈。

他就是刘远昌！

他正在赶写钱棍舞表演的歌词。原来，钱棍舞歌词是"应景"之作，要因时因事而作，不是千篇一律。假如今天的演出是庆祝节日，就要唱和节日有关的快板词，假如今天的演出是慰问，就要结合实际编写唱词。

走进老人的屋里，奖状、荣誉证书堆积成山——

2010年，重庆市文化广播电视局命名刘远昌为市级非物质文化遗产项目钱棍舞代表性传承人；

2012年，重庆市精神文明建设委员会评刘远昌为"文明市民"；

2013年，城口县精神文明办评刘远昌为"感动城口十大人物"；

2014年，重庆市委宣传部、市精神文明办评刘远昌为"重庆好人"；

……

最让人感动的是老人珍藏的几十本手写歌词。这是他自幼学习钱棍舞以来抄写总结和自己撰写的钱棍舞歌词。这些都凝聚着老人毕生心血，是他人生历史的见证物。

厚厚的几十本笔记，如果要看完，需要很长的时间。这个民间老艺术家自己创作的歌词时代感强烈，有教育、感召人们的深远意义。

这些唱词在老人的记忆里根深蒂固。我们做过实验：拿起这些唱词朗读，他在旁边一听，有遗漏或者读错的地方，就会指出哪里

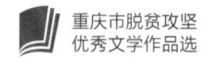

读漏了，哪里读错了。

一支钱棍舞演绎了他一生的喜怒哀乐。通过大半个世纪的努力，他终于把钱棍舞打造成了城口新的文化名片。

5

几年前，在岚天乡场镇上，居民区的小巷子里，过道上，不定期有几个老人臂带"义务"两个字的袖章，来回巡逻。这支劝导队伍就是刘远昌组织的。

岚天是高山移民乡，从山上移民下来，很多村民不习惯场镇生活，有的人在过道里养猪、养鸡，东西乱摆乱放，室内不讲卫生，垃圾乱扔，一到热天臭气四溢。见到这样的情景，已经退休多年的刘远昌自发组织义务劝导队，苦口婆心给住户们讲解卫生知识。

常常有人骂他，我在自己家里喂猪，关你屁事！

"吃家饭，管野闲。"

是啊，一些人自己不讲卫生，家里脏乱差，并没有直接妨碍刘远昌本人，但是他为什么要去干涉别人呢？

有的人是在自己房屋的前后堆积杂物，自认为八辈子不关你刘远昌的事，你不是自找苦吃？

年事已高的刘远昌却并不这样认为。他说，岚天乡场镇本来就小，人口不多，政府花大力气改善环境，目的是发展这里的旅游产业，从而实现脱贫致富。如果连卫生都搞不好，还谈什么发展，还谈什么招商引资？一个乱糟糟、臭烘烘的地方谁愿意去旅游、投资？谁又愿意生活在一个乱糟糟、臭烘烘的地方呢？

村民黄晓燕的故事就比较典型。

5年前，当时从高山上搬迁下来到场镇政府统一的安置房里，她是既高兴又失落，高兴的是住了新房，到了方便的场镇，失落的是老家的土地丢了，祖业丢了。

而且，自己一时还不习惯街上的生活方式，没猪养，没鸡养，没什么打发时间。她想房子是自己的，地是自己的，东西在自己家里，爱怎么摆放是自己的事，想干啥就干啥。刘远昌来制止，她心里肯定不服。所以，几次骂了义务劝导队的人。但是，他们从来不吵人，从来不回骂，只是默不作声，等骂完后他又笑着做解释工作。后来，一些人被说动，收敛了自己的行为，渐渐改变了生活习惯。黄晓燕后来也是被他们的行为感动，改变了自己的陋习。现在整条街，美丽、整齐、干净、卫生，大家都生活得很开心。业余时间她也跟着刘老师学习打钱棍舞。

6

2017年3月23日，城口县人民政府公众信息网上挂出了《关于重庆市第五届劳动模范和先进工作者候选人的公示》，在城口县推荐的8个候选人中有一个特别响亮的名字：覃正芬！

覃正芬何许人？公示栏里显示：覃正芬，女，汉族，1971年2月生，群众，岚天乡岚溪村村医。

真是无巧不成书。这个被评为重庆市劳动模范的乡村女医生就是刘远昌的徒弟，也是刘远昌儿子刘定海的妻子。20世纪80年代，覃正芬跟着刘远昌学习中医，27年漫漫行医路，成就了一个"重庆好人"、"三八"红旗手，这个家庭也被邻居称为"三好家庭"。

在城口县岚天乡岚溪村，提起覃医生，男女老少无不竖起大拇指。从1989年开药铺到现在，她时时刻刻把村民的疾苦装在心中，悬壶济世、乐善好施、真情为民，被患者誉为"好医生"，被邻居称为"大好人"。

40年前的岚天乡更是贫穷落后。那时候，岚天乡缺医少药，乡亲们生了小病就是等病好，严重点的自己弄点草药吃，要是生了大病，就要走很远的山路到县城看病。小时候的覃正芬看着身边的很

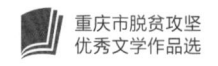

多乡亲饱受病痛折磨，就立志要从医，誓言长大后要用精湛的医术为乡亲们除疾祛病。

怀揣治病救人、服务乡亲的理想，覃正芬读了卫校，后来又随着刘远昌学了5年中医。通过刻苦自学和实践，年纪轻轻的覃正芬掌握了一定的实用医疗技术，并进修考试取得了乡村医师从业资格证，如愿以偿地走上了从医之路。

"给村民看病，就是我的责任，只要能减轻他们的痛苦，我就高兴。"覃正芬说，"二十几年了，一年怎么都要为乡亲们免去上万元的医药费，有些家庭困难的，给不起医药费的，先把药弄起，有了村民就会给，没得就算了，反正先把别个病医好再说。"

覃正芬的话语像岚天乡的高山一样朴实，27年从医生涯，她用自己所掌握的医术尽可能为更多的乡亲解除痛苦，践行着自己的诺言。

乡里95岁高龄的谢成均老人体弱多病，患有前列腺炎和肠胃炎，加上腿脚不方便，还要靠轮椅生活。不管是白天还是黑夜，只要老人的女儿谢庆香来喊覃正芬看病，覃正芬都是二话不说就赶到老人家中，为老人测血压、切脉搏、打针输液，为老人减轻病痛，让他有个更为健康幸福的晚年。到底上门出诊多少次，覃正芬都记不清，她也从没记过。

"覃医生是个大好人啊，都是随喊随到，要是喊医院的医生出诊，我们怎么付得起出诊费，覃医生不但人好，而且医术也好，给我90多岁的老父亲扎针从来都是一次成功。"谢庆香说，"父亲体弱多病，能多活这些年，至少有一半的功劳得归覃医生。真是村民的福气啊，幸亏我们乡有这样的好人。"

50多岁的张中林住在三河村，儿女都没在身边，有一次生了重病在家无人照管，有人给覃正芬捎了个口信。覃正芬就挎着药箱到村里给张中林看病，连续5天，翻山越岭来来回回走了上百里山路，终于让张中林的病情好转。

张中林的儿女过年回家时才有机会当面感谢覃正芬，并把医药费送到她手里。张中林说："覃医生不但治了我的病，也帮了我孩子的大忙。要是覃医生不来给我看病，儿女就要从外省赶回来送我去医院，那样是多大一笔开支啊！"提到覃正芬的这些，张中林哽咽着说不出话来……

这些年覃正芬从没收取群众的出诊费。乡亲们的常见病、疑难杂症，她都能用中药、西药来为乡亲们治疗。最让乡亲们感动的是，她能随叫随到，总是怀着悬壶济世的医者仁心，27年风雨不改。

不但岚溪村的村民找覃正芬看病，全乡其他村的村民也爱找覃医生看病，甚至其他乡镇的人都来求诊。全乡4个村，两三千人，谁家有几口人，谁有什么样的病史，覃正芬心里都有本账，清楚得很。她还经常为敬老院的老人义诊，并免费赠送药品。这27年来，她拎着药箱走遍了岚天乡的山村角落，接诊数达万人次，出诊上万人次，行程上万公里，用行动为无数病人解除了病痛，还他们以健康。

哪家有困难，覃正芬总是主动伸出援手，积极给予帮助，雪中送炭。当邻里发生纠纷时，覃正芬都是主动去帮助化解。有一次，邻居吴长春夫妻为一件小事大打出手，双方闹起了离婚。覃正芬得知情况后，跑去做工作，反复劝解夫妻双方，最终吴长春夫妻和好如初。他们总是说："如果没有覃医生来劝，我们肯定离婚了。"

"我一定好好读书，考上重本，将来报答覃阿姨。"正在读高三的于欢成绩优异，名列年级前茅，但由于家庭贫困，曾经面临失学危机，是"覃阿姨"支持她读到今天。不但如此，逢年过节，覃正芬都给于欢拿零用钱，给她买新衣服。覃正芬总是鼓励于欢："欢欢，不要考虑学费的事情。你好好读书，将来用知识改变命运，阿

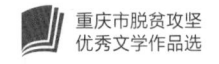

姨会竭尽所能帮助你的。"

岚天小学的老师们都说："覃医生对这些娃儿好，管他有钱无钱反正是先看病。家里困难的，覃医生还给他们捐些钱。"2011年"六一"儿童节，覃正芬为岚天小学每个学生都送去了面包。几年来，她资助贫困小学生上万元。

她的双手为每一位远道而来的患者送过饭、递过水，她的双脚走过乡里的每一条山路、趟过每一条小河，她的"私房钱"换成了贫困学子的一块面包、一件衣服、一个书包，她的温言细语让每一次邻里矛盾、家长里短随风飘去……用矜贫救厄诠释医者仁心，用扶危济困彰显乡村大爱的村医覃正芬，让岚溪村多了一丝和煦春风，让村民身心多了一份健康踏实。

2017年，覃正芬被重庆市总工会授予重庆市劳动模范称号。

7

城口是第二次国内革命战争时期全国第二大苏区——川陕革命根据地的重要组成部分，素有"红色城口"之美称。

1929年，王维舟、李家俊领导固军坝起义，创建城万红军。1933年，红四方面军挥师城口，李先念、徐向前、许世友、王维舟、李德生等老一辈无产阶级革命家在城口留下不朽的战斗业绩和光辉的革命足迹。

红军在城口的战斗，实现了东调敌军于预定战场歼灭的战略部署，策应了主力红军粉碎敌人的"六路围攻"，确保了生死攸关的"万源保卫战"大获全胜……红军和苏区人民用鲜血和生命铸就了的"团结奋斗、不胜不休"的红军精神，成为城口人民宝贵的精神财富。城口县苏维埃政权纪念公园的川陕苏区城口纪念馆，是当年红军在城口英勇斗争的见证，它们是城口人民的骄傲和光荣，不断提醒着后世的人们，"红色城口"是一座不朽的革命历史丰碑！

然而，这个被红色文化渲染的县城，因为独特的地理位置和落后的经济发展，曾经被贴上了国家级贫困县的标签。

贴上这个标签就意味着25万城口人脱贫攻坚任重道远！

贴上这个标签就意味着城口2个街道23个乡镇脱贫攻坚任重道远！

贴上这个标签就意味着一座文化底蕴深厚的红色城池脱贫攻坚任重道远！

城口自然资源富集，特色产品较多：天麻、太白贝母等名贵中药材500多种，核桃、板栗等产品特别丰富，城口山地鸡、鸡鸣茶叶、城口蜂蜜等50多个产品获有机食品认证，山神漆器、城口老腊肉等成为知名旅游商品……

这些都是城口永远的骄傲！城口人在骄傲中寻求发展的出路！

郁达夫在《忆鲁迅》一文中说过，没有伟大的人物出现的民族，是世界上最可怜的生物之群；有了伟大的人物，而不知拥护、爱戴、崇仰的国家，是没有希望的奴隶之邦。郁达夫回忆的是一个文化斗士不屈不挠的一生，指责的是那个黑暗年代的罪恶，启迪的是新时代的文化自信！

文化之髓，兴国之魂，文化建设与经济建设当并驾齐驱。

而在城口，钱棍舞这门民间绝活已经被请上了高高的艺术殿堂，在城口的天空闪耀着蓝宝石一样的光芒。

8

精神是什么？如果人类没有了精神，将会怎样？在脱贫攻坚战斗中，如果人没有精神，将会怎样？

实际上，钱棍舞传承人刘远昌就是一个哲学话题。在政府的倡议和他的带领下，城口县已经有600余支钱棍舞表演队，一共培养

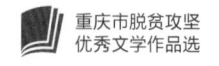

了3万余名钱棍舞爱好者。

钱棍舞像一块磁铁,牢牢吸住了他们。

"我都90几岁的人了,钱棍舞还需要后人发扬和传承。"

刘远昌说的是大实话。民间文化是劳动人民创造出来的。在城口古朴的大地上,世世代代积淀了一大批反映群众生产生活,独具地域特色的民间文化,如钱棍舞、狮舞、彩船舞、割漆术、山歌、孝歌、采茶歌、说亲、哭嫁、锣鼓。民间文化在神奇的巴山大地上广为流传,灿若星河,古老神秘。保护和传承中华优秀文化刻不容缓。让城市融入大自然,让居民望得见山、看得见水、记得住乡愁。

就拿钱棍舞来说,钱棍舞在各个地方的打法各有不同,都会融入一些地方民俗文化,口传心授,代代相传。老艺人刘远昌把一些传统套路打法用顺口溜总结出来:"一打雪花来盖顶,二打两肩抬举人,三打黄龙来缠腰,四打肩膀左右分,五打苦竹来盘根,六打反身半圆形,七打翘脚来定跟,八打梭步往前走,九打斜路线扒子,十打还原照样行。"在俯仰之间,上天下地,反复循环,久打不乱。

曾经,城口县以大街为舞台,举行了万人钱棍舞展演。当天,城口县城最繁华的两条街道上,万人空巷,蔚为壮观。世界记录协会认证师张建及有关专家到现场观演,通过实地考察和评比,授予了"世界上最大规模钱棍舞表演活动"称号,宣布创造世界纪录,现场题词并亲自授牌。

从钱棍舞的演变可以看出,钱棍舞在城口的发展记录着城口发展变化的轨迹;从一定意义上讲,钱棍舞在城口的历史就是城口政治、经济、文化和社会发展演变的历史缩影。

钱棍舞不仅仅在岚天乡成为热潮,也影响了附近的高观、高楠、河鱼、修齐以及葛城街道等地。这些地方都成立了专业的钱棍舞表演队，并常常出现在许多大型活动现场。

如今，乘着脱贫攻坚的东风，钱棍舞已经走进了乡村，走进了校园，走进了机关，走进了企业。

在《城口县"中国钱棍舞之乡"2014年至2020年发展规划》里，我们可以清楚地勾画出这些文字：

> 力争到2020年，城口县钱棍舞成为全国民间文化艺术知名品牌，在保护、传承、包装和推广上出经验，不仅成为本地精神文明建设的重要抓手，同时助推文化产业的发展。未来将建立50个特色团队，实现60%的村有传习所，钱棍舞市县级传承人达到60人，全县会打钱棍舞的人数达8万人，达到常住人口的30%，钱棍舞道具及相关旅游文化产业年产值500万元以上。

这一串串数字，难道不是城口钱棍舞的和美音符？

这一串串数字，难道不是城口精神高地的红花绿叶？

而这，又何尝不是城口文化自信之基、之源？

甜蜜的风景

从重庆主城向南驰行160公里，在南川区水江下道不久便可以看见大梁子山的背影了，高山上有一个方圆60多平方公里的地方，叫大洞河乡。

一群风尘仆仆的作家来到了大洞河乡，走村串户，攀山登峰，手中的相机不停"咔嚓"，他们脚踏青山，仰望星空，发出了惊人的感慨。这里，可以游览大洞河峡谷，可以膜拜神秘的大佛岩，可

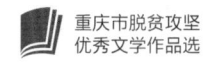

以目睹雄伟的鸡尾山,可以喝穆杨沟的进山酒,可以在任何一家农家乐住下吃喝玩乐,可以欣赏满山的杜鹃……

但是,谁会想到!这里曾经是一个典型的贫困乡,是穷山恶水、边远偏僻的代名词,是著名的上访乡!

她的华丽转身,隐藏着耐人寻味的故事……

有些风景,你可以看见,有些风景你却永远也无法看见!

让我们一起聆听一段悲伤的故事——

2009年6月5日,一个巨大的灾难在这里发生。鸡尾山山体轰然垮塌,74人失去生命,8人受伤……这一灾难,对本来就贫困的大洞河乡来说,无疑是雪上加霜,灾难过后248户761人不得不搬迁,不得不与自己熟悉的家园挥手告别,灾害和搬迁造成了各种社会矛盾交融叠加。

回忆起那时,年轻的现任乡党委书记马玄几乎泪水涟涟。"群众不断上访,两年时间当地党委和政府所有精力都耗费在抓信访和维稳上,基础设施建设和产业发展受到严重影响,群众一度占据了乡政府的办公地,到办公室吃睡半月;乡政府开饭时,群众也一拥而上,到食堂舀饭吃;有一个村民甚至挑来大粪,泼洒在政府院内,以示不满。"

2011年,矛盾"井喷"式爆发,当年到县及其以上部门的上访达18次。2009年至2011年综合目标考核连续3年全县倒数第二。人只有三千,问题却有一大堆。这样一个闭塞的高山小乡希望在哪里?出路又在哪里?

剥开千丝万缕,问题其实很简单:一些村民在2005年避险搬迁,当时没有获得退地补偿,而在2009年灾难发生后的避险搬迁却能获得退地补偿,群众认为政府在搞"双重标准",于是心生怨气,谩骂政府干部,不断上访告状。

"我们深入研究分析后,这些诉求确有合理成分,我们审时度势，不回避矛盾，调整了方案，解决了同类避险搬迁的退地补偿问题。"群众得到了实惠，自然矛盾自然一件一件地销号，给老百姓办的实事一件一件落实。"该解决的问题都公平合理地解决了，生活有了新的盼头，谁还会去上访呢？"一位曾经带头上访的村民在与前来采风的作家交谈时，说出了自己的心里话。

10多年前，从武隆县城到大洞河乡，弯弯曲曲100多公里山路，最快也要4个多小时，它是武隆县境内唯一必须借外线南川区的公路才能到达的乡。说起去这里，真是鼻子眉毛皱到一起——愁！

一定要改变这里！人们在盼望着……

终于，一股非常重要、非常强大的力量进入了大洞河乡。2012年开始，武隆县政协开展"委员传递正能量"活动，县委党校、烟办和喀斯特公司联合成立扶贫集团，展开了对大洞河乡"一扶三帮"的精准扶贫大行动……

必须先让老百姓尝到甜头，渐渐富起来，把脚踏的青山变成金山，把"输血"功能变为自身"造血"。

大洞河乡的优势是什么？贫困户怎样实现自身"造血"？

县政协主席杨国权、副主席徐正菊，县委党校常务副校长唐春光，乡党委书记马玄、乡长彭胜平等等，人人冥思苦想，寻求良方妙药。会议一个接一个不停地开，方案不断完善……

全乡只有9公里硬化公路，饮水严重不足，居住条件差，场镇脏乱差，农民收入低……这些问题都是现实的，都是要面对面解决的，不然扶贫就是一句空话！

于是，扶贫领导小组决定工作从灾后重建和基础设施建设开始！三年相继投入6000多万元，重点加大对公路、水利、电网、住房、场镇等基础设施建设。现在基本形成了"硬化道路四通八达、白墙青瓦和谐家、绿色庭院美如画"的新景象。

硬化道路60多公里、整治产业公路40公里、硬化人行便道40

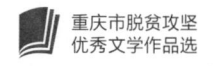

公里，初步形成"一环一横"的乡村交通网络，新建3座移动基站和17个公共无线WIFI。

投资1000万元，修建了1座场镇集中供水厂、1座污水处理厂及13口人饮池……

政府鼓励民间资本参与乡村旅游建设，相继吸引2.8亿元，集中修建了大洞河、穆杨沟、赵云山、茶园堡、毛梁子等5处风格迥异、独具特色的居民点，使200多户850人乔迁了新居。2015年全乡农民收入达9062元，人们过上了幸福安康的日子。

远方，一尊巨佛遥望群山。大佛岩山上，徐正菊和乡领导班子边走边热烈地讨论着……

"我就不信，守着青山秀水挨饿受穷，这么优美的自然风光，这么适合避暑休闲的静地，为什么不可以发展乡村旅游？为什么不可以搞农家乐？"

"要想脱贫，必须抓住优势产业。"

"先重点打造一批如大洞河、鸡尾山、大佛岩、穆杨沟、赵云山等景区景点。"

……

一次一次商讨后，一个"避暑纳凉、休闲观光、养生度假等特色乡村旅游"宏大计划随即大规模展开。

幸福村大洞河风情小镇如雨后春笋悄然矗立，30多家农家乐、家庭公寓仿佛一夜之间星罗棋布。百胜村很快成为乡村旅游示范村，拥有3家乡村酒店、47家农家乐，可接待游客万余人。红宝村新建了度假酒店和特色商业街，大型休闲度假广场，发展农家乐20家。

扶贫集团筛定两大产业：乡村旅游和特色效益农业。

它们是大洞河乡的出路，也是经济发展的引擎！扶贫集团先后筹措100万元，支持贫困户产业滚动发展，对无劳动能力的建卡贫困户进行产业代养代种。

现在，走进红宝村，你还能看见这个曾经的市级贫困村的痕迹吗？

100亩珙桐园，200亩高山杜鹃园，300亩木瓜海棠园……简直是花的世界，美的天堂！

村里有便民中心、休闲度假广场、停车场和露营基地，3条村道公路四通八达……简直就是乡村中的城市！

2个养蜂专业合作社，用大户带动的方式促进村民长效增收。

李运林，铜鼓村贫困户，2015年，500斤蜂蜜，足不出户在家里就卖了7万元，一家人有了致富的信心。同样，290户人家依靠养蜂，实现脱贫增收！

"过去不敢想的，现在变为现实；县政协的大力助推让我们全乡脱贫摘帽！精准扶贫和精准帮扶让高寒小乡大洞河乡涅槃重生！"年轻的乡长彭胜平感触最深。

武隆县政协在扶贫攻坚行动中，和大洞河乡党委、政府提出了结对、互助、兜底、搬迁、就业、结亲、助学、电商八大扶贫方式。扶贫集团成员单位41名干部职工每年人均7次以上深入村社，了解贫困户的生活状况，量身制定帮扶方案，个性化服务。

他们就是要让贫困户知道"我要做什么"，党和政府、扶贫集团、社会力量"已帮扶了些什么"，下一步"还将解决些什么"。

遍地种子，遍地花开。

与其大水漫灌，不如精准滴灌。

红宝村贫困户张仁强，父母双亡，无房无业，还要照顾年幼弟弟，两兄弟靠寄住在亲戚家里生活。徐正菊了解到这一情况后，特别揪心，她几次亲自前往看望，采取岗位就业帮扶措施，把他介绍到喀斯特公司工作，还多方筹资帮他买了一套新房，让他和弟弟终

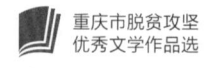

于有了"自己的家"。

"我做梦也没想到有今天。"张仁强的微笑就像鸡尾山上灿烂的霞光!

在长达4年的时间里,县政协把关注的目光投向了这里,把帮扶的巨手伸向了大洞河乡251户贫困户,全乡贫困户获得了精准帮扶,一举甩掉了贫困的帽子!

山乡巨变,难忘政协情。昔日的信访大乡,2012年后再无一例到县及其以上部门上访发生,民调满意率从全县倒数第一跃升到前列。

从"上访乡"到"零上访",从"垮塌"到涅槃,从贫困乡到旅游大乡,美丽风景变产业,大洞河唱响了嘹亮的歌声,就像那谷底的一河清流浩浩荡荡流向远方,美丽的黄金谷在那里诉说千年衷肠!

内口的华丽转身

对酉阳县的印象,也许很多人来自广告语:世界上有两个桃花源,一个在你心中,一个在重庆酉阳。

于是,酉阳就被人们牢牢记住。

而我们这次到酉阳看到的却是另一个鲜为人知的"桃花源"——千年金丝楠木群。

中国有一种木材,是建筑和高档家具的优等材料。在历史上,它专用于皇家宫殿、少数寺庙的建筑以及富贵人家的家具。木材表面在阳光下金光闪闪,金丝浮现。

它就是国家二级保护植物金丝楠。金丝楠生长缓慢,长成栋梁之材至少需要200年。

这里是酉阳县两罾乡内口村，大部分地域海拔在800米以上。这里生长着8棵巨大的金丝楠，还有1000多株小树跟着千年大树生长。这是世界上最大的金丝楠木群。

两罾乡党委书记黄彩霞向我们介绍，脱贫攻坚以来，他们借助千年金丝楠木群，大力发展乡村旅游，加快美丽乡村建设步伐，引进巴渝民俗公司，合作开发乡村旅游。因为保存完好，千年金丝楠木群有很大的参观价值。

我们在酉阳扶贫办干部杨再攀和两罾乡扶贫办负责人冉富红的带领下乘车去内口村拜谒8棵"神树"。

杨再攀，一个年轻帅气的小伙子，一路上给我们讲解有关金丝楠的知识，让我们大开眼界。

他说，两罾乡千年金丝楠木群的发现，引发了一股旅游热潮。而在历史上，曾经作为土司土官辖地的酉阳，多次以金丝楠木为贡品进贡朝廷。在《元史》《明史》《明实录》《酉阳直隶州总志》中，有明确记载酉阳土司进贡的就有30次，其中以大木和方物、马匹为最多。大木即现在的金丝楠木。

李时珍《本草纲目》也有记载："楠木，生南方而黔、蜀诸山尤多，其树直上，童童若幢盖之状。"

冉富红，一个对工作兢兢业业的年轻人。2014年就到两罾乡任扶贫专干，一干就是6年！有一次，他在办公室加班到深夜3点，恍兮惚兮站起来，被打开的文件柜铁皮门划伤了头部，鲜血直流，后来医生给他缝了8针，乡党委书记黄彩霞叫他住院休息几天，但是他缝针后买了消炎药就回家，第二天又到脱贫攻坚一线处理事务。

还有一次，他小孩高烧42度，烧成了肺炎，家属急得哭，他在村里忙活手机无法接通，后来家属打电话到乡政府，直到小孩送到黔江医院他才知道消息。77岁的爷爷在家中生病，各位堂兄堂弟堂

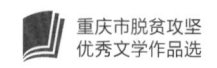

姐堂妹都去看了，只有冉富红没时间去，一个月后，爷爷病好了，他才有时间看望爷爷。爷爷说："孙子，只要你工作好，我就没怨言。"

一路说话，很快，我们就到了内口村。老远见到一个小广场屹立着一块巨石，上面写着金光闪闪的几个字：中国金丝楠木园。

广场是原来的废旧场改扩建的，现在做文化广场和游客停车使用。

站在广场上，可以看见两边山丘上错落有致地分布排列着18栋青石头瓦房，远远看上去设计美观，像别墅一样，青石板小路直通每一栋房屋。

冉富红指着青石头瓦房说，这些别致的房子修建，乡党委、政府是下了功夫的。

他说："我们的模式是用土地以房联营。15户贫困户旧房撤除，土地复垦，然后在这里每户一栋，一楼自住和经营餐饮，二楼以上游客住宿，餐饮和住宿与巴渝公司照合同按比例分成，一般是二八开，老百姓占八成。老百姓建房时不出钱，很划算。"

至于产权？一楼是贫困户所有，其余是联营，产权归巴渝公司所有。

那么还有三栋呢？冉富红说是村集体经济。

沿广场左侧步行而上，就看见了8棵古树，每一棵树高度都超过50米，树冠各覆盖约500平方米的地面面积。最大一株树干至少需要8个成人合抱，树龄在1500年以上。

"这片树林被林业专家鉴定过，肯定是目前世界上最大的千年金丝楠木群。"给我们作解说的是巴渝公司派驻在内口村乡村旅游接待站的工作人员秦蓉。

她说，这里的每一棵大树都有自己的故事。当地老百姓觉悟高，保护古树的意识强。曾经有外地商人开出很诱人的条件想盗砍这几棵大树，被老百姓严词拒绝了。

这些古树，有不少传说和故事。古树为当地人遮风挡雨，当地人也赋予了每株古树美好的名字，如"夫妻树""长寿树""发财树""状元树""送子树"。可以说，这些古树与当地人的生活紧紧缠绕在一起。

最大的一棵"楠木王"一生传奇，曾经被烧毁过，但凭借顽强的生命力，经过一段时间，又神奇复活，树根处仍可见明显烧毁过的痕迹。"楠木王"象征着长寿、健康。

为了保护古树，安装了4根40余米高的避雷针，既起到防雷的保护作用，又能提高大众对古树的保护意识。

现在，我们听导游秦蓉给我们讲古树的传奇故事吧——

相传明朝时当地的统治者冉御龙土司看上了寨子里的一位漂亮姑娘，而这位姑娘早已与本寨一位男子相互爱恋。土司派人前来强娶，姑娘不从，不惜以死殉情。男子伤心欲绝，也追随而去。后人被其真挚情感感动，将二人葬于其中一株古树旁。自此，寨子上男女双方结婚前都要来此树下诚心拜祭，以求百年好合，生死相依。闹矛盾的夫妻也会到"夫妻树"前烧香烛纸钱，希望古树帮他们化解矛盾，生活幸福美满。

万历二十六年，永顺土司彭氏为了帮其外甥冉应龙夺得土司位，引兵与土司冉御龙争袭，引发酉阳冉氏土司与永顺彭氏土司之战。居住在一株古树边的一位男子，也被征兵去打仗。可他去后再无音讯，而痴情的妻子便每天坐于此树下守候丈夫归来，与树为伴整整109个年头，直至去世。后人被她行为所感动，称她为"守望夫人"。与妻子相伴的树年代久远，虽满目疮痍，却仍坚韧不拔、巍然耸立，也有"长寿"之寓意，人们便称之为"长寿树"。寨子上的老人每逢整十岁的寿辰，都要来此树前祭拜。如今，这个寨子有100岁以上的老人4人，90岁至100岁的老人7人，80岁至90岁

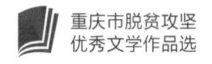

的老人16人，70岁至80岁的老人21人，可以说是名副其实的"长寿寨"。

据史料记载，因兴建宫殿，明朝永乐至万历年间曾进行三次大规模的楠木采伐，全国各地离溪水、河流较近，容易移运的楠木被采伐殆尽。寨子上的人为了保护古树，聚集于树下商议。一位老者出了个主意：将寨子里的金银之物熔炼成"钉耙"，钉入树中，数年后这些"钉耙"齿处伤口愈合，外人看不出秘密。而砍树的差官差人来伐木时，斧子砍在"钉耙"齿上，火花四溅，斧子缺口，奈何不得。差官以为此树有神灵庇护，从此再也不敢来此处伐木。因为树中有金银，后来人们也将这棵古树叫做"发财树"或"聚财树"。但凡做生意之人路过，便来树前拜一拜，希望能够招财进宝。

相传寨子里有位读书人叫冉茂斌，1867年，即同治六年在乡试中中了举人，此后，曾两次进京考进士，都没能如愿。其中一年别人照抄他的文章却中了进士，他气不过，就此回家，平日里仗着家族势力经常祸害乡里。有一日冉茂斌忽然洗心革面，到离家不远的伏羲庙出家为僧，潜心修习佛法。数年后，他返回寨子，在一株古树的树干上悄悄留下一行字"冉不可以，学做为人先"，以警示后人，要做学问，得先学做人。后来有位考生路过寨子，在此树下歇息，无意中发现了树干上的题字后顿悟，不但高中状元，而且成为造福一方的地方官。这棵树也就成为了远近闻名的"状元树"。

这些故事现在无法考证，但是我们希望是真的。

每一个故事都是当地人对美好生活的向往，这片金丝楠木群见证了时光的变迁，也见证了当地一代又一代人的成长。在脱贫攻坚的大背景下，它们被赋予了新的时代内涵。

在这个具有少数民族特色村落里，我们信步漫游，金丝楠的价值让我们震撼，据导游介绍，这8棵古树是无价之宝，如果非要给个数字价值，至少要值23亿人民币。

这不是23亿的数字价值那么简单的问题。

它是一个民族的传承和荣光，它是一个国家的精神和力量。

在全国奔向小康的路上，独特的气候和地理禀赋不仅造就了酉阳优质的生态环境以及丰富的物产，也使之具备良好的生态旅游优势。

楠木群附近建成的18栋巴渝民宿，已全部投入运营，成为重庆市巴渝民宿扶贫示范项目四大示范点之一。"搬得出，留得住，能自富"成为了两罾乡内口村村民促进发展生态旅游，脱贫致富的主要方式。

提到当地老百姓的生活状况，秦蓉把我们带到村民冉年隆家里。冉年隆最早与父母兄弟共9人住在不到40平方的房子里，条件艰苦。他后来到广东、酉阳县城等地打工，摸爬滚打10多年，也没什么成绩，2015年成了村里的建卡贫困户。

"2016年，我接到村上干部电话，说是村里搞易地搬迁，借助金丝楠木群资源脱贫攻坚，发展乡村旅游。我问，修房子要钱不？村干部说，不用出钱，回来开会就是。"冉年隆清楚地记得当时的情况。回来后，他了解了政策和巴渝公司的方案后，第一个报名参加以房联营。

他经营的民俗酒楼叫"楠高居"，不经营什么高大上的菜品，招牌上写着：土家菜、特色豆花等。但是，就是这些当地"土"菜，游客特别喜欢，他的生意一直很红火。

"老冉，你一年收入有多少？"我开门见山地问他。

"每一年不一样，去年赚了8万多元。我这个收入在村里不算最高，有好几家每年收入都超过10万元。"冉年隆回答。

"你对你现在的生活满意吗？"我又问。

"哈哈，再不满意就是人心不足啰！我们原来住房条件差，一

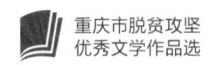

大家人挤在一起。现在,新房子有热水器、电冰箱、彩电等,每天有收入又可以照顾老人和小孩。原来没产业收入,脸朝黄土背朝天,一年到头还是吃不饱穿不暖。现在,村里发展油茶、脆李等产业,我们自然跟到沾光,加上我们搞乡村旅游增收,我们的生活与过去相比真是天壤之别!"冉年隆一脸笑容。

冉年隆的妻子正在给我们准备晚餐,她听到我们谈话,主动过来插话说,我们有现在的好日子,还是要感谢党和政府,乡上的领导为我们操心操劳。党委书记黄彩霞为了我们村的民宿建设,皮鞋都走烂了好几双。

听到这些,我直观地感觉到:楠木资源的开发,让一个美丽的乡村正在蓬勃崛起!

内口村,多么美丽、幸福的家园!

大地回音

都看到了花开的美丽,可谁知道种子破土的艰辛;都羡慕蝴蝶飞翔的彩翅,可谁又去想过它破茧时挣扎的痛苦。

远远地,我们望见了幸福的精神家园。

2020年4月15日,石柱土家族自治县山川秀美,鸟语花香,春光明媚。

一年前的此时,习近平总书记不远万里、翻山越岭亲临石柱县中益乡视察"两不愁三保障"问题。时间过去整整一年,重庆对"两不愁三保障"问题落实情况怎样呢?

1

习近平总书记格外挂念山区孩子的教育保障问题。

习近平总书记指出，"两不愁三保障"，很重要的一条就是义务教育要有保障。再苦不能苦孩子，再穷不能穷教育。要保证贫困山区的孩子上学受教育，有一个幸福快乐的童年。

阮斌文（重庆市石柱土家族自治县委教育工委书记、县教委主任）：

中益乡地处大山深处，群众居住比较分散，孩子上学是个难题。习近平总书记亲临石柱调研第一站来到中益小学，实地了解"义务教育有保障"落实情况，充分体现了总书记对教育的重视、对祖国未来的关心。这是石柱教育的大事、盛事，是全县5300多名教育工作者和8万多中小学生引以为荣的喜事、好事，具有重要的里程碑意义。

全县教育系统把总书记对教育事业的殷殷嘱托和亲切关怀转化为工作动力，把总书记在中益小学调研时的重要指示精神逐条落到实处。中益乡小学是一所农村寄宿制学校。虽是寄宿制学校，但条件有限，有寄宿需求的学生大多租房住在场镇上。

习近平总书记视察石柱后，为了把总书记的嘱托落到实处，仅2019年，石柱县为中益小学投入建设资金1772万元，改建综合楼和宿舍楼2121平方米，新建幼儿园1349平方米，新建塑胶运动场1370平方米，新建环形跑道150米，新建5人制足球场、标准篮球场各1个，远程网络教室2间，书法室、爱心小屋、科技馆、卫生保健室、泥塑工作室各1间，基础设施日趋完善，中益小学办学条件、办学环境等基础设施建设的巨变，是石柱县教育扶贫的缩影。

面对嘱托，石柱教育人深知肩上扛责任，脚下沾泥土，必须组织顶在前，领导干部顶在前，广大党员顶在前，全县教师顶在前。真真切切落实嘱托，落实"义务教育有保障"，做到"一个都不能少"，这就是石柱教育人的使命！

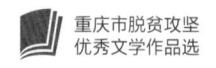

张小蕊（重庆市石柱土家族自治县南宾街道建档立卡贫困学生）：

我们真的好幸福！听爸爸说，以前，他们上学要走2个小时的山路，每天来回跑，两头黑。现在，我们在学校住宿，床铺干净整洁，每天供应热水洗脸洗脚，有洗衣机洗衣服，有电吹风吹头发，热腾腾的饭菜荤素搭配得当。

我不但领到3000元奖学金和1000元上学路费，还申请到了8000元学费补助资金，圆了我的大学梦！我一定要向石柱县学生资助管理中心写一封感谢信。

不仅我自己这么幸运，我的一位亲戚叫姜丽，是石柱县西沱中学的一名贫困学生，她家2017年秋被纳入农村建档立卡贫困户的时候正在读初一，共得到600元生活补助；2018年至2019年得到兜底资助和生活资助共5267元，加上困境儿童关爱1000元、中核集团资助金1000元，两年多来，共享受资助金7867元。

国家的惠民政策越来越好，现在姜丽在西沱中学上高中了，既能享受普高国家助学金和免学费资助，同时还享受了石柱县贫困家庭学生兜底资助政策，基本实现了免费读书，家庭经济负担着实减轻了许多！

卢尧（重庆市巫山县教委主任）：

因学致贫是造成一些家庭贫困的重要原因，也是造成贫困代际相传的重要因素。

2015年，巫山对全县贫困户状况进行全面梳理，结果显示：因学致贫的贫困户占50%，达10384户，远高于因病致贫27%的比例。

脱贫攻坚以来，巫山投入2.3亿元实施新建和维修项目，其中农村学校占1.8亿元；投入8500多万元实施教育装备标准化和信息化建设，其中农村学校占3575万元；累计补充教师807名，其中农村补充教师692人。

全县根据人口分布、流动趋势及上学需求等因素，在人口稀少、地处偏远、交通不便的地方设置6所村校、101个教学点，建设了35所寄宿制学校，同时从师资配置、硬件设施等方面加大投入，提升农村地区教育质量，从各项投入数据来看，明显向农村贫困地区倾斜。

巫山教育人狠下绣花功夫，创新工作方法，总结形成了"教育精准扶贫斩穷根"工作经验，辖区内九年义务教育巩固率达99.49%。2018年12月，"巫山教育精准扶贫斩穷根"工作经验在全市教育大会上交流。巫山敞开职教大门，实行零门槛入学，帮助部分超龄肄业人员完成学业；通过短期职业技能培训，赋予部分超龄肄业人员生产生活"金钥匙"。

为了不让一个学生因贫辍学，我们建立了从学前到大学的全阶段、不断档的资助政策，三年累计资助10.1万人次1.43亿元，其中贫困家庭6.5万人次近亿元。以大学资助为例，巫山不但在第一年资助5000元，还每学期资助1500元，确保学生大学读得完。除了资助，巫山积极落实生源地助学贷款，三年来共办理2.7万人次近2亿元贷款，确保了每一个孩子都有学习的机会。

黄振军（重庆市巫山县巫峡镇春泉村支部书记）：

春泉村位于县城以北凤凰山，海拔850米至1750米。2018年10月，巫山县投入320万元资金在村里建设了一座崭新的学校，2019年暑假迎来了建成投用后的第一批20多名学生，解决了村里学生就近入学的难题。

教育条件大幅改善，也让越来越多的农村学生"回流"。我们村6社姜贤保的5岁孙子，2019年已到家门口的春泉村教学点上学。以前他跟随打工的父母在外地上幼儿园，一个月学费要2000多元，

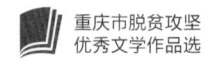

回到村里读幼儿园后，一个月只收250元的保育费，还能享受每天4元的营养改善计划补贴，不但省了钱，父母在外打工也不操心了。修了新学校，村里多名学生都从外地转回来了。

没有政府的资助，很多家庭的孩子就不会完成学业，也不可能真正脱贫致富。所以，教育脱贫是长远之计。

2

都明白，人吃五谷杂粮，岂有不生疮害病？

生病住院，是每个人都会遇到的残酷现实，也有可能，这是人生中最大的一笔开支。过去，老百姓常说，养儿防老，现在可以说是医保社保防老，一点也不夸张。

何虹桦（重庆市丰都县三建乡党委专职副书记）：

2019年，我们挂牌成立丰都县人民医院三建分院并开展医疗服务工作，改扩建村级卫生室8个，建立慢病大病对象管理台账，开展建卡贫困户家庭医生签约服务1845人次、免费体检1675人次，排查因病致贫因病返贫对象165人，开展大病集中救治和慢病签约服务60人次，城乡居民医保、"精准脱贫保"等实现建卡贫困户全覆盖。

完成农村妇女"两癌"筛查266人、孕前优生免费检查23对46人。成功创建县级卫生乡镇和绿春坝县级卫生村。有效保障贫困群众享受低保、临时救助等民政资金195万元，全乡医疗保障问题得到解决。

黄鑫（重庆市丰都县仙女湖镇野桃坝村驻村干部）：

野桃坝村贫困户虽然只有65户220人，但幅员广，人口不集中，走访起来困难较大。我刚到村上就采取到田间地头、同村民一块劳动、平时见面打招呼拉家常等方式，进行实地走访。"张婆婆，您的高血压药吃完没有？有签约医生来看过你吗，去镇上卫生院住院没有？花费多少钱，自己拿了多少钱呢？"扶贫期间，我最关心的就是老百姓的医疗问题。

因为我是医生，所以我发挥医生职业优势，利用县卫健委结对帮扶野桃坝村的契机，大力开展健康扶贫，组织医护人员共同入户走访、体检，送药到家门口，解决野桃坝村乃至整个仙女湖镇居民"就医难，看病贵"问题。共计开展免费体检1028人次，送医送药43人次，大型义诊1337人次。当地群众有什么健康问题，总会第一时间找我咨询。我们开展慰问帮扶活动，把党和政府的温暖送到群众中去，累计向贫困群众发放"红十字慰问包"120个、学习用品200件、衣物100套，物资折合4万余元。

野桃坝村特别对残疾人、大病患者、老年人等特殊贫困群体因户施策，确保帮扶实效。

村民杜兴江本是家中主力却因突如其来的中风导致偏瘫，失去劳动能力。家中有80岁的老母亲，还有两个读初中的学生，现在加上一个失去劳动能力的病人，重担一下就落到家属何克素身上。我在入户走访的过程中，了解到该户情况后，在2017年12月通过扶贫对象动态调整将其纳入其中。在他们家成为贫困户后，我又成为他们一家的帮扶责任人。通过政策支持，杜兴江的医疗问题得到解决。杜兴江常常充满感激："我从来都没有想到生活会有这么大的改变，从因病致贫到走上致富路，离不开党的好政策和你的帮助。"

2020年，仙女湖全镇对所有贫困户参加合作医疗情况进行了比对，参保率达到100%。

丁坤勇（重庆市云阳县泥溪镇石缸村第一书记）：

脱贫攻坚以来，我们着力解决"两不愁三保障"突出问题。精准筛选抓好"两防两促"工作，定期对全村农户进行全覆盖排查，

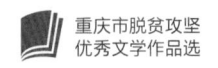

重点对低收入、重病慢性病等9类群体进行摸排，因户施策，抓好动态管理，确保无新增贫困户和返贫户。

2019年底，没有脱贫的4户10人如期脱贫。实现资助参合贫困户和贫困人口合作医疗全参保，帮助申请医疗救助80人，居家康复5人，特困救助23户24人。

严格按照"两不愁三保障一达标"脱贫越线标准，将丧失基本劳动能力、不能通过产业扶持等方式脱贫越线的贫困户家庭，按照"八步工作法"，落实兜底政策，纳入低保保障对象，做到应保尽保。

2020年，石缸村被纳入乡村振兴示范村，干群一心共同改善人居环境。由村支"两委"牵头，驻村工作队、镇村干部共同参与人居环境整治活动，分片到组召开村民院坝会、分发宣传资料，向农户宣传环境整治的重要性及相关政策，让环境整治入心入脑，让村民自觉参与、自觉搞好环境卫生。

3

住房安全是中国农民的千年期盼，过去一些偏远山区，老百姓住岩洞，日子过得非常艰难。古有杜甫的《茅屋为秋风所破歌》所描写的悲悯，现有"山顶洞人"的迁居故事。

通过脱贫攻坚，中国农村居住环境发生了怎样的巨变？

陈益科（重庆市石柱土家族自治县住房和城乡建委主任）：

石柱县坚持民生优先，住房保障工作持续领先。坚持把住房保障作为一项重大民生工程，不断完善住房保障和供应体系，努力实现人民群众住有所居的目标。

农村危房改造方面：以脱贫攻坚为统揽，完成农村危房改造69户（C级29户、D级40户），县住房和城乡建设委员会切实履行行业扶贫职能职责，在已完成17000多户农村危房改造的基础上，进一步查漏补缺，持续推进危房改造，实现所有贫困户危房动态清零，全县农村危房动态清零。

2020年，我们坚持"抓重点、补短板、强弱项"，紧扣人民群众最关心、最直接、最现实的利益问题，从住房保障和基础设施建设入手，不断增强人民群众的获得感、幸福感、安全感。

张华（重庆市巫溪县田坝镇田坝村第一书记）：

脱贫工作开展以来，我提出了驻村工作队的工作原则是"帮忙不添乱，做事不当家"。个人工作要求是做"抓重点、补短板、强弱项；动真情、出实招、干实事的扶贫'小'书记"。对村班子、驻村工作队、驻村干部的工作目标是践行"知民情、顺民意、事事上心，扶民困、解民忧、件件不落"。

对老百姓的住房，我特别关心。2019年全村完成旧房提升整修9户，完成C级、D级危房改造11户。其中贫困户张家点D级危房，因本人无劳动力，一直未能建造新房、享受扶贫政策。为此我们制定了由村委代建的方案，前期为其协调施工方、建房选址、设计房屋图纸，于2018年10月份建成并搬迁入住；贫困户张玉友D级危房，因多方面原因迟迟未能开工建设，在驻村工作队和村支"两委"的积极协调下，才得以开工，完工后已搬迁入住。在贫困户张家艮家中走访得知，D级危房改造已完工，但是，家里欠账还想建房，为的是提高老人生活质量，多次到家中作思想工作，最后同意将危房改造资金用作还账暂缓建房，剩余资金作为养老保障。

陈俊（重庆市巫溪县宁厂镇薅坪村第一书记）：

巫溪县宁厂镇薅坪村距巫溪县城18公里，北靠大官山，全村辖3个社，182户745人；境内山大坡陡，沟壑纵横，人居分散，土地

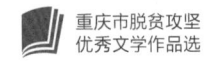

零碎，最低海拔650米，最高海拔2040米。

薅坪村在2017年被确定为县级深度贫困村后，坚持"组织引领、交通先行、农旅融合、生态宜居、村风文明"的发展思路。2020年，实现"一个目标、五大成效"。"一个目标"即全村农村贫困人口稳定实现"两不愁三保障一达标"。"五大成效"即让薅坪村实现村级班子有力、基础设施改善、支柱产业壮大、生态环境美化、村风文明提升。

我们着力建设宜居环境。从点上推行环境整治，组织发动群众开展农村综合环境整治，重点做好47户农户改厨房、改厕所、改圈舍、改电线、改沟渠、改院坝"六改"，目前已完成验收。县委组织部帮扶集团出资，对全村70户的老旧电线进行改造，目前已全部完成，群众反响较好。从线上开展污染治理，将全村行政区域划为"两段八片"，新增公益性岗位9个，分工负责各自片区的道路保洁、面源污染处理，督促农户开展环境卫生整治。

杨坤民（重庆市巫溪县龙溪镇副镇长兼华山村第一书记）：

华山村目前全村通村通达率100%，通组通达率100%，新修人行便道9.4公里。新修人畜饮水池34口，铺设饮水管道20多公里，对人畜饮水池投放消毒片，解决饮水安全问题，实现饮水安全率达100%。实施农网改造，安全用电覆盖率达100%。加强通讯建设，实现通讯信号全覆盖。整修村级便民服务中心，村卫生室建成投入使用。贫困人口参加新型农村合作医疗保险率达100%。义务教育无辍学现象发生，从学前教育到大学教育实现教育资助全覆盖。

改造C级、D级危房64户，易地搬迁26户，实现安全住房全覆盖。通过增加垃圾收集箱、垃圾桶，种植格桑花等措施，环境卫生不断改善，群众环保意识不断增强。基本公共服务体系不断完善，群众生产生活更加方便，安全感、获得感、幸福感大幅度提升。

华山村围绕"两不愁三保障一达标"和基础设施、公共服务、村容村貌等指标和要求,通过帮扶干部入户走访、驻村工作队入户调查等形式,对全村贫困户开展民意调查,群众对脱贫攻坚的认可度达92%。

4

"两不愁"指的是不愁吃(含饮水安全)、不愁穿。实际上,在中国农村,通过40多年改革,通过脱贫攻坚,老百姓吃穿问题早已经解决了。

现在,就是提高生活品质,奔向更高的幸福指数。

李厚云(重庆市武隆区和顺镇贫困户):

"攻坚脱贫不等不靠,勤劳致富敢闯敢冒。"帮扶人过去对我说。我虽然以前是贫困户,但是在脱贫攻坚政策的帮扶下,早就脱贫了。

和顺镇海螺村电商服务点负责人张永红,是一个坐在轮椅上的残疾人,通过网络帮助村民和全镇贫困户销售农产品70多万元,成为一个集勤劳致富和带动致富于一身的典范。打蕨村乡村旅游电商综合服务站结对帮扶贫困户15户。加之和顺镇实行乡村旅游大户与贫困户精准对接,实现了就近务工,就地销售剩余农品。和顺镇乡村旅游虽然从2012年才开始起步,但发展迅猛,游客总量年年倍增,到2016年已建成样板农家乐75家,接待床位约2500张,2017年夏季常住游客约2500多人。脱贫攻坚工作启动后,镇党委、政府动员乡村旅游大户王宏等,与全镇贫困户对接,优先用工,优先购买贫困户时鲜农品,带动脱贫。我们在王宏处务工两个多月纯收入6000多元。

到2019年,我们一家收入5万元,吃穿根本就不是个问题。

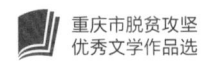

"三保障"早就解决了。

刘华（重庆市武隆区政协副秘书长）：

武隆区沧沟乡实现了100%行政村通畅、通客，100%社通达，群众出行难问题得以解决。

新建人饮池94口19000立方米，完成大田木棕河供水管网工程，完成青杠村山坪塘整治，有效解决了人饮困难问题。完成了青杠村、沧沟村、大田村电网升级改造。新建大水村便民服务中心400平方米。启动新建沧沟村、大田村、青杠村便民服务中心和文化广场建设。全乡各村配齐了电商室、卫生室、图书室等，便民服务中心作用发挥较好。

沧沟乡以"两不愁三保障一达标"为目标，推进贫困户脱贫。将符合条件的农户纳入贫困户系统，并将"六类人员"进行全面清除，实现贫困户干部帮扶率达100%。有针对性地帮扶贫困户发展产业，对收入无保障的贫困户纳入低保、五保兜底，确保贫困户不愁吃、不愁穿。

钟伟（重庆市黔江区黑溪镇党委书记）：

黑溪有6个自然村，其中有4个市级贫困村，1个区级贫困村。脱贫攻坚以来，我们大力发展产业，比如桑树4000亩，桃子、脆李、枇杷各500亩，给农民提供了源源不断的收入。

百果园一年四季瓜果不断，鸟语花香，有力促进了乡村旅游产业发展。农民靠租金、务工、分红，一年收入最低也是2万元以上。吃穿问题早就解决了。

村民王红霞与丈夫周晴原来在浙江务工，后来回乡创业。发展种植养殖业，10年来，发展枇杷500亩，并带动70多户农户脱贫。2019年大棚收入60万元，其他收入100多万元。

你说，这样的家庭收入，还愁吃穿吗？

周世雄（重庆市石柱土家族自治县攻坚办干部）：

民歌《太阳出来喜洋洋》的故乡就是石柱。歌中唱道"……只要我们多勤快，不愁吃来不愁穿"，表达了土家儿女对好日子的无限期盼。党的十八大以来，以习近平同志为核心的党中央带领全党全国向贫困发起总攻，石柱尽锐出战、强力攻坚，2019年4月，以零漏评、零错退、群众认可度近98%、贫困发生率低于1%的良好成效，一举摘掉贫困帽子。

中益乡华溪村63岁的谭登周，本来已于2016年脱贫，不幸在干活时摔成重伤，治疗花费15万元，加之老伴患慢性病，一下子又返了贫。好在监测机制及时响应，他继续享受扶贫政策，自己只承担了1万元。他动情地对总书记说："如果不是党的政策好的话，我坟头上的草都长这么深了哟！"如今他家门前还贴着这样一副对联：上联是"九死一生靠政策"，下联是"三病两苦有医保"，横批是"共产党好"。不仅谭登周，所有贫困群众都有实实在在的获得感，大家都在讲，"如今党的政策就是好，我要努力往前跑"。

今天的土家山寨，《太阳出来喜洋洋》依然在传唱，但唱的不再是对不愁吃、不愁穿的渴望，而是对幸福美好生活的向往！让老百姓生活更幸福，就是我们的奋斗目标。

祝志刚（重庆市酉阳土家族苗族自治县扶贫办主任助理）：

提到"两不愁三保障"，酉阳县全力落实习近平总书记殷殷嘱托。

我们采取落实公益性岗位、促进转移就业、发展到户产业、实施低保兜底等多种方式进行精准帮扶，让贫困群众实现多渠道稳定增收，全县贫困人口"两不愁"已全面解决。

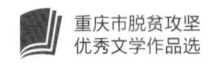

义务教育保障方面：紧扣"让贫困家庭义务教育阶段的孩子不失学辍学"的要求，扎实开展教育脱贫攻坚行动，建立健全义务教育阶段学生失学辍学问题动态排查清零机制，对全县义务教育阶段贫困学生开展问题大排查，全覆盖落实教育资助政策，做细做实控辍保学工作，切实改善农村办学条件，全县无一名贫困家庭义务教育阶段孩子失学辍学。

基本医疗保障方面：紧扣"所有贫困人口都参加医疗保险制度，常见病、慢性病有地方看、看得起，得了大病、重病后基本生活过得去"的要求，将所有贫困人口全部纳入基本医疗保障政策保障范围，全面落实"先诊疗后付费"等便民措施，贫困患者住院报销比例均达90%；同步实施乡镇（街道）卫生院规范化建设和村卫生室标准化建设，完善县、乡、村医疗卫生服务体系，全县贫困人口基本医疗有保障。

住房安全保障方面：紧扣"让贫困人口不住危房"要求，以建档立卡贫困户等4类对象为重点，加快农村C级、D级危房改造，完善水、电、厕所、厨房等基本设施，确保贫困人口不住危房；严格落实政策标准，全力抓好易地扶贫搬迁，因户因人落实到户产业、公益性岗位、利益联结等后扶措施，所有搬迁户实现"一户一业"，全县贫困群众住房安全有保障。

饮水安全保障方面：紧扣"让农村人口喝上放心水，统筹研究解决饮水安全问题"的要求，坚持因地制宜、分类实施、因户施策、精准解决的原则，对照农村饮水安全评价标准，通过修建集中供水工程、铺设供水管道、加强后期管护等方式，有效解决储水、供水、水质达标等问题；组建农村饮水安全排查工作队，逐村逐户排查饮水安全保障情况，对季节性缺水、饮水安全等问题，采取有效措施及时解决到位，全县农村人口全部喝上放心水。

脱贫攻坚以来，我们精准解决、对账销号，坚持不漏一户、不落一人、不缺一项，确保贫困群众不愁吃、不愁穿，义务教育、基本医疗、住房安全、饮水安全有保障。

5

翻开重庆脱贫攻坚的答卷，我们可以清晰看到：14个国家扶贫开发工作重点区县、4个市级扶贫开发工作重点区县全部脱贫摘帽，1919个贫困村脱贫出列。地处武陵山区、秦巴山区集中连片特困地区的12个区县摆脱贫困，18个市级深度贫困乡镇发生翻天覆地变化，区域性整体贫困得到有效解决。

来自重庆市扶贫办的有关贫困群众收入提高的一组数据可喜可贺：14个国家扶贫开发工作重点区县农村常住居民人均可支配收入由2014年的8044元增加到2019年的13832元，年均增长11.7%，比同期全市、全国平均增幅分别高1.6个、2.5个百分点。建档立卡贫困人口人均纯收入由2014年的4697元增加到2020年的12303元，年均增幅17.4%。

巴山渝水，春风拂晓！

通过脱贫攻坚的持续扶持，如今县县有主导产业、乡乡有产业基地、村村有增收项目、户户有脱贫门路。广大贫困群众腰包渐渐鼓了起来，说话更有底气，活得更有尊严，挂在嘴边最多的是"该享受的政策，我都享受了"，"现在条件好了，在村里也有活干"。贫困地区干部群众认为，脱贫攻坚使当地发展提前了10年。

这些话绝不是夸大其词，有事实佐证。据统计，脱贫攻坚以来，重庆新修建农村公路8.4万公里，农村公路通车里程超过16万公里，所有行政村通上硬化路，村通畅率由2015年的87%提高至100%。实施农村饮水安全巩固提升工程2.1万余处，农村集中供水率由达88%、自来水普及率达86%，农村贫困人口供水入户比例达

99.7%。完成贫困人口易地扶贫搬迁25.2万人，改造农村危房30.9万户。建成村卫生室9914个，农村5230所义务教育阶段学校全部达标。所有贫困村通宽带、4G信号全覆盖，农村电网供电可靠率达99.8%。贫困群众出行难、饮水难、上学难、看病难、通信难等问题普遍解决。

……

经过"8年精准扶贫、5年脱贫攻坚"，彻底改变了重庆贫困地区的面貌，极大改善了生产生活条件，显著提高了群众生活质量，"两不愁三保障"全面实现，"两个确保"顺利完成。

这就是成绩，也是荣光，更是重庆对党中央承诺的兑现！

这就是"回音"！天地之间，荡气回肠！

代后记

庄严的承诺

1

我和脱贫攻坚很有渊源。

虽然我并没有直接参加这场波澜壮阔的人民战争，不是扶贫干部，不是第一书记，不是村官，但是，我始终把中国扶贫事业作为自己关注的重点。

我也是从贫困山区走出来的孩子，我知道幸福生活对穷人是多么重要。

10年前，我在诗集《花开的声音》后记里提到过自己的苦难故乡，秦巴山区的一个国家级贫困县。而此刻，当报告文学《大地回音》脱稿，我突然想起自己的童年生活。

童年烙下的印记是饥饿。

太阳从山上升起，照到我生活的院子，夏天最早也在8点多钟，它落下瓦尖山的时候最迟在6点多钟。清晨的露水常常打湿我的裤管，很早就要上山放牛，鞋子是不怕打湿的，因为是赤脚。只有冬天才有机会穿鞋——

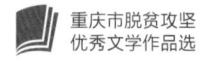

"解放"牌胶鞋。

我家在村里不是最穷的。因为贫穷，因为饥饿，我耳闻目睹过许多家庭常常争吵、打架。谁的饭量大，谁吃饭的姿势不雅观，谁摔烂了一个碗等等，都是不和谐的理由。谁要是懒惰，那更要遭到巨大的指责，甚至还会引发家庭暴力和悲剧。

这绝对是我耳闻目睹的事实。

故乡出产水稻、红薯、洋芋。那时是合作社，靠工分吃饭，年底结算，每年我家都是"补钱户"，粮食是永远不够吃的。水稻熟了吃大米，红薯好了吃薯片，洋芋熟了吃洋芋，年年都这样熬，年年青黄不接。

有一年春天，大哥进了县城读师范，姐姐在区上读高中，二哥在乡上读初中，三哥在村上读小学。村上小学大约有近十里路，中午回来很不方便，故只有吃了早饭去上学，我们叫"早早饭"。天还没有亮，母亲就起床给三哥煮饭了，听见响动，肚子咕咕直叫的我在床上再也睡不着，就故意把床弄得很响，母亲也给我端了一碗来，这时我发现，"早早饭"是红薯片放在水里加盐煮熟制作而成。水煮红薯片，我们吃得很香。全村的人一天最多吃两顿饭，吃了"早早饭"的学生中午只有休息的份，空着肚子等放学。

童年最快乐的就是吃肉。杀年猪的时候，打牙祭，肉尽管吃，每次肚子都吃得像铜罐，每次都吃得上吐下泻，大人说这是肉吃伤了！

这是一个人对"穷"刻骨铭心的记忆。它们都记录在我的一本诗集的后记里。

2

在我步入中年的路上，我见证了一场轰轰烈烈的脱贫攻坚战斗。

我庆幸，幸福的生活最终还是朝我走来。

我想，她一定也向你走来了！

当我手握清香玫瑰，我看见满世界都是花朵；当我回到久别的故乡，我看见羊肠道变成了盘旋的柏油路；当我徜徉在重庆山水之间，我听见了《太阳出来喜洋洋》的悦耳歌声……

这里是重庆，这里是直辖市的脱贫攻坚战场。战场在驱使我奔赴一线，战斗在召唤我记录历史。

我在重庆生活已经25年，她的每一次蝶变都触动我的神经。

这一次，我决定用文字感谢我们生活的美好时代。

2019年10月起，我开始对重庆18个重点脱贫攻坚区县一一走访——这是我写作生涯的又一次"苦行僧"之旅。这一次，相比我采访西藏援藏干部写《藏地心迹》不同的是，没有"高反"的折磨。

但是，这一次我接受的挑战更大。

中国实现小康社会，是党的庄严承诺，为了实现这个承诺，可以说是"倾国而动""倾力而为"。

一幅全党动员、全民参与、战天斗地的脱贫攻坚画卷，在作家笔下如何凸显？

在重庆，一场18个帮扶集团、400多家国企、几百家民企、各民主党派、社会团体和爱心人士参加的"大扶贫"战斗，在作家笔下如何熠熠生辉？

我很惭愧，有胆量站出来为时代画像、为时代立传、为时代明德，却无能力把这些像画得栩栩如生，把这些传写得生龙活虎，把这些德宣传得家喻户晓。

自我安慰，这是态度和能力的关系。

有位名人说过，贫穷要一点东西，奢侈要许多东西，贪欲却要一切东西。

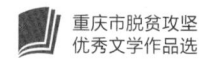

而我，什么都不要。

3

脱贫攻坚是民生工程，是社会工程，是精准工程。

脱贫攻坚是党领导下的伟大工程。

习近平总书记高度重视脱贫攻坚总结工作，多次强调，扶贫工作中好的经验、做法要及时总结推广。

党的十八大报告提出的"两个一百年"奋斗目标，与中国梦一起，成为引领中国前行的时代号召。

党的十九大报告清晰擘画全面建成社会主义现代化强国的时间表、路线图。在2020年全面建成小康社会、实现第一个百年奋斗目标的基础上，再奋斗15年，在2035年基本实现社会主义现代化。从2035年到本世纪中叶，再奋斗15年，把我国建成富强民主文明和谐美丽的社会主义现代化强国。

2020年是中国脱贫攻坚决胜年。在这场人类史无前例的脱贫攻坚战斗中，涌现了无数可歌可泣的典型人物和先进事迹，他们是我们学习的榜样。

他们有的是刚刚结婚，就得背起行囊匆匆奔赴脱贫攻坚一线；有的是还在哺乳期，就得背起娃娃去扶贫；有的坚守在扶贫一线就连父母去世也见不上最后一面；有的甚至为脱贫攻坚献出了宝贵的生命……

他们，就是舍小家为大家的扶贫干部！

2020年中国将全面实现小康社会。摘帽不摘政策，巩固脱贫攻坚成果，未来的路还有很长。正如屈原所说："路漫漫其修远兮，吾将上下而求索。"

他们住进了新房，他们有了或大或小的产业，他们不愁吃、不愁穿，医疗有保障，有的甚至还成了致富带头人……

他们，就是昔日的建卡贫困户！

渝东、渝东南、渝东北、渝西……一路采访，我相信自己的眼睛，青山绿水掩映着美丽家园；一路采访，我相信自己的耳朵，随处都能听到"感谢"二字，人人都怀着感恩的心。

脱贫攻坚的胜利，让我们深深地感受到，中国之所以能够创造世界减贫史的奇迹，最根本的是有中国共产党的坚强领导、有社会主义制度的巨大优势，是习近平总书记念兹在兹、亲自谋划部署、亲自领战督战、亲力亲为的结果。石柱县中益乡华溪村86岁的老党员马培清深情地说："翻身不忘共产党，脱贫不忘习主席！"她发自肺腑的言语，代表了广大人民群众的心声！

同样，重庆市的脱贫攻坚积累了许多宝贵经验，例如选精兵派强将，深度发力，攻克深度贫困，乡风文明积分，"智志双扶"，"三变"改革农民受益，"四访机制"暖民心，"三送""三归""三改"营造人居好环境，"一线工作法"落实到"群众心坎"。这些做法、经验、体悟，值得学习、借鉴、思考。由于篇幅原因，我不能在此一一例举，请读者谅解。这些都是数以万计的扶贫干部洒热血、挥汗水、拼智慧换来的宝贵经验。愿书中省略的文字能够在大地上生动复活，变成美丽的花朵，献给伟大的脱贫攻坚事业！

是啊，脱贫了！脱贫之后的路怎么走？

乡村振兴任重道远！

交上一份答卷，人民又发下了另一份试卷。

而共产党人，将永远接受人民的考验。

4

人类会记住中国奇迹。

中国创造奇迹的必定是中国人民。

我时常贴近大地，附耳倾听，仿佛松涛阵阵，那是人民的欢呼

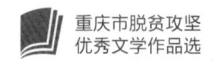

声，是胜利的旋律在大地上回荡。

脱贫攻坚是一个庞大的系统工程，绝不是一本书、一部电影、一部电视剧、一出舞台剧等文艺作品就能说清楚的，甚至几本书、几部电影、几部电视剧、几出舞台剧都表达不完它的伟大历史意义。

但我还是要用自己的微力为时代鼓与呼，为幸福喝彩！我认为，这是一个作家应有的社会责任和时代担当。

重庆市扶贫办为本书的采访、出版提供了鼎力支持和帮助，重庆市各区县扶贫办、潼南区委宣传部、云阳县政协、武隆区政协、巫溪县政协、城口县政协、重庆日报报业集团、新华社、中新社、七一网等单位为本书撰写提供了重要素材，在此，一并表示感谢！

特别致谢重庆市作家协会、重庆出版集团为本书出版给予的极大扶持！

值此中国迈入全面小康社会之际，谨以此书献给一切战斗在脱贫攻坚一线的人们！人民万岁！祖国万岁！

周鹏程

2020年8月18日于渝之西郊